竹むきが記

全注釈

岩佐美代子
Iwasa Miyoko

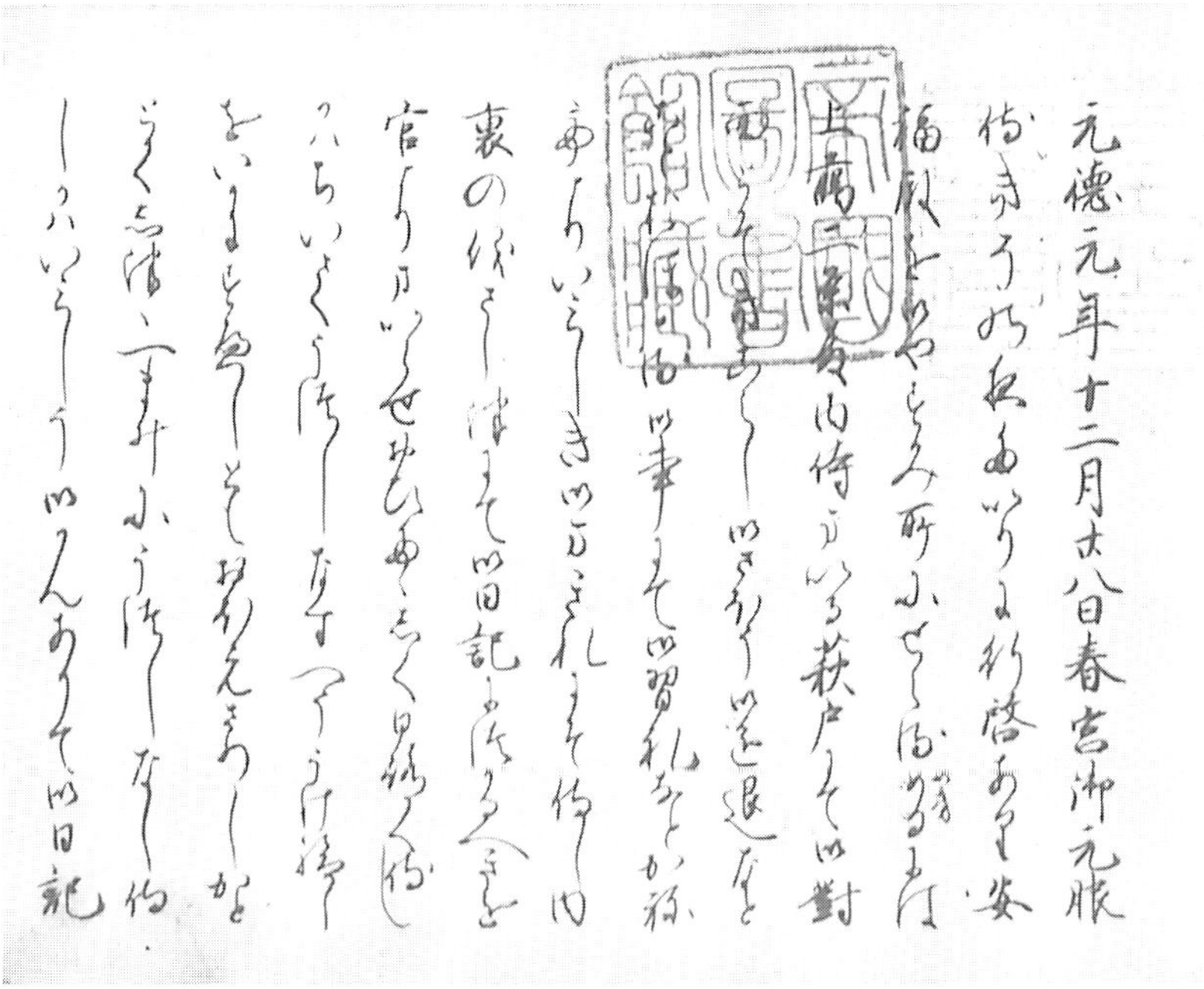

竹むきが記　上巻巻頭 表（国立国会図書館蔵）

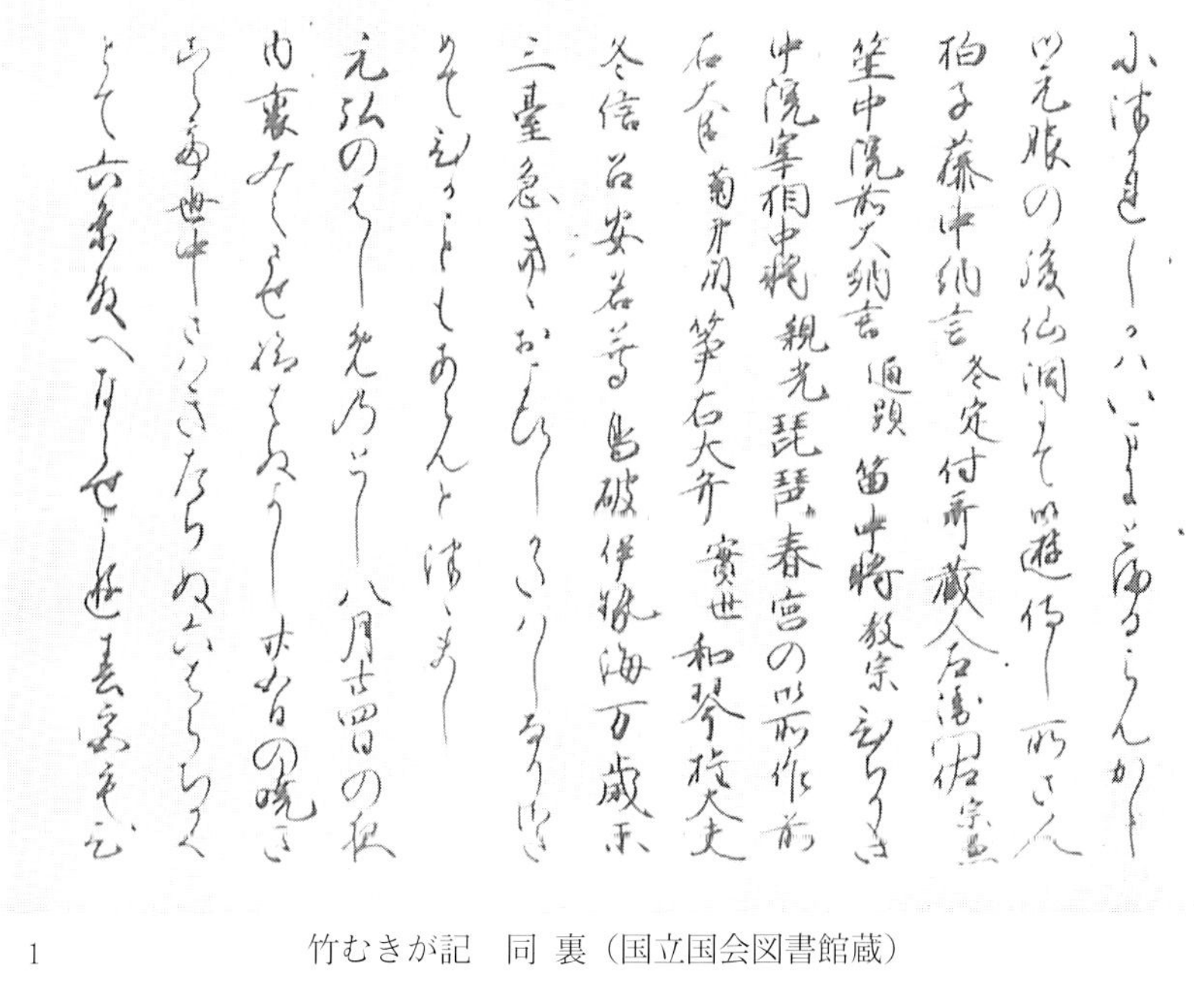

竹むきが記　同 裏（国立国会図書館蔵）

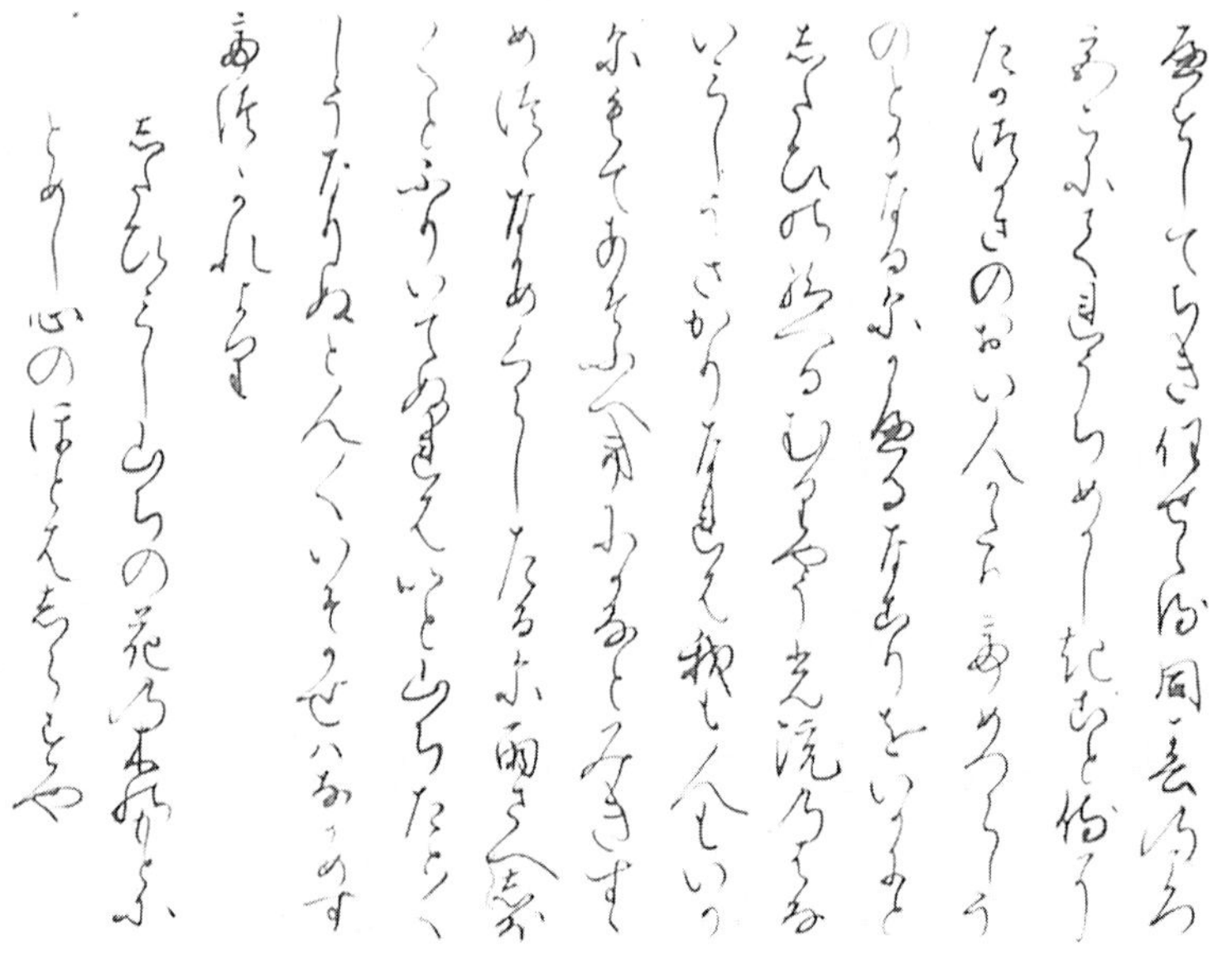

竹むきが記　下巻巻尾 表（国立国会図書館蔵）

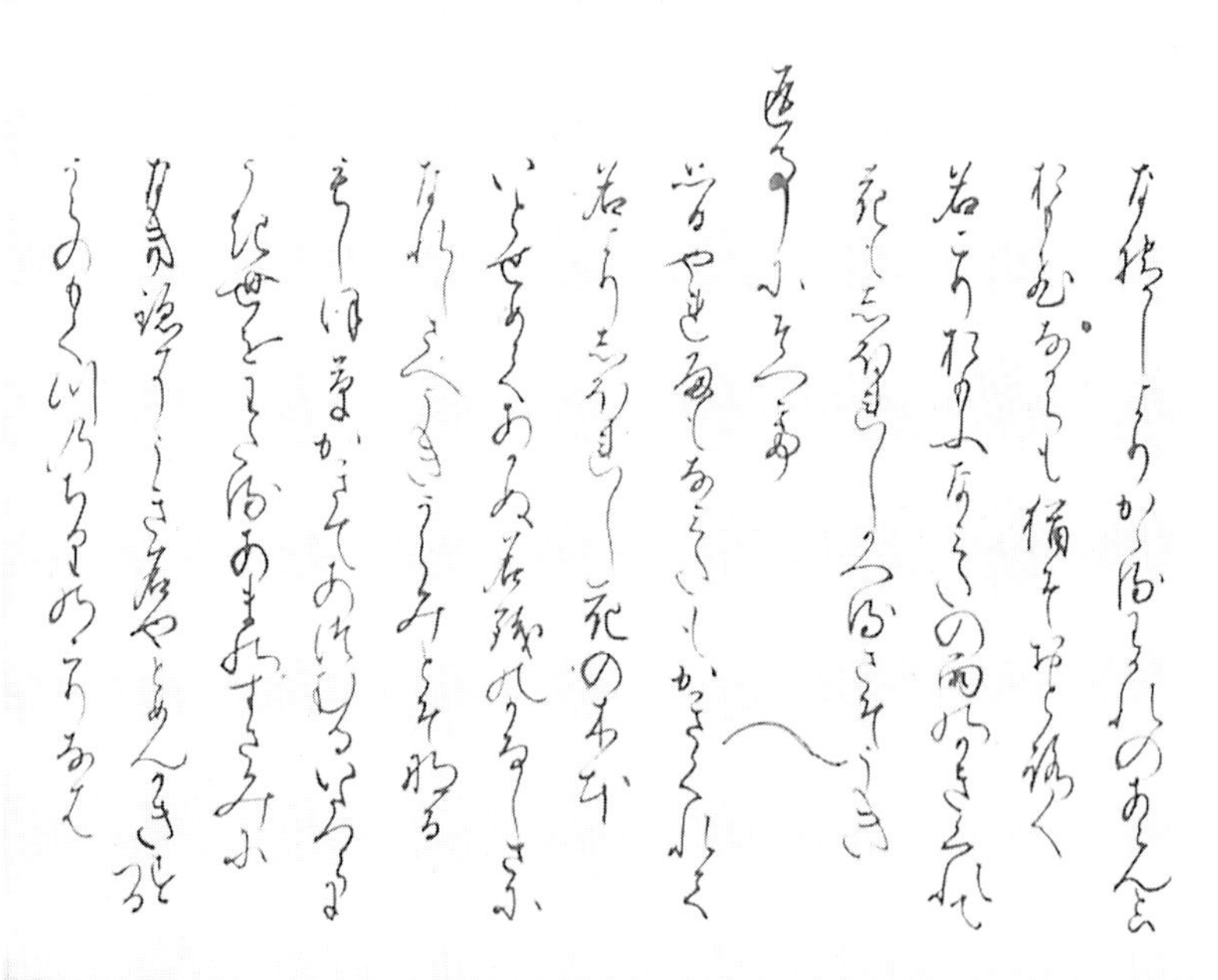

竹むきが記　同 裏（国立国会図書館蔵）

はじめに

女性が結婚しても、子供が生れても職業を持ち続け、社会人として活躍するのが当りまえとなった今日、ウーマンリブ的な社会運動としてだけでなく、職業上の必要からも夫婦別姓の公認が要請されているのに、「日本古来の淳風美俗」「家族の絆」が損われるなどの理由で、選択的夫婦別姓の法制化すらいまだに実現されていません。でも、反対なさるおえらいさん方も、一方公然と宣言、あるいは未入籍やペーパー離婚で、夫婦別姓を要求・実践しておられる女性方も、夫婦別姓こそ実は明治民法制定以前の「日本古来の淳風美俗」であり、その中で妻は夫を支え、夫亡きのちは隠然たる支配力・財力をもって「家族の絆」の総元締たる「家刀自」「大きいおかみさん」として自己を成長させて行った、という、女性史・婚姻史・家族制度史上の事実を、果してどの程度ご存じなのでしょうか。

明治初期、江戸の雰囲気を豊かに残した「大きいおかみさん」ののびやかなたたずまいと、その奥に秘められた、長男の、妻子を捨てての失踪という深い悲しみは、長谷川時雨『旧聞日本橋』（昭10、岩波文庫昭58）に祖母小りんの追憶として生き生きと描かれていますし、彼女と同世代の、久保田万太郎の祖母千代は、商人の伜に学校教育は不要とする父親を説いて、万太郎を慶應義塾普通部に進学させました。「としよりが金を持っていたんですね」と万太郎はのちに語っています（後藤杜三『わが久保田万太郎』昭49）。小りんさんは長谷川家に嫁しても西川小りん、千代さんは家つき娘の婿取婚ですが、姓はいずれにせよ、その社会的判断力、管理経営能力の高さ。こういう、明治以前に結婚した女性達の、年月をかけて樹立した家庭内での権威は歴然、夫と同姓でなければ家族の絆が保たれないなどとは、誰も夢にも考えはしなかったでしょう。

この小りんさん、千代さんの遠い源に、わが「竹むきが記」作者、当時公家第一の権勢家西園寺家に嫁した日野名子がおります。小りんさん、千代さんにとっては、明治維新はその生活・思想を一変させるほどの大事件ではなかったでしょうが、名子は南北朝の大乱、社会の一大変革の渦のただ中に、思いもよらず巻きこまれ、夫とはもちろん別姓、しかも身分違いの玉の輿という格差を負いつつ、亡夫の志を継いで我が子を立派に育て、没落に瀕した婚家を守り、夫や先祖を供養し、しかも小りんさんのように悲しみを内に秘めつつも生活を楽しみながら、自己一身としては来世の往生よりは今世、自力で安心立命を得ようと、ほんとうにあらゆる面で一生懸命に生きました。「竹むきが記」は、その生を自ら語った日記です。

ここには、女流日記に最も期待されるような、華やかな恋物語はありません。ために、「賢母の記」のトレードマークをつけられ、何やらつまらなそうな、敬遠したい趣。戦後国文学界の花形として登場した「とはずがたり」のあと、二匹目のどじょうがいるかと思って手をつけてみたけれど、どうも全くお固くて面白くない、という感じで、研究論著は相応にありながら、全く人気のない作品。日記文学専攻でも、読んだ方はごく少いでしょう。しかし、婚家の名誉、幼い息子のけなげな栄達を語ってやまない彼女の心の奥底には、語りたくても筆にできない、王朝女流同様の夫への愛と思慕が沸々とたぎっています。

母系氏族制から家父長家族制への歴史的転回点に立ち、道綱母も和泉式部も、後深草院二条も阿仏尼も体験しなかった、自分一己の生を、語るに語れない悲痛な思い出を心の底に押しこめて、名子は彼女独自の形で筆にしました。過去の日記文学の既成観念にとらわれず、虚心に読み味わって下さいませ。必ずやそこに、太平洋戦争の苦難の時代を生きた、六十余年前の母・祖母の姿も重ね合され、更には今後、「お一人様」としての老後と死を覚悟すべき自身の姿も問い直されましょう。このような思いをこめて、拙ない全注釈をお目にかけます。

目次

凡　例

一　本文は国立国会図書館蔵本を用いた。

一　底本に従って上巻・下巻に分ち、私に段落を分けて小題を付した。

一　翻刻に当り、次の処置を施した。

1　通行の漢字を用い、濁点・句読点を施し、適宜改行した。

2　漢字を宛てた部分には、底本の仮名書きをルビとして示した。

3　難読の漢字には読みを、変則の仮名遣いには歴史的仮名遣いを、カッコ内ルビとして示した。

4　送り仮名・助詞を補った場合は、傍点を付して示した。

5　和歌は底本二行書きであるが、一行書きに改めた。

一　【語釈】【通釈】【補説】を示した。他段の記述等を参照すべき場合は、「→」をもって指示した。

一　解題・年譜・系図・参考文献・詠歌一覧・索引（人名・殿舎名・地名・社寺名・行事名）を付した。

一　引用した諸資料は、私に漢文を読み下しとし、その他、表記を読みやすく改めた。

竹むきが記　上巻

一　春宮元服

元[一]徳元年十二月廿八日、春[二]宮御元服侍りき。その夜、内裏《だいり》[三]に行啓あり。安[四]福殿を御休《やすみ》所にせらる。女[五]房には上[六]﨟・二条殿・内侍参《まい》る。萩[七]戸にて御対面とぞ聞《きこ》えし。御作法《さはう》御進退など、事多《ことおほ》かる御事にて、御[八]習礼《(しゆらい)》など、かねてよりいみじき御紛《まぎ》[九]れにぞ侍りし。内裏の儀、差図《さしづ》[一〇]にて御[一一]日記に継《つ》[一二]がるべきを、官[一三]より参《まい》らせ、おびたゝしく広《ひろ》く侍りしかば、小《ちい》さく写《うつ》しなすべううけ給はりしを、いかにすべしとも覚《おぼ》えざりしかど、とかくしつゝ一枚《まゐ》に写《うつ》しなし侍りしかば、いみじう御感《かん》[一四]ありて御日記」一オに継《つ》がれしかば、今《いま》に留《と》まるらんかし。

御元服の後、仙[一五]洞にて御遊《(ぎよいう)》[一六]侍りし。所[一七]作人《さ》、拍子《(はうし)》[一八]藤中納言冬定[一九]、付歌《(つけうた)》[二〇]蔵人左衛門佐宗兼[二一]、笙中院《(なかのゐん)》前大納言通顕[二二]、笛中将教宗[二三]、篳篥《ひちりき》中院宰相中将親光[二四]、琵琶春宮の御所作・前右大臣菊第《(きくてい)》殿[二五]、箏右大弁実世[二六]、和琴権大夫冬信[二七]。呂《(りよ)》[二八]、安名尊《(あなたふと)》[二九]・鳥破《(とりのは)》[三〇]・伊勢海《(いせのうみ)》[三一]・万歳楽《(まんざいらく)》[三二]・三臺急《(さんたいのきふ)》[三三]。聞《き》き及《およ》びし片端《かたはし》なり。さだめて僻事《ひがごと》もあらんとつゝまし。

【語釈】一 一三二九年（嘉暦四。八月二十九日改元）。後醍醐天皇朝。二 量仁親王、後の光厳《こうごん》天皇。後伏見院皇子、母は広義門院寧子。17歳。三 二条富小路内裏。富小路東、冷泉南、京極西、二条北。文保元年（一三一七）正規の内裏に准じ新造。四 紫宸殿西南の殿舎。南庭を挟んで春興殿に対する。侍医の控所。この時は凝華舎代として用いた（資名記）。五 底本「める」を見せ消ちし「女房」と訂正。六 三者とも実名未詳。なお諸記録に異同あり、【補説】参照。七 清涼殿東北隅、弘徽殿上御局と黒戸廊に挟まれ、東庭に面した一間。天皇の出居の御所、内々の対面所。（岩佐「「萩の戸」考」『宮廷女流文学読解考 総論中古編』平11）八 予行。練習。「花園院宸記」によれば、十一月二十九日・十二月二日・二十四日・二十五日に、拝観・御遊を含め習礼が行われ、その他諸行事の打合せが入念に繰返されている。九 多忙さ。取込み事。一〇 式場の設営や当事者の進退を示した図面。一一 後伏見院（伏見院皇子、42歳）の日記。一二 巻子本に切継ぎして挿入する意。一三 太政官。一四 貴人の感動、賞讃。一五 持明院殿。後伏見・花園院御所。京都市上京区新町通上立売上ルに現存の尼門跡、光照院を南限とする広域を占めた、後高倉院以来の仙洞。一六 元服祝賀の管絃会。一七 演奏者。一八 笏拍子《さくはうし》（笏を縦二枚に割いた形の楽器）を打って朗詠を主唱する役。一九 中御門宗冬男、50歳。二〇 主唱者に和して斉唱する役。二一 冬定男、22歳。二二 源通重男、39歳。二三 山科教定男。二四 源光忠男。二五 菊亭（今出川）兼季。西園寺実兼男、46歳。琵琶の名手、春宮の師。二六 洞院公賢男、22歳。二七 大炊御門冬氏男、21歳。底本、本行に大字で記すが、他の記載例にならい、小字注記に改めた。二八 雅楽の旋法の一。「安名尊・鳥破」にかかる。二九 催馬楽。三〇 唐楽。壱越《いちこつ》調の「迦陵頻《かりようびん》」を双調《そうじよう》に移調して、破のみを奏する。三一 催馬楽。この前に「律」（三臺急までにかかる）の旋法指示があるべき所。三二 唐楽。平調。慶賀の時用いる。三三 唐楽。平調「三臺塩」の急のみを奏する。

【通釈】　元徳元年十二月二十八日、春宮量仁親王御元服の儀があった。その夜、内裏に行啓遊ばす。安福殿を御休憩所になさる。お供の女房としては上﨟・二条殿・内侍が参上する。帝とは萩戸で御対面なさるとの事であった。儀式のお作法や御進退など、いろいろとむずかしい事の多い御事なので、御練習など、前もって大変に煩瑣なお取込み事であった。

内裏の儀式の詳細は、図面にして後伏見院の御日記に継ぎ入れられるはずであったが、太政官から進上した物は非常に大部であったので、これを小さく写し直すよう御命令いただいたのを、一体どうしようかと当惑したけれど、何とかして一枚に縮写しおおせたところ、大層お賞め下さって御日記に継ぎ入れられたので、それは現在でも保存されているだろう。

御元服の後、院の御所で管絃の御遊があった。演奏者は、拍子中納言中御門冬定、付歌蔵人左衛門佐山科宗兼、笙前大納言中院通顕、笛中将山科教宗、篳篥宰相中将中院親光、琵琶は春宮の御演奏と前右大臣菊亭兼季公、筝右大弁洞院実世、和琴権大夫大炊御門冬信。曲目は、呂が安名尊・鳥破、律が伊勢海・万歳楽・三台急。これらは聞き知った一端にすぎない。きっと誤りもあろうと憚られる。

【補説】　中古五篇・中世七篇の女流日記中、述懐や美辞抜きでいきなり日付と皇室慶事から始まるのは、「弁内侍日記」と本記の中世二作のみである。しかも「弁内侍日記」は簡明な行事記事プラス和歌というスタイルで全章段を貫徹するのに対し、本記は他の女流日記の性格全部を含み、かつ歴史上未曽有の大乱の直撃を受けつつ真摯に生きた作者の半生記として、独自の意義を持つ。

量仁親王は元亨二年（一三二二）10歳で仮元服、翌三年、元服の儀が図られたものの、11歳親王の元服の先例なしとして見送られた。以後、かくも遅延した理由は明らかでないが、翌正中元年（一三二四）の正中の変で後醍醐天皇の立場が悪くなったのを機に、持明院統側が幕府に対し皇位交替、量仁立坊を強力に要請、これには成功しなかったものの、嘉暦元年（一三二六）春宮邦良親王病没という予想外の事態で、量仁立坊を実現した。時に14歳。このような状況がむしろ幸いして、遅れに遅れた元服は一親王としてではなく春宮として、仙洞ならぬ内裏の晴の儀をもって行われる事になったのである。習礼から拝観御遊に至る式次第は、「花園院宸記」元徳元年十一月・十二月別記に詳しい。

作者、日野名子は後伏見院女房として宮廷生活を開始するが、その皇子で後醍醐天皇の春宮なる量仁親王とは以後浅からぬ縁を結ぶ。従って本記が春宮元服から起筆されるにはそれだけの意義がある。しかし、それにしては、肝心の儀式記録としてはあまりに簡略な記述、よそよそしいのか、筆が至らないのか、とも見られよう。当時の宮廷常識を知るため、いささか贅言を弄しておきたい。

春宮はこの時17歳であるが、たとえ幼児嬰児であっても、春宮はすでに公人である。退位、私人となった上皇とは、父子といえども一線を画される。春宮元服は内裏における公儀で、父院の列席は叶わぬ。扈従者も春宮直属の侍臣女房のみ。故に名子の記録も聞書にとどまる。後伏見院と、幼時からの教育担当者なる叔父、花園院は、習礼を繰返して失態のない事を念じ、内裏への出発を見送るや、路頭に先廻りして行列を見物、帰院して深更未明にかけ、侍臣を通し式の進行状況を聞き、式終って参上した関白二条道平から、「今日の儀違失無し、作法太《はなは》だ神妙」の由を聞いて安堵する。そしてやがて帰還した春宮の拝観の礼を受け、その後の管絃御遊にようやく心とけて楽しみ祝うのである。

習礼は十一月二十九日・十二月二日・二十四日・二十五日にわたって繰返され、この外元服定・路次や拝観の打合せ・禄物の配慮等、まことに「いみじき御まぎれ」であった。なお、加冠は右大臣春宮傅近衛経忠、理髪は春宮権大夫大炊御門冬信であった（皇年代略記・御遊抄）。

　この大儀に、当時20歳（公宗と同年と推定して）の眇たる一女房、名子は、太政官から後伏見院に献進した、当日内裏式場の指図を縮尺書写する命を受け、完成した図面はそのまま「後伏見院宸記」中に切継がれて、次代への参考資料として長く残る事となった。現存同宸記にこの部分は失われているが、その下命・完遂の事実と、その意義をよく理解してここに特記した名子の態度に、その事務能力の優秀さ、のちの西園寺家経営につながる才能を見る事ができる。

　「資名記」十二月八日条には、元服当日の腋《わきの》御膳（実質的な食膳）を「御乳父役」として承わった旨が見え、「公秀記」十二月二十八日条にも「資名衣冠下絬《げくくり》、彼の卿御乳父也」と見えて、のちに名子が即位式の褰帳に乳母役の典侍として奉仕した所縁が納得される。なお「上臈二条殿」を二条道平女栄子（後醍醐女御、安福殿祇候）かとする説があるが（伊藤敬『新北朝の人と文学』昭54、79頁）、ここでは春宮方の女房をさすものと思われるのでとらない。但し「花園院宸記」では参会の女房を「大納言《御乳母》・新大納言・小大納言《宣旨》・内侍」とし、このうち二人は「公秀記」十二月二十八日条に、「正六位上藤原朝臣冬子　御乳母、正六位上藤原朝臣秀子　宣旨」と見える。秀子は公秀女、崇光院・後光厳院生母陽禄門院で、本記後段にも小大納言典侍殿（一六段）また新典侍殿（二七段）として登場する。三〇段の「三条殿」もそれか。

　以上、甚だ長文になったが、春宮元服が実況でなく聞書としてのみ記される事情を理解されたい。

二　元弘の乱、光厳天皇践祚

[一]元弘のはじめの年《とし》、八月廿四日の夜、[二]内裏見《み》えさせ給はぬよし、廿五日の暁聞《きこ》えて、世の中騒《さは》ぎたちぬ。[三]六波《は》羅《ら》近《ちか》くとて、[四]六条殿へ[五]成《な》らせ越《こ》ゆ。春宮もひ[六]」一ゥとつ御車なり。次の日、又[七]六波羅の北に[八]成《な》したてまつる。内裏《だいり》は[九]山門におはしますよしにて、まことは[一〇]笠置《かさぎ》に籠《こも》らせ給ふとて、[一一]東《あづま》の夷《ゑびす》ども、馳《は》せ向《むか》ふと聞《きこ》ゆ。

さる程に、[一二]御位の事、急《いそ》ぎ申し侍れば、事《こと》ども取《と》りとゝのへられて、九月廿日、六波羅より[一三]土御門殿へ、すぐに成《な》らせ給ふ。此の御所、まづ内裏になるべければ也。[一四]御しつらひなど定《さだ》め置《を》かれ、[一五]とく院の御[一六]方《かた》還《くわん》御ならせ給ふ。[一七]践祚《せんそ》廿二日也。[一八]女房は[一九]四十人なるを、とりあへらるゝに従《したが》ひて、卅人ばかりとぞ聞《きこ》えし。[二〇]内侍所はおはします。[二一]剣璽いまだ入《い》らせ給はねば、[二二]昼《(ひ)》の御」二ォ座の御剣を用《もち》ゐらる。

同《おな》じ廿九日、笠置《かさぎ》を攻《せ》め落《おと》し聞《きこ》えて、世、のゝしる程に、先帝、[二三]六波《は》羅《(ら)》に入らせ給ふ。付《つ》きたてまつれる[二四]卿相雲客、所〳〵にあづかると聞《きこ》ゆ。その程の事は書《か》きも留《と》めず。

剣璽いかゞと世の大事なりつるに、相違《さうゐ》なきよし奏聞《そうもん》あれば、上達部[25]以下、六波羅に向《むか》ひつゝ入《い》らせ給ひしは、めでたしとも言《い》へばおろかなる事にぞ侍りし。内侍[26]二人勾当兵衛、我が身請《う》け取《と》り聞《きこ》ゆ。十月十日[27]頃にて侍りしにや。

【語釈】 **一**　一三三一年（元徳三。八月九日改元）。**二**　後醍醐天皇（後宇多院皇子、44歳）、同日戌刻内裏を脱出。**三**　鎌倉幕府が京都の守護と公家政権監視のために置いた六波羅探題の駐在所。現、東山区松原町付近に南北に分かれてあった。**四**　六条北、西洞院西、後白河院以来の仙洞で、構内に長講堂も存する。**五**　貴人の行為を表わす「成る」に尊敬の助動詞連用形「せ」を加え、移転・引越の意を表わす「越ゆ」に続けたもの。院の主体的行為としての表現。→注**八**。**六**　同車。**七**　六波羅北方所属の殿舎。「六波羅の北に、代々の将軍の御料とて作りおける檜皮屋《ひはだや》一つあるに、両院春宮入らせ給ふ」（増鏡村時雨）。**八**　御幸おさせする。幕府当事者の主体的行為としての表現。→注**五**。**九**　比叡山延暦寺。**一〇**　京都府相楽郡笠置山の真言宗笠置寺。**一一**　東国武士。鎌倉方軍勢。**一二**　天皇内裏脱出はすなわち退位と認定、鎌倉幕府より春宮践祚奏請。**一三**　土御門東洞院殿。土御門北、東洞院東、正親町南、高倉西。現在の京都御所の地。**一四**　践祚のための室内の調度装飾。**一五**　「疾く」（早々に）。或いは「とく」は「て」の誤写で、「定め置かれて」か。**一六**　当時の仙洞、持明院殿ではなく、常盤井殿（→一七段注一）へ。土御門殿により近い故であろう。**一七**　三種の神器を承けて天皇が位に即かれる儀式。前帝崩または退位後直ちに行われる。日付については、【補説】参照。**一八**　底本「める」。一段注**五**により改訂。**一九**　正規の儀式参加人数。**二〇**　神鏡。別殿にあるため笠置に帯同されなかった。**二一**　宝剣と神璽。**二二**　清涼殿の日中の御座所の御剣。**二三**　十月四日、

後醍醐、六波羅南方北条時益宿所に入御。**二四** 花山院師賢・千種忠顕・万里小路藤房ら。**二五** 「十月六日、晴、今日神璽宝剣等六波羅より之を渡さる。（中略）隆蔭、実継等朝臣、定親三人之を検知す。（中略）其の体相違無く、更に破損無し。但し御剣の石突落ち了り、璽筥の緘緒少々切ると云々。其の外破壊の事無し。（中略）上卿以下歩行供奉す」（花園院宸記別記）**二六** 「内侍二人勾当・少将、上髪例の如し、御帳の間に於て左右に之を請取り、典侍資子、之を取りて夜の御殿に置く。一に譲位の時の如しと云々」（同上）。勾当は三善行子。別当は未詳、宸記では「少将」とするも、正否いずれか未詳。但し二七段白馬節会では「勾当・少将」とする。資子はすなわち名子。**二七** 「花園院宸記」「剱璽渡御記」に六日とするのが正しい。

【通釈】 元弘元年八月二十四日の夜、帝の御所在が不明になったと、二十五日の早朝に知られて、世間の騒動となった。後伏見花園両院は、六波羅探題の館近くにという事で、六条殿にお引越し遊ばした。春宮も御同車である。次の日、又六波羅の北殿に御移転をおさせする。帝は比叡山延暦寺にいらっしゃると称して、実は笠置山中に籠っておられるとの事で、東国の武士共がそちらに駆け付けるという事である。

さてこの事態につき、皇位継承の事を、幕府から早速に要請申し上げるので、お支度を調えられて、九月二十日、春宮・両院は六波羅から土御門東洞院殿に、直接においでになる。この御所が当面の内裏になるはずだからである。部屋毎の設備などを定めてお置きになって、すぐに後伏見院方は常盤井殿にお帰りになった。

践祚は二十二日である。勤仕する女房は四十人の規定だが、差当り調えられる人数として、三十人ばかりという事である。神鏡は御安泰でいらっしゃる。帝が持ち去られた剣璽はまだ御入京でないので、代りに昼の御座の御剣を用いられる。

同月二十九日、笠置を攻略申したという事で、世間が騒ぎ立てる中で、先帝が六波羅にお入りになる。お付き申していた公卿殿上人は、あちこちで預るという事だ。そのあたりの事は、書きとめても置かなかった。

剣璽は御無事か否かと、それが世を挙げて一番の大事であったが、間違いなく御無事であると奏聞されたので、公卿以下が六波羅に向い、供奉して内裏に入御なさったのは、おめでたいと今更言うまでもない事であった。内侍二人、勾当と兵衛、そして最終的には私がこれをお請取り申上げた。それは十月十日頃であったろうか。

【補説】南北朝大乱の発端である。短文であるが、誰にとっても寝耳に水の大事件を、一女房の筆として、要を得て鮮かに書き記している。

1　後醍醐帝失踪。
2　両院・春宮避難、六条殿から六波羅北へ。
3　笠置進攻。
4　践祚準備。
5　内侍所と昼の御座の御剣をもって践祚。
6　笠置陥落、先帝六波羅入御。
7　剣璽帰還。

これだけの大事を、僅々五百字ばかりで落ちなく書き記し、その中での自らの役割を述べ、新朝への賀辞を呈して終る。本記の成立を貞和五年とすれば、実に一八年前の国家的事変、しかも作者の生涯を決定する事にもなったこの出来事を、優雅な和文ながら簡潔に、緊迫した社会の空気を如実に感ずる程に記録している筆は凡手でない。理性的、聡明な作者の資質を証明する一文である。

中にも貴重なのは、「内侍所はおはします」の証言である。従来、一般的な知識としては、「増鏡」の「内侍所・神璽・宝剣ばかりをぞ忍びて率て渡らせ給ふ」(村時雨)、「太平記」の「御車を差寄せ、三種の神器を乗せ奉り」(巻二)、「内侍所をば、笠置の本堂に捨置き奉りしかば」(巻三)等により、後醍醐帝が神器すべてを帯同しておられたと考え、かつは「光明寺残篇」にも、「十月三日。(中略)三種御宝物、六波羅南方より入れ奉らる」とされている。「続史愚抄」にも諸記を引用して、「剣璽及び内侍所渡御無くしての践祚、寿永の例也」とする。しかし「花園院宸記」十月六日条には「時益宿所六波羅南方より剣璽を渡し奉る」ほか、別記にも「剣璽」とのみあって内侍所にはふれず、「剣璽渡御記」にも内侍所の記載はない。この点は早く和田英松「竹むきの記について」(明44・6、史学雑誌)に「此書に記せるが如く、当時内侍所の宮中におはしまし丶事は明なり」と指摘されたにもかかわらず、同様の主張をした田中義成『南北朝時代史』(大12)では根拠として「剣璽渡御記」及び「光厳院宸記」(実は右花園院宸記。古く巻包の記載により誤認)のみをあげて「授受ありしは剣璽の二種なる事明かにして、内侍所の御鏡は初より宮中に残されしものと見ゆ」とし、本記記事は無視されている。以後は南朝正統論に押流されて、この点の検証は等閑に過ぎたが、本記にまさに神器取扱い当事者なる典侍の言として、「内侍所は持出されず宮中におわします」旨の確たる証言を見るのである。現実的に考えれば、剣璽は常に天皇身辺にあって行幸に帯同されるが、内侍所、すなわち神鏡は別殿にあって刀自らが守護しており、福原遷都のような公然たる場合、或いは火災等の非常時以外は、天皇個人が内密に持出す事は困難と思われるのである。花園院にとっては書かずとも自明の事。しかし後の回想の中でもこれを忘れず確かに書きとめる態度の中に、名子その人の明確な職業意識を見る事ができる。

光厳天皇践祚は、「践祚部類抄」「皇胤紹運録」等すべて九月二十日とする。その根拠は「公卿補任」当年冒頭に年中要事を略記する中に、「九月廿日儲皇土御門殿に還御。践祚之儀有るに依る也。同日両院常盤井殿に渡御」とあるによるかと思われるが、この一文は「春宮は土御門殿に還御された。（ここで）践祚の儀があるからである」と解され、二十日当日践祚と明確に書かれてはおらず、本記と酷似した筆致である。現実的に考えても、剣璽授受を伴わず、後伏見院宣をもっての践祚という、いわば略儀ではあるが、当時の内裏ならぬ土御門殿への移転、「御しつらひ」の整備、院宣の用意など、二十日当日の践祚の儀執行はいささか無理ではないか。「補任」記事も「践祚の儀有り」とは言わず、「有るに依る也」、すなわち「土御門殿に還御」の理由を説明するにとどまる。践祚は先帝退位後時を措かず行うとは言え、ここではそれに拘束され難い非常の場合である。本記「二十二日践祚」の方がむしろ現実的と思われるが、如何であろうか。

名子が典侍を拝命したのは、おそらく践祚直前と思われる。新帝後宮に直ちになくて叶わぬ要職だからである。候名は中納言典侍（頼定記元弘二年三月二十三日）。（父資名の当時前権中納言による命名であろう。典侍職は通常の譲位の場合には、二人のうち一人は前朝からの古参が残り、或いは勾当内侍が昇格するなどして事務引継を円滑化したようであるが、この場合は全く突然の女官人事で引継もおぼつかなく、しかも直ちに思いもよらぬ非常事態下での剣璽請取り役を勤める。次段、璽筥裏みかえと共に、作者の緊張も感慨もさぞかしと察せられるところである。

三　富小路内裏遷幸、璽筥裹みかえ

同《おな》[一]じ十三日、内裏[二]に行幸なり。警固《けいご》ども打《う》ち圍《かこ》みたてまつりて、道も避《さ》りあへず。」一ウよう[三]つくれる侍《さぶらひ》・雑色《（ざふしき）》・牛飼《うしかひ》、今宵《こよひ》[四]ひきつくろひて参《まゐ》る。三位殿[五]もこれに付《つ》かせ給ふ。女房一人乗《の》す。残《のこ》りは別当[六]の車にて参《まゐ》る。

朝餉《あさがれゐ》[七]にて行幸待《ま》ち聞《きこ》ゆるに、右大臣殿[八]参《まゐ》り給ひて、剣璽《じ》持《も》つべき事など教《をし》へさせ給ふ。裏《うら》[九]菊《ぎく》の五衣《ぎぬ》（平文《ひやうもん》あり 紅の単《ひとへ》）[一〇]、裏《うら》[一一]山吹《ぶき》の唐衣《からぎぬ》（平文《ひやう》）、生絹《すゞし》[一二]の袴《はかま》なり。内侍（勾当 剣《けん》・兵衛 璽《じ》）台盤《だいばん》所に進《すゝ》めば、障子《しやうじ》[一三]口に出でむかひて請取《うけと》りつゝ、夜の御殿《おとゞ》に設《まう》け侍る御二階[一四]に置《お》きたてまつる。紫の練《ね》りたる絹《きぬ》を覆《おゝ》ふ。

この筥《はこ》[一五]の裹《つゝ》みも組《くみ》も、心[一六]うつくしう切《き》れ破《やぶ》」三オれて、過《あやま》ちもありぬべければ、急《いそ》ぎ裹《つゝ》みかへらるべき定《さだ》め侍りて、殿[一七]より注《しる》して参《まゐ》る。内蔵寮《くられう》[一八]の沙汰《さた》なるべし。小葵《こあふひ》[一九]の綾、萌葱打《もえぎうち》、遠[二〇]菱《びし》の柳裏《うら》、濃《こ》[二一]き紫《むらさき》の組《くみ》也。朝餉《がれゐ》の大床子《しやうじ》[二二]にて絡《から》げ聞《きこ》ゆ。裸衣《はだか》[二三]也。向《むか》はせ給ひて教《をし》へ給ふ。碁盤目《ごばんめ》[二四]に細《こま》かく入《い》れ組《く》みて六方《ぱう》を絡《から》ぐ。もとの組《くみ》は固《かた》くうつくし。今のは柔《やわら》かにて、引《ひ》けば延《の》びつゝゆくを、[二五]くつろがぬやうに強《つよ》くとあれば、絡《から》げにくき事、言《い》はむ方《かた》なし。衣《きぬ》の袖をだに外《はづ》さず、打《う》ち返しなど、[二六]将《は》た、せぬ事なれば、いとか」三ウらき業《わざ》にぞ侍りし。筥《はこ》の様《さま》は黒塗《くろぬり》にて、[二七]渋々《しぶ〳〵》とぞ見《み》えし。一方には錠《じやう》を鎖《さ》したり。[二八]平家の乱の時、宝剣は海《うみ》にとまりて、神璽のみ浮《う》きて都に二度《たび》かへり入《い》らせ給へるなれば、神代より今《いま》に伝《つた》はれる程を思ふぞ、[二九]手《て》に馴《な》るゝ契さへぞおろかならぬ心地《ち》し侍りし。

[三〇]手に馴《な》るゝ契さへこそかしこけれ神代古《ふ》りぬる君が守《まぼ》りは

夜の御殿《おとゞ》のそばなる一間《ま》に、典侍・内侍、[三二]番に折《お》りて、剣璽の[三三]御伽《とぎ》に臥《ふ》す事にてぞ侍りし。[三一]玄上は朝餉《あさがれゐ》の御」四オ厨子《づし》に置《を》かるべきを、この頃《ごろ》の世には心苦《ぐる》しかるべしとて、夜《よる》の御殿《おとゞ》に御二階を立《た》てゝ置《お》かる。覆《おゝい》、紫の絹《きぬ》也。[三四]裳を着《き》ずしては手掛《か》くる事なかりき。

[三五]常《つね》の御所の御厨子《づし》はなべてよりも大きにて、[三六]一具《よろひ》也。金の[三七]截金《きりかね》をひたと細《こま》かに伏《ふ》せて、[三八]蛮《ばむ》絵《ゑ》の、内《うち》は[三九]沃《い》懸《かけ》地《ぢ》にて、[四〇]杏葉《きやうよう》を貝《かい》に摺《す》る。萩戸の御調度《てうど》は、[四一]桐《きり》竹と鳳凰《ほうわう》也。[四二]仁寿殿の御厨子《づし》は[四三]唐《から》国の蛮《ばん》絵《ゑ》也。いづれも綺羅《きら》、艶《つや》なべてならず。[四四]故竹林院入道左の大臣《おとゞ》、沙汰《さた》し置《を》かれ給ふ御調度《てうど》どもなれば、まことになを《(ほ)》ざりなるべきにもあらず。女」四ウ房の曹司《ざうし》どもに置《を》かれたる[四五]棹《さほ》なども、好《この》ましげに美《うつく》しかりき。

【語釈】一 十月。二 二条富小路内裏。→一段注三。三 「きら」(綺羅)かとも。容儀を整えた意であろう。四 底本「こよゝ」。誤写と認め改訂。五 状況から推察して作者の祖母、日野俊光室従三位寛子か。六 柳原資明。俊光男、作者の叔父。35歳。但し当時は宮内卿で、検非違使別当拝任は暦応元年(一三三八)。七 清涼殿夜御殿の西、台盤所の北の間。八 久我長通。通雄男、52歳。九 襲の色目。上から白二、黄、緑青二か(曇花院殿装束抄)。五つ衣は五枚重ねの袿。一〇 三色以上の色変り文様。狂文。一一 表黄色、裏紅(女官飾鈔)。一二 底本「すかし」。誤写と認め改訂。一三 台盤所と夜御殿の中間の鳥居障子の口。一四 二階厨子。天皇御寝所の机上にあり、剣璽安置に専用(禁秘抄)。一五 神璽の筥。その図および裏みかえの様は「花園院宸記」応長二年(一三一二)二月十八日の条に詳しい。一六 ひたすらに。全く。本来の「率直」の意から派生した、当時の口語的用法。一七 関白鷹司冬教。基忠男、28歳。一八 中務省所属。宝物・御服・奉幣等を司る。一九 表地の描写。「件の絹、青色の綾なり。文小葵」(花園院宸記)。「打」は打って光沢を出した布。二〇 裏地の描写。間隔をあけた菱文様、緯白、経萌葱の布。二一 「件の緒、紫の固組なり」(花園院宸記)。二二 天皇の着座される台。二三 小袖袴に衣一領のみ打ちかけた姿。衣袴《きぬはかま》ともいう。最低の礼装。二四 格子状に組合わせて。「花園院宸記」に図あり。→19頁。底本「五はんめにこまるゝ」誤写と認め改訂。二五 寛がぬ。ゆるまぬ。二六 底本「いたせぬ」。誤写と認め改訂。「将た」は上の意を受けてこれをひるがえす意。しかしながら。まさか。「せぬ事」は「してはいけない事」。二七 つやがなく古びくすんだ様。二八 文治元年(一一八五)壇浦合戦の時。二九 「そ」は或いは「に」の誤写か。三〇 神器を親しく取扱う典侍に任ぜられた縁。三一 当番表を編成して。三二 相手をして無聊を慰める事。転じて宿直守護の意。三三 玄象とも。琵琶の名器。霊力ありとされ、特に琵琶が天皇の御能とされた当時、尊重された。三四 名器に対する礼儀。三五 天皇平生の居室。富小路内裏では北廂萩戸の西、御湯殿上の東の一間か(川上貢『日本中世住宅の研究』昭42、70頁)。

三六 一対。三七 金の箔・薄板を細く切って貼付し、繊細な文様をあらわす技法。ここでは蒔絵の一部。三八 鳥獣草花を円形に図案化した文様。三九 漆地に金銀粉を蒔きかけた装飾。四〇 杏の葉の形の文様を青貝の磨出しとする。四一 天皇着用の黄櫨染御袍などに用いる吉祥文様。四二 紫宸殿北方の殿舎。内宴・御遊等が行われる。四三 中国風の獅子・虎文等の蛮絵。四四 西園寺公衡。一旦焼失した富小路内裏の再興に尽力し、完成二年前、正和四年（一三一五）没、52歳。実兼男、公宗の祖父。四五 衣架に渡して衣類を掛ける棹。それ自身も蒔絵を施して実用と装飾を兼ねる。

【通釈】 同月十三日、土御門殿から富小路内裏へ行幸である。警固の諸役人が御輿をお囲み申上げて、避ける場所もない程である。きちんと正装した侍・雑色・牛飼をととのえ、今夜、改まった形で参内する。三位殿も私に付添って下さる。女房一人を同車させる。残りの女房達は、別当資明の車で参る。

朝餉の間で行幸の御到着をお待ち申上げていると、右大臣長通公がおいでになって、剣璽を持つ作法など教えて下さる。私の装束は、裏菊の五衣平文がある。紅の単を重ねる。・裏山吹の唐衣平文・生絹の袴である。内侍勾当が剣、兵衛が璽を持つが台盤所に進み入るので、私が障子口まで出迎えてそれぞれ請取っては、夜御殿にしつらえてある御二階厨子にお置き申上げる。紫の練絹で、その上を覆う。

この璽の筥の上裏みの絹も組紐も、とてもひどく切れ破れていて、取扱いに失態も起りかねないので、急いで裏みかえねばならないとの評定があって、関白冬教公から仕様を記して進上した。内蔵寮が調進したのであろう。表は小葵文の綾織、萌葱色の打絹。遠菱文、柳色の裏。濃い紫の組紐である。朝餉の間の大床子の上でこれをお絡《から》げする。私の装束は裸衣である。長通公が向い合ってお教え下さる。紐を碁盤目のように細かく組合せて、六面すべてを絡げる。従来の紐は組み方が固くしっかりしている。今度のはそれにくらべて柔らかで、引っ張るといくらでも延びてしまうのを、「ゆるまないようにきつく」とおっしゃるので、絡げにくい事、何とも仕様がない。袿の袖を肩脱ぎするわけにも行かず、ひっくり返しなど、ましてやしてはいけないのだから、全くむずかしい仕事であった。筥の様子は黒塗で、くすんだ感じであった。側面の一方は錠で鎖してあった。平家の戦乱の時、宝剣は海中に失われて、神璽だけが浮上って都に再び帰還なされたのだから、神代から今現在まで伝わった歴史を思うと、今私が手に取って親しく扱う御縁だけでも、本当に容易ならぬ事だと思われた。

手に触れて親しくお守りする御縁すらも、尊く勿体なく思われるよ。神代の古えから伝わる、我が君のお守りの神璽は。

夜の御殿のお隣の一間に、典侍と内侍が当番を決めて、剣璽のお守りのために宿直する決まりであった。

琵琶、玄上は朝餉の間の御厨子に置かれるはずであるが、最近の時勢では不安であろうというので、夜の御殿の御二階棚に立ててお置きする。覆いは紫の絹である。裳を着けずには手を触れる事はしなかった。

常の御所の御厨子は、通常の物より大きくて一対である。金の截金文様を一面に細かに施した上に蛮絵を配し、内面は沃懸地に、杏葉文を青貝蒔絵で摺出してある。萩戸のお道具類は桐竹鳳凰文である。仁寿殿の御厨子は中国風の蛮絵である。いずれも華やかさ、艶やかさは一通りでない。故竹林院入道左大臣公衡公が作らせてお置きになったお道具類なのだから、勿論いいかげんであるはずもない事である。女房の局々に置かれた衣架の掛棹なども、感じのよく美しい物であった。

【補説】 十月十三日、二条富小路内裏遷幸の儀は、「花園院宸記」同月別記に詳記がある。これも上皇が臨席されるわけではなく、後伏見花園両院は洞院公賢邸の門前に車を立てて行列の様子を見物するのみであるが、前日に同内裏に幸して御所の様を歴覧、剣璽を請取る役の内侍（勾当・少将とある事、二段注三六に同じ）の習礼を検分した旨、これも詳記がある。

「剣璽持つべき事」への助言は、伏見天皇即位礼に璽を捧持した中務内侍が、関白師忠から「その璽の御筥の上に掛けたる網を指に掛けつれば、取り外して過《あやまち》はせぬぞ」と教えられた（中務内侍日記下）事と合致する。請取り、安置にかかわる内侍と典侍の役割のありようも簡明に叙述されている。

続く璽筥裏みかえが、作者の果した人役として特記されるのは職掌上当然であろう。この裏物の破損は、乱中の疎略な取扱いゆえと思われがちであるが、実はそれに限らない。「花園院宸記」応長二年（一三一二）二月三日条によれば、永仁年間（一二九三〜九八）に裏みかえられた裏物は、正安（一二九九〜一三〇一）頃一度修理されたにもかかわらず、応長二年再び新調されている。この間約二〇年。応長二年から当年元弘元年までも丁度二〇年である。この間に新調の事がなかったとすれば、いわゆる「寿命が来て」いたのでもあろうか。

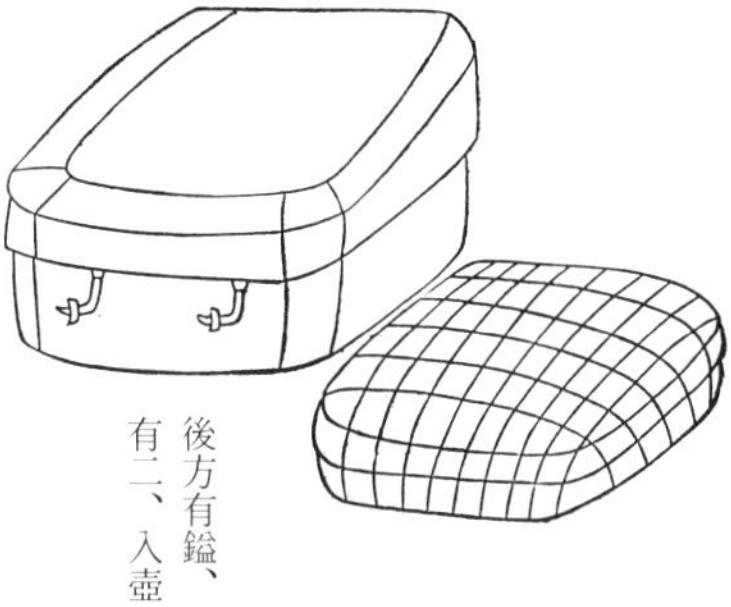
後方有鎰、有二、入壺

以下「宸記」の記述から摘記すれば、永仁度の裏みかえ担当者は□□（ママ）大納言典侍（院藤大納言典侍、すなわち歌人従二位為子、為兼姉か）、応長度には中納言典侍蔭子（四条隆政女、一三段注三一、新院の中納言三位殿）であった。応長度新たに内蔵寮から調進した裏物の料は、打物の綾絹、青色の小葵文、裏は打物の平絹。結緒は七筋、紫、長さ一丈余。もとの結緒を撤し、もとの絹の上から二重に裏み、緒は五筋を縦横に渡して掛けた。その状態は上に示した宸記所載の図で明らかである。「五はんめにこまるゝ」の誤写を訂し得る所以でもあり、上引「中務内侍日記」に「網」と表現され、これを指に掛けて持つ状況も判然とする。また、広袖の衣の「袖をだに外さず」、新調の品質劣る組緒でこの作業を行う作者の苦心も如実に感じられよう。なお「一方には錠を鎖したり」の記述も、この図で確認される。「はだか衣」の「裸」とは、本来あるべき物がない状態である。鞍を置かぬ「裸馬」、櫓や塀を失った「裸城」。故にここでは、裳唐衣袿等をすべて廃し、小袖袴の上に衣一重を打ちかけた、最低の礼装をいう。神璽に対し、これ以下の姿は礼を失するので、取扱い上不便ではあるが、衣の広袖を外す事はできないのである。

「平家の乱」を想起するのもきわめて自然で、神鏡は伊勢に去り、宝剣は海に入り、神代から真に変る事なく、今自らの手中にある神璽、と思う時、「手に馴るゝ」の感慨は深甚なものであったに違いない。剣璽への宿直、玄上の扱いの記述も、簡明具体的に内裏女房の生活を示している。

「故竹林院入道……」の一節は、この内裏新造時、文保元年（一三一七）四月十九日遷幸された花園天皇の「宸記」別記の、「七八年許り、未だ成功せず、中園入道左府奉行公衡公薨ず。其後入道相国沙汰実兼公として、今年適《たまた》ま修功する所なり」、また二十日諸殿を歴覧しての感想、「殿舎華構、華美を尽くす。恐らくは余誡《(予カ)》の由有り、末代頗る相応せざるか」以下、置物厨子等の描写と呼応する。一八年を隔てても、名子の記憶は鮮明である。

四　日蝕の思い出

十一月朔日《つゐたち》、日蝕《そく》なり。夜より雪ふりて、いみじう積《つも》りしかば、裹《つゝ》み込《こ》められたる折節《おりふし》の御恨なるに、[二]西園寺大納言殿籠《こも》り侍《さぶら》はせ給ひしかば、[三]上《うへ》の御局を少《すこ》し開《あ》けられて御覧ぜらるべきよし、聞《きこ(え)》へ給へば、成《な》らせ給ふ。人々も参《まい》り給へど、例《れい》の[四]埋《うづ》もれにたる身の癖《くせ》は、[五]ふとしも立《た》たれず、火のあたり去《さ》らぬを、大納言殿、「こはいかなる[六]にか。雪に怖《お》づるにこそありけれ」などありしもをかし。後にさし」五オ出でて見侍りしかば、[七]竹の台《だい》の、程なきに埋《うづ》もれ伏《ふ》して、下《した》折れたるも、[八]火焼屋《ひたき》のいとさゝやかに埋《うづ》もれたるなど、めづらしうをかしくのみ見《み》なさる。[九]永福門院に御文《ふみ》など奉《たてまつ》らせ給ふ。[一〇]紅葉襲《もみぢがさね》なる薄様《うすやう》にて、砌《みぎり》の竹に付《つ》けらる。雪もさながら落《おと》すまじうぞ侍りし。

月のくまなき夜、女房あまた御供《とも》にて[一一]蔵人町《まち》の方《かた》へ成《な》らせ給ひしに、安福殿・[一二]左衛門の陣の方《かた》ざまなど、[一三]はるかに見渡《みわた》されていと面白《おもしろ》きに、[一四]滝口《たき》の[一五]還遊《かへりあそび》の声聞《こゑきこ》ゆ。[一六]御《お》まへたちと呼《よ》ぶ声《こゑ》さへ」五ウをかし。此方彼方《こなたかなた》、歌うたひ歩《あり》くに、摺《す》らるゝ沓の音までも雲井に冴《さ》ゆる心地《ち》して、をかしくのみぞ聞《き》きなされし。

【語釈】 **一** 日蝕時には天皇は御所を蓆で裹み隠し、内に籠って謹慎し、その光に当らない。**二** 公宗。22歳。**三** 萩戸の南、弘徽殿上御局。富小路内裏では東側が遣戸で、開けると正面に呉竹の台が見える（「阿娑縛抄」所掲、元弘元年十月六日如法尊勝法道場指図）。**四** 表立たない。消極的な性格の意。**五** 「ふと」は即座に。「しも」

は強意。六　底本「にかか」。「か」は衍と認め削除。七　清涼殿東庭の呉竹河竹の台。八　衛士が篝火をたいて警護に当る小舎。清涼殿額の間の向いにあった（大内鈔）。九　伏見院中宮、藤原鐘子。西園寺実兼女、光厳院養祖母。当時北山第在住、61歳。一〇　表赤、裏濃き蘇芳（雑事抄）。なお諸説あり。薄様は薄く漉いた鳥の子紙。一一　蔵人所町屋。校書殿の西、後涼殿の南。一二　左衛門府官人の詰所。正規の位置は建春門内で、蔵人町からは見えぬはず。右衛門陣（宜秋門内）の誤写か、或いは正規の内裏とは位置関係が異なるか、未詳。一三　底本「いるる」。誤写と認め改訂。一四　清涼殿東北端、滝口の陣に詰める警護の武士。一五　問籍（名対面）の後、滝口が祝言に歌をうたう事をいうか（布衣抄）。一六　未詳。

【通釈】　十一月一日は日蝕である。前夜から雪が降って、深く積ったから、御所を裹み込めた御謹慎の折なのを残念に思召す御様子であったのを、西園寺大納言公宗卿が御宿直しておられた折柄、上の御局をちょっとだけお開けになって雪景色を御覧になってはいかがが、と申上げられたので、そちらへお出ましになる。女房達もお供なさったけれど、例によって引込思案な私の癖として、すぐにも立上れず、火桶のそばを離れずにいるのを、大納言殿が、「おやまあどうしたの。雪におびえているなんて、そんな事あるものかね」とおっしゃったのもおかしかった。後でちょっと出て見たら、竹の台がほんのちょっとの間に埋まり倒れて、枝が下折れしているのも、又火焼屋がほんの小さな雪のかたまりのように埋もれているのなど、ただ珍しく面白くばかり見た事であった。

帝は永福門院にお手紙などお上げになる。紅葉襲の薄様にお書きになって、お庭先の竹の枝にお付けになった。持参するお使は、竹に積った雪もそのまま落さないようにと心遣いする風情であった。

月の一面に照り渡った夜、女房大勢をお連れになって蔵人町の方へお出ましになった所、安福殿や左衛門の陣の方など、遠くまで見渡されて大変面白かった所に、滝口の武士の問籍後の祝言の歌声が聞える。「御前達」と呼ぶ声さえ面白い。あちらこちら、歌をうたい歩くにつれ、摺られて鳴る沓の音さえ御所の中に冴え〳〵と響く感じがして、ただ面白くばかり聞かれたことであった。

【補説】　この日の日蝕は「花園院宸記」に次のようにある。「雪降ること平地二寸余。日蝕諸道揆を一にす、而して正現せず。当代の始、佳瑞と謂ふべし、尤も珍重々々」。四日に立坊御祈の事があるため、日蝕に対しては特に御祈を行わなかったのに、正現をまぬがれたのは、「偏へに是れ聖運の然らしむるなり、尤も欣悦すべきのみ」としている。不正現の理由は天候不良ゆえか、天文道の何等かの誤算によるか明らかでない。

天皇は日の神の裔である。従って日中太陽が姿をかくす日蝕に当っては、これを何等かの天譴と考え、御所を裹み覆って謹慎し、外界を見ないのが慣例である。貴人の日常にはこうした制約が多く、庶民のような自由はない。そこを巧みに塩梅して、目立たぬ形で若干のくつろぎを与え、生活の楽しみを味わわせるのも側近の一つの役割で、ここに初登場する大納言殿公宗はそれを果している。

公宗のすすめにより、上の御局から雪景色をすき見する19歳の天皇と、従い興ずる女房達。雷同できずためらう作者と、軽くからかう公宗。短章ながらくっきりと描かれている。公宗との交渉の初期として、忘れ難い印象が残っているのであろう。

次節、月半ばの月明の夜のそぞろ歩きの描写も、くつろいだ内裏生活の一場面として面白い。「枕草子」七三段「内の局、細殿、いみじうをかし」の、「沓の音、夜一夜聞ゆるが、とゞまりて、たゞ指《および》一つしてたゝくが」「あまたの声して詩誦《ず》し、歌などうたふには、たゝかねどまづ開けたれば」などが思い合される。

五　賀茂臨時祭

十一月、賀茂《かも》[一]の臨時《りんじ》の祭《まつり》、清涼殿にて行《おこな》はる。御禊《けいは》[二]果てゝ、庇《ひさし》の御簾《みす》の際《きは》に、御倚子《(ごいし)》[三]につかせ給ふ。蔵人頭、上達部を召《め》せば、長橋《ながはし》[四]のうちの座につく。使以下[五]、滝《たき》[六]の戸より参りて庭の座につく。上卿勧盃《けむぱい》[七]ありて、使以下に御酒《みき》賜《た》ぶ。重《かさ》ね土器《かはらけ》[八]あり。公卿[九]、挿頭《かざし》を取《と》りて使・舞人にさして後、簀子《すのこ》につく。事果《ことは》てゝ、神垣《がき》[一〇]に引き連《つ》れし程、庭火のかげもしめりはてぬ。峰《みね》の横雲《よこ》[一一]しらみゆく空に、返立《だち》[一二]の」六オ山藍《あひ》[一三]の袖ども、[一四]しほれはてゝ見《み》ゆ。御引《ひき》直衣[一五]、御物具《もの〳〵ぐ》[一六]、御倚子におはします御さま、明《あ》けゆく光にいとゞしくぞ見《み》えさせ給ふ。雪、時〳〵うち散《ち》りて、立《た》[一七]ち舞《ま》ふ袖もいとゞしほれ果《は》てゝぞ見《み》え侍りし。

雪[一八]や猶《(なほ)》かさねて寒《さむ》き朝《あさ》ぼらけ返す雲井の山藍《あひ》の袖

【語釈】一　宇多朝よりはじまる。十一月下の酉の日。当年は二十六日がそれに当るが、諸記に所見なし。二　天皇が身を浄められる儀式。階の間北向の座で行う。三　額《がく》の間中央に毯代《たんだい》（敷物）を敷き、その上に殿上の御倚子を据える。四　清涼殿から紫宸殿に通ずる廊。清涼殿東庭の南の境界。五　勅使・舞人・陪従（楽人）等。「つく」

までの一文、底本に脱し、行間に同筆補入。六 滝口の陣の戸口。七 出発前に賜わる酒宴。八 三献または五献の後、使以下に五重に重ねた土器で酒をすすめ、受ける者は重ねたまま上から一つづつ飲んで、最後の一つを手または膝で押し破る（江家次第）。九 大臣が使に藤の造り枝を、上達部が舞人に桜の造り枝を、それぞれ冠にさす。一〇 上賀茂・下鴨両社をさして出発する頃は。一一 「しらみゆく霞の上の横雲に有明ほそき山のはの空」（風雅一三二、九条左大臣女）の趣。一二 社頭の儀を終え、内裏に帰還しての儀式。一三 神楽・賜宴が行われる。一三 神事の奉仕者が装束の上に着ける小忌衣《おみごろも》。胡粉で白く塗り固めた布地に山藍の葉で青色の文様を摺りつける。一四 湿《しほ》れ。塗り固めた胡粉が取れ、湿気を含んでしなやかになった状態。一五 廷臣の衣冠に相当する天皇の服装。身丈の長い直衣（神事・冬は白、夏は二藍または縹）を裾を引いた形で着け、紅の長袴をはく。一六 正規の礼装一式。ここでは神事にかかわる装身具。一七 還立の神楽舞の姿。一八 眼前の景を歌語をあやなして巧みに詠む。「かさね」「返す」は「袖」の縁語。なお還立の御神楽で舞い遊ぶ意もこめる。

【通釈】 十一月、賀茂の臨時祭を清涼殿で行われる。御禊が終って、帝は庇の御簾の境目の所に、御倚子に着席遊ばす。蔵人頭が上達部を召すと、入場して長橋の内の座に着席する。使以下の人々が滝口の陣の戸から参って、庭の座に着く。上卿が勧盃をなさって、使以下の者に御酒を下さる。重ね土器の事がある。公卿が挿頭を取って使・舞人の冠にさして後、簀子に着席する。庭座の儀がすっかり終って、神社へ連れ立って出発した頃には、庭火の光も消え果ててしまった。やがて峰に引く横雲が白々となり行く空の下、帰参した使・舞人が還立の神楽を奏する山藍の小忌衣の袖も、しっとりと萎え切って見える。帝の、御引直衣に正式の御装いで、御倚子に着いていらっしゃる御様子は、明けて行く空の光に映えて一入神々しくお見えになる。雪が時々ちらちら降って、舞い遊ぶ袖もますます湿り果てるように見えた。
雪を更に重ねて、一層寒く感じる事だろうか。ほのぼのと明ける早朝、内裏の庭に帰参して舞う、山藍染の舞人の袖よ。

六　大内の雪

年《とし》も暮《く》れぬるに、下の午《むま》[一]の日、御髪上《ぐしあげ》[二]の典侍にて官の庁《ちやう》[三]にむかふ。風吹きあれてすさまじき夜のさまなれば、道《みち》すがら衣《きぬ》の中に顔《かほ》引《ひ》き入れてゆくに、「この雪は[四]。いとゞ埋《うづ》もれなん」といふ声《こゑ》に驚《おどろ》きて見《み》れば、少《すこ》し積《つも》り」六ウにけりと見《み》る程《ほど》もなく、いと深《ふか》くなりにしかば、所柄《がら》[五]も分《わ》きて色そふ心地《ち》[六]するに、一人《ひとり》見《み》るは甲斐《かひ》なくぞ侍りし。

ふり[七]にける代々をかさねて大内[八]や幾重《いくへ》つもれるみゆき[九]なるらん

【語釈】一　この年は十二月二十九日庚午。二　天皇の一年中の御髪の屑を主殿寮で焼く儀式。「典侍にて」は「それに供奉する典侍の役で」の意。三　太政官正庁。古来の大内裏跡（内野）に、神祇官等若干の建物と共に残存しており、即位大嘗祭等に用いられた。四　ここで切れる。驚き、詠嘆を表わす終助詞。五　場所の性格。六　情趣が加わる。七　「旧り＝降り」「重ね」「積る」と、「世」「雪」双方にかかる縁語を連ねる。八　大内裏。九　深雪。

「行幸」をかけ、やがてここで行われる即位大嘗祭を予祝するか。

【通釈】　年も暮れてしまう頃、下の午の日、御髪上の儀を勤める典侍として、太政官庁に行く。風が吹き荒れて、恐しいような夜の有様なので、道々、着物の中に顔を引入れるようにして行くと、「まあこの雪はどうだろう。まるで埋まってしまいそうだ」という声を聞いて、驚いてあたりを見ると、少し積ったなと思う間もなく、大変深い雪になったので、大内裏跡という場所柄につけてもとりわけ趣深く思われるのに、一人で見るだけというのは残念に感じられた。

古くなった御代を重ね重ねた、大内裏の遠い歴史を物語るように、この内野に幾重降り積った白雪だろうか。この神々しい景色は。

七　内侍所御神楽

廿[一]八日、内侍所[二]の御神楽にて行幸ならせ給ひし、典侍に参《まい》る。紅[三]梅の匂《にほ》ひ・まさり[四]たる単《ひとへ》・紅打衣・萌葱《もよぎ》の表着《うはぎ》・赤色《あか》の唐衣《から》、扇《あふぎ》をさす。内侍[五]（勾当）柳[六]衣・紅単《ひとへ》・同《おな》じき打衣・葡萄染《ゑびぞめ》[七]の唐《から》衣。刀自《とじ》[八]、御幣《へい》を参《まい》らすれば、内侍より典侍《すけ》に伝《つた》へて奉《たてまつ》る。御拝《はい》の後、端《けし》[九]なる御座に移《うつ》りお」七ォはします。荒薦《あらこもし》[一〇]敷きたるさまも、いと神々《かうぐ》し。庭[一一]火いと掲焉《けちゑん》[一二]なるに、人長《にんぢやう》[一三]のさまもをかしう見《み》ゆ。明け方近《がたちか》き空のけはひ《い》なるに、物の音《もの〻ね》もいとゞしく雲井に澄《す》みゆく心地《ち》して聞《きこ》えしかば、何《なに》となく思ひつゞけし、

一四いとゞ猶雲井の星《ほし》の声ぞ澄《す》む天《あま》の岩戸の明《あ》くる光に

【語釈】 **一** 「花園院宸記」によれば十二月十七日。**二** 毎年十二月吉日に温明殿西庭で行われる御神楽。**三** 紅の、上に行く程薄くなる襲。その逆をも言うが、ここではその下の色目と見合わせてこのように解した。**四** より濃い紅の単。**五** 三善行子。**六** 表白、裏青。**七** 赤みのある紫。**八** 内侍所に仕える下﨟の女官。底本「とく」。誤写と認め改訂。「女官、幣を取りて内侍に授く。内侍、典侍に伝ふ。予、笏を懐中して幣を取り、両段再拝す」(花園院宸記、正和二年十二月二十四日) **九** 「了りて屏風の外に出で、着座す」(同上) **一〇** 神事に敷物として用いる薦。「荒」は新しく清い意。**一一** 神楽の場を浄化し照明するたき火。**一二** 明るく目立つさま。**一三** 神楽の舞人の長。近衛の舎人が勤める。**一四** 夜明の光に、神楽の起源である天照大神岩戸隠れの神話を懸けて詠じた。「星の声」は神楽歌「明星」をうたう声。

【通釈】 二十八日、内侍所の御神楽に行幸遊ばされるについて、典侍としてお供する。紅梅匂の衣に、やや色の濃い単・紅の打衣・萌葱の表着・赤色の唐衣を着け、扇をかざす。匂当内侍は柳の衣・紅の単・同じ打衣・葡萄染の唐衣。内侍所の刀自が御幣を差上げると、内侍から典侍、すなわち私に取り伝えて帝に奉る。これを捧げて御拝を遊ばした後、傍らに設けた御座にお移りになる。御敷物として新しい薦を敷いてあるのも、まことに神々しい。庭火

が大変明るいのに、舞う人長の姿もすばらしく見える。明方近くなる空の様子の中で、楽の音色も一層美しく雲の上まで澄み昇って行くような感じで聞えたので、何という事なしに心の中に思い浮べた歌、

いよ〳〵すばらしく、内裏に奏する「明星」の歌の声が澄んで聞える。天の岩戸開きをしのばせる、夜明けの美しい光に。

【補説】以上三段、簡潔な筆致の中に行事の要点や情景を目に見るように記し、新帝の代始めを寿ぐ和歌各一首をもって結ぶ。様式・性格ともに「弁内侍日記」に近似している。あるいはこれが、当代、直接に天皇に接し、奉仕する典侍・内侍の、心覚えに記す日記の一つの型ででもあったか。簡明な中に臨場感ある筆致は、後年の回想でなく、当時の記録が存在し、これにのっとって書かれたものであろう事を思わせる。

八　新年行事

一年《とし》かへりつゝ、珍《めづら》しき玉二の台《うてな》に光を添《そ》へたる春の色なれば、おの〳〵思ふ・ことなくぞ見交《みかは》すべき。ほの〴〵とするに三四方拝あり。清涼《りやう》殿の南の第三」七ウの間を上《あ》げて御道《みち》となる。庭に四大宋《たいそう》の御屏風を立《た》てめぐらして、御拝《はい》あり。五御剣の次将《すけ》、南に候《さぶら》ふ。六御挿鞋《さうかい》の役人、西《にし》に候ふ・。

[七]小朝拝の程は、清涼殿の廂《ひさし》の御簾を上《あ》げられて、母屋《もや》の御簾《みす》を垂《た》れらる。殿、[八]御簾《ぎよれん》[九]にて出でさせおはします。北より第二の間に、御倚子につかせおはします。[一〇]殿上の淵酔《ゑんずい》、[一一]上《（かみ）》の戸より御覧ぜらる。女房、五衣《（いつつぎぬ）》の単《ひとへ》を裾被《すそかづ》[一二]きて参《まい》る。三日は御膳《ぜん》[一三]につかせ給ふ。朝餉《がれい》[一四]にて女房陪膳《ばいぜん》[一五]なり。

【語釈】一 元弘二年、一三三二年。二 玉台（立派な宮殿、天子の宮殿）の訓読語。内裏遷御後初の新春なので言う。三 元日寅の刻、天皇が清涼殿東庭に出御、属星《しょくじょう》・天地四方・山陵を拝する儀式。四 唐人打毬の図を画いた屏風。六曲一双。五 御剣を奉持する近衛次将。右中将藤原実継。六 挿鞋（天皇の用いる浅沓《あさぐつ》。錦で張り、牛皮底）を差上げる蔵人頭。右大弁藤原長光。七 元日、親王以下六位以上の百官が清涼殿東庭に並んで拝賀する儀式。朝拝の式の略儀。八 関白鷹司冬教。九 貴人出座の際、御簾をかかげる役。但し「光厳院宸記」では実継とする。冬教褰簾は名目上の役割か。一〇 殿上の間で殿上人に酒饌を賜わる宴会。一一 殿上の間東方の戸。その側の小蔀《じとみ》から天皇が殿上の間を御覧になる（禁腋秘抄）。但し宸記と見合わせれば場所は「上の戸」ではなく「南殿の簾中」が正しいようである。【補説】参照。一二 単の裾を取り、頭にかぶる。「姫君衣之末ヲ頭打懸テ」（類聚雑要抄三・五節雑事）。一三 正月三箇日、節供の形式的祝膳。一四 →三段注七。一五 天皇・貴人の食事の給仕役。

【通釈】年が改まるにつれて、例年とは違う玉のような内裏に一入光彩を添える春の粧いであるから、誰も彼も心配事一つなく祝い合うようである。ほのぼのと明ける頃、四方拝がある。清涼殿の南寄り第二の間の格子を上げて、出御の御道とする。庭に大宋の御屏風を立て廻した御座にお出ましになって、北辰と天地四方を御拝遊ばす。御剣を捧げる中将は南に控え、御挿鞋を持つ役人は西に控える。

小朝拝の間は、清涼殿の廂の御簾をお上げになって、母屋の御簾を垂れられる。関白殿が御簾をおかかげ申して、帝が出御遊ばす。北から第二の間に、御倚子に御着席になる。殿上の淵酔を、上の戸から御覧になる。女房は五衣の単の裾を頭からかぶって参上する。

正月三箇日は、御祝膳にお着きになる。朝餉の間で、女房がお給仕を申上げる。

【補説】 本段に関連する記録として、東山文庫蔵「後醍醐院宸記元弘二年正月」（霊元天皇宸筆写本。実は光厳院宸記）がある。『光厳天皇遺芳』（昭39、常照皇寺）所収翻刻により、私に読下し文として要所を示す。

正月一日辛未、天霽る。未一剋に迄り、位服を着し黄櫨染の衣、殿の東庭に於て属星及び天地四方を拝す。（中略）東廂第三の間長押の上に於て挿鞋を着く長光朝臣献ず。蔵人頭実継朝臣、御剣昼御座の御剣を執りて前行。又廂を経、階を降り、庭中屏風内に入る。（中略）拝訖って長光朝臣屏風を開き、挿鞋を献ず。（中略）関白、実継朝臣をして小朝拝候するの由を奏せしむ。蔵人等東廂の平敷の御座を撤し、侍所の倚子を立つ。母屋の簾を垂れ、廂の御簾を巻く。（中略）廂に出で実継朝臣、簾を褰ぐ、倚子に坐す。（中略）拝舞訖って退出、即ち内に入る。此の日未だ軒に臨んで宴の事に莅《のぞ》まず、但し公卿等に酒饌を賜ふこと例の如し。（中略）此の間、竊かに宴の事を看んが為に、南殿に之き、簾中に在り。関白及び女房等、例の装束を着し、扈従す。

（下略、節会の詳記あり）

（頭書）密かに簾中に在りて佇立す、剋を経るの間、帳中の倚子を将来して移さしめ、私《ひそ》かに坐す。

語釈に示した小朝拝褰簾の役、また「殿上の淵酔」「上の戸」など若干の齟齬はあるが、全体の状況は合致している。帝が「軒に臨んで宴の事に莅」まれなかった理由は不明。

九　方違え北山行幸

二日、春の節《せち》[一]になる。御方[二]違《たがへ》の行幸・御幸《かう》[三]、同《おな》じく北山殿[四]に成《な》らせ給ふ。御方〳〵」八オ所〳〵にしつらひ置《を》かる。内[五]の御方には御引直衣[六]皆具《かいぐ》、御衣架《いか》[七]に掛《か》けらる。御剣・御琵琶《びわ》[八]、紫の金襴《きんらん》の袋に入れらる。古今[九]の筥《はこ》、同《おな》じ金襴《きむらん》[一〇]に包まれて、松の打枝に付《つ》く（細《ほそ》き組《くみ》にて上下を付けらる）。臺盤[一一]の置《を》物、岩を色〳〵の物にて作《つく》りて、生絹《すゞし》[一二]の単《ひとへ》を掛《か》けらる（[一三]君が代は天《あま》の羽《は》衣稀《まれ》にきての心にや）。竹向[一四]、本院[一五]の御方にせらる。衣架《いか》の御服《ふく》、御狩《かり》衣（[一六]香《かう》の練《ねり》薄《うす》物）・綾《あや》の御単《ひとへ》・御指貫《さしぬき》・下の御袴《はかま》、皆《かい》具《ぐ》也。御檜扇《ひあふぎ》・御帯《をび》あり。女院[一七]の御方《かた》、小御所[一八]。三《みつ》[一九]御衣《ぞ》（[二〇]白梅の二重織《おり》物、八重桜の枝をうち[二一]置《を》きて紫の薄《うす》く濃《こ》くを織る。花は白、浮《う》きて織《を》る）・薄《うす》御衣《ぞ》（紅梅《こうばい》の固織《かたおり》物）・御袴《はかま》なり。小[二二]公卿座のそばは新院[二三]の御方《かた》なり。御衣架《いか》、奥《おく》にあり」八ウて、見《み》も覚《おぼ》えず。御服《ふく》ども、経[二四]康《やす》掛《か》けけるとぞ聞えし。

夜もすがら御酒《みき》などありて、暁成《な》るべき還《くはん》御、昼《ひる》程にぞ成《な》りにし。

【語釈】一　節分。「になる」の表現やや不安定。或いは「せちぶなり」の誤写か。二　平安時代以来、節分の夜は他所で過し、暁鐘後帰宅する風習が生れた。三　後伏見・花園院の御幸。四　西園寺家北山第。現在の鹿苑寺金閣の地に、家祖公経が営んだ菩提寺兼山荘。住宅は北殿と南殿があり、この時は当時の永福門院御所、南殿に幸せられた。五　天皇の御座所なる寝殿北面（光厳院宸記）。以下の舗設は室内装飾と贈物を兼ねる。六　↓五段注一五。「皆具」は一揃い。七　衣桁。衣類を掛けておく家具。八　底本「かひわ」。誤写と認め改訂。九　古今集の冊子を入れた筥。一〇　底本「の」を見せ消ち、「に」に訂正。一一　食物を供する机の上に飾りつけた贈物。香木・布・糸等で作る。一二　底本「すかし」。誤写と認め改訂。一三　「君が代は天の羽衣稀にきて撫づとも尽きぬ巌ならなむ」（拾遺二九九、読人しらず）の意を飾物であらわす。一四　南殿内の一殿舎。竹を植えた庭に面したか。一五　後伏見院。43歳。一六　黄味がかった薄赤色。一七　広義門院。後伏見院后、藤原寧子。西園寺公衡女。光厳天皇生母。41歳。但し流産のため御幸なく、形のみ（花園院宸記）。一八　南殿内の一殿舎。一九　三つ重ねの袿に薄衣を重ねるのは当時の貴女の平服。↓一〇段注五。二〇　表白、裏薄紅。二一　底本「うちをき〱」。誤写と認め改訂。二二　南殿内、寝殿の一部か、未詳。二三　花園院。伏見院皇子。36歳。二四　高倉。衣紋道の専門家。83歳。

【通釈】二日は春の節分に当る。御方違の行幸・御幸は、等しく北山殿においで遊ばす。北山殿では、帝・院の御座所を、それぞれの所にしつらえて置かれる。帝の御方には御引直衣一揃いを、御衣架に掛けてある。御剣・御琵琶は、紫の金襴の袋に入れてある。古今集の草子の筥は同じ金襴に包んで、松の造り枝に付けてある細い組紐で上下を取り付ける。

机の上の飾物は、岩を色々な物で作って、生絹の単が掛けてある「君が代は天の羽衣稀に来て撫づとも尽きぬ巖ならなむ」の歌の気持だろうか。

竹向殿は後伏見院の御座所とされた。衣架に掛けられた御服は、御狩衣香の練絹薄物・綾織の御単・御指貫・下の御袴、正規の一揃いである。御檜扇・御帯がある。

広義門院の御座所は小御所。用意の御服は三御衣白梅の二重織物、八重桜の枝の模様を置いて、生地は紫の濃淡を織り出し、花は白く浮織とする・薄御衣紅梅の唐織物・御袴である。

小公卿座の傍は花園院の御座所である。御衣架は奥にあって、見覚えていない。これらのお召物は、高倉経康が掛けたと聞いた。

一晩中御酒宴などがあって、暁の予定であった還御は、お昼頃に延びた程であった。

【補説】 前引「光厳院宸記」には次のようにある。

二日壬申、（中略）此の夜、立春節の方忌を避けんが為、権大納言藤原朝臣の西園寺第に幸す。亥の剋、南殿に之《ゆ》く位服常の如し。掌侍神璽宝剣を賷《も》ちて陪従、関白亦た相従ふ。所司御輿を供ふ。即ち輦に乗り、日華門并びに左衛門陣を出で、彼の第に到る。南門を入る。神祇官、御麻を奉り、伶倫楽を挙ぐ。南階に於て輿を下る。実継朝臣剣を執り掌侍に授く。（中略）即ち内に入る実継朝臣簾を褰ぐ。関白此の第に参らざるに因る。両院同じく密かに幸臨然りと雖も、御在所の儀に非ざるに由り、輦を南階に寄す。蓋し近代の例也。但し中心恐懼を懐ふのみ。北面此の所を以て朕の休幕に備ふ。帳内に宿衣を設く。御座の上に琵琶一面を置き、衣架一基を立て、直衣装束一襲を掛く。亦

残念ながら以下は脱落している。

しかしながらこの日の儀は「花園院宸記」に詳しい。当時北山第は西園寺公宗邸であるが、その南北二つの主殿のうち、南殿は永福門院が御所としておられ、この行幸は節分方違えに名を借りた、光厳帝践祚後初の祖母女院訪問の儀であった。後伏見花園両院は戌剋に内々に同所に幸して行幸を待ち受けつつ、女院御方で女院弟の覚円僧正・

菊亭兼季、当主公宗と盃酌を交わすうち、行幸寝殿に着御。女院御方での御対面の後、酒膳を供し、儺打《だうち》の遊び等があった。

此の間雪降るの間、主上・上皇寝殿南面の方を御歴覧。微雪と雖も、樹上池頭其の興無きに非ず。（中略）日出づるに及び、行幸還御有り。

と、本節末段と呼応しかつ補足する形で記されている。

なお後伏見院后、光厳院生母広義門院は、生憎十二月二十八日に傷胎（流産）の事があり、欠席されたが、各御方待ち受けのため永福門院の用意された心づくしの衣裳調度を無にせぬため、ことさらに御幸の由をつくろわれた。「花園院宸記」には「本所に御服等を設くるの間、御幸の儀たるべきの由、申し給ふの故なり」とのみあり、「光厳院宸記」にも略述の上欠失しているその各御方々のしつらいが、本記の中心的叙述となっている。男性と女性の関心の差でもあり、主者と侍者との視線の相違でもあるが、本記の詳述によってこそ、天皇となられた愛孫をはじめて迎える祖母女院の喜び、それを表現し得る西園寺家の文化の程が具体的に示されるのである。服飾記事が単なる服飾記事でない事に注意すべきであろう。

一〇　正月の女房風俗

女房の装束《しやうぞく》、元三《（ぐわんさん）》[一]の程は物具《ものゝぐ》[二]なるべし。四日は裸衣《はだか》[三]、五日よりは内々《うち〱》[四]姿《すがた》にて薄衣《うす》[五]どもなり。六許《ゆる》されたる人は七二衣《(ふたつぎぬ)》なるべし。七日・十五日裸《はだか》衣也。大方《かた》十五日のうちは、さるべき人々参《まい》り給へるには、五衣を用ゐらる。
八上﨟・典侍《すけ》達《たち》は朝餉《がれゐ》につき給ふ。九小上﨟《らふ》より下《しも》までは台盤所《だいばん》につく。一〇樋洗《ひすまし》ども装束《さうぞ》き一一ゆく。一二侍《さぶらひ》・滝口《たきぐち》などかしづき合《あ》ひて練《ね》り続《つゞ》く」九オもお《(を)》かしう見《み》ゆ。一三里《さと》より侍・滝《たき》口ども、日毎《ごと》に参《まい》りてぞかしづき侍りし。

【語釈】一 正月三ケ日。二 →五段注一六。ここでは裳唐衣の一式。三 →三段注一三。四 内々のくつろぎ姿。褻の姿。五 袿より薄く軽く、略式の衣と思われるが実態不明。六 禁色の使用を許された人。七 二枚重ねの袿。八 三位以上、また、禁色を許された大臣女・孫女等、最上級の女房。九 上﨟に次ぐ資格の女房。一〇 便器などを扱う下級女官。一一 底本「内〳〵」。誤写と見て改訂。一二 侍所や滝口に詰める武士。一三 作者の実家、日野家。

【通釈】女房の装束は正月三箇日の間は裳唐衣の正装である。四日は裸衣、五日からは内々の衣装で薄衣などである。禁色聴許の人は二衣であるようだ。七日・十五日は裸衣である。大体、十五日の間は、然るべき人々が参内されるには、五衣を用いられる。

上﨟・典侍達は朝餉の間に着座される。小上﨟から下々までの女房達は台盤所に着座する。樋洗どもがお洒落をして歩くのを、侍や滝口らがちやほやして練り歩いているのも面白く見える。実家から侍や滝口の者共が毎日のようにやって来ては、こうした侍女達を相手に戯れていた。

【補説】 短章であるが、当代の正月内裏女装が要を得て描かれている。樋洗と侍・滝口の楽しげな交歓も、他の女流日記には見られぬ所で、このような人々にも目の届く、作者の人柄を感じる。底本「ひすましともさうそき内〳〵さふらひたきくちなと」とあるが、「内〳〵」は意味不明。「内」は「ゆ」（字母「由」）、「〳〵」は「く」の誤りと見て改めた。三〇段にも「御ゆ殿の上」の誤写であろう「御内殿の上」がある。

「樋洗」すなわち便器を扱う少女は、卑賤、アンタッチャブルと思われがちであるが、これも立派な、かつ生活に絶対必要な専業勤務者であり、現代考えるような口外を憚る不潔な存在ではない。（近世宮廷には命婦に準ずる「御差《おさし》」という中級女官があり、天皇の上厠の供をし、ために命婦にすら許されぬ、天皇との直接会話ができた。下橋敬長『幕末の宮廷』昭54、19・318頁参照）。身分こそ低けれ、専門職の一、侍・滝口と同クラスという誇りを持ち、正月の無礼講として、晴着を着て得意げに練り歩き、侍らと戯れる。その姿を上級女房らもよそながら見て、正月気分にひたるのである。

一一　石清水臨時祭

三月十三日、[一]八幡《やはた》の臨時《りんじ》の祭《まつり》なり。[二]申《さる》の時にはじまる。[三]女院の御方、[四]仁寿殿にて御覧ぜらる。御几帳《木丁》出《い》ださる。清涼殿、[五]二間の中《なか》開《あ》け合《あは》せて、女房たち見《み》る。

使、[六]堀川宰相中将、舞人《まゐ》[七]陪従《(べい)じう》常《つね》のごとし。時刻《こく》[八]五龍也。公卿、[九]三条大納言・[一〇]西園寺大納言殿・[一一]殿大納言殿・[一二]帥中納言・[一三]徳大寺中納言・[一四]冨小路宰相中将など也。[一五]堀川大納言は宰相中将扶持《ふち》のためとて、内々参《まい》る。

夜に入りて[一六]北の陣渡《わた》る。内御方・女院、[一七]黒戸《くろ》より御覧ぜらる。[一八]一の舞人《まゐ》馬《むま》に引《ひ》かれて、[一九]京極面《おもて》の程にて」九ウ落ちぬとぞ聞《きこ》えし。

徳大寺・堀川、御前に[二〇]候《さぶらふ》。所〳〵より参《まい》れる花、[二一]御溝水《かは》に流《なが》さる。夜に入るまで流《なが》るゝさまも面白《おもしろ》かりき。

【語釈】 **一** 石清水八幡の臨時祭。天慶五年（九四二）にはじまる。三月中の午の日。**二** 午後四時頃。**三** 広義門院。**四** ↓三段注四二。**五** 夜御殿の東、観音を安置する間。これらの間の障屏類を開け合せれば、最も西の朝餉の間からでも東庭の催しを見得る。**六** 源具雅、13歳。**七** 諸社祭に雅楽を奏する楽人。**八** 未詳。**九** 実忠。29歳。**一〇** 公宗。23歳。**一一** 関白冬教男鷹司師平。23歳。**一二** 坊城俊実。37歳。**一三** 公清。21歳。**一四** 公脩、40歳。但し当時前権中納言正二位。宰相中将であったのは正和五～文保元年（一三一五～一六）の二年間だけである。**一五** 源具親。使、具雅の父。39歳。**一六** 内裏北門、朔平門。兵衛府の陣（詰所）がある。ここを通って出発する。**一七** 清涼殿東から北へ延びる廊のように細長い室。黒戸の御所。**一八** 底本、「の」行間補入。**一九** 内裏の東、京極大路。**二〇** 底本「候所〳〵」行間補入。**二一** 清涼殿東廂をめぐる溝を流れる水。

【通釈】三月十三日、石清水八幡の臨時祭である。申の時にはじまる。広義門院は仁寿殿で御覧になる。その簾の下からは御几帳の裾を出される。清涼殿では二間の中仕切を奥まで開けて、女房達が見る。使は宰相中将堀河具雅、舞人・陪従は通例の通りである。時刻は五龍である。公卿は大納言三条実忠・大納言西園寺公宗卿・大納言鷹司師平卿・帥中納言坊城俊実・中納言徳大寺公清・宰相中将冨小路公脩などである。大納言堀川具親卿は、御子の具雅卿の後見の為という事で、内々に参入している。

夜に入って、北の陣を通って出発する。帝と女院は黒戸の御所から御覧になる。首席の舞人が馬を制御しそこねて、京極大路のあたりで落馬したとの事であった。

公清卿・具親卿が御前に祇候する。諸方から献上した花を御溝水に流される。夜に入るまで流れる有様も、大変面白かった。

【補説】花を御溝水に流して楽しむという記述は、本記以外、諸記録・女房日記類を通じ管見に入らない。何等か由緒あっての事か、あるいはたまたまの時の興か、「時刻五龍」の意味とともに示教を待つ。

一二　由の奉幣

一　同十六日、由《よし》[一]の奉幣《ほうべい》にて神祇官[二]に行幸なる。御即位に出《い》づべき人々、障《さは》りども申しつゝ、供奉人さらになし。公卿には[三]大炊御門大納言・[四]右兵衛督などなり。神祇官の北門より御輿《こし》を入れ・たてまつりて、[五]斎庭《いば》に筵《むしろ》を敷《し》きて舁《か》き据《す(ゑ)》へ聞《きこ》ゆ。[六]内侍一人先《さき》に参《まい》る。門の前《まへ》より下《お》りて、筵道《ゑんだう》を[七]取《と》りて上《うへ》に昇《のぼ》る。[八]髪上《かみあ》げて妻《つま》戸の内《うち》に候《さぶら》ふ。その妻戸《つまど》に御輿《こし》を寄《よ》せたてまつる。」一〇ォ[九]殿、御供《とも》に参《まい》り給ふ・。さて[一〇]大床子に御座《(おはします)》。剣璽、御左の方《かた》に内侍置《を》く。[一一]蔵寮《(くら)れう》の[一二]御唐櫃《からびつ》にて、[一三]帛《はく》の御袍《はう》を渡《わた》し設《まう》けらる。[一四]平敷《ひらしき》の御座にて召《め》さる。無《む》文の御冠《かぶり》を奉《たてまつ》る。御装束《さうぞく》には大納言[一五]冬隆卿、[一六]範賢《のりかた》と参《まい》る。[一七]御唐櫛笥《からくしげ》など渡《わた》る。その後《ゝち》大床子に御座《(おはします)》。薄《うす》き生絹《すゞし》の衣《(きぬ)》にて[一八]御冠《かうぶり》の巾子《こじ》を大納言結《ゆ(ひ)》い参《まい》らす。黒塗《くろぬり》の[一九]御半挿《はんざう》・盥《たらい》、[二〇]頭中将持《も》ちて参《まい》る。[二一]御楊《やう》枝《じ》・御手拭《たなごい》、同《おな》じく[二二]柳筥《やないばこ》にて、[二三]高坏《たかつき》に据《す》ゆ。御盥《たらい》に[二四]貫簀《ぬきす》あり。御手水の後、大床子より」一〇ゥ東《ひんがし》[二五]に御半帖をよそへ、[二六]西に向《むか》はせ給ひ・て[二七]舎人《とねり》を召《め》さる。[二八]神祇官の者《物》ども、御幣《へい》を取《と》りて出《い》づるに、その[二九]振舞《ふるまゐ》どもあり。

【語釈】**一** 即位あるべき由を伊勢大神宮に報告のため、神祇官に行幸、奉幣使を差し遣わされる儀式。**二** 神祇の祭典を掌《つかさど》り全国の祝《はふり》部《べ》を統轄する役所。大宮西、冷泉北、大内裏跡（内野）にある。**三** 冬信。24歳。**四** 油小路隆蔭。36歳。**五** 神事用の場所。祭場。「ゆには」ともいう。**六** 「伏見院宸記」正応元年二月二十七日条に、「今日伊勢幣神祇官行幸なり。戌の剋、事具するの由を申す。之に先だって、内侍、幣を裏まんが為に神祇官に向ふ」とある。これに当るか。七 設けて。八 前髪を高く取って束ね、釵子《さいし》をさす。女房の正式の髪型。九 関白冬教。一〇 天皇の座られる脚つきの台。高麗縁の薄縁を敷き、円座を置く。一一 →三段注一八。一二 底本「かうひつ」。誤写と認め改訂。一三 天皇が神事に着用される白絹の縫腋袍。一四 床に繧繝縁の畳二帖を敷き、中央に茵を置いた御座。帳台や倚子等を用いない。一五 「冬信」(→注三)の誤り。冬隆は当代に不在。一六 高倉永忠男。蔵人、長門守。衣紋道の専門家。一七 中国風の化粧道具入れの箱。底本「わたり」とし、「る」を重ね書き。一八 巾子は冠の後方に立つ、髻《もとどり》を入れる部分。纓を巾子の後から前にかぶせるように折り曲げ、白絹で結ぶ。天皇神拝の料、幘《さく》の冠。一九 水さしと手つきの盥。二〇 三条実継。20歳。二一 楊柳の材の先をたたいて房状にした楊枝と、手を拭うための布。二二 断面が三角になるよう削った白木の柳材の細い棒を並べ、糸またはこよりで綴った蓋付の筥。二三 高い足台のついた坏状の器。二四 丸く削った竹で編んだ簀。水が飛び散るのを防ぐために盥に掛ける。二五 半畳分、正方形の置畳。御拝の座とする。二六 底本「る」。誤写と認め改訂。二七 天皇に近侍し、雑役に当る官人。二八 神祇官に奉仕する大中臣・忌部・卜部の者共。二九 定まった作法。

【通釈】 同月十六日、由の奉幣の儀の為に神祇官に行幸遊ばす。御即位式に出席するはずの人々は、色々の支障を申立てて、供奉人が一向にない。公卿としては、大納言大炊御門冬信・右兵衛督油小路隆蔭などである。神祇官の北門から御輿をお入れ申上げて、斎場に筵を敷いて御輿をお舁き据え申上げる。内侍が一人、先行する。門の前から車を下りて、筵道を敷かせて建物の上に昇る。髪上げをして、妻戸の中でお待ちしている。その妻戸に、御輿をお寄せ申上げる。関白冬教公が御供に祗候される。お入りになって、大床子に御座りになる。剣璽は帝の御左の方に内侍が置く。

内蔵寮の御唐櫃に入れて、帛の御袍を前もってお届けしてある。これを平敷の御座でお召しになる。無文の御冠をお着けになる。お着付のお世話には大納言冬信卿が、高倉範賢と奉仕する。御唐櫛笥なども届けられている。御装束の後、大床子に御座なされる。薄い生絹の布で、御冠の巾子を大納言冬信卿がお結びする。黒塗の御半挿・盥を、頭中将三条実継が持って参る。御楊子・御手拭は双方同じく柳筥に入れて、髙坏の上に据えてある。御盥には貫簀が掛けてある。御手水を遊ばした後、大床子から見て東に御半帖を敷いた御座にお移りになり、西方にお向いになって舎人をお召し遊ばす。神祇官の者共が、御幣を捧げて出発するのに、それぞれの作法がある。

【補説】 注六に示した「伏見院宸記」の後段に、

郁芳門並びに神祇官北門を入御（割書略）、御輿を北舎北面第二間の壇下に寄す。（中略）即ち大床子に着く南面其の路筵道を敷く。剣璽を大床子左端に置く。（中略）次に平敷の御座に移り着き、帛の装束を着く。（中略）装束了って又大床子に着き御手水を供す（割書略）。次に御拝の座に着く巽向、座後に於て草鞋を脱ぐ。信輔朝臣笏を献ず。次に拝す両段再拝。（中略）中臣忌部卜部後取と号す、東南幔門より入りて版位の下の列立す。仰せて云く、忌部参来。忌部参上、東第一の間より入る。外宮幣を取りて後取に授く。又内宮幣を取りて列に復す。次に仰せて云く、中臣参来。中臣参進して地上に跪く。依って重ねて召す笏を鳴らしむるなり。南板敷に昇りて平伏す。仰せて云く、能く申して参れ。中臣称唯して退く。三人同じく退出す。（下略）

とある。凡その状況、作法を知り得るであろう。

一三　褰帳参仕

同月廿二日、[一]御即位行《をこな》はる。[二]褰帳《けんちやう》つとむべきによりて、前《まへ》の日より[三]油小路《あぶらのこう地》の里《さと》に出《い》でぬ。磨《みが》き立《た》てたるさま、[五]心ばかりは玉の台《うてな》とも言《い》ひぬべし。寝《しん》殿の母屋の御簾《みす》にそへて、四尺屏風を立つ。車、[四]檳榔《びりやう》、日隠《ひがくし》の間《ま》に寄《よ》す[六]打板《いた》を掛《か》く。四尺屏風を立《た》つ。陰陽師[七]反閇《(へんぱい)》の後、いざ《(ゐ)》り乗《の》る[八]車寄《よせ》、弁房光。[九]蕾紅《つぼみこう》梅《ばい》の五衣《ぎぬ》青《あを》き単《ひとへ》、赤色唐衣《からぎぬ》、生絹《すゞし》の袴《はかま》。[一〇]後乗《しりのり》の女房紅梅の匂《にほひ》、まさりたる単《ひとへ》、萌葱《もよぎ》の表着《うはぎ》、赤色の唐衣《からぎぬ》、地摺《ちずり》の裳《も》。」一一オ右の後《しり》より棲《つま》を出《い》だす。[一一]高出《たかだ》し也。前駆《くう》二人、侍《(さぶらひ)》ども数知《かずし》らぬまでぞ見《み》えし。出車《(いだしぐるま)》は[一二]対《たい》の妻《つま》へ寄《よ》すべきを、出衣《いだしぎぬ》のために寝《しん》殿の[一三]次《つぎ》の車寄《よせ》へ寄《よ》す。前《まへ》ばかり高出《たかだ》しなり。一の車、左は紅梅の匂《にほひ》五、まさりたる単《ひとへ》、山吹の唐衣《からぎぬ》、葡萄染《ゑびぞめ》の表着《うはぎ》、紅《くれなゐ》の打袴《ばかま》、海賦《かいふ》の裳《も》。右松重、紅単《ひとへ》、同《をな》じ打衣、紅梅の表着《うはぎ》、打袴《うちばかま》、葡萄染《ゑびぞめ》の唐《から》衣、裳、左に同《おな》じ。二の車、左紫薄様《うすやう》、白単《ひとへ》、紅の打衣《うちぎぬ》、袴《はかま》、山吹の表着《うはぎ》、萌葱《もよぎ》の唐《から》衣。右柳、紅の単《ひとへ》、同じ打衣《うちぎぬ》、紅梅の表着《うはぎ》、葡萄染《ゑびぞめ》の唐衣《からぎぬ》。おの〳〵裳の[一四]腰《こし》を出《い》だす。童《わらは》・下使《づかひ》は[一五]便宜《びんぎ》の車にて内々参《まい》る。[一六]休幕《やすまく》に打《うち》板を設《まう》けて車を寄《よ》す。[一七]押《をし》出し、二三の間より出《い》づべきを、三には童下使《わらはづかへ》装束《しやうぞく》しつゝ」一一ウ押込《をしこ》みぬれば、衣出《きぬい》だすに及《およ》ばず、二の間に出だして、三には一具《ぐ》を[一八]事《こと》の由《よし》ばかり差出《さしい》づ。風吹き荒《あ》れて、几帳《木丁》なども吹入るれば、とかくして押《を》し出《い》だす。厨子《づし》以下調度《てうど》ゞどもを渡《わた》[一九]してしつらふ。壁《かべ》にそへて五尺屏風を立つ。壁代《かべしろ》[二〇]あり。三には三階《がい》の棚《たな》に檜破子《ひわりご》[二一]を置く。その次《つぎ》の下口《（しもぐち）》[二二]に、便女《びでう》[二三]、床子[二四]につく 萌葱《もよぎ》の袙《あこめ》、平文《ひやうもん》あり、紅梅《こうばい》の単《ひとへ》、白《しろ》き裳《も》。

しばしありて、昇《のぼ》るべき由《よし》、御使《つかゐ》あれば、装束《しやうぞく》を改《あらた》む。皆紅《みなくれなゐ》の衣《きぬ》、数《かず》六つ。同《おな》じ単《ひとへ》、打《うち》衣《（ぎぬ）》、袴《はかま》 萌葱《もよぎ》の表着《うはぎ》、赤色《あか》の唐衣《からぎぬ》、地摺裳《ちずりも》。得選《とくせん》[二五]、礼服《らいふく》[二六]を持《も》ちて来《き》たる。大袖・」一二オ裳なり。もとの裳・唐衣《からぎぬ》を撤《て》[二七]して礼服《らいふく》を着《き》る。衣《きぬ》の脇《わき》をほころばし[二八]て、裳《も》にて腰《こし》を強《つよ》く結《ゆ》ふべし。得選《とくせん》、蔽髪《ひたい》[二九]を参《まい》らす。

刻限《こくげん》になりて、髪《かみ》を上《あ》げて扇をさす。[三〇]二位殿《柳殿》・三位殿《松殿》、新院[三一]の中納言三位殿・堀河殿《ほりかは》[三二]・宰《さい》[三三]相典侍《将のすけ》殿などを具《ぐ》して、万《よろづ》御覧《らん》じ扶持《ふち》[三四]すべし。先《ま》づ童《わらは》二人[三五] 左火取《ひとり》右茵《しとね》。紅梅《こうばい》の汗衫《かざみ》[三六]、紫《むらさき》の三つ袙《あこめ》、白単《ひとへ》、雲《くも》を付《つ》く。紅《くれなゐ》の打衣《うちぎぬ》・袴《はかま》、萌葱《もよぎ》の表《うへ》の袴《はかま》、文、窠《くわん》に霰《あられ》。上刺《うはざし》、紫《むらさき》、の匂《にほひ》、物忌《ものいみ》、紅の薄様《うすやう》 扇をさす。然《しか》るべき殿上人の沙汰《さた》とて、所〳〵より賜《た》び侍りしかば、いと多《おほ》く余《あま》りてぞありし。次に参《まい》る[三七]。几帳《木丁》[三八]の帷《かたびら》の角《すみ》を取《と》り合《あは》せて四方にさす。殿上人」一二ウ四人取《と》る[三九] 房光・氏光・朝光・宗光。次に下使《（づかひ）》二人 柳《やなぎ》の三つ衣《ぎぬ》、紅梅の単《ひとへ》、打衣《うちぎぬ》・袴《はかま》、葡萄染《ゑびぞめ》の唐衣《からぎぬ》、海賦《かいふ》の裳、物忌《ものいみ》・扇、童《わらは》に同《おな》じ。次に裾被《すそかづ》[四〇]き六人 生絹《すゞし》の袴《はかま》、稜《そば》[四一]をはさむ、薄《うす》衣、織物《おり》・絵縫物《ゑぬひ》などなり。[四二]高《たか》御座《みくら》の右に床子あり、茵《しとね》を敷《し》きてつく。[四三]未申《ひつじさる》の方《かた》に床子はあるべしと聞《き》きしかど、得選《とくせん》がはからひにや、西の正方にありしは、いづれか本なるべきにか。童《わらは》・下使、高妻戸《たかつまど》[四四]の外にとゞまる。

【語釈】一　光厳天皇即位式。20歳。二　即位式に、高御座の御帳をかかげ、新帝の姿をはじめて百官の前に示す役。天皇の座から見て左（東）に女王、右（西）に典侍がこれを勤仕する。三　祖父俊光以来の日野邸。中御門油小路（花園院宸記元亨二年十二月二十一日）。四　檳榔（ヤシ科の亜熱帯性常緑喬木）の葉を細かく裂き、白く晒したもので屋根・車体を貼り覆った牛車。五　寝殿中央の階段の上に屋根を作りかけた場所。六　簀子から直接乗車するための渡り板。七　貴人の出行の際陰陽師の行う、邪気を払うための呪法。八　車の昇降の際の介添役。房光は資名男、作者の長兄。九　表紅梅、裏蘇芳。一〇　車の下座に同乗する女房。一一　車の装飾にする「出衣」の出し方。簾の下からでなく、脇の榜立《ほうだて》の上から出す様式か（満佐須計装束抄）。「平出」（公衡公記正応二年正月二十二日）の対であろう。一二　対の屋の棟と直角に当る部分。一三　主たる車寄に対し、次位の車寄。一四　引腰。実際に裳を腰に結ぶ紐（小腰）に対し、装飾として長く後方に引く紐。一五　ついでに利用できる車。一六　幕を張ってもうけた控室。この時は太政官正庁東西登廊の北面をそれぞれ女王・典侍の休幕とした（頼定記）。一七　簾の下から女房衣裳の袖口や裾を押出す装飾。一八　口実。形式的。一九　実家から持って来て。二〇　上長押から垂らして壁の代りとする帳。二一　檜の薄板を曲げて作った、食物を入れる用器。ここでは装飾的な物。二二　侍者らの出入口。二三　下級の召使の女。半物《はしたもの》、美女《びんぢょ》。行事の際、部屋や車の前に控える（葉黄記）。二四　寄りかかりのない、机型の腰掛。二五　御厨子所の女官。采女の中から選ばれ、理髪にも従事する（故実拾要）。二六　即位式に用いる中国風の正装。女房の礼服の詳細は未詳だが、男性のそれに準じて推察すれば、大袖は垂領《たりくび》、袖口は広く、袂は身頃に近い方が丸みを帯びる。裳は丈短くひだを取って腰にまとう。二七　取り去って。脱いで。二八　未詳。腕の上下に支障のないよう、脇の部分にゆとりを持たせる意か。二九　礼装の時の前髪の飾り具。釵子。三〇　両者とも古参の上﨟女房であろうが、実名不明。傍注ある所から見て、既出・後出の「二位殿」「三位殿」とは別人と思われる。三一　藤原蔭子。花園院典侍、四条隆政女、隆蔭姉妹。三二　伝未詳。三三　伝未詳。一九段長講堂供花に登場する古参女房と同一人か。三四　助力すること。三五　それぞれ香炉・敷物を持つ。三六　以下童女の礼装。三七　作者が式場に入る。詳細は【補説】参照。三八　几帳四本をかかげるとともにその裾四隅を取り合せて中を歩む女性の姿をかくす。歩障の類（類聚雑要抄三・五節雑事）。三九　房光・氏光は資名男、朝光は資名兄資冬男、宗光は同弟資明男。すべて作者の近親。四〇　裾被きの姿（↓八段注一三）をした侍女。四一　袴の脇を高く取上げて脇に挟む。四二　即位式用の天皇の御座。三層の基壇の上に八角形の屋形を据え、内に御倚子を置く。四囲に帳を垂れ、東西北の三方に階段を設ける。四三　西南。高御座の右斜前方。四四　未詳。休幕から紫宸殿に入る手前の妻戸であろう。

【通釈】　同月二十二日、御即位式が挙行される。その褰帳典侍を勤めるべき御命令によって、前日から油小路の実家に退出した。その立派にしつらえた様子は、心ばかりは「玉の台」と言ってもいいだろうか。寝殿の母屋の御簾に添えて、四尺の屏風を立てる。檳榔毛の車を日隠の間に寄せる打板を掛ける。四尺屏風を立てる。。陰陽師が反閇の呪法を行った後、私がいざりつつ乗る車寄は弁房。光が勤める。装束は、蕾紅梅の五衣青い単、赤色の。唐衣、生絹の袴。後に乗る女房は紅梅の匂、色の濃い単、萌葱の。表着、赤色の唐衣、地摺の裳。右の後側から衣の褄を出す。脇から高く出すのである。前駆二人、その他供する侍共は数え切れない程に見えた。女房達の出車は対の屋の妻に寄せるべきであるが、出衣の便宜のために、寝殿の第二の車寄に寄せる。前方だけに、高く出すのである。一の車は、左は紅梅の匂五つ、色の濃い単、山吹の唐衣、。葡萄染の表着、紅の打袴、海賦の裳。右松重、紅の単、同じ打衣、紅梅の表着、。打袴、葡萄染の唐衣、裳、左に同じ。二の車、左紫の薄様、白の単、紅の打衣、袴、山吹の表着、。萌葱の唐衣。右柳、紅の単、同じ打衣、紅。梅の表着、葡萄染の唐衣。それぞれ裳の腰を出す。童・下使は適当な車に便乗して内々に参上する。

休憩所に敷板をしつらえて車を寄せる。押出しの衣は第二・第三の間から出すはずであるが、第三の間には童や下使が装束を着けて何人も入り込んでいるので、衣を出す余裕がない。第二の間だけに正式に出して、第三の間には一揃いを形ばかり出しておく。風が荒く吹いて、几帳なども御簾の内に吹入れてしまうので、何かと手当をして押出す。休憩所に厨子その他の調度を運び入れて部屋らしく整える。壁に添えて五尺屏風を立てる。壁には壁代がある。第三の間には三階の棚に檜破子を置く。その次の間の裏口に、便女が床子に腰掛けて控える萌葱の袙、平文がある。紅梅の単、白の裳。

暫くして、参上するようにとお使があるので、装束を改める。皆紅の衣、数は六枚を重ねる。同じ色の単、打衣、袴萌葱の表着、赤色の唐衣、地摺の裳。得選が礼服を持って来る。大袖と裳である。着ていた裳・唐衣を脱いで礼服を着る。衣の脇に十分ゆとりを持たせて、裳で腰を強く結ぶのである。得選が額飾りを持って来る。

時刻が来たので、髪上げをして扇をかざす。柳殿の二位殿・松殿の三位殿が、新院の中納言三位殿・堀河殿・宰相典侍殿などをお連れになって、万事を検分しお世話なさるようである。先ず童女二人左、火取を持つ、右、茵を持つ、紅梅の汗衫、紫の三つ袙、白い単、これには雲の紋がついている。紅の打衣・袴・萌葱の表の袴、文は窠に霰である。上刺は紫の匂、物忌は紅の薄様である。扇をかざす。扇は、相応の殿上人達の贈物として、方々からいただいたので、大変沢山、余る程あった。次に式場に参上する。歩障として、几帳四本、帷の裾を取合せてさしかける。これは殿上人四人が持つ房光・氏光・朝光・宗光。次に下使二人柳の三つ衣・紅梅の単・打衣・袴・葡萄染の唐衣・海賦の裳、物忌・扇は童と同し。次に裾被きの女房六人生絹の袴、両脇を挟む、薄衣は織物・絵縫物などである。高御座の右に床子がある。そこに茵を敷いて着席する。床子は西南――右斜前方にあるはずと聞いていたけれど、得選の判断でか、真西にあったのは、どららが正式なのだろうか。童・下使は高妻戸の外に留まっている。

【補説】　即位式の原点は、新天皇がはじめて文武百官の前に姿をあらわされる事にある。これに続く華麗な諸行事は、これに比すれば二次的な物に過ぎない。従って高御座に垂れた御帳を褰げ、新帝を披露する役割は、新帝治世の開始を全国に告げるきわめて重大な使命を持つ。これに従うのは、女王（神祇伯の女）と典侍（新帝乳母、または乳母の女)。そしてこれを勤仕した典侍は、次の女叙位で従三位に叙せられ、典侍を退任する、というのが、少くとも鎌倉末期の一般的な形であったと思われる(岩佐『宮廷女流日記読解考中世篇』平11、364頁)。

当時権中納言従二位であった冷泉頼定(高藤流経頼男)の当日日記には次のようにある。

礼服・朝服の女房、後房北面に候す上髪の女官相従ふ。各々礼服を着す。褰帳、正庁東西の登廊北面の休幕に候す。

左　女王　伯業清王女

右　中納言典侍　按察資名女

西廊東妻一間を典侍休幕と為す。

東廊西妻二間を女王休幕と為す。

同東妻三間を内弁休幕と為す。

女孺は直に正庁北庇に候す。

(中略)左右の褰帳、廊を昇る。(中略)相従ふ殿上人、几帳の角を取る。左方女王、資英等之を取る。右方典侍、隆職朝臣等之を取る。侍女戸外に留まる。火取・茵の童女、右方(ママ)相従ひて戸内に入る。是近例也。

多少の相違はあるが、本記と見合わせてほぼ状況が現前しよう。「几帳の角を取る」(↓注三八)姿は、現代でも神社の神体を一時移動する際などにその露出を避ける作法として、テレビ等で見る事ができる。

細々とした衣裳やしつらいの描写は、現代読者の眼にはわずらわしくもあろうが、作者としては一世一代の大役で、貴重な体験を眼に見るように描いている。「風吹き荒れて」云々の描写など、当日の天候気象も想像される。

一四　即位式

行幸なりて事《こと》はじまれば、[一]女皇《(にようわう)》と同《おな》じく左右《(さう)》に参上《まうのぼ》りて進《すゝ》み立《た》つ。得選《とくせん》、先《さき》に進《すゝ》みて、[二]左右の御帳の帷《かたびら》を褰《かゝ》げ奉《たてまつ》る。主上、[三]玉の御冠《かうぶり》、[四]御礼服《らいふく》たてまつりて、御笏《(しやく)》正《たゞ》しくておはし」一三オます御さま、唐《から》めける御装《よそ》ひには、いとゞしく世に知《し》らぬ御光加《くわゝ》はりてぞ見《み》えさせ給ひし。

[五]公卿拝あり。[六]親王代、宰《さい》相中将公有、[七]右は右兵衛督隆[八]蔭《陰》勤《つと》む。唐《から》めきたる装《よそ》ひども、我が世の事とも見《み》えず、いと珍《めづ》らし。[九]南門に[一〇]院の御車立《た》てらる。供奉人、直衣束帯《たい》心〳〵とぞ聞《きこ》えし。ことぐ〳〵しき[一一]大香炉《かうろ》も、この庭には何《なに》ならず見《み》ゆ。この香炉《かうろ》の煙《けぶり》の末《すゑ》、雲の色に見《み》えて、唐国《から》にも日本《(ひのもと)》の御代のはじめを知《し》ると聞《きゝ》しにや、他に[一二]ことならざる御式《しき》は、更《さら》にぞ覚《おぼ》え侍りし。

今日《けふ》やさは[一三]唐国《から》人も君《きみ》が代を」一三ウ天《あま》つ空ゆく雲に知《し》るらん

君が代の千世のはじめと高御座《たかみくら》[一四]雲の帷《とばり》をかゝげつるかな

事果《ことは》つれば、先《さき》のごとく[一五]左右に進《すゝ》み立つ。得選《とくせん》、御帳《ちやう》の帷《かたびら》を垂《た》る。行幸返り入《い》らせ給ふ。

一六内侍二人、一七威儀《いぎ》の女房四人、一八御前の命婦四人、一九扈従《こせう》の女房八人なり。休幕《やすまく》に帰《かへ》り下《お》りて、装《しやう》束《ぞく》皆具《かいぐ》、二〇髪上《かみあげ》の禄《ろく》に給《た》ぶ。童・下使の二一装束《しやうぞく》師、反閇《(へんばい)》の陰陽師、同《おな》じく禄を給《た》び侍るべし。

【語釈】 **一** 褰帳の女王。神祇伯資清女王、資子。**二** 女王・典侍は褰帳の形容だけ行い、実は付添った得選が、帳を左右に八字形に引分け、針と糸でとめる（頼定記・讃岐典侍日記）。**三** 天皇の礼服冠。冕《べん》冠。頂上に日像を立て、四方に玉の瓔珞を垂らした唐風の冠。**四** 盤領《あげくび》の小袖と垂領《たりくび》の大袖を重ね、大袖は赤地に北斗七星・大小龍ほか吉祥文様を繍う。裳・綬《じゆ》（白地平組、五色の文様ある帯）を着け、左右に玉珮《ぎよくはい》（玉を連ね下端に三角形の飾金具をつけた長い鎖状の装身具）を垂れる。**五** 百官が新天皇を拝する儀式。**六** 左右の侍従代（一人は三位、一人は四位が臨時に勤める）のうち、一人を親王が勤める事があるのでいう。**七** 一条実連男、37歳。**八** →一二段注四。底本「隆陰」。誤写と認め改訂。**九** 朱雀門内、太政官庁南門。**一〇** 後伏見花園両院。上皇は即位式に列席できないので、場外に車を立ててよそながら見守る。**一一** 南庭左右、黒漆の台上に白銅の火炉を据え、褰帳に際し主殿寮・図書寮の官人が香を焼く。**一二** 「ことなる」を否定によってかえって強調に転ずる形。「けし→けしからず」と同様。**一三** 然《さ》は。それでは。**一四** 御帳の美称。**一五** 「褰帳参進し、帳を垂る上髪又相副ふ」（頼定記）。**一六** 剣璽捧持の内侍。**一七** 侍立して威儀を整える女房。**一八** 前行の女房。**一九** お供の女房。**二〇** 注一五「頼定記」に言う「上髪」、すなわち褰帳の介添をした得選であろう。**二一** 着付を担当した装束師。

【通釈】 帝が高御座に行幸なさって儀式がはじまると、女王と一しょに、高御座の左右の階を昇って立つ。得選が先に進んで、左右の御帳の帷をおかかげ申上げる。帝が玉冠と礼服をお召しになって、御笏を正しくしていらっしゃる御様子は、中国風の御装束である事も加えて、いよいよこの世のものとも思われぬ御威光が添ってお見上げ申上げた事であった。

公卿拝がある。親王代は、左は宰相中将一条公有、右は右兵衛督油小路隆蔭が勤める。中国めいたその姿どもは、我が国での事とも思えず、大変珍しい。南門に後伏見・花園両院が、御車を立てて御覧になる。その供奉の人々は、直衣・束帯思い〳〵という話であった。すばらしく大きな香炉も、この広々とした南庭では何程の物とも見えない。この香炉にたく名香の煙の立ち昇った末が、はるかな雲にまで反映して色を変えて見え、それで中国でも日本の新たな御代の始めを知るのだと聞いたのだったろうか、全く他の行事とは違った厳かな儀式の有様は、一入感銘を覚えた事であった。

ああそれでは今日こそ、中国の人も我が君が日本の帝となられたという事を、大空を行く雲の色で知るのであろうか。

千年も続く、めでたい我が君の御代の始めの第一歩として、高御座にかかる雲のように美しい御帷をかかげる役を奉仕したことだ。

式が終ると、以前の通り高御座の左右に進んで並び立つ。得選が御帳の帷を垂れる。帝が控えの御座所にお帰りになる。お供は内侍二人、威儀の女房四人、御前の命婦四人、扈従の女房八人である。私も休憩所に下って来て、今まで私が着けていた装束一揃いは、髪上して褰帳に付添った得選の禄として与える。童・下使の装束師や、反閇の陰陽師にも、同様に禄を与えるのであろう。

【補説】「頼定記」には、前文の後に左のようにある。

歩行の内侍勾当兵衛剣璽を取りて前行す剣左。璽右。次に天皇練歩せしめ御《おはしま》す。（中略）次に天皇髙御座に着御。（中略）左右の褰帳髙御座の東西階上に昇り、御帳南面の帳を上ぐ上髪の女官相従って之を相扶く。内より針を以て之を固め、八字に閉づ。其の高さ三尺許りなり。針・糸、上髪、蔵人方行事より之を請取る。上髪左方、、、右方、、、、畢って後座に退き帰る。

褰帳の女王・典侍は、「讃岐典侍日記」にも「手をかけさするまねして、髪あげ、寄りて針さしつ」（下巻）とある通り、形容だけ御帳を褰げる動作をし、「上髪の女官」すなわち髪上の姿をした得選が実際に帷を八文字に褰げて、糸と針で縫い止めるのである。

無事大役を終った作者の眼は、列席者の唐風装束、よそながら式の進行を見届ける両上皇の車、そして特に、庭上左右一対の大香炉に注がれる。焚香は本来、天子の就位を天に告げる中国の儀式を模したと言われるが、その煙の末が瑞雲となって唐国の空にたなびき、日本の御代始を知らせるとは何によった伝えか、詠歌とともに美しくめでたい。

事終って、「褰帳参進し、帳を垂る上髪又相副ふ。後座すること初めの如し」（頼定記）。そして天皇に扈従して休幕に帰り、礼服の下に着ていた装束、「皆紅の衣……地摺裳」の一揃いを、褰帳を補佐してくれた上髪の得選に禄として与える。褰帳は名誉ではあるが、負担も大きい。一方下積の得選にしてみれば、こういう臨時収入でやや息をつく、そしてこれ以後も内裏生活の中で便宜をはかる等の形でお返しをする、という関係が成立つのである。

一五　改元、女叙位

四月廿八日、改元一の定《さだめ》にて、正慶元年と改《あらた》まる。女叙位二侍りしに、上階三の事ありしかば、髪《かみ》四上《あげ》の禄《ろく》、」一四オ勾当内侍に掛《か》くる。卯花五の五つ、生絹《すずし》の単《ひとへ》、平裏《ひらづつみ》六にて長櫃《ながびつ》七に入る。得選《とくせん》が禄《ろく》、二衣、色〳〵八筋《すぢ》、又白絹《ぎぬ》五反《たん》とかや、あるべき九事《こと》とて添《そ》へ遣《つか》はすとぞ聞《き》きし。

【語釈】 **一** 即位に伴い新元号を定める会議。**二** 女官に位階を授ける儀式。ここでは即位式奉仕の賞としての臨時女叙位で、四月十一日に行われた。**三** 三位以上の昇進。「従三位……藤原名子褰帳、資名卿女、御乳母なり……従五位下資子王褰帳、故資清王女、」（花園院宸記）。**四** 未詳であるが、一四段注一五・二〇に準じて仮に解した。**五** 表白、裏萌葱。**六** 衣筥に衣を入れ、風呂敷様の布で包む。**七** 長方形の櫃。両端に三本づつ短い脚つき。**八** 複数の色を用いた横段の柄。「筋」は幅広の横縞。**九** 当然あるべき手当。

【通釈】 四月二十八日、改元定があって、正慶元年と改められる。（これに先立つ十一日、）臨時の女叙位があって、従三位に叙せられるという儀があったので、拝任の儀式のため髪上をして万端の世話をした謝礼の禄を、勾当内侍に与える。卯花襲の五衣、生絹の単を、平裏にして、長櫃に入れて贈る。同様得選の禄は、二衣、色々の横段織、又白絹五反とか、恒例という事で添えて遣わすというように聞いた。

【補説】改元定については「花園院宸記」に詳記がある。女叙位はこれに先立つ同記四月十一日に、従三位藤原禔子関白(冬教)室・藤原名子裹帳、資名卿女、御乳母也、従五位上坂上幸子執翳、従五位下資子王(主カ)裹帳、故資清卿女、云々とあり、即位式奉仕の賞を中心とする叙位であった事が知られる。典侍は四位であるから、作者はこれで典侍の職を解かれたと見られる。これについては花園院即位裹帳の後三位に叙せられた為教女為子を祝う実兼詠、

今上御位の時、大納言三位とばりあげつとめて上階して侍りし時、申しつかはしける　入道前太政大臣
たかみくら雲のとばりをかゝぐとて昇る御階のかひもあるかな　（玉葉、一〇九〇）

が参考になろう。これに先立つ正月八日「花園院宸記」に、「女叙位、…従五位上藤秀子典侍大納言」と見え、これが後任で、次段「小大納言典侍」であろう。

これ以後、作者の女房勤めは後伏見院、すなわち常盤井殿が主となり、内裏には兼参となるので、次段以下に見えるように、「内へ参る」、「内に候ひし頃」と特記されるようになる。

「色々筋」は、一九段にも「黄筋白筋の単襲」と見える。「明月記」天福元年（一二三三）九月九日条に、女子民部卿の装束として、「表織紫筋と云々、近日筋繁昌」とあり、「近世風俗志」（守貞謾稿）に「織筋と云ふは今の横縞なり」「また古は太筋多し」（巻一三）と解説する。すなわち、能衣裳によく見られる、幅広の横段である。

一六　賀茂祭

祭《まつり》[一]の頃《ころ》、内[二]へ参《まい》る。雑色・侍など、ことに引《ひ》きつくろふ。菖蒲《さうぶ》[三]の匂《にほひ》の袷《あはせ》の衣《きぬ》、生絹《すゞし》の単《ひとへ》、朽《くち》[四]葉《ば》の唐衣《からぎぬ》、紅梅の二《（ふたつ）》小袖など也。

祭《まつり》の日は、[五]警固《けいご》の姿《すがた》どもをかしう見《み》ゆ。[六]北の陣、黒戸にて御覧ぜらる。[七]殿も候《さぶら》はせ給ふ。女房はさるべき四五人ばかりぞ[八]侍りし。[九]女使は[一〇]小大納言典侍殿にてでを《（お）》はせし。

【語釈】一　賀茂祭。四月中酉の日。この年は四月二十二日に行われた。「花園院宸記」に詳記。二　作者は叙従三位と共に典侍退任、内裏に常時奉仕の身でなくなるので、ここに特記する。三　表青、裏濃紅梅。匂は上を濃く、下になるほど薄くなる（またはその逆をもいう）襲ねの色目。四　表朽葉（黄ばんだ褐色）、裏黄。五　諸衛府の官人の巻纓にし、武装した姿。六　↓一一段注一六・一七。七　関白冬教。28歳。八　底本「そはしめ使は」。誤写と認め改訂。九　勅使として遣わされる内侍司の女官。一〇　藤原秀子。三条公秀女。後の陽禄門院。崇光院・後光厳院生母、22歳。

【通釈】賀茂祭の頃、内裏に参上した。供をする雑色・侍など、特に正式にととのえた。私の装束は菖蒲の匂の袷の衣、生絹の単、朽葉の唐衣、紅梅の二小袖などであった。
祭の当日は、警固の諸役人の武装の姿も面白く見えた。使の北の陣から出発する様子を、帝は黒戸で御覧になる。関白殿も祇候しておられる。女房は然るべき人四五人ばかりが近侍していた。女使は小大納言典侍殿でいらっしゃった。

【補説】 この日の祭行列は、二十二日「花園院宸記」に、後伏見・花園・広義門院・豊仁親王打揃い、桟敷での見物詳記があり、女使は「典侍秀子」とある。

一七 常盤井殿行幸

七月に、[一]常盤井《ときはゐ》殿にはじめて行幸なら」一四ウせ給ふ。院御方、[二]小御所に移《うつ》らせ給ひて、かねてより[三]御しつらひどもあり。設《まう》けらるべき御装《よそ》ひ、なべてならざるべくと沙汰《さた》ありしかばにや、同《おな》じ紅《くれなゐ》・紫も[四]千入《しほ》の色深《ふか》く見《み》ゆ。昼《ひる》の行幸なれば、ことさらに儀式異《ぎしきこと》なり。[五]中門に御輿舁《こしか》き据《す》ゑ聞《きこ》えて、下《お》りさせ給ふ。筵道《ゑんだう》参《まい》りて、西《にし》の渡《わた》殿より南面《おもて》を経《へ》させ給ひて、東の妻戸より入らせ給ふ。その作法《さほう》、[六]常《つね》の儀《ぎ》なるべし。三日御逗留《とうりう》也。その程《ほど》、[七]前右大臣殿・[八]大納言殿・[九]宰《さい》相中将殿など参《まい》り給ふ。

【語釈】一　後伏見・花園院御所。大炊御門北、京極東。もと西園寺実氏邸。二　控えの別殿。詳細不明。三　寝殿を帝御座所とするための舗設。四　染料に幾度も入れて濃く染めること。五　常盤井殿中門は寝殿西の二棟廊の西、南に向って突出する公卿座の更に南西にあった（花園院宸記正慶元年十一月二日指図・川上貢『日本中世住宅の研究』）。六　朝覲行幸でない、通常の行幸の形。七　菊亭（今出川）兼季。49歳。八　西園寺公宗。23歳。九　大宮公名か。季衡男、15歳。

【通釈】七月に院の御所常盤井殿にはじめて行幸遊ばされる。後伏見院は寝殿から小御所にお移りになって、前々から寝殿をお待受けの御座所として御用意遊ばされた。設備なさるおもてなしの装飾類も、並々でなく立派にと御命令があったからだろうか、同じ紅や紫の色も、特別に色深く美しいと見えた。昼の行幸であるので、ことさらお儀式もすばらしかった。

中門に御輿をお舁き据えして、お下り遊ばす。筵道をお敷きして、西の渡殿から南面をお通りになって、東の妻戸からお入りになる。その作法は通常の行幸の時と同じであるようだった。三日間御逗留である。その間、前右大臣菊亭兼季公・大納言西園寺公宗卿・宰相中将大宮公名卿などが祗候される。

【補説】即位後最初の父院訪問である。簡略な記述ながら、後伏見院の満足の程がしのばれる。行幸が三日も逗留されるというのは、公的にはかなり異例な事で、持明院統多年の念願達成の喜びをあらわしている。この月、「花園院宸記」は欠けており、その状況をうかがう事はできない。

一八　童舞

その年《とし》の八月、内に候《さぶら》ひし頃[一]に、常《時》盤《は》井《ゐ》[二]殿より」一五オ幸若《かうわか》[三]といひし稚児《ちご》を参《まい》らせられて、便《びん》宜《ぎ》の所にて御目《め》にかけらるべう聞《きこ》えさせ給へれば、常《つね》[四]の御所の壷《つぼ》に召《め》されて御覧《らん》ぜらる。萩[五]の緯青《たてあを》に、その枝の高《たか》やかなるを織《お》りて、露を高《たか》く置《を》きたる浮線綾《ふせんれう》[六]の水干《すいかん》[七]なり。[八]もてなしなど由《よし》あるを、いとゞしく用意加《よういくは》[九]へたるさま也。舞なども惟成[一〇]に宣《の給》はせつけて、御身づからも御言葉《こと》を入れさせ給ひしかばにや、万《よろづ》おろかならぬさまにぞ聞《きこ》えし。

水干直垂《すいかんひたゝれ》[一一]、珍《めづら》しきさまにて折〳〵《おり》賜《たま》はる。扇・薫物《たき》はた、更《さら》にも言《い》はず。慈什《じぞう》[一二]僧正」一五ウいみじうすき[一三]物にて、稚児《ちご》十人とゝのへて、舞楽[一四]を習《なら》はせて、色々の姿《すがた》、いとお《(を)》かしく仕立《した》てゝ参《まい》らせ侍りしかば、常《つね》に御覧ぜられしに、幸若《かうわか》・あと[一五]ゝ、すぐれていみじと人々もてはやす事《こと》にてぞありし。童舞[一六]うるはしくとゝのへ、御覧ぜらるゝ折〳〵《おり》もあり。たゞ内《うち》[一七]〳〵姿《すがた》にては、暇《ひま》なく侍りき。

【語釈】一 「頃に」は底本「皆」。誤写と認め改訂。二 後伏見院。三 底本、二箇所とも「からわか」とも読める。後出「あと」と共に五〇段にも見える。四 清涼殿北の壷庭。→三段注二五。五 底本「荻のたてあけ」。誤写と認め改訂。表経青、緯蘇芳、裏青（女官飾鈔）。六 文様を浮織にした綾織物。七 盤領闕腋《あげくびけってき》、裾は袴に着込める。盤領の打合せ先と背面中央とに紐を付けて結ぶ。胸・背・袖に菊綴を付ける。本来民間・下級官人服だが、少年の晴着、舞衣裳として華美なものを用いる。八 態度。九 たしなみ。一〇 維成とも。冷泉頼成男、前左中将正四位下。後伏見院近臣、笛に堪能。一一 水干に似るが垂領《たりくび》。袴も共裂で、腰は白地を用いる。一二 清水谷長嗣男、横川長吏、法性寺座主、権僧正。「花園院宸記」にも童を伴って参る事がしばしば見える。一三 趣味人。一四 雅楽の舞。一五 未詳。幸若と並ぶ童舞の上手の名か。五〇段にも「あと」とある。一六 舞装束・伴奏をととのえて。一七 平常の姿のまま。「うるはしく」の対。

【通釈】その年の八月、内裏に祗候していた頃に、常盤井殿においでの後伏見院から、幸若という名前の、舞上手の稚児をお遣わしになって、適当な所でその舞を帝にお目にかけるようにと申上げられたので、常の御所の中庭にお呼びになって御覧になる。萩の緯青の色目に、その萩の枝の高く立ち伸びた様を織り出して、そこに露を高く盛り上げるように刺繍した、浮線綾の水干を着ている。動作など風情がある上にも、一入心遣いを加えた態度である。舞なども、惟成に仰せつけられてよくお教えになった上、院御自身も御助言なさって指導遊ばしたためか、すべてなみなみならず立派な技能であるとの評判であった。

　こうした稚児達には、帝からも水干や直垂を、目新しい形に調えて折にふれて賜わる。扇や薫物の御下賜は、もちろん言うまでもない。慈什僧正は大変な風流人で、稚児を十人揃えて、舞楽を習わせて、色々の装束を大変面白く着飾らせて参上させたので、帝は常々御覧になっていたが、中でも幸若とあととは勝れて上手であると、人々も評判する事であった。こうした稚児の舞は、正式の衣装・奏楽を整えた形で御覧になる時もあり、ただ内々の略式の催しは、いつとなく屢々行われる事であった。

【補説】「幸若」については、玉井幸助『日記文学の研究』（昭40）に「若しこれが幸若舞の起原であったとすれば、普通の説となっている元祖桃井幸若丸直詮の生まれた明徳四年（一三九三）より五十年も前の事である。記して後の考を待つ」とされ、また渡辺静子『『竹むきが記』に見える「かうわか」をめぐって』（日本歌謡研究12、昭47・12、『中世日記文学論序説』平元）では、「幸若舞のごく初期的形態、いわば原初的、未分化的様相がみられるのではないか」とされている。慈什は西園寺公経の兄公定の末裔なる清水谷流に属し、その近親には花園院乳母もあって、一族あげて特に同院に親近した。下巻五〇段長講堂の思い出の「素什僧正」もおそらく「慈」の誤写、同一人で、「幸若」「あと」ともども「御遊」に祗候している。

一九　長講堂供花

同《おな》じ年の九月に、[一]長講堂供花《（くうげ）》なるに参《まい》り侍りし。[二]萩の緯青《たてあを》に、[三]黄筋《きすぢ》白筋《すぢ》の単《ひとへ》襲《がさね》、朽葉《くちば》の唐《から》衣《ぎぬ》。御簾《（ぎょれん）》に[四]西園寺大納言殿参《まい》り給ふ。[五]出御の後、北向にて御酒《みき》あり。[六]新院、二《ふた》御所おはします。

御前《まへ》」[一六オ]に大納言殿候《さぶら》はせ給ふ。[七]御陪膳《ばいぜん》にたゞ一人候ふ。[八]垣穂《かきほ》に這《は》へる蔦《つた》のわづかに色づきたるに、岩間《いはま》をくゞる水の心ばへも由《よし》ありてと、心を遣《や》りて繍《ぬ(ひ)》いたる小袖に、[九]女郎花の羅《うすもの》の単《ひとへ》、脱《ぬ》ぎすべして候ふ。[一〇]宰《さい》相典侍、御盃《さか月》などすゝめ奉《たてまつ》らる。

[一一]御通《かよ》ひの道《みち》に、遣《やり》戸の御簾《みす》垂《た》れて、出《いで》入むつかしとて[一二]上《あ》げさせらるゝに、[一三]八幡《やはた》の今参《いままいり》、[一四]袴《はかま》の腰《こし》をくわ《(は)》へて上《あ》ぐるに、ふと外《はづ》れて滑《すべ》り落《を》ちぬ。[一五]こわ《(は)》ぐ〱しき生絹《すゞし》の小袖なれば、[一六]打《うち》絶《た(え)》へて[一七]まびろけ立《た》てる様《さま》、いとあさまし。笑《わら》はせおはします様《さま》」[一六ウ]どもいみじ。されど、かゝる[一八]戯《ざ》れ人にしあらずは、よその心も猶死《し》ぬばかりならましとぞ覚《おぼ》えし。

御土器《かはらけ》、度々《たびく》になりて、宰相典侍、酔《ゑ(ひ)》いすゝみつゝ、[一九]傍《かたはら》いたき事どもぞ侍りし。「よからむ娘《むすめ》もがな、[二〇]猶懲《こ》りずまに奉《たてまつ》らん」など聞《きこ》ゆれば、[二一]あひしらはせ給ひしもをかしかりき。妹《いもをと》の君の、[二二]本意《ほい》違《たが》ひし事どもなるべし。

【語釈】 **一**　六条殿内の法華長講三昧堂で、毎年五月と九月に仏前に花を供えて極楽往生を祈請する仏事。長講堂領伝領者（当時は後伏見院）主催。両月とも六日或いは十三日から八日間行う。**二**　↓一八段注**五**。**三**　↓一五段注**八**・【補説】。**四**　公宗。**五**　院が出御されての正式供花（別に女房らによる内々供花もある）。**六**　花園院とお二方。**七**　↓八段注**一五**。**八**　以下、作者着用の小袖の意匠。**九**　経青、緯黄。**一〇**　伝未詳、後伏見院方の古参女房。

一三段注一三・五〇段注八と同一人であろう。「花園院宸記」正中二年八月八日条に、永福門院の使者として後伏見院の遊楽に苦言を呈する女房名として見えるが、同一人か、未詳。一一 酒食を運ぶ通路。一二 底本「あけさせらるに」。脱字と認め補入。一三 石清水八幡別当家から出仕した新参女房。一四 この経緯については【補説】参照。一五 強々しき。しなやかでない粗服の意。一六 ただひたすら。一七 衣服がすっかりはだけて。一八 おかしな人。道化役として是認されている人。一九 他人事ながら気がひける。二〇 懲りもせずに。二一 適当に応待しておられた。二二 宮仕えに出て寵を得なかった事。

【通釈】 同年九月に、長講堂供花会があるのに参上した。衣裳は萩の緯青に、黄と白の横段の単襲、朽葉の唐衣である。御簾の役に西園寺大納言公宗卿が参られる。出御の儀があった後、北向御所で御酒宴がある。後伏見院と花園院の、両御所がいらっしゃる。御前に大納言殿が祇候される。御陪膳に、私がただ一人候う。垣根にからんだ蔦が僅かに紅葉しかけたその下に小流れを配し、岩間をくぐる水の趣もしゃれた感じにと、心を配って刺繍した小袖に、女郎花の羅の単を肩から脱ぎすべらした姿で控えている。宰相典侍がお盃などお進めする。

お膳を運ぶ道に、遣戸の御簾が垂れていて、出入のじゃまになるというのでこれをお上げさせになるのに、八幡からの新参女房が、袴の腰をくわえて上げようとしたところ、ふと腰が口から外れて袴が滑り落ちてしまった。こわばった生絹の小袖一つなので、すっかりはだけて立ちつくした様子は、何ともみっともない。両院が笑っていらっしゃる御様子は一通りでない。しかし、こんなおかしな人と定評のある人でなかったら、他人事ながらやはり死ぬほどはずかしい事だろうと思われた。

お盃のやりとりが度々になって、宰相典侍が酔ったまぎれに、気はずかしいような話も申上げた。「器量のよい娘がほしいものでございます。性懲りもなく又差上げる所でございますのにね」などと申上げるのを、柳に風と受け流していらっしゃったのも面白かった。妹の君をお上げになったのに御寵愛が思うようでなかったのを匂わせておられるのだろう。

【補説】 西洞院六条の後白河院仙洞内に営まれた持仏堂なる長講堂の経営護持、ならびに仏法興隆のために寄進された、一八〇にも及ぶ荘園、すなわち長講堂領は、同院皇女宣陽門院を経て文永四年（一二六七）後深草院に伝領され、持明院統の重要な経済基盤となった。従ってここで行われる毎年五月・九月の供花会は、持明院統上皇主催の重要仏事であった。これは同統の私事であるから、天皇は皇統の如何にかかわらず全く関係されない。大覚寺統上皇は稀に結縁のため参加される事もあるが、全くの客人扱いである。その歴史、行事詳細に関しては、北條文彦「長講堂の供花について」（書陵部紀要37、昭61・2）「中世に於ける長講堂の供花の沿革について」（駒沢史学58、平14・3）に詳しい。すなわち、五月と九月、六日〜十三日、又は十三日〜二十日の各八日間にわたり、上皇は六条殿に滞在、昼夜二回、長講堂仏前に出御、無量義経・法華経読誦のうちに、上皇はじめ廷臣等が各自に供花を捧げて供養を行うほか、女房等の内々供花もあり、その合間には構内の後白河院御影堂参拝、各月十三日後白河院御月忌仏事、更に内々の詩歌管絃や本段に見るようなくつろいだ酒宴も行われた。

　本段は「袴」をめぐって、女房装束に興味深い資料を提供する。袴は本来、絶対に略し得ない基本的服飾であったが、内衣である小袖の発達と、消耗の激しい用途上の性格からして、当代省略の方向に向った事、小袖に上衣を羽織ったのみの吉野水分神社玉依姫像（建長三年〔一二五一〕在銘）・「春日権現験記絵」貴女像（延慶二年〔一三〇九〕発願）に明らかである。建長から八〇年も下った本記の、私的酒宴の座にただ一人侍する作者は、肩から裾にかけ

掻取袴着の図

「心を遣りて」――趣向をこらしてデザインした衣裳を誇示すべく、おそらく袴は着けぬ着流しで、しかしそれに代る儀礼的服飾、羅の単を、申しわけだけに「脱ぎすべして」控える、という形と考えられる。

一方、雑用に立働く下級女房の白小袖はあくまでも内衣であり、袴なしで貴人の前には出られない。しかし長袴は高価で傷みも早いから、個人でなく共用として備え、寸法も大きく、腰紐を長く取ってあらかじめ結んでおき、臨期に足を入れ、腰部分を引上げて結んだ紐を右肩にかつぐ形で貴人の御前に出、所用を果すという便法が生れた。「大腰の袴」と称するものがこれである。その余響を残す近世の奥女中風俗を示す。（紀州徳川家南葵文庫所蔵装束写真により、三谷一馬画。三田村鳶魚『御殿女中』〈昭46、青蛙房〉所収）

ここでは掻取《かいどり》（打掛）まで袴の内に着籠めているが、宮廷下級女房では白小袖のみ着用。袴なしではかなり見苦しい姿である。

同じ女房という中にも、両院に親しく近侍する陪膳役として、華奢な略服でただ一人つつましく控える作者、盃酌をとりもちつつあつかましく妹の不遇に不満を匂わせる古参老女、御前での大失態に立ちすくむ新参者（「戯れ人」とは、枕草子一〇四段の蔵人方広のような、一種の笑われ役。宮廷生活中には意識的無意識的にこういう役割分担者も必要なのである）を、簡潔的確に描き分け、これに対応する両院、特に後伏見院の鷹揚でこだわらぬ取りなしが、短文の中に生き生きと浮かび上る。作者の観察力、筆力の、凡ならざる事を感じる。

二〇　南殿の月

供花の後、[一]内に候《さぶら》ひしに、夜いたく更《ふ》け静《しづ》まりて、[二]南殿の月御覧ぜられしに、[三]迷《まよ》ふ雲もなく空澄《す》みつゝ、[四]池の面《おもて》もことさらに曇《くも》りなく見《み》えて、いと面白《おもしろ》く侍りしに、[五]御後《後々》の方《かた》へ」一七オ成《な》らせ給ひしに、軒合《のきあひ》に洩《も》れる[六]露臺の月、はつかなるしもことにぞ見《み》え侍りし。心の中に、

秋深《ふか》き[七]露のうてなに影《かげ》もりて[八]はつかに澄《す》める軒合《のきあひ》の月

【語釈】 **一**「内に」は底本「内々」。誤写と認め改訂。**二** 天皇が、紫宸殿の月を。**三** 底本、「よ」の右に「か」と別筆（?）書入れ。**四** 富小路内裏には釣殿・池など寝殿造の要素もあった（花園院宸記文保元年四月）。**五** 紫宸殿北廂。**六** 紫宸殿と仁寿殿の間の板敷。屋根はない。**七**「露台」を和らげて詠みこむ。**八**「僅か」に「二十日」をかける。

【通釈】 供花の後、内裏に祇候していた折、夜がすっかり更けてあたりが静まった後、帝が南殿の月を見にお出ましになったところ、漂う雲もなく空が澄み切って、それを映す池の面も特に曇りなく見えて、大変すばらしい景色であったのに、南殿の裏手の方にまわっていらしたら又、仁寿殿との軒の合間から洩れて露台にさす月光が、僅かば

かりであるのがかえって趣深く見えた事であった。心の中に思った歌、

秋深く置く露、その名を持つ露台の上に、光が洩れ射して、わずかではあるがそれがいかにも澄んで美しい、軒合からの二十日月の光よ。

【補説】 格別の事もない段であるが、地の文と歌と双方で「はつか」を強調している所を見ると、おそらく当夜は九月二十日、とすれば前段の供花は一三日〜二十日であるよりは六日〜十三日に行われたのであろうかと推測される。

二一　大嘗祭御禊

神無月に、[一]御禊の行幸あり。前《まへ》の日、河原へ御幸侍りて、内侍習礼《すらい》などあり。[二]御見物の御幸《かう》ならせ給ふ。御車《くるま》、[三]網代庇《あじろびさし》、南階に寄《よ》す。その間《ま》の御簾を上《あ》げらる。公卿列立、殿上人、御車の[四]榻《しぢ》の前《まへ》に列《なら》ぶ。[五]召次所《めしつぎ》、御車の左右に候《こう》す。陰陽師反閇《（へんばい）》の後出[六]御（御直衣、[七]御下括《（げくくり）》、御烏帽子《ゑぼし》、[八]平礼《へいれい》を奉《たてまつ》る）。なべてならぬ御直衣《なをし》のさま、白浪の」一七ウ立《た》ちたるかと見《み》えて言《い》ひ知《し》らぬに、いとゞしき御光、言《い》はん方《かた》なく見《み》えさせ給ふ。御随身十二人、隅《すみ》の間《ま》の勾欄《かうらん》の際《きは》に、床子に候す。色々の姿《すがた》ども、さまぐ\に美《うつく》し。

九新院、西妻戸より出御なる。その程に、御前駆《さき》の声、華《はな》やかに聞《きこ》ゆ。御随身を譲《ゆづ》り奉《たてまつ》らせ給へばなるべし。一〇南面《おもて》に出でさせ給ひて、御車寄《よ》せ聞《きこ(え)》へさせ給ふ程も、いといみじかりき。老い給へる人々は、古《ふ》りにし代をかけつゝ、一一涙さへ落《おと》し給ひしもをかし。一二御車寄《よせ》は三条坊門内大臣也。東の簀子《すのこ》に候《さぶら》はる。新院召《め》さるれば、御前駆《さき》の声《こゑ》、しきり」一八ォに参《まい》る。供奉人、公卿、内大臣・葉室大納言長隆一三・冷泉前中納言頼定一四・春宮大夫一五公重・右兵衛督一六隆蔭《陰》一七。下臈《らう》より列を離《はな》れて次第に先行。御車、一八二条万里小路に立《た》てらる。上達部より四位・五位・六位・御随身以下一面に、おの〳〵床子につける様《さま》、所もなく侍るは、類《たぐひ》あらじといみじう見《み》えさせ給ふ。行幸の儀式《ぎしき》、はた言《い》はん方《かた》なし。御車の前《まへ》に御輿《こし》をしばし一九捧《さゝ》げ奉《たてまつ》りて、二〇事の由《よし》を聞《きこ》えさせ給ふさまなるも、いといみじうなん。二一女御代は二二大炊御門、儀式《ぎしき》もゆゝしかりきとぞ聞えし。

【語釈】一　大嘗祭を行うに当り、天皇が賀茂川の河原で潔斎される儀。この時は十月二十八日挙行。二　当日、御禊行幸行列見物の御幸。「花園院宸記」に詳記。三　車体を竹または檜の網代で貼った唐庇の車。四　牛をはずした時、轅《ながえ》の軛《くびき》を支える台。五　院の庁の雑事を勤める下官。六　後伏見院が。七　指貫の紐を踵《かかと》の所で結び、裾のふくらみが足先を覆うような穿き方。八　薄く漆を塗ったしなやかな烏帽子。九　花園院。一〇　花園院が後伏見院の御車寄を勤める。「花園院宸記」に詳記、【補説】参照。一一　口に出す意。一二　花園院の御車寄。源通顕（中院通重男）が勤める。42歳。一三　藤原頼藤男、47歳。一四　藤原経頼男。即位式の詳記「頼定記」がある。一五　底本「宮」を欠く。脱字と認め補入。一六　西園寺実衡男、公宗弟、16歳。一七　底本「隆陰」。誤字と認め改訂。→一二段注四。一八　二条大路南側に、高倉から万里小路にかけて両院の御車を立てた。「花園院宸記」に略図入り詳記。【補説】参照。一九　止めて。二〇　次第を述べる。挨拶をする。二一　御禊の時臨時に女御の代りを勤める女官。二二　大炊御門冬信（→一段注二七）が出した。冬氏女、冬信姉妹、光福寺前内大臣女（風雅集歌人）がそれに当るか。

【通釈】　十月に、御禊の行幸がある。前日の二十七日、両院が賀茂河原へお出ましになって、内侍の練習などの事があった。二十八日の行幸当日は、御見物の為に御幸遊ばす。御車は網代庇で、南階に寄せる。出御の間の御簾を上げる。公卿が列立し、殿上人は御車の榻の前に並ぶ。召次所の者共が御車の左右に控えている。陰陽師が反閇を行った後、後伏見院が出御遊ばす御直衣、御下絬、御烏帽。子は平礼をお召しになる　並々ならず見事な御直衣の様子は、白波が立つかのように見えて何ともすばらしい上に、院御自身の自然の御威光が加わって、言いようもなく御立派にお見えになる。御随身十二人が、隅の間の勾欄のすぐ側に、床子に祗候している。その色々の姿も、それぞれに美しい。

花園院が西妻戸からお出ましになる。その時に、お先払いの声が、華やかに聞える。後伏見院が御自身の御随身の人数を割いてお譲りになったからであろう。同院が南面にお出になって、後伏見院の御車寄をお勤め遊ばす御様子も、実にすばらしいものであった。お年を召した方々は、昔、伏見院御在世の御代の事どもを言い出しては、涙をさえ落しておられたのも、感深い事であった。花園院の御車寄は三条坊門内大臣通顕公である。東の簀子に祗候しておられる。花園院が御車に召されると、御先払いの声がしきりに聞える。供奉人は、公卿に内大臣・大納言葉室長隆・前中納言冷泉頼定・春宮大夫公重・右兵衛督隆蔭である。下位の者から順に列を離れて、次第に先に進む。

両院の御車は、二条万里小路にお立てする。上達部から四位・五位・六位・御随身以下一面に居流れて、それぞれ床子に着座した様子は、隙間もなく見えるので、こんな盛儀は又とあるまいと、実に御立派にお見上げする。

　行幸の儀式が又、何とも言いようもない。両院の御車の前で御輿を暫くお止めになって、御挨拶を申上げられる御様子であるのも、実に晴れがましい事である。女御代は大炊御門冬信卿がお出しした。その儀式も立派であったとの話である。

【補説】 御禊行幸両院御見物の様子は、『花園院宸記』別記正慶元年十月（二十八日）条に、院自筆の略図入りで詳記されている。先ず花園院出御、後伏見院の御車寄を行う段では、「朕之に先だって冠・直衣を着し院の御方に参る。只今御装束の間なり、即ち出御有るべし、御車を寄すべきの由仰すべきの由仰せ有り、仍ち南面に出で、国俊を召す。（中略）次に出御、内大臣御簾に候す、即ち乗御。内大臣御車の簾を褰ぐ（此の間朕簀子に跪く）」とあり、後伏見院の装束については、裏書に「上皇、平礼御烏帽子・御直衣（裏聊か色有り）・御奴袴（青鈍）・御下袴等例の如し」と記す。院の直衣は裏に薄い紫か青を配した純白、「白浪の立ちたるか」の形容にふさわしいものであった事がわかる。これに対し、花園院出御の先払いの声の盛んな事を「後伏見院が御随身を譲られたからであろう」と記すのは、明らかに後伏見院方に立っての書き方であり、花園院方の女房のものではない。名子が本来的に後伏見院女房である事を示す一証である。

　やがて二条万里小路に御車を立てるが、その「上達部より……御随身以下一面に、おの〳〵床子につける様」は、花園院の軽妙な略筆に巧みに描かれて同院宸記に残され、当時をしのばせるに十分である（史料纂集『花園天皇宸記　第三』昭61写真版挿図）。

二二　両院拍子合

十一月四日、院の拍子合[一]侍りし。所」一八ウ作人、神宴[二]、拍子、本[三]、治部卿冬定[四]・末、権中納言実守[五]、付歌[六]春宮亮《すけ》宗兼・左中将資兼朝臣・敦有[七]、和琴権大納言冬信、笛左中将維成[八]、篳篥《ひちりき》は前右衛門督兼高[九]。御遊[一〇]、呂《りよ》、安名尊《あなたふと》・鳥破《とりのは》・席田《むしろだ》・鳥急《とりのきふ》・美作《みまさか》・賀殿急《かてんのきふ》。律《りつ》、伊勢海・万歳楽・更衣《ころもがへ》・三臺急《さんたいのきふ》。拍子権中納言実守、付哥宗兼朝臣、笙左中将隆職[一一]朝臣、琵琶御所作[一二]・前右大臣菊亭殿[一三]、箏治部卿冬定。

同《おな》じ月の七日、新院の拍子合なり。所作《さ》人、神宴、拍子、本[一四]、権中納言実守・末、宗兼朝臣、付歌[一五]清季朝臣・敦有・資兼・地下忠有[一六]、和琴《わごん》冬信卿、笛維成《ふえこれなり》朝臣、篳篥《ひちりき》兼高卿。御遊、呂、安名尊・」一九オ鳥破・席田・鳥急。律、伊勢海・万歳楽・朗詠[一七]令月徳是・甘州[一八]。拍子実守卿[一九]、付哥宗兼朝臣、笙左中将成経[二〇]、琵琶中納言菊亭殿実尹[二一]、箏冬定卿。このほか神宴と同《おな》じ。

【語釈】 **一** 清暑堂御神楽・御遊の予行。**二** 神前の御神楽の配役。**三** 神楽歌の本方の主唱者。次の末方と対話す

るように歌いかわす。底本「本」「末」「付歌」は各右肩に小さくあるも、注一四に合せ改訂。**四**　中御門宗冬男、53歳。**五**　洞院公賢男（実は実泰男、公賢弟）、19歳。**六**　→一段注二〇。**七**　綾小路有頼男、10歳。左少将。**八**　→一八段注一〇、惟成。**九**　楊梅兼行男、46歳。**一〇**　御神楽の後の管絃の曲目・配役。席田・美作・更衣は催馬楽。賀殿は唐楽、壱越調。他は→一段注二八以下。**一一**　鷲尾隆嗣男、28歳。**一二**　後伏見院。**一三**　今出川兼季。**一四**　「本」「末」「付歌」は底本で本行にあり。**一五**　八条実英男、38歳。**一六**　多忠茂男、神楽血脈に見える。**一七**　「嘉辰令月歓無極　万歳千秋楽未央」（和漢朗詠集七七四、謝偃）・「徳是北辰　椿葉之影再改　尊猶南面　松花之色十廻」（新撰朗詠集六一五、後江相公）**一八**　唐楽、平調。**一九**　底本「実守卿」右寄せ小字、他部分と合せ改訂。**二〇**　清水谷長嗣男、36歳。**二一**　兼季男、15歳。

【通釈】　十一月四日、後伏見院御方で清暑堂御神楽の拍子合があった。演奏者は、神前の御神楽では、本拍子治部卿中御門冬定・末拍子権中納言洞院実守・付歌春宮亮中御門宗兼・左中将二条資兼朝臣・綾小路敦有、和琴権大納言大炊御門冬信、笛左中将冷泉維成、篳篥は前右衛門督楊梅兼高。その後の御遊の曲目は、呂が安名尊・鳥破・席田・鳥急・美作・賀殿急。律が伊勢海・万歳楽・更衣・三台急。拍子権中納言実守、付歌宗兼朝臣、笙左中将鷲尾隆職朝臣、琵琶は後伏見院の御演奏と前右大臣菊亭兼季公、箏治部卿冬定。

同月七日、花園院の拍子合である。演奏者は、御神楽では、本拍子権中納言実守・末拍子宗兼朝臣、付歌八条清季朝臣・敦有・資兼・地下の多忠有、和琴冬信卿、笛維成朝臣、篳篥兼高卿。御遊では、呂が安名尊・鳥破・席田・鳥急。律が伊勢海・万歳楽・朗詠令月徳是・甘州。拍子実守卿、付歌宗兼朝臣、笙左少将清水谷成経、琵琶中納言菊亭実尹卿、箏冬定卿、この外は御神楽と同じである。

【補説】「花園院宸記」別記、四日・七日の条と見合わせると、所作人の記録は正確である。両日とも御遊の曲名は「宸記」には記されていないので、本記は「宸記」を補うよき資料でもある。音楽に対する作者の素養・関心もなみなみでなかった事が知られる。

二三　五節・廻立殿行幸

十一日、[一]官司《くわんのつかさ》に行幸あり。[二]後房《こうばう》・[三]朝所《あいたんどころ》、御所にせらる。[四]造合《つくりあひ》の傍《そば》、女房の局になる。[五]五節沙汰の人々、[六]花山・[七]西園寺殿・日野大納言資名・[八]権中納言俊実、[九]五人なり。[一〇]本 [一一]参《まい》りは西園寺殿より也。[一二]打出《うちいで》、白き衣・同じき単《ひとへ》・蘇芳《すわう》の表着《うはぎ》・萌葱《もよぎ》の唐衣《から》。綾《あや》の文《もん》、表着《うはぎ》、[一三]皆櫛《みなくし》を織《お》り、[一四]彩《だ》み返したり。衣の[一五]縅《しぐら》など、[一六]調《てう》じざまなべてならず、白浪《しら》の立《た》ち寄《よ》る[一七]袖の浦《うら》にやとぞ見《み》えし。」一九ウその外《ほか》はたゞ常《つね》の色〳〵ども也。目《め》に立《た》つもなかりき。

[一八]丑《うし》の日は[一九]帳臺の出御なり。[二〇]御指貫《さしぬき》を奉る御下括《げくくり》、御棲《つま》を出《い》ださる。舞姫《まひ》、臺に昇《のぼ》る。御覧《らん》あり。殿上人、北の廊にて[二一]びんたゝらうたふ。横雲《よこ》白《しら》む程に、返り入《い》らせ給ふ。両[二二]貫首宗兼頼教御供《とも》なり。

[二三]寅《とら》の日、[二四]殿上の淵酔《ゑんずい》なり。蔵人頭をはじめ、直衣どもにて、色々の袿《うちぎ》、皆棲《みなつま》を出《い》だす。三献

に肩脱《かたぬ》ぎて、[二五]万歳楽はやして乱舞す。[二六]上《(かみ)》の戸に、御倚子におはしまして御覧《らん》ぜらる。御引《ひき》直衣也。西園寺大納言殿、妻戸の左の方《かた》に候《さぶら》ひ給ふ・。[二七]裾《すそ》かづ」二〇オき、御倚子のめぐりに多《おほ》く候《さぶら》ふ。[二八]卯《う》の日、[二九]標《へう》の山を引《ひ》く。[三〇]両行事弁・国司以下、供奉す。[三一]朱雀門を入りて・、官の南門より南庭に立つ・。

[三二]御前《まへ》の試《(こゝろみ)》には、舞姫《まひ》昇《のぼ》りて座につく。童《わらは》下使《づかひ》は廊の内《うち》には入《い》らず。[三三]詠曲の・殿上人ども、御前に召《め》して歌曲をつくす。殿上の淵酔《ゑんずい》は寅《とら》の日に同《おな》じ。[三四]御覧の・儀、上達部は御前に候《こう》す。童、廊を経《へ》て簀子《すのこ》に候《さぶら》ふ。殿上人、紙燭《しそく》を取《と》りて従《したが》ふ。下使、庭上にて六位など扶持《ふち》す。風吹き・冴《さ》えて、袖に玉散《ち》る霰《あられ》の気色《けしき》など、いと面白《おもしろ》くぞ侍り・し。」二〇ウ

　[三五]韓《から》玉の挿頭《かざし》と見《み》えて少女子《おとめ》が立《た》ち舞《ま》ふ袖に降《ふ》る霰《あられ》かな

[三六]廻立殿《(くわいりふでん)》の行幸侍りて・、御湯《ゆ》の事あり。[三七]帛《はく》の御袍《はう》を召《め》す。供奉人、[三八]小忌《おみ》を着《き》る。暁になりて還《かへ》り入《い》らせ給ふに・、雨降《ふ》りて人々もいたく湿《しほ》れたるに、[三九]殿の御[四〇]下襲《がさね》、[四一]あるにもあらねば、今《け》日《ふ》の御参《まゐ》りの障《さは》りにやと、[四二]三位殿忍《しの》びて侘《わ》び給ふも・をかしかりき。されども、ことさらに[四三]うるはしき様《さま》にて、いと疾《と》くぞ参《まゐ》り給ひ・し。

【語釈】一 太政官庁（→六段注三）。二 太政官庁の北方にある殿舎。三 後房の東にある殿舎。参議以上が会食し、また政務を行う所。四 後房と渡廊の接続部分か。五 五節の舞姫を出した人々。底本「々」を脱し右脇に補入。六 花山院権中納言長定。家定男、19歳。七 公宗。八 俊光男、作者の父。46歳。九 坊城定資男、37歳。【補説】参照。一〇 一人欠。底本「五」の右脇に「本」と注記（「本ノマヽ」の意）。「花園院宸記」によればこの一人は吉田定房、経長男、前権大納言従一位、59歳。一一 丑の日（同月十一日）、正規の儀により舞姫が内裏に参入する事。但しこの時は西園寺家のみが行い、他は密参であった（花園院宸記）。一二 押出し（→一三段注一七）に同じ。簾の下から出す装飾の衣。一三 櫛は五節に因む特殊の文様。一四 入念に彩色する。一五 表面に細かい凹凸をあらわした織り方。一六 調製の仕方。一七 出羽の歌枕。山形県酒田市、酒田港あたりの海岸。「白浪」の縁でいう。一八 十一日。舞姫参入と同日の夜。一九 常寧殿帳台で五節の舞の試演を行うのを天皇が御覧になる儀。官の庁で行う時は西庁七ヶ間のうち北二間を大師《おおし》の局、また帳台と称し、ここで行う（代始和抄）。二〇 天皇が指貫を召すのはこの時のみ。袴の裾から袿の褄を出される。二一 雑芸「鬢多々良」。帳台の試の時、后町の廊で殿上人らがうたう。ここでは「北の廊」をそれになぞらえる。二二 蔵人頭。宗兼は右大弁、頼教は修理大夫、葉室頼房男。二三 十二日。二四 →八段注一〇。五節殿上の淵酔は特に無礼講で舞い遊ぶ。二五 →一段注二三。二六 ここでは朝所を清涼殿に擬し、その殿上の間上の戸（→八段注一一）に当る場所をいうか。二七 裾被き（→八段注一三）の姿をした女房。二八 十三日。二九 大嘗祭に悠紀・主基の両国司が列立すべき場所のしるしの木。山形に作り、木綿・榊・日月の形などを飾る。後代、祇園会の山鉾の祖型かと言われる。三〇 担当の弁官と悠紀（近江）・主基（丹波）国司。三一 大内裏南面正門。三二 清涼殿で五節の舞の試演を天皇が御覧になる儀。ここでは官庁の後房の廂をその場にあてる。寅の日の行事であるはずであるが如何。次段【補説】参照。三三 歌曲に堪能な殿上人ども。三四 童御覧。舞姫に付き添う童女と下使を召して天皇が御覧になる儀。卯の日の行事。三五　中国産の宝玉。三六　悠紀殿・主基殿で神膳を供えるため、天皇が沐浴潔斎される殿舎。「廻立殿行幸」とのみで、沐浴の後行われる、大嘗祭の根幹たる、両神殿での神々と天皇差向いでの神宴の儀すべてをさす。三七　↓一二段注一三。三八　小忌衣。↓五段注一三。三九　関白冬教。四〇　束帯の袍の下に着し、後身は裾を長く引く。四一　無きに等しい。その形をなしていない。四二　未詳。冬教室、従三位禔子（一条内実女）か。四三　整った様子。

【通釈】　十一日、官司に行幸がある。太政官後房と朝所を帝の御座所にされる。造合の傍が女房の局として設営される。五節の舞姫を出す人々は、権中納言花山院長定・西園寺公宗卿・大納言日野資名・権中納言坊城俊実（・前権大納言吉田定房）の五人である。正式の舞姫参入は西園寺殿から行われる。その打出の装束は、白い衣・同じ單・蘇芳の表着・萌葱の唐衣。綾の文様は、表着には皆櫛を織出し、美しく彩色してある。緘の衣の織目の凹凸など、調製の繊細さはなみなみでなく、白波の立ち寄せる袖の浦の景色かと見えた。その他の舞姫は皆密参で、装束はただ通常の通りの色合である。特に目に立つ物もなかった。

　丑の日は帳台の出御である。御指貫をお召しになる御下紐、御褄を。お出しになる舞姫が帳台に昇る。舞の試演を御覧になる。殿上人が北の廊でびんたたらをうたう。明け方、横雲が白く明るんで来る頃に帝は入御なさった。蔵人頭二人宗兼頼教が御供である。

　寅の日は殿上の淵酔である。蔵人頭はじめ皆が直衣姿で、色々の袿を、それぞれ褄を出して着ている。御盃三献の後肩を脱いで、万歳楽をはやし立てて乱舞する。帝は上の戸の所で、御倚子に着座なさって御覧になる。御引直衣姿である。大納言西園寺公宗卿が、妻戸の左の方に祗候なさる。裾被きの女房達が、御倚子のまわりに大勢控えている。
卯の日には標の山を引きまわす。悠紀・主基双方の担当の弁と両国司以下がお供する。朱雀門から入って、太政官正庁の南門を経て南庭に立てる。
御前の試には、舞姫が官庁後房の廂に参入して座に着く。童・下使は廊の内には入らない。詠曲にすぐれた殿上人共を帝の御前に召して、歌曲をさまざま面白く奏する。殿上の淵酔は寅の日と同じ事である。
童御覧の儀には、上達部が帝の御前に祗候する。童が廊を通って簀子に参上する。殿上人が紙燭を持って従う。下使は庭に参候して、六位らが世話する。風が寒く吹いて、童の袖に霰の玉が散りかかる様子など、大層風情があって面白い事であった。

　舶来の玉の髪飾りかと見えて、童女達の立居する袖に降りかかる、美しい霰よ。

廻立殿の行幸があって、帝が御湯を召される事がある。帝は帛の御袍を召す。供奉の人々は小忌衣を着る。明け方に行事が終ってお帰りになる時、雨が降って供奉の人々もひどくびしょぬれになった中にも、関白冬教公の御下襲がとりわけひどい状態であったので、「今日これからのお儀式参入にお差支えじゃないかしら」と、三位殿がこっそり心配していらしたのもおかしかった。けれどもそんな事もなく、特別御立派なお姿で、大変早く参上なさった。

【補説】「花園院宸記」別記、十一日条に、「今夕五節参入、西園寺大納言・日野大納言・花山院中納言・和泉国俊実卿・長門国定房卿、西園寺大納言舞姫参入、自余の四个所は密参と云々」とあるので、本記に欠けている舞姫受領分の二国名と、吉田定房の名が補える。「参りは西園寺殿より也」と特記するのも、他は公式参入を避け、密参であった故と知られる。この日の参入舞姫装束は、前日宸記に「丑日舞姫装束、西園寺大納言宿所に遣はす。是先日申請ふに依るなり」云々とあり、すなわち花園院下賜のもの。それ故に特に賞美して記したのであり、「その外は」云々は他の舞姫装束の、実家のそれをも含めての謙辞である。なお資名の五節献進は十月権大納言昇進に対する報謝と見られる。次段【補説】、髙田信敬論文参照。

「廻立殿の行幸」とは、それのみでなく、そこでの沐浴潔斎の後、悠紀主基両神殿において天皇が神々と共食される、大嘗会の根幹なる「神膳の儀」すべてをさす。その作法詳細は「伏見院宸記」正応元年十一月別記に記されている。「花園院宸記」別記では、十一月二日、光厳天皇が常盤井殿に幸し、神膳の儀の習礼を行われた事が、神前の食薦《すごも》の敷様の図を添えて詳記されている。わずかに二人の采女が膳部の取次ぎをするのみの、神と帝と差向いの秘儀であるために、典侍といえども全く関与せず、「暁になりて還り入らせ給ふに」と記すのみである。「花園院宸記」にも両院同車で太政官西方に車を立てて待ち、はるか廻立殿の方に火の光を見て、事終り還幸の様子を察して、安堵して帰殿した旨が記され、「十基神膳の間、雨灑《そそ》ぐ。幸路潤ふと雖も違乱に及ばず」と、「雨」についても言及されている。関白冬教のびしょ濡れの下襲に、三位殿（その室であろう）が気を揉む描写も面白い。

二四　五節豊明節会

辰《たつ》[一]の日より節会《せちゑ》はじまる。

十五日、[二]清暑《せいそ》堂の御神楽、御遊也。拍子、本[三]、前中納言資親・末、権中納言実守、付歌宗兼

朝臣・」二一ォ資世[4]朝臣・清季・資兼[5]・敦有など。和琴《わごん》権大納言冬信、笛維成、篳篥《ひちりき》前右衛門督兼高。呂、安名尊・鳥破・蓑山[6]・賀殿急。律、伊勢海・万歳楽・五常楽[7] 拍子権中納言実守、付歌宗兼・敦有、笙右大臣殿[8][9]蚶気《きさぎ》絵へ、笛維成朝臣、琵琶太政大臣殿[10]菊亭殿、箏治部卿冬定、和琴権大納言冬信。後房の造合《つくりあひ》[11]に、主上御束帯《そくたい》にて、大床子に御座《おはします》。所作《さ》人、召《め》しに従《したが》ひて座につく。太政大臣殿、その夜、太政大臣の拝賀《はいが》[12]をけ[13]んぜらるべし。

[14]五節所御覧侍るに、里《さと》[15]のに、打乱《うちみだれ》[16]の筥《はこ》に薄様《うすやう》敷《し》きて、櫛《くし》ども積《つ》み入れて、二階の下《した》に隠《かく》し置《を》けるを御覧《らん》じ付《つ》け」二一ゥさせ給ひて、いみじう興《けう》ぜさせ給ふ。制《せい》[17]を固《かた》くせられて、櫛沙汰《くしさた》[18]もなかりしを、無念なるとて忍《しの》[19]びて置《を》かせ侍りし也。

西園寺大納言殿より、魚袋《ぎよたい》[20]の金《かね》の筥《はこ》、松の打《うち》[21]枝に付《つ》けて打乱《うちみだれ》の筥《はこ》に、薄様《うすやう》敷《し》きて、御薫《たき》物参《まい》り侍りし。花山[22]よりは沈《ぢん》[23]・麝香《ざかう》[24]など、櫛《くし》[25]に包《つゝ》みて、常盤井《ときはゐ》殿に参《まい》らせられ侍りし也。五節《せち》の薫《たき》物、北山殿[26]よりも然《しか》るべき所〳〵へ聞《きこ》[27]え給ふとてうけ給はりしかば、奉《たてまつ》り侍りし。櫛《くし》のあまた続《つゞ》きたる金の筥《はこ》に、紅の薄様《うすやう》に蓑《みの》[28]山を彩《だ》みたる、打乱《うちみだ》れの筥《はこ》に敷《し》く。常盤井《時はゐ》殿に推参《すいさむ》[29]の参《まい》る日々は、夜中《なか》」二二ォ暁となく彼方此方《あなたこなた》と通《かよ》ひ参《まい》りつゝ、身も苦《くる》しきまでぞ覚《おぼ》え侍りし。標《へう》の山を、後房には引《ひ》かせて御覧[30]ぜられ侍りし。

いつの夜にか、二一清暑堂に成《な》らせ給ひしに、いさゝかも雲の迷《まよ》ひも見《み》えず、ことさらに空澄《す》みて、二二御垣《みかき》の内《うち》はる〴〵と冴《さ》え渡《わた》れる月影《かげ》、所納《から》に分《わ》きたる光にや、言《い》ふ方《かた》なかりしに、二三番衆ども囲《かこ》み居《ゐ》たる垣《かき》の内《うち》より、いと臭《くさ》き匂《にほひ》の燻《くゆ》り出でしかば、いと疾《と》う返り入《い》らせ給ひしも、残《のこ》り多《おほ》くぞ侍りし。

二四午の日は二五豊明《とよのあかり》の節会《せちゑ》にて、高《たか》御座《くら》に出御なれば、舞姫昇《のぼ》る。殿上人、二六登廊《のぼり》に」二二ウて、びんたゝら、二七二度《たび》乱舞す。更《ふ》くるまゝに、霜冴《さ》え渡れる月影も、取《と》り集《あつ》めたる夜の様《さま》なりき。

更《ふ》くる夜の二八雲の通《かよ》ひ路《ぢ》霜冴《さ》えて少女《おとめ》の袖に氷《こほ》る月影《かげ》

【語釈】 **一** 十四日。辰日悠紀の節会、巳日主基の節会、午日豊明節会。**二** 豊楽院清暑堂で行われる御神楽。豊楽院が失われて後は、官の庁後房の渡廊で行われた。**三** 「本」「末」は底本右肩にあり、本行に移す。資親は二条資高男、40歳。神楽血脈に見える。**四** 二条資氏男。左中将正四位下。**五** 底本「次兼」。誤写と認め改訂。**六** 催馬楽。**七** 唐楽、平調。**八** 大宮季衡。公衡男、44歳。**九** 笙の名器。大蚶気絵・小蚶気絵と二つある。**一〇** 今出川兼季。十一月八日太政大臣拝任。但しこの翌年後醍醐帝復位、光厳帝廃位によりこれを停められるので、以後下巻でも前右大臣の称呼が用いられている。**一一** ↓二二段注**四**。**一二** 任官の御礼を天皇に申上げる儀式。**一三** 未詳、一往、「兼ぜらる」、兼ね行われる意に取って通釈したが如何。**一四** 五節の舞姫の控所。正庁北面か（永和大嘗会記）。天皇の「五節所御覧」は節会以前に溯っての記述か。**【補説】** 参照。**一五** 作者の実家、資名の出した舞姫の控所。

一六 調髪用具を入れる筥。蓋はなく、二箇一組。二階棚の下段に置く。一七 華奢禁制。一八 五節に、櫛を使った風流の飾り物を多く作り、贈答する風習。一九 禁制を知りつつあえて破る事が、また心利いた風雅とされる。資名の行為。二〇 束帯の時腰につける装飾用の革袋。三位以上は金、四位五位は銀の魚形を取付ける。ここではそれを入れる金属製の筥か。二一 造り枝。二二 長定。→二三段注六。二三 沈丁花科の熱帯喬木から取った香料。二四 麝香鹿の腹中の嚢から製した香料。底本「さから」。誤写と認め改訂。二五 櫛の形に。二六 ここでは当主公宗ではなく、同第居住の永福門院をさすであろう。二七 進物とされる。二八 催馬楽「蓑山」の歌詞、「美濃山に 繁《しじ》に生ひたる玉柏 豊の明《あかり》に 會ふが愉《たの》しさや」の一部、またはこれに因む図案などを彩色であらわした薄様。二九 五節殿上の淵酔の後、殿上人等が院御所等に参り、郢曲乱舞等を行う事。三〇 天皇が。三一 →注二。三二 大内裏外郭をなす築垣。当時その中は太政官の建物二三の外はほとんど荒野と化し、「内野」と呼ばれた（弁内侍日記）。三三 交替で警衛・雑用に当る者ども。三四 十六日。三五 天皇が紫宸殿（ここでは太政官正庁）で新穀を食し、群臣とともに酒宴を行う大宴会。三六 正庁と後房とをつなぐ渡廊。三七 「御前に於て乱舞有り。…例の如く二度舞の後…」（明月記建仁元年十一月二十一日新嘗祭）。三八 「天つ風雲の通ひ路吹きとぢよ少女の姿しばしとどめん」（古今八七二、宗貞）。

【通釈】 辰の日から節会がはじまる。

十五日は清暑堂の御神楽と御遊である。本拍子前中納言二条資親、末拍子権中納言洞院実守、付歌中御門宗兼朝臣・二条資世朝臣・八条清季・二条資兼・綾小路敦有など。和琴権大納言大炊御門冬信、笛冷泉維成朝臣、篳篥前右衛門督楊梅兼高。御遊の曲目は、呂は安名尊・鳥破・蓑山・賀殿急。律は伊勢海・万歳楽・五常楽。拍子権中納言実守・付歌宗兼・敦有、笙右大臣大宮季衡公蚫気絵、笛維成朝臣、琵琶太政大臣菊亭兼季公、箏治部卿中御門冬

定、和琴権大納言冬信。後房の造合に、帝は御束帯を召して、大床子に御着席になる。演奏者はお召しの順に座に着く。太政大臣殿はその夜、任官の御礼の儀式を併せて行われるようである。

帝が、各五節所を御覧遊ばすのに、私の里、資名の五節所に、打乱筥に薄様を敷いて、櫛を幾つも重ね入れて、二階棚の下段に隠しておいたのをお見つけになって、大変興に入られる。贅沢を禁じられて、櫛の贈答もなかったのを、それではあまり残念だと、こっそり置かせておいたのである。

西園寺大納言公宗卿から、魚袋を入れる金属製の筥を松の造り枝に付けて打乱の筥に薄様を敷いて、中に御薫物を入れて献上なさった。花山院長定卿からは、沈・麝香などを櫛形に美しく包んで、常盤井殿に献上なさったのである。五節の薫物は北山の永福門院御方からも、然るべき方々の所にお上げになるとの事で、私の実家に御下命になったので、調製して差上げた。それは櫛の連続文様の金の筥に入れて、紅の薄様に催馬楽「蓑山」の歌詞を模様化して彩色した紙を、打乱れの筥に敷いた上に乗せて奉った。常盤井殿に殿上人達が推参に参上する日々は、夜中暁の区別なく、常盤井殿に、また内裏にと往復するので、へとへとに疲れる程であった。

帝は標の山を官の庁の後房に引いて来させて御覧になった。

いつの夜だったか、清暑堂にお出ましになったところ、ほんの僅か漂う雲すらもなく、特別に空が澄み切って、大内裏跡の築垣の内に、はるばると冴えて照り渡る月は、由緒ある場所ゆえに特別な光というのだろうか、何とも言えず神々しかったのに、警衛の者共が囲んでいる垣の中から、何だか大変臭い匂いがくすぶり出て来たので、もうすぐにお帰りになってしまったのも、大変残念な事であった。

午の日は豊明の節会で、帝が高御座に出御遊ばすと、舞姫が参上する。殿上人は登廊で、びんたたらをうたい、二度にわたり乱舞する。夜が更けるにつれて、置く霜とともに冴え渡る月の光も、美しい事ばかりを取り集めたような夜の景色であった。

更けて行く夜の、古歌にいう「雲の通ひ路」は霜が冴え冴えと置いて、舞姫の袖に映る月影も氷るように見えるよ。


【補説】清暑堂の御神楽・御遊の人数も、「花園院宸記」と見合せて正確である。

五節所御覧の条、表向の贅沢禁制はそれとして、目立たぬ形でこれを破る。その行為をとがめず、気の利いた風雅として賞するのは、はるか江戸時代の、同様の禁制に対しひそかに着物の裏に凝る文化にまで通ずる美意識である。これをはじめ、五節の華やかさが具体的に細々と語られる中で、対照的に突出する清暑堂附近遊覧中の「いと臭き匂」（何か下々の好む食物を焼いてでもいたのであろう）が、同じ事の繰返しのような宮廷生活の中の「この一回」を特定するものとして面白い。一九段長講堂供花の、今参りの失態と同様の効果である。

本段については髙田信敬「五節の過差―『竹むきが記』箋註―」（鶴見日本文学会報67、平22・11）に詳細な論考があり、前段五節行事日取の齟齬に関する疑問、資名の舞姫献進とこの年十月大納言昇進との関連、五節奢侈禁止令の沿革考証等が精細に説かれている。但し当代大嘗会に直接対応する禁制の官符宣旨は未見との事。

二五　公宗との逢瀬

一　思《おも》ひかけず旅一寝《ね》の床《とこ》に夜を明《あ》かす事なん侍りし頃、如月《きさらぎ》二の初《はじ》め、例《れい》三の宿《やど》りに立《た》ちとまれるに、鳥の声《こゑ》、鐘《かね》の音《（おと）》、しきりに驚《おどろ》かしつゝ、四車引出でたる暁の空《そら》、霞《かす》み渡《わた》りて、峰《みね》の五横雲《よこ》ほのかに白《しら》みゆく程なり。吹きすさむ風につけて、六其処《そこ》とも知《し》らぬ梅が香の匂《にほ》ひたるなど、いと艶《ゑん》なり」二三オしも、七心なき身にはさしも思ひわかれざりしさへ、思ひ出でらるゝ端《つま》にありける。

常盤井殿《ときはゐ》の僧房《そうばう》の端《つま》へ寄《よ》せて下《お》りつゝ、打臥《うちふ》したる朝《あした》、八少将寄《よ》り来て召《め》しあるよし言《い》ふに、夜の衣を傍《かたはら》に脱《ぬ》ぎ滑《すべ》しつるまゝなるを見《み》て九とかく言《い》ふも、答《いら》へん方《かた》なければ、一〇宿直物《とのゐ》に顔引《かほひ》き入れて猶臥《ふ》したるを、引《ひ》き動《うご》かしつゝ一一たはぶれし様《さま》など、只今《たゞいま》の心地《（こゝ）ち》して、いとあはれに思ひ出でられける。

【語釈】 **一**　公宗との情交の初め。「旅寝」は自家以外の宿泊。北山第でも日野邸でもない便宜の場所で逢うのである。**二**　遡って元弘二年（正慶元、一三三二）二月か。**【補説】**参照。**三**　いつもの逢瀬の場所。**四**　作者が自家あるいは宮廷に戻る為に。**五**　五段注二。**六**　「誰が垣根そことも知らぬ梅が香の夜半の枕に馴れにけるかな」（新勅撰三七、式子内親王）。**七**　同殿内の東御堂（歓喜定院）に付属して僧房があった（公衡記延慶四年四月十四日）。**八**　後伏見院女房。伝未詳。→二段注三六。**九**　後朝の情景と見破ってからかう。**一〇**　夜の衣。寝具。**一一**　底本「たにふれ」。誤写と認めて改訂。

【通釈】　思いもよらず、自家でない所で愛する人と夜を明かす事のあった頃、二月の初め、いつものその家に泊っていると、鶏の声や鐘の音がしきりに夜明けを告げるので、帰りの車を引出したその時の暁の空は、一面に霞んで、峰にたなびく横雲がほんのりと白く明るんで行く頃であった。気ままに吹く風に乗って、どこに咲いているとも知れぬ梅の香りがふと匂って来るなど、本当に魅力的だったのに、心幼なかったその頃の自分にはそれ程深くも思い得なかった事さえ、なつかしく思い出されるいとぐちである。

そのような帰り、常盤井殿の僧房の軒先に車を寄せてこっそり下り、そのまま局に戻って横になった朝、少将が寄って来て院がお召しですと言うのに、まだ寝具を側に脱ぎ捨てたままなのを見て、何かとからかうのにも、答えようがないから、衾に顔を引っこめてなおも寝たままでいるのを、引き動かしながら冗談を言った事など、つい今しがたの出来事であったような気がして、本当になつかしく思い出される事であった。

【補説】 古来の「婿取婚」が近世以降の「嫁入婚」に移行する状況とその意味については、解題五の3を参照されたいが、公宗と名子の結婚はその過渡期最末に登場する「擬制婿取婚B型」の形を典型的に示している。その婚儀成立の第一段階が本段である。

前段までは正慶元年十一月の大嘗会の叙述であるが、筆を改めて記す「二月の始め」は遡って同年（元弘二）二月でなければならぬ。そして次段の「里に侍りし年、春立つ日」が正慶二年となる。以後は戦乱となるから、これ以降には下り得ない。

擬制婿取婚B型は、当事者同士の内々の合意婚→男から女方両親への求婚申入れ→女方での正式婿取婚（男方両親らは関与せず）→男の通い婚生活→男方両親の避居あるいは男の新邸設立→女の男邸への移徙の順序で成立する。すなわち最終的には女が男邸に嫁入るのであるが、結婚までの形式はすべて婿取婚の形を取り、男の両親とは同居せず、男邸に入るのは成婚後の単なる引越に過ぎない。本段はその出発点、ひそやかな合意婚の後朝である。「例の宿り」とはおそらく、公宗の乳母の家というような、気の置けず秘密の保てる場所であろう。名子がそこへ出入りするのも、実家よりは人目をまぎらしやすい勤務先、常盤井殿からの方が便宜であったらしい。いずれ他の女房達も、同じような生活をしていたはずである。なればこそ、後朝の余韻にひたっている作者をからかい、たわむれる同僚女房も、相身互いという感じて、暖かく描かれている。

二六　成婚

一里《さと》に侍りし・年《とし》、二春立《た》つ日、三人のもとより、紅の薄様《うすやう》に匂《にほ》ひいたく染《し》めつゝ、

四新《あら》玉の年《とし》待《ま》ちえ《ゑ》てもいつしかと五」二三ウ君にぞ契《ちぎ》る行《ゆ》く末の春

同《おな》じ色の紙《かみ》にて、

六行《ゆ》く末《すゑ》の契も知《し》らぬながめには改《あらた》まるらん春も知《し》られず

七ことなる障《さは》りならでは待《ま》ち見《み》る事《ことゝ》となりぬるも、八ひたみちに身をなしつる心地《ち》して、空恐《そらおそろ》しう悲《かな》し。

【語釈】一　正慶二年（一三三三）。宮中出仕をやめ、実家にいた。公宗との婚儀の為であろう。二　立春。この年は正

月十三日。**三**　公宗、24歳。**四**　正式求婚の歌。【補説】参照。「も」は強調。**五**　早く早くと待ち望む意。**六**　消極的な返歌をするのはこうした場合の女性のたしなみ。**七**　凶事・物忌・月事など。**八**　一筋に進む意。

【通釈】　出仕せず実家にこもっていた年、立春の日、あの方の所から、紅の薄様によい香りを深く薫きしめた料紙で、めでたい新年を迎えたにつけても、もう早速、あなたに約束しますよ、今後いつまでもあなたといっしょに迎える、遠い将来までの新春であると。

私の返歌は同じ色の紙で、

将来までと言って下さいましたけれど、そんなお約束が果してどうなるかと、あてもない物思いに沈む私の心には、新しい春とおっしゃるそのめでたさも、信じてよいかどうかわかりませんわ。

こうして婚儀がととのい、特別な故障がない限りはあの方を実家に待ち迎える身になったにつけても、あまりに公然とこの身の立場を決定してしまった気がして、何という事なしにおそろしく、又悲しく思われる。

【補説】　「里に侍りし年」と特記するのは、いよいよ日野家として公宗を婿取る事が決定、その準備のため里居していた事をさす。続く立春の公宗贈歌は、婿入儀礼冒頭、当日婿の婚家への出立以前に行われる、文使による形式的求婚であるが、立春にからめて末長い愛を契る、心利いた詠である。名子の返歌の控え目なのはこのような場合の定石でもあるが、のみならず後文「ひたみちに身をなしつる心地して」云々とともに、身分違いの公宗の室となる事への躊躇が表現されている。その詳細については、解題を参照されたい。

「待ち見る」は実家日野家に公然婿として出入するのを迎える意で、前段の「旅寝」「例の宿り」とは全く異なる、公認の間柄になった事、「ひたみちに身をなしつる」は、いわば「玉の輿」である身位の変化に対する畏れである。同時にこれは後段にも見るように、西園寺家からは未だ正室として承認されていない、その事への畏れ、危惧でもある。

　公宗と成婚とは言っても、名子はそのまま北山西園寺家へ乗込み、正室におさまるわけではなく、女房勤めを引退するわけでもない。日野家油小路邸を実家に、常盤井殿を主、内裏を従として出勤、公宗来訪の連絡のあった夜だけ「紛れ出でて」夫婦生活を営む、という形である。諸事情によっては、公宗が他の権門女性を正室に迎えざるを得なくなり、妾に甘んじる、という事態もあり得る、不安定な立場である。このような、当時の女房の結婚形態を理解して、以下の段を読まれたい。

二七　最後の内裏参入

　正月十二日、春の節[一]なりしに、[二]御方違《かたゝがへ》、[三]別殿に成《な》らせ給ふとて、[四]あからさまにも参《まい》るべう、度々《たびく》のたまは《給》せしかば思ひ立《た》つを、[五]言《い》ひとゞむる人ありしかど、参《まい》りぬ。[六]蕾《つぼみ》紅梅の五つなりし。[七]新典侍殿、[八]仁寿殿に[九]参《まい》り設《まう》けて、御剣取入《とりい》れらる。みな五」一・四オ衣《ぎぬ》ども也。[一〇]御破子《わりご》、北山殿より設《まう》けらる。やがて[一一]参《まい》り給ふ。[一二]三位殿、[一三]御賄《まかなひ》に候《さぶら》はせ給ひしが、我が身に代《かは》らせ給ひつゝ、しばし候《さぶら》ふに、とかく[一四]むつかしき事ありて、すべり出《い》でぬ。[一六]御酒《みき》など果《は》てゝ[一五]人も出《い》で給ひしかば、御前《まへ》に参《まい》りたるに、扇《あふぎ》を御手《て》まさぐりにておはします。置物《おき》を見《み》せさせ給ふ。「[一七]都は野辺《のべ》」

の気色《けしき》、言《い》ひ知《し》らず美《うつく》しかりき。

暁、出《い》で侍るに、車、長橋《ながはし》[一八]に立《た》て置《を》きたれば、そなたへ行《ゆ》くに、明けはなるゝ横雲《よこ》の空、いとをかし。送《おく》れる人々にも、廿日頃《ごろ》より参《まい》るべく契り置《を》きつゝ出《い》でし、[一九]それを限《かぎ》り」二四ウの百《もゝ》敷《しき》なりけるも、いとあはれにぞ侍りける。

十二日には[二〇]女院の御方御入内[二一]なり。柳[二二]桜《さくら》の数《かず》御衣《ぞ》、紅《くれなゐ》の御単《ひとへ》、紅梅の御表着《うはぎ》、葡萄染《ゑびぞめ》の御小袿《うちき》、青《あを》色の御唐《から》衣、生絹《すゞし》の御袴《はかま》。廊[二三]御方御車に参《まい》り給《たま》ふ梅襲《がさね》の衣。[二四]親王の御方、一《ひと》つ御車とぞ聞《きこ》えし。

白馬(あをうまの)[二五]節会、午《むま》の時に始《はじ》めらる。髪上《かみあげ》[二六]、勾当・少将、威儀[二七]八人。十六日もいと疾《ゝ》く始《はじ》めらるべし。

【語釈】 一 節分。前段、立春の前日。二 →九段注二。適当な方違所がない場合は、同一邸内でも平常の居所でない所で一夜を過す。三 清涼殿以外の建物。ここでは後文により仁寿殿と思われる。四 仮にでも。暫時でも。五 婚儀を明日に控えているからであろう。実家の家人達と思われる。六 →一三段注九。七 作者の後任典侍。一六段にいう小大納言典侍秀子であろう。前年すでに着任しているが、後年の例にも文和二年褰帳典侍の宣子を四年賀茂女使に「新典侍」と記す（園太暦四月二十四日）。八 →三段注四二。九 あらかじめ参入し侍受けて。一〇 方違所での食事。内裏内であるが、外泊の心で北山西園寺第から調進する。一一 北山殿、すなわち公宗が。

一二　未詳。行動から見て、作者祖母、俊光室寛子（三段注五）か。一三　給仕。陪膳。一四　公宗との婚儀についてからかわれたのであろう。一五　公宗。一六　饗応のための装飾品。→九段注二。北山殿からの破子に添えたものであろう。一七「み山には松の雪だに消えなくに都は野辺の若菜摘みけり」（古今一九、読人しらず）の趣を贈物で表現したものか。一八　清涼殿から紫宸殿に通ずる廊。一九　戦乱勃発により参内中止。次節参照。二〇　広義門院。→九段注一七。42歳。二一　正式の儀として内裏に入られる事。二二　襲ねの色目。「曇華院装束抄」に、「やなぎ桜はうらうす色」云々とある。二三　広義門院女房。正親町実明女、宣光門院姉か（尊卑分脈）。二四　豊仁親王。のちの光明天皇。後伏見院第三皇子、母広義門院。13歳。二五　正月七日、天皇が、左右馬寮の官人が白馬を紫宸殿南庭に引くのを見、のち群臣に宴を賜わる行事。延引して一二日に行ったか。二六　髪上（→一二段注八）をして侍立する内侍。→二段注二六。二七　威儀の女房。→一四段注一七。二八　女踏歌の節会。正月十六日、紫宸殿南庭で舞妓の舞を見、宴を賜わる行事。但し、この時は戦乱により舞楽は停止された（続史愚抄）。

【通釈】　正月十二日は春の節分であったのに、御方違の為に別殿に行幸なさるというので、ちょっとでもよいから参入せよと、度々仰せがあったので出仕しようとするのを、止めた方がよいという人もあったけれど参上した。装束は蕾紅梅の五つ衣であった。新典侍殿が仁寿殿に先行してお待ちして、御剣をお受取り申上げられる。女房達は皆五つ衣姿である。御食事は北山西園寺殿から調進される。公宗卿もそれに伴って参内される。三位殿が御陪膳に祗候しておられたが、私と交替なさったので、暫くお側に奉仕していると、何かと厄介な冗談などおっしゃるので、そっと退出した。御酒宴など終って公宗卿も退出なさったので、御前に参ると、帝は扇をもってあそんでいらっしゃる。進献された造り物を見せて下さる。「都は野辺の若菜摘みけり」の古歌の趣をいろいろな物で造った趣向は、たとえようもなく美しかった。

明け方に退出する時、車を長橋の所に留めておいたので、そちらへ行くと、ちょうど明けはなれようとする、横雲のたなびく空の風情が、大層面白かった。送って来た人々にも、二十日頃から又出仕する事を約束しながら退出したのに、結局それが最後の参内となってしまった事も、思い返せば本当にはかなくも思い出深い事であった。

十二日には広義門院が内裏に御参入になる。柳桜の数々重なった御衣に紅の御単、紅梅の御表着、葡萄染の御小袿、青色の御唐衣、生絹の御袴である。廊御方が御車の後に陪乗なさる梅襲の衣である。豊仁親王様も御同車という事であった。白馬節会は午の時に開始される。髪上の内侍は勾当と少将。威儀の女房は八人である。十六日の女踏歌も大変早く始められるようである。

【補説】 前段立春より遡って、前日、節分の事を記す。方違という中にも、外出とは異なり、気の張らない別殿行幸。北山第から進献の佳肴を前に、その若い当主と婚儀直前の女房が並ぶ。天皇としてはからかわずには居られない。老練な近侍者は上手に消えてしまう。ほとほと困って逃げ出し、公宗の退出を見計らってようやく戻った作者に、やさしく献上の装飾品を見せて下さる帝。その時は夢にも思わなかったが、図らずも「それを限りの百敷」となってしまった。直後からの辛酸の人生の中で、それはいかに忘れ難い思い出となり、作者の胸中に繰返された事であろうか。

以下戦乱破局に至る経緯は、叙述の時日が前後して読み取りにくいので、一括整理して示しておく。

正月十二日節分、広義門院入内。白馬節会。夜、方違別殿行幸。公宗参会、作者陪膳。公宗退出。（二七段）

同　十三日立春、暁作者退出。公宗と成婚。（二七段・二六段）

同　十五日、成婚第三日。記事はないが露顕《ところあらわし》の儀があったはず。
同　十六日、女踏歌の節会。但し六波羅勢と楠木正成と河内合戦により舞楽停止。（二七段、続史愚抄）
同　十八日、常盤井殿観音供（推定）。（二九段）
同　二十日以前、作者二十日より内裏出仕の予定を都合により延期。
同　二十日、朝より洛中騒然、公宗・作者常盤井殿祗候。
同　二十日以後、世情鎮静、公宗との逢瀬あるも、行違い屢々。（以上二八段）
閏二月初、作者病悩。
同　二十日余、回復、常盤井殿出仕。（以上二九段）
同　二十四日、先帝後醍醐、隠岐を脱出。
同　二十五日、赤松勢入京、六波羅勢と交戦、敗退。
三月十二日、赤松勢、六波羅勢を破り入京。
　天皇両院春宮六波羅遷御。作者祗候するも退出。（本記では十六日とする。三〇段）
同　翌日　公宗。清蔭を使として安否を訪う。
同　某日、資名、清水の宿所に移り、やがて作者もそこに転居。
四月二十日余、公宗来訪。（以上三一段）
同　二十九日、足利高氏、篠村八幡にて北条氏討伐の挙兵。
五月五日、公宗と菖蒲の贈答。（三二段）
同　七日、天皇両院春宮東下。資名ら扈従。公宗は北山に戻る。（三三段）

同　九日、天皇はじめ、番場に捕わる。　（三四段）
同　十日、作者北山第妙音堂に迎えらる。　（三三段）
同　十七日、後醍醐、伯耆にて詔して光厳帝を廃し、年号を元弘に復す。
同　二十二日、鎌倉北条幕府滅亡。
同　二十八日、光厳院はじめ帰京。　（本記では二十七日とする。三四段）
六月半ば、作者、正室として公式の西園寺北山第入り。　（三五段）

二八　乱中の逢瀬

廿日よりは内裏《うち》[一]に候ふ[二]べかりしを、障《さは》る事ありて延《の》びぬるに、その廿日の朝《あした》、世[三]の中とかく苦々《にがにが》しう聞《きこ》えて、大納言殿[四]も御前[五]に参《まい》る。誰[六]も取《と》る物も取《と》りあへ」二五オず急《いそ》ぎ参《まい》れるに、常盤《時は》井《ゐ》殿の門のほとり打《う》ち囲《かこ》みて守護《すご》し奉《たてまつ》りて、車も入りわづらふ様《さま》なり。女房の内[七]に参《まい》る車なども出入《いで》たやすからねば、まして人[八]知《し》れぬ通《かよ》ひは道絶《みちた》えぬべうなん。されど程《ほど》なく事直《ことなを》る[九]様《さま》にて、紛《まぎ》れ[一〇]出《い》でつゝ二三日にもなりぬるに、「猶[一一]とゞむる人ありて。さるは又去《またさ》[一二]りがたき障《さは》り出《い》で来《き》ぬ」とて、見《み》えずなりにし朝《あした》に、

いかにせむ[一三]偽《（いつはり）》ならぬいつはりを猶いつはりと思《おも》ひなされば

[一四]いかなる折《をり》にか、人の許《もと》より言《い》ひ侍りし、」一二五ウ

偽《いつはり》の[一五]誰《た》が習《なら》はしぞ独寝《（ひとり）ね》はさしもよなく〳〵されじと思ふに

少《すこ》し世も心のどかになりぬる頃、里《さと》に侍りて[一六]参《まい》りし日、今《いま》二三日猶あるべく[一七]いさむる人ありしかど、召《め》さるゝ事さへあれば、[一八]かくとも言《い》はず参《まい》り侍りしに、[一九]人案内《あない》しけるに、[二〇]かくと聞《きこ》えければ、その朝、

[二一]さても猶契りし末《すゑ》の変《かは》らずは明日《あす》の夕や頼《たの》みなるべき

返し、

定《さだ》めなき昨日の暮《くれ》の習《なら》ひには明日《あす》の契《（ちぎり）》もいかゞ頼《たの》まん

【語釈】一　当時、作者の主たる出仕先は常盤井殿。故に内裏出仕を特記する。二　底本「さまへかりしを」。誤写と認め改訂。三　前年末から護良親王・楠木正成・赤松則村等蜂起、二月某日六波羅勢吉野に発向（続史愚抄）。四　公宗。五　常盤井殿の後伏見院の御前。「に」脱と見て補入。六　「自分も」意の朧化表現。七　内裏に。八　公宗との逢瀬。九　平静に復したようで。一〇　こっそり退出して逢う。一一　公宗からの断りの文。一二　避けられない差支え。一三　次にあげる過去の行違い、その折の歌の言葉「いつはり」をふまえての表現。一四　過去の事件の

朧化表現。「偽ならぬいつはり」という表現を公宗が用いた意味を、次の歌によって説明する。一五　誰が習慣づけた事なのか。一六　常盤井殿へ。一七　父資名、また乳母などであろう。一八　参殿の旨を公宗にも告げず。一九　公宗が訪問、取次ぎを申入れたのに。二〇　これこれ。参殿した旨を意味する。二一　今日は行違ってもやはり。

【通釈】 二十日からは内裏に参入するつもりであったのに、差障りがあって延期したところ、その二十日の朝、世の中が何か不穏な状況であるという話が伝わって、公宗卿も院の御前に参上される。私も何を用意するひまもなく、ともかく急いで参ったが、常盤井殿の門のまわりを武士達が取り囲んで守護申上げていて、車もなかなか入りかねる有様である。女房が参内する車なども出入りが自由にできかねる状態なので、ましてやあの方との内々の逢瀬などは全くできないような状態である。けれど間もなく平常にもどったという事で、そっと退出して逢瀬を楽しむ事、二三日にもなった頃、「やはりこんな時には遠慮すべきだと止める人があって、ちょっと行けない。それに又、よんどころない差障りも出来てしまったから」と言って、おいでにならなかった翌朝に下さった歌、

ああどうしたらよかろう、全く偽りではない不本意な違約なのに、やはり不誠実な嘘言だと誤解されてしまったら。

こんな歌を詠まれたのは、いつ、どういう折だったか、あの方が言ってよこされた、こんな歌があったからなのだ。全くやむを得ない違約をとらえて、うそつきだとおっしゃるのは、これまでどんな不誠実な男とつきあって、何回も違約を体験されたその習慣からなのでしょう。私とでなければ、というふりをしておられるが、（私の行かない夜）独寝ばかりそうそう毎晩しておいでとも思えませんがね。

少し世間も平穏になった頃、実家にいて、たまたま常盤井殿に参上した日、もう二三日は外出しない方がよいと

注意する人もあったけれど、院からお召しでもあったので、あの方にはそれとも言わず参殿したところ、入れ違いにあの方がお見えになったので、留守番の者がこれこれと申上げたため、その翌朝、

せっかく訪問したのに御不在でしたが、それでもやはりお約束した将来が変らないのでしたら、明日の夕暮をこそ頼みにもしましょうが……。

とお手紙をいただいた。御返事には、

あてにならない昨日の夕暮のような事が習慣になってしまったからには、明日、というお約束も、どうして頼りになりましょうか。

【補説】前年六月頃から、大塔宮護良親王は諸国に令旨を発して挙兵を募り、年末から年始にかけて楠木正成は千早城に籠り、河内四天王寺に出兵、正月十六日の女踏歌もこの事により舞楽を停められたという（続史愚抄）。赤松円心も播磨に兵を挙げ、これに対し鎌倉勢が入京、討伐に向うなど、京中騒然となった。『廿日の朝』の騒動の直接原因は不明であるが、風説によって右往左往し、恐怖しまた安堵する廷臣女房の姿が、短文の中にくっきりと描き出されている。

本段以降、三三段に至る記述は、緊迫非常の情勢におびえつつ、しかも旧来の惰弱な生活を送るのみの腑甲斐ない公家階級の生態として唾棄される所かも知れない。しかし、昭和十九年（一九四四）七月のサイパン島陥落からはじまる本土空襲激化、三月九日夜東京大空襲に至る数箇月間の東京都民の生活意識は、まさにこの通りであった。十一月からの爆弾攻撃はありながら、被害は未だ局地的の上、報道制限でうわさとしてしか伝わらず、疎開の決断もつかず、不安ながらも旧来の生活習慣を慢然と続ける外なかった体験に照らせば、身につまされる思い切である。

二九　嵐の前

一その春、梅の枝に二子《ね》の日《ひ》の松を引《ひ》き」二六オそへて、三観音の御前《まへ》に奉《たてまつ》るべき事《こと》とかや、四書付《かきつけ》の侍りしを、例《れい》の五紛《まぎ》れ出でたる夜、人数・相手《あいて》など定《さだ》められけるも知《し》らず、その朝《あした》さし出でたるに、この沙汰《さた》ども侍りしかば、「御人数にもれぬるにや」と傍《かたへ》の人に聞《きこ》ゆるを六聞《き》かせ給ひて、七「夜部《（よべ）》尋ねられしかば見《み》えずとや、されど人数には入られぬるを」とのたま《給》はするに、顔《かほ》の置《を》き所なきとかや、いとわびしう思ひ居《ゐ》たるに、「北山殿より八御丑未《うしひつじ》の事《こと》参《まい》れる」とて、紺瑠璃《こんるり》の壺《つぼ》を、桃《もゝ》・躑躅《つつじ》の打枝に九一具《ぐ》づゝ付《つ》けて、一〇金《かね》の柳筥《やないばこ》に据《す》ゑて、文とあり。御前《まへ》に」二六ウ打置《うちを》きて、人見参《げざむ》に入れらる。大御酒《みき》など取り添《そ》へられたるなるべし。さるべき人も御前《まへ》に候《さぶら》ひ給はざりしかば、一一「この返事《ごと》聞《きこ》えよ」とのたま《給》はするは、一二折《おり》しもいとわびしく、筆取《ふでと》るべうも覚えざりしかば、とかく紛《まぎ》らはしつゝすべり出で侍りし、一三心の鬼《おに》もをかしく思ひ出《い》でらる。

一四後二月の初《はじ》めつかた、一五悩《なや》ましき事侍りて里《さと》に出《い》でぬ。さしたる事にはあらざりしかど、長々《なが〳〵》しき様《さま》にて、立寄《たちよ》り給ふ人にも臥《ふ》しながらぞ聞《きこ》えし。廿日あまりの程にはよろしき心地《ち》にて、常盤井《ときはゐ》殿に参《まい》りぬ。「一六猶例様《れいざま》に」二七オもあらず」など、人々ものたま《給》ふに、一七新院の御方、「一八いかなる心地《ち》にか、いとあやしきを、脈なん一九ゆかしき、試《心》み給はん」などのたま《給》はするを、「何《なに》心地《ち》にか侍らん、ありし二〇風の名残《なごり》に侍れば」などすべり退《の》くを、猶取《と》らせ給ひて、療治《れうぢ》すべき様《やう》など、とかくのたま《給》はせしも、いとをかしうぞ侍りし。二一医師《くすし》・陰陽師《おんやうじ》などの道《みち》も二二御沙汰《さた》ありしかば、占《うら》を問《と》ひ聞《きこ(え)》へなどせしもをかしかりき。

【語釈】 一　正月に遡っての回想か。二　子日の景物である小松。この年の初子日は十一日であった。三　十八日の観音供に因むか。以下、内裏ではなく常盤井殿での思い出。四　その参加者を定めて左右に分けた書付。当時流行の「方分ち」の遊び。**【補説】**参照。五　公宗と逢うため。六　後伏見院が。七　昨夜。八　衰日（陰陽家でいう、干支により慎むべき日）の見舞か。後伏見院は子年生れで、丑未が衰日。十八日は未に当る。九　付属品とも一揃い。一〇　金属で柳筥（↓一二段注三）の形に作った筥。一一　後伏見院から作者への命。一二　前夜の逢瀬の事があってはずかしく。一三　良心の呵責。一四　閏二月。一五　身体の不調。一六　通常の状態。一七　花園院。37歳。一八　妊娠ではないかとからかったのである。一九　知りたい。二〇　今日の風邪よりも広く、発熱・身体の痛み・下痢等を伴う病状一般をいう。二一　花園院は。二二　研究しておられたので。

【通釈】　その春、常盤井殿で、梅の枝に子の日の松を結びつけて、観音の御前にお供えするという催しとかで、書付を作られたのを、例によってそっと退出してあの方と逢っていた夜、参加者や相手の割合てなどを決められていたのも知らず、当日の朝出仕したところ、そういうお話だったので、「私はお仲間には入らなかったでしょうか」とまわりの人に尋ねたのを、院がお聞きになって、「昨夜さがしたけれどいなかったとか、でも人数にはちゃんと入っているよ」とおっしゃるのには、顔の置き所がないと言おうか、本当にはずかしく恐縮していると、「北山殿から御丑未のお見舞品が参りました」と言って、紺瑠璃の壷を、桃と躑躅の造り枝に一組づつ付けて、金造りの柳筥に据えて、お手紙を添えて持って来た。院の御前に置いて、お取次の人がお目にかける。御酒なども添えてあるらしい。あいにく相応の人も御前に祗候していなかったので、私に「このお返事を申上げよ」と仰せられるのは、前夜の事もあって何とも工合が悪く、とても厚かましく筆を取る事など出来かねたから、何かと口実を作ってそっと退出してしまった。良心に責められたその時の当惑も、今となればおかしく思い出される。

閏二月の初めの頃、身体の工合が悪くて実家に退出した。大した事ではなかったけれど、いつまでも回復しない様子で、見舞に見えた方々にも寝たままで応待するような事であった。二十日過ぎには快くなったので、常盤井殿に参上した。「やはりまだ本当ではないようですね」など、皆様がおっしゃるうち、花園院が、「どんな気分だね、どうも調子が悪そうだ、脈はどうなの、見てあげよう」などとおっしゃるのを、「どうした工合でございましょうか、前に引いた風邪の名残でございますから」などと言って御辞退するのに、なお脈をお取りになって、養生の仕方などをあれこれおっしゃったのも、大変はずかしくもおかしい事であった。医師や陰陽師などの事もよく御存じでいろいろ教えて下さるので、それによって病状を占っていただいたりしたのも、面白い事だった。

【補説】 いよいよ事変を描こうとして筆進まず、今一度遡って、二七段の内裏参入に対応する、常盤井殿での平和ななつかしい思い出を記す。「梅の枝に」云々は実態不明であるが、梅と子の日の松にかかわる歌を詠み、それに因んだ賭物を添えて各自提出、左右に「方分ち」された相手と勝負を競い、賭物をやりとりする、というような、当時流行の遊びであろう。「花園院宸記」にしばしば「勝負の事有り」として描かれ、更にその負け態（敗者側からの饗応）として遊興の行われる様が知られる。その前夜の中合せに、公宗との逢瀬のため欠席してこれを知らず、後伏見院に軽くからかわれる場面と考えられる。私人としては新婚夫婦、公人としてはそれぞれ独立の高級公務員。一方、後伏見・花園院から見れば、臣下とは言いながらも、西園寺、日野、それぞれに、持明院統にとって無くてかなわぬ重要な後援者であり、互いに気を許し、頼りにする身内づきあいである。そのなごやかな君臣和楽の　時が、よく描かれている。

　新婚二箇月で不調と言えば、先ず妊娠が考えられ（この時はそうではなかったらしいが）、何かと一家言ある花園院が、脈を見てやろうとからかうなど、その人柄の一面をうかがわせる記述で面白い。

三〇　六波羅行幸御幸

　三月十[一]六日、六波羅《はら》へ行幸御幸侍りしは、我も人もたゞあきれ迷《まよ》ふほかの事なかりしかば、[二]僻《ひが》事もあらむとて書《か》きもとめず。女房など候《さぶら》ふべきやうも」二七ウなけれど、さてもおはしますべきにもあらねば、少々《せうく》参《まい》り給ふ。いかなる[三]御式《しき》にても参《まい》るべき[四]心地《ち》なりしを、あさましう[五]便悪《びんあ》しきさまなれば、いと見苦《みぐる》しかるべき事《こと》にさまぐ\言《い》ひとむる[六]人ありしかば、あからさまにだにと思ひ立《た》ちて、[七]二位殿伴《ともな》ひ聞《きこ》えてぞ参《まい》り侍りし。

[八]御屏風隔《へだ》てどもにて、狭《せば》く人がち也。[九]内御方を《（お）》はしませば、[一〇]御直衣《なをし》どもにてを《（お）》はします。春[一一]宮は十四五ばかりにおはします。未《いま》だ御[一二]童姿《わらはすがた》なり。中門渡《わた》殿かけておはします。[一三]夷姿《ゑびすすがた》ども、いと近《ちか》く見《み》えしも、」二八オあらぬ世とのみぞ覚《おぼ》えし。

その夜より候《さぶら》ふべき心地《ち》なりしに、[一四]暁寄《よ》すべき由聞《よしきこ》ゆとて、女房なども出《い》ださるべき由《よし》、武家奏聞《そうもん》あれば、取《と》りした[一五]ゝめ、里々《さと〴〵》に車召《め》しなどせしかば、折《おり》しもいと本意《ほい》なかりき。[一六]御湯《ゆ》殿の上、[一七]末様《すへざま》なども、御屏風の隔《へだ》てばかりにて、男女打《う》[一八]ちこみて、かた〴〵便悪《びんあ》しき様《さま》ども也。夷《ゑびす》の衣姿《すがた》ども立《た》ちこみて、「出《い》づべき御車あらば、疾《と》く〳〵」と言《い》ひ騒《さは》がせば、[一九]この車に[二〇]八人取《と》り乗《の》りて出でぬるに、木戸の口にて[二一]三条殿の車参《まい》り合《あ》ひしかば、[二二]鵄《とみ》の尾《を》を差《さ》し」二八ウ違《ちが》へて、四人づゝ乗《の》りぞ分《わ》け侍りし。[二三]新院御方の三位殿は、「身一つはともかくもあら[二四]なん、[二五]見置《みを》き奉《たてまつ》るべき心地《ち》もせず」とて、一人残《ひとりのこ》り候《さぶら》ひ給ふ。いかなるべき世にかと各々《おの〴〵》かきくれつゝ、宵過《よひす》ぐる程に[二六]二位殿の御里《さと》に落着《おちつ》きて、それよりおのが方々《かた〴〵》に行《ゆ》き別《わか》る。[二七]勾当・新兵衛なりし。

【語釈】 一 正しくは十二日。前日六波羅勢を破った赤松則村が京都に乱入、天皇・両院は六波羅北方北条仲時館に遷幸された。六波羅は↓二段注三。北方（五条辺）南方（七条辺）の二庁があった。二　誤り。三　有様。成行き。あるいは「仕儀」か。意味は同じ。四　自分の気持。つもり。五　便宜。都合。六　資名、乳母らか。七　西園寺実衡室、従二位氏子、今出川公顕女。八　帝・院の御座所の様子。九　天皇。一〇　両院の服装。平常着なる小直衣（狩衣の裾に直衣同様の襴の付いたもの）でなく、より改まった姿。一一　康仁親王。後二条院孫、邦良親王男。元弘元年（一三三一）十一月立坊。当年14歳。一二　元服以前の童形。一三　東国武士の鎧姿。一四　赤松勢が。一五　片付け。一六　底本「御内殿の上」。誤字と認め改訂。女房の詰所。↓一〇段注二。一七　上に続く侍の詰所。一八　入り乱れて。一九　作者の車。二〇　牛車の定員は四人。非常事態ゆえの異常な乗り方。二一　三条公秀女秀子（↓一六段注一〇）か、あるいは後伏見院三条（洞院公賢妾）か。二二　牛車の後方下部に、後に向けて突き出た一対の短い棒。二三　花園院南御方、従三位実子。正親町実明女。徽安門院ら生母。のち宣光門院。二四　「ありなん」とあるべき所。どうにでもなるでしょう。二五　お見捨てする。二六　氏子里方、西園寺今出川第。↓五四段注一七。二七　同車の二人。勾当は三善行子、新兵衛は未詳。

【通釈】　三月十六日、事変が起ったというので、六波羅探題の邸に帝・院が行幸・御幸遊ばした時の事は、我人ともにただ驚きあわてるよりほかなかったから、きっと間違いもあろうと思って書きとめもしない。女房など奉仕する事もできないような有様だったけれど、といってそのままにお過しになれるわけもないので、何人かは参上される。私も、どういう状況であられても祗候し奉仕するつもりであったが、何とも甚だしく不都合な有様だったので、参上してもかえって見苦しいだけの事であろうと、いろいろ諫止する人があったから、ではほんのちょっとだけでもと思い立って、二位殿を同道申して参入した。

御座所はそれぞれ御屏風で境界を作っただけの事で、狭く、人で込みあっている。帝がおいで遊ばすので、両院もきちんと御直衣を召していらっしゃる。春宮は十四五歳ほどでいらっしゃる。まだ御元服前の御童形である。中門の廊から渡殿にかけてを御座所としておいで遊ばす。鎧姿の武士共が、ごくお目近に見えたのも、全く違う世界に来てしまったのかと思われるばかりであった。

その夜からずっと祗候するつもりだったが、明方に敵勢が襲って来るらしいと知らせが来たとの事で、女房達も退避させるようにと、武家方から要請があったため、あれこれ片付け、それぞれ実家から車を呼びなどする騒ぎになったので、折も折、本当に残念な事であった。女房の詰める御湯殿の上も、侍共のいる末々の場所も、ただ御屛風で区切っただけで、男も女も入りまじって、何にしても全く工合の悪い状態であった。鎧を着た武士共が無遠慮に入って来て、「退出なさる御車があるなら、早く早く」とせき立てるので、私の車に八人乗りこんで出ようとした所に、木戸の口で三条殿のお迎えの車と行き会ったので、後方の口を突き合せて、四人づつに乗り分けた事であった。花園院の御方の三位殿は、「私の身体一つぐらいはどうにでもなりましょう、こんな中でお見捨て申して退出する気持になどなれません」とおっしゃって、一人だけ残って近侍していらっしゃる。全くどういう事になるのかと、皆それぞれに絶望的な思いを抱きながら、夜もやや更ける頃に二位殿の御実家に一旦落着いて、それから各自の自宅に行き別れた。そこまで同車したのは、勾当内侍と新兵衛であった。

【補説】 「太平記」巻八「持明院殿行幸六波羅事」の叙述の形式的なのは作品の性格上已むを得ぬ所であるが、本記は短文ながら生き生きと混乱の状況を伝えている。端近の御座所の様子、女房避難の状況が目に見えるようで、これだけに描写できる作者の筆は凡でない。一人残りとどまった三位殿宣光門院実子は、花園院最愛の寵人であるが、一女房として光厳院の愛をも受け、この三年程後にはその「胤子」直仁親王（表面上花園院皇子）をあげている。

「二位殿」を、私は以前、公宗生母昭訓門院春日（二条為世女）かと考えたが（『竹むきが記私注（下巻）』国語国文、昭43・3）、その後「秦箏相承血脈」（『図書寮叢刊　伏見宮旧蔵楽書集成　二』平7）および上野学園大学日本音楽史研究所蔵「箏相承系図」中の播磨内侍の弟子に、「従三位氏子右大臣公顕女、内大臣実衡室」を発見した。「琵琶血脈」（同上『楽書集成　一』平元）中の藤原孝重弟子、「従三位氏子」も同一人と思われる。この「二位殿」は、以後三七・三八・四一・五四・七二段に見え、実俊・名子を庇護しており、特に五四段実俊中将拝賀の折は、「一条今出川なる二位殿の御里を中宿」として参内している。今出川第は公顕の邸で、これを家号ともしているから、ここを里第とする「二位殿」は公顕女氏子が最もふさわしいであろう。「二位」「三位」の違いはあるが、内大臣正室として最終的に二位昇叙は当然であろう。「尊卑分脈」に載せる公顕女子五名の中に、それらしい人はなく、わずかに「従三位女子宣政門院女房」があるのみで、いささか不安を残すものの、二種の箏血脈の他部分における信憑性の高さをも考慮に入れて、以上、以前の失考を改める。

行幸御幸は史実十二日。作者記憶の誤りか、あるいは誤写の可能性もある。春宮行啓は「増鏡月草の花」によれば二十六日。春宮康仁親王は大覚寺統邦良親王皇子であるから、全く別御所居住で、情勢を見て遅れて移居という方が妥当であろう。

三一　清水の別れ

一　明け・ぬれど、その日は異《こと》なる事もなし。[一]六波《は》羅《ら》より清蔭《きよかげ》[二]を給はせて、「よそながらの序《つゐで》さへ物騒《ものさは》がしかりし、折節《おりふし》の本意《ほい》なさ」などあり。言葉《ことば》にても、世の式《しき》[三]など細《こま》かにのたま《給》ふ事どもある」二九オべし。香《かう》[四]の直垂《ひたゝれ》[五]のことさらに色合華《あひはな》やかなるに、籠手《こて》[六]とかや言《い》ふなる物をさしたる、白金《かね》の金《かな》物、袖の外《はづ》れに透《す》きたるは、疎《うと》ましかるべきを、さもしもあらぬもてなしなど、身の程にはあらず、由《よし》ありてぞ見《み》え侍りし。

[七]六波羅には月日に添《そ》へたる御心づくし、言《い》はん方《かた》なし。我が頼《たの》[八]む人もかのわたり近々《ちか〴〵》なるべくとて、清水《きよ》[九]なる宿《やど》に渡《わた》りぬ。いとゞ心細《ぼそ》く眺《なが》め過《すご》すをおしはかり[一〇]給ふにや、同《おな》じ住《す》まゐ(ひ)なるべくと、かの宿《やど》に御使ありてのたま《給》ふとて、俄《には》かに迎《むか》へられて渡《わた》[一一]りぬ。

世[一二]の中今日《けふ》」三〇オや〳〵と思ひつゝ、卯月廿日余《あま》りになりぬ。事《こと》の序《つゐで》をなん求《もと》められたるとて、まだ宵《よひ》の程に立寄《たちよ》[一三]り給へる、程なく鳥の声《こゑ》、鐘《かね》の音《をと》、此方彼方《こなたかなた》に聞《きこ》ゆ。「空音《そらね》[一四]にこそは」などおぼめき給ふ様《さま》なるに、明《あ》[一五]けなばいと便悪《びんあ》しかるべきをと、度々《たび〳〵》おとなへば、妻戸《つまど》押《を》し開《あ》けられたるに、有明の月いとさやかにて、軒近《ちか》き萩の葉《は》も、なべて此《こ》[一六]の頃《ごろ》の程にもあらず高《たか》やかなるに、ひまなく置《を》き渡《わた》して下葉もかくれなき露の光など、秋の空《そら》めきたる暁の眺《なが》めは、さらでもあはれ」三〇オなるべきを、これや限《かぎ》りとなべて世を思ひ乱《みだ》れたる折《おり》からのあはれに、まして行《ゆ》くもとまるもいと心細《ぼそ》し。

明《あ》けはなるゝ気色《しき》なれば、鬢櫛《びんぐし》[一七]など召《め》して立出で給ふ。端《はし》[一八]もさながらにて[一九]、打臥《うちふ》しつゝ猶ながめ出《い》でたるに、俄《にはか》に空さへかき曇《くも》りて、わづかに残《のこ》りつる月影《かげ》も見《み》えずなりぬれば、何《なに》となく思ひつゞけられしもをかし。

いかゞせむ面《おも》影[二〇]したふ有明の月さへ曇《くも》るきぬ〴〵[二一]の空

【語釈】一　公宗が。二　西園寺家の侍。三　→三〇段注三。四　→九段注一六。五　鎧直垂。通常の直垂（→一八段注一二）より袖口を細くし、華美な布地で仕立てたもの。六　鎧に付属し、左肩先から腕を掩う武具。布袋に金具・鎖を綴じつけて作る。底本「二て」。誤写と認め改訂。「夏の直衣の軽らかに涼しげなるに、小手といふ物をさし給ひけるにや、袖のもとに白金をつぶとせられたりしが、直衣に透きて」（平家公達草紙、内裏火災の重盛の装束）七　六波羅御滞在の帝・両院。八　頼りにする人、すなわち父、資名。院執権として近侍の必要上の転住。九　京都市東山区五条坂近辺、清水寺近く。六波羅北方にも近い。一〇　公宗が。一一　作者が清水の宿に。一二　戦乱の勃発を恐れつつ待つ心。一三　公宗が。一四　鳴きまね、あるいは空耳。ここでは後者。一五　従者の進言、催促。一六　まだ四月下旬である。一七　歯の細かい櫛。水をつけて鬢をかき上げるのに用いる。ここでは寝乱れた髪を整えて身仕度する意。一八　部屋の外部に接する所。縁先。一九　公宗の出で行ったあとを閉めず、そのままで。底本「さ」は行間補入。二〇　公宗の面影によそえて眺める有明の月。二一　後朝。

【通釈】　夜が明けたけれど、その日は別に何事もない。あの方が六波羅から清蔭をお使いにして、「よそながらお会いできるかと思ったのに、それさえ騒がしくて思うようにならなかった、あいにくの折の残念だった事」などとお手紙がある。おことづけとしても、世間の有様など細かに教えて下さる事があるようだ。この使者も、香染の直垂の特に色合が美しいのを着て、その下に籠手とかいうような物を付けている、その銀の金物の色が、袖の隙間からちらちらと透いて見えるのが、不愉快な感じがしそうなものだが、そうでもないように優雅にふるまっている様子など、身分柄にも似ず、風情あるもてなしに見えた。

六波羅では、日がたつにつれての御心労は、何とも申上げようのない程だ。頼りにする父親も、なるべくそのお近くにという事で、清水寺近くの仮屋に移った。父の留守の家でますます心細く茫然としているのを推察なさってか、「同じ住居に移ったらいいだろう」と、父の宿にあの方からお使いがあっておっしゃったという事で、急に迎えが来てそちらに移った。

世間の様子は、今日こそ何事が起るか、起るかと思いながら、四月の二十日過ぎにもなった。「うまく外出の口実を作ったから」と言って、あの方はまだ夜も浅いうちにお立寄り下さった。語らい合ううちに、間もなく鶏の声や鐘の音があちこちに聞える。「空耳だろうよ、まだまだ」などとはぐらかしていらっしゃるようだけれど、「明け放れてしまったらひどく工合の悪い事になりますから」と、供の者が度々声をかけるので、起きて妻戸をお開けになると、有明の月の姿がくっきりと見えて、軒近く繁る萩の葉も、普通のこの季節のようにもなく高く立ちのびているのに、隙間もないほど一面に置いて下葉まで残る所もない露の、月光に輝く光など、夏よりはむしろ秋の空を見るような明け方の景色は、こんな非常の場合でなくても感深いものであるはずなのに、もしやこれが最後の語らいにもなろうかと、誰も皆世の成行きに心痛している折からの別れの辛さに、まして行こうとするあの方も、とどまる私も、何とも言えず心細い。

すっかり明るくなる様子なので、乱れた髪をととのえたりなさってお出ましになる。縁先も明け放ったままで、横になっていながらなお外を見送っていると、急に空まで曇って来て、わずかに残っていた月の姿も見えなくなってしまったので、何という事なしにこんな歌が思い浮んだのも心に残る事であった。

ああどうしようか。去って行った人の姿を慕う思いを寄せる、あの有明月さえ曇ってしまう、名残多い別れの空よ。


【補説】赤松勢は山崎・八幡方面に迫り、六波羅勢と交戦を繰返すが、洛中は一旦落着く。その間の僅かの語らいが、王朝物語の趣で美しく語られる。

衣裳描写の多い本記であるが、公宗については全くそれがない。その代償のように、使者清蔭の服装――それも直垂の袖の下に銀色の籠手が透けて見えるという、異常な戦時装束とその着こなしが詳記されているのは、「とはずがたり」で有明の服装をほとんど描かず、その死後訪れた使の稚児の姿を細かく描写している事と思い合されて興味深い。なおこの表現は語釈に示した如く、「平家公達草紙」の影響なくしては考え難いもので、同草紙の成立・享受にかかわる問題をも含んでいる。

「世の中今日や〳〵」は、この非常時になすすべもなく破局を待つ心を、短章に鮮かにあらわしており、続く最後の交情も、短文ながら行き届いた描写で、作者の筆力を感じさせる。

三二　形見の菖蒲

[一]東国の夷《ゑびす》ども近付《ちかづ》くと聞《きこ》ゆ」三一オれば、皆人《みな》[二]色を直《なを》す程《ほど》に、[三]梓《あづさ》弓のよそに引《ひ》き違《たが》へぬる[四]あやなさは、浅《あさ》ましともいみじとも言《い》はん方《かた》なし。五月五日、世の中[五]今《いま》はかくと聞《きこ》えしかば、何《なに》の[六]文目《あやめ》もわかれずかきくれたるに、[七]人の許《もと》より白薄様《うすやう》にて、

　沼水《ぬまみづ》に生《お》ふる菖蒲《あやめ》の長《なが》き根《ね》も君が契《ちぎ》りの[八]ためしにぞ引《ひ》く

　掛《か》けなれし袖の[九]うきねは変《かは》らねど何《なに》のあやめもわかぬ今日《けふ》かな

また奥《おく》に、

　忘《わす》れずは形見《かたみ》とも見《み》よあはれこの」三二オ今日《けふ》しも残《のこ》す水茎《くき》のあと

筥《はこ》の蓋《ふた》に、紅《くれなゐ》紫《むらさき》染《そ》め分《わ》けたる薄様《うすやう》敷《し》きて、[10]薬玉《くすだま》そへらる。返事、

　浅《あさ》き江《え》に引《ひ》くや菖蒲《あやめ》のうきねをも長《なが》きためしと我[11]やかくべき

　残《のこ》しを《（お）》く形見《かたみ》と聞《き》けば見《み》るからに音《ね》のみ[12]なかるゝ水茎《くき》のあと

【語釈】 **一** 四月十六日、名越高家・足利高氏（尊氏の初名）、鎌倉発向。**二** 愁眉を開く。安堵する。**三** 二十七日久我縄手合戦に高家戦死。丹波でこの報をうけた高氏は二十九日に篠村八幡で北条氏討伐の挙兵。「梓弓」は「引く」の枕詞。**四** 無法さ。わけのわからなさ。**五** もはやこれまで。**六** 条理・分別の意の「文目」に五月節供の景物「菖蒲」をかける。**七** 公宗。**八** 実例。模範。**九** 「浮根《うきね》」と「憂き音」、「菖蒲」と「文目《あやめ》（黒白）」（分別・判断）をかける。**一〇** 菖蒲の根に薬玉を添える。薬玉は香料を玉にして錦の袋に入れ、造花で飾り、五色の糸を長く垂れたもの。五月の節供に贈答する。**一一** 「菖蒲の根を袖に掛ける」意と、「憂き音をかける（口に出す）」意をかける。**一二** 「泣かるゝ」と「流るゝ」をかける。「流る」は「水茎」の縁語。

【通釈】 東国からの援軍が近付いて来たというので、誰も皆ほっと胸を撫でおろしたというのに、急に寝返って敵方についてしまった非道さは、呆れたともひどいとも何とも言いようがない。五月五日、今はもうとても勝目はないという情勢になったというので、何の分別もつかず嘆き沈んでいると、あの方の所から白薄様にしたためたお手紙で、

　深い沼水に生えた菖蒲のこの長い根も、あなたとの夫婦の契りの長く続く手本にと、引き抜いてお目にかけるのですよ。

　五月五日と言えば、いつも袖に掛けなれた、泥から引抜いた菖蒲の根に変りはないのだけれど、それが菖蒲なのかどうかもわからない今日だよ。（袖に掛けなれた悲しい泣声は変らないが、今日は一入物事の判断もつかないよ）

またお手紙の終りにも、

私の事を忘れなかったら、形見としてでも見て下さい。ああ、この、五月五日というよい日なのに、悲しい運命のもとに残す、この手紙の筆跡を。

筥の蓋に、紅と紫で染め分けた薄様紙を敷いて、菖蒲の根を置き、薬玉を添えてある。返事には、

浅い江から引き抜いて下さった菖蒲の泥のついた根をも、長いものの例として、私は袖に掛けなければならないのでしょうか。（浅い御縁であった事を嘆く私の悲しい泣声を、長く続くものの例として私は袖に掛けなければならないとは）

残しておく形見だと承わるにつけて、見るや否や声を出して泣けてしまい、いただいた根さえ涙で流れてしまうような、あなたのお筆の跡よ。

【補説】 頼りに思った髙氏の寝返りに、驚き戸惑う公家衆の状況を簡潔に描く。その荒々しい非常事態の中に交わされる哀婉な贈答が悲痛である。ことにも公宗詠の最終に位置する、

忘れずは形見とも見よあはれこの今日しも残す水茎のあと

にあたかも呼応するかのように、名子没の一年後、延文四年（一三五九）成立の「新千載集」に、勅撰集中ただ一首の名子詠として、恐らく後年の作であろうが、

（題しらず）

忘れじよ我だに人の面影を身にそへてこそ形見ともせめ　（一六〇三）

が残されている事を思う時、まことに感深いものがある。

三三　敗戦

同《おな》じき七[一]日、六波羅《は》の四方に押寄《おしよ》せて打囲《うちかこ》む。聞《きこ》[二]えつる事なれど、差当《さしあた》りてはあきれ惑《まど》はる。夜に入りて・[三]火をかけぬれば、煙《けぶり》の下《した》に[四]見《み》やり聞《きこ》ゆる心の中《(うち)》どもは、夢現《ゆめうつゝ》」三二ゥとも思ひわかれず。[五]さすが火の中をば逃《のが》れさせ給・ひぬるにやと、魂《玉しゐ》も身に添《そ》はず思ひ明《あ》かしたるに、[六]東《ひんがし》ざまへ成《な》りぬと聞《きこ》ゆるも、その行先頼《ゆくさきたの》もしかるべきにもあらねば、[七]さてしもいかゞ聞《き》きなし奉《たてまつ》らんと、かきくれつゝ思ひまどふ。

[八]いつしか人の心もあらぬ世になりぬれば、つゝむべき事《こと》ありて、この宿《やど》もうかれ出で・つゝ、[九]御堂に先《ま》づ忍《しの》びて移《うつ》りつゝ、九日、[一〇]ふと里《さと》に帰《かへ》りぬれど、これも[一一]怖畏《ふゐ》あるべければ、[一二]安居院《あぐ(ゐ)》の寺に知《し》るたよりあれば、忍《しの》びて立入《たちい》り・ぬ。

十日、[一三]かの御方なる」三二ォ女房、この寺に知《し》る人あるを頼《たよ》りにて、我・が行方《ゆくゐ》たづねらるゝなるべし。[一四]御供《とも》に付《つ》き聞へ《きこ(え)》給ひ・けるを、[一五]人々とかく心を合《あは》せて、[一六]御道より落《おと》し聞《きこ》えければ、[一七]本意《ほい》なき事に思《おぼ》し嘆《なげ》き給・ふさまなど語《かた》り聞《き》くにも、[一八]御行方《ゆくゐ》知《し》らぬ御事ど《ことゞ》ものみいとゞ悲《かな》し。[一九]此処《こゝ》にありとて喜《よろこ》びつゝ、やがて車あれど、二〇ゆくりなく浮《う》かれ出《い》でむも二一いかならんとつゝましければ、動《うご》くべき心地《ち》もせぬを、人々もすゝむれば、心弱《よは》くぞ立出《たち》でぬる。二二妙音堂に車寄《よ》せて下《お》りぬ。二三あからさまと出でぬるまゝにて、」三一ゥいと浮《う》きたる心地《ち》して明《あ》かし暮《くら》す。

【語釈】 **一** 暁、高氏勢入京、六波羅攻撃。**二** 予想されていた事だが。**三** 六波羅第に放火。**四** 御様子を想像申上げる。**五** 帝・両院・公宗らは、いくら何でも。**六** 東方、鎌倉めざして行幸御幸。**七** そうとしてもどんな結果としてお聞きする事だろう。**八** 早速。**九** 清水堂か、未詳。**一〇** 不意に。たまたま。**一一** 恐れねばならぬ事。**一二** 上立売北、堀川西、大宮東にあった寺。比叡山東塔竹林院の里坊。現上京区大宮通寺之内あたりか。後、貞治六年（一三六七）賀茂祭、女使時光女幸子の「立出所安居院芝宿所也」（師守記四月十五日）とあり、資名の後妻芝禅尼の住所かと思われる。**一三** 公宗。**一四** 公宗は行幸御幸の。**一五** 西園寺家の家人ら。**一六** 行幸の道筋から離脱して逃亡させた。**一七** 不本意。心外。**一八** 帝・院の運命。**一九** 公宗方の女房が。**二〇** 不用意に。無思慮に。**二一** 底本「と」。誤写と認め改訂。**二二** 北山第の中の一堂。琵琶の守本尊、妙音天女像を祀る。金閣の後山、安民沢中島の石塔がその遺趾と伝えられる。**二三** ほんの仮に。

【通釈】 同月七日、敵方が六波羅の四方に押寄せて包囲した。そうなろうとは取沙汰されていた事だけれど、実際その場となっては驚き惑うばかりである。敵は夜に入って放火したので、帝はじめあの煙の下でどうしておいでかと遠望するばかりの我々の心の中は、これが夢とも現実とも分別できない。いくら何でも火の中からは脱出なさったろうかと、魂もおちおち身体に落付いていないような気持で一晩まんじりともせずに明かしたのに、行幸御幸は東国さして成らせられたと話に聞くにつけても、その行先に希望が持てるわけでもないから、そのようにお逃れになったにしてもあとどんな目にお遭いになったと承ることだろうと、心もまっ暗になった思いで心痛する。

　もう早速、人々の気持も全く変った世の中になってしまったから、世に忍ばねばならぬ事があって、この清水の宿も迷い出て、御堂に先ずこっそり移ったのち、九日にちょっと実家に帰ったけれど、ここも危険であるというので、安居院の寺に知合いの縁があるので、ひそかにそこに入った。

　十日に、あの方にお仕えする女房が、この寺に知人があるのを頼って、私の行方を尋ね当てられたらしい。その話によれば、あの方は行幸のお供に付き従っていらしたが、家臣の人々が何かと協力して、途中から道を外しておも逃れさせ申したので、自分の意志と違ってしまったと嘆いていらっしゃるという、その御様子などを聞くにつけても、御行方もわからない帝や院の御事ばかりがいよいよ悲しく気遣われる。その女房が、私の事を「ここにいた」と喜んで、早速に迎えの車をよこしたので、突然あてもなしに出かけて行くのもどんなものかと遠慮されて、移転する気持にもならないが、周囲の人々も勧めるので、気弱くも出発した。北山殿の妙音堂に車を寄せて下りた。ほんの仮住居と思って出た、そのままの状態で、何とも落付かない気持のままで毎日を過していた。

【補説】　いよいよ破局。公宗は当然、天皇蒙塵に扈従するつもりであったが、家人等が謀って北山に連れ戻したという。混乱の中、主の地理不案内に乗じて、馬の口取が巧みに方角を変え、誘導したのであろう。公宗にとっては光厳帝こそ主君であるが、家人等にしてみれば西園寺家こそ絶対の主家であり、これが没落すれば全員が路頭に迷うことになる。彼等にとっては皇統が持明院統であろうと大覚寺統であろうと関係ない。ただ主家が時流に従って栄え、これによって生活が安定し、児孫の将来が保証される事を望むのである。

東漸に従ったとて希望があるわけではないし、京にとどまって事後処理を行うのも関東申次として重要な役割でもあるが、心ならず犯した背信行為に、公宗の懊悩は深い。それを気遣う側近は、これも光厳帝方として身を隠している作者を探し当て、公宗身辺に置くことにする。しかし北山本第なる北殿ではなく、やや離れた妙音堂に入れたという事で、まだ正室扱いはされていないという事が示されている。

二四　帝らの帰京、失意の公宗

[一]近江国伊吹とかやにて、[二]五宮といふ人、御所々々とゞめ奉《たてまつ》らせ給ふ由聞《よしきこ》えしかば、いみじとも更《さら》に言《い》はん方《かた》なし。かゝる程に、伊吹に[三]御唐櫃《からびつ》ども渡《わた》さるとて、[四]これより御使を添《そ》へらるべき由《よし》、[五]当時の将軍よりあれば、侍を奉《たてまつ》らる。[六]氏光、御馬の口《くち》につき奉《たてまつ》り侍りけるに、流《なが》れ矢とかやに当《あた》りて、道《みち》にとまれる[七]由聞《よしき》かせ給ひて、わざとたづね給ふ。御返事に添《そ》へて聞《きこ》え侍る、

かくてだに捨《す》てぬならひの身の憂《う》さは」三三ォ思ひしよりも[八]あられけるかな

五月廿七日、[九]御所様《さま》都に返り入《い》らせ給ふ。[十]親同胞《おやはらから》も苔《こけ》の衣に立《た》ち返りぬと聞《き》くにも、更《さら》に驚《おどろ》

かるゝ世になん有りける。

とにかくにいみじき事《こと》のさまにつけても、一一帰《かへ》らん事をのみとかく聞《きこ》ゆれど、あからさまをだに許《ゆる》されなし。文《ふみ》をだにと思ふ方々《かた〴〵》あれど、さやうに書《か》き散《ち》らしつゝ一二散《ち》りぼはむも、いとものしかるべしなどあれば、それさへかき絶《た（え）》へつゝ、一三ひたや籠《ごも》りにいぶせき様《さま》を、一四思《おも》はずに思《おぼ》しのた《給》まふ人々もあらむかしと、心より外《ほか》なる身を」一三ウさへぞ思ひ乱《みだ》れける。

さるは、かく一五遅《おく》れ聞《きこ》え給ひし事《こと》の、心より外《ほか》なる嘆《なげ》きをのみ思ひ結《むす》ぼゝれ給ひつゝ、一六世をや背《そむ》かましなど、いと頼《たの》もしげなき事をのみあれば、かく一七直路《ひたみち》に成《な》し果《は》てても中空にさへやと、程なき身をさへ一八あつかはるゝもいとはかなし。一九思《おぼ》し立《た》つ筋《すぢ》もまことしくのみあれば、二〇持明院殿よりもさま〴〵に、あるまじき由《よし》のた《給》まはする事《ことゞ》もあれど、猶いかなるべき世にかと思ふ程《ほど》に、二一誰《たれ》〳〵二二とかく聞《きこ》え給へばにや、さすが少《すこ》し二三心のどかになるさまにぞなりぬ」一四オる。

【語釈】一　九日、番場（滋賀県坂田郡米原町）に於て五辻宮守良親王（亀山院皇子、法名覚静）の勢に敗れ、北条仲時以下戦死、天皇・両院は捕われて伊吹山太平護国寺に入御、二十五日天皇・春宮廃位。二　「五辻宮」の脱字か。但し太平記にも「先帝第五の宮」とあり、通称五宮か。三　神器等を奉安するための唐櫃であろう。四　西園寺家。五　高氏、29歳。八月五日、後醍醐帝の一字を賜わり改名尊氏。建武四年（一三三八）征夷大将軍。「当時の」

は「執筆時現在の」の意。六 資名二男、作者の弟。七 公宗が。八 生きていられるものでしたよ。九 後伏見・花園・光厳三院。一〇 父資名・兄房光も出家して帰京。一一 実家日野家に帰る事を。一二 手紙が散逸し、人目にふれるのも不快であろう。一三 直屋籠り。ひたすら家の中にじっとしている意。一四 意外に。ここでは悪い意味に用いる。一五 公宗が行幸に遅れてしまった事の。一六 公宗の心境。一七 誰の眼にも妻とわかる形に作者の立場をしてしまったが、自分が出家してしまったら身の振り方に困るだろう、の意。一八 心配する。一九 出家の決心。二〇 後伏見院はじめ上皇方。二一 周囲の主立った人々をさす。二二 あれこれと。二三 出家を思いとまってほっとした様子。

【通釈】 近江国の伊吹とかいう所で、五宮という人が、帝・院の皆様をお取り留め申したという話が伝わったから、ひどいとも何とも言いようがない。そうしているうちに、伊吹に神器等をお入れする唐櫃などをお届けするといって、北山殿からお使者を添えていただきたいと、現在将軍尊氏となっているその人から要請があったので、侍を御出しになる。また、氏光が院のお馬のくつわを取ってお供していたが、流れ矢とかいうものに当って、途中で脱落したという事をあの方がお聞きになって、わざわざお見舞下さった。そのお返事に添えて、こんな歌を差上げた。

こんなに辛い思いを味わっても、この世を捨てる事もできない弱い人間の身の悲しさには、想像にも反して、それでも生きていられるものでございましたよ。

五月二十七日に、先帝・院の方々は都にお帰り遊ばされる。私の親兄弟も出家の身となって帰京したと聞くにつけても、今更のように驚かれる無常のこの世であったことだ。

あれこれと全くひどい事件の成行きにつけても、実家に帰りたいとあの方にお願いするのだけれど、ほんのちょっとだけでも、という事をさえ許して下さらない。せめて手紙だけでもやりたいと思う所々もあるが、そんな風にいろいろ書いた物があちこち散らばって人目にふれるのも大変不愉快な事だろうなどという意見もあるので、それさえ出来ず、全く引きこもったきりでうっとうしい有様を、思いの外に冷たく利己主義だと思ってとかくおっしゃる方々もあろうと、心にもない態度を取らねばならぬ我が身の情なさをさえ思い悩む次第であった。

　それというのも、あの方がこのように行幸御幸に最後まで従わず、北山に逃げ帰ったと見られるようになってしまった、心外な結果を嘆く気持にばかり鬱屈なさっていて、「いっそ出家してしまおうか」などと、全く心細い事ばかりをおっしゃるにつけて、「でもそうしたら、一途に妻として、北山に迎え取ったあなたは、中途半端な身の上になってほんとにかわいそうだし……」などと、物の数でもないこの身をさえ心配して下さるというのも、まことに頼りなく悲しい事である。その出家というお思立ちも、実際本気でいらっしゃるような御様子なので、持明院殿においでの上皇方からも、いろいろと、そんな事をしてはいけないとおっしゃって下さる事共があったけれど、それでもどうなる事だろうかと心痛しているうちに、然るべき方々が何かとお諫め申上げたからだろうか、さすがに少し思いつめたお気持が和らいで、いくらか安心できるような状態になった。

【補説】　天皇蒙塵、番場敗戦の経緯は、「梅松論」「太平記」に劇的に語られる。しかし、作者としてはただ風聞に心を傷めるのみ。帝・院の非運のみならず、父・兄弟の出家・負傷も重なる。氏光にかかわる叙述は、夫婦の間柄にしては過度の敬意表現とも見えるが、対象者は後醍醐あるいは髙（尊）氏とは見るべくもなく、公宗以外には考えられない。二人の関係は、日野家から見れば正規の婚姻手続を踏んだ夫妻。しかし西園寺家から見れば、貴人とこれに迎え据えられた内密の愛人にすぎず、名子もその地位をはっきりと自覚している。なればこそ、日野家への帰還を切に願うのである。

一方、不本意にも帝・院への背信行為を行う結果となった公宗の悩みは深い。その中にも通い合う二人の愛情が、控えめな短章の中ににじみ出ている。

なお「伊吹に御唐櫃」云々は、このような事態にあっても、なお代々関東申次の家柄として、武家の代表高氏が公家の交渉役代表と頼むのは公宗であり、神器収納用の唐櫃発送を介して、やがて下巻の尊氏と名子との友好的交渉につながって行く事を示唆している。

三五　正室としての北山入り

六月も半《（なかば）》になりぬ。[一]忍《しの》びたる住《す》まゐ《（ひ）》など改《あらた》まるべきにや、さやうにては、[二]いつしかならん出入《いで》も、何《なに》となく憚《はゞか》りあるべければ、「さらばあからさまに」と許《ゆる》されあれば、いと嬉《うれ》しくて都に出《い》でぬるに、聞《き》ゝ見《み》る事《こと》は皆《みな》、[三]あらぬ世の心地《ち》しつゝ、さらに悲《かな》し。

二三日ありて[四]車などあれば立《た》ち返る・山路《ぢ》にも、いかになりゆく身ぞと、万《よろづ》に浮《う》きたる心地《ち》して、思《おも》ひ乱《みだ》るべし。

いといみじう聞《き》ゝどころなきいたづらの[五]問《と》はず語《がた》りは、なを《（ほ）》残《のこ》り侍る・べきにやとぞ。」三四ウ

【語釈】一　妙音堂の内々の住まいを改めて、作者を正室として西園寺本第に迎えようとする議が起った事。二　その後早速に実家日野家に出入する事。三　別世界。四　北山からの迎えの車。正室の本第入りの扱い。五　聞かれもしないのに自分から語り出す事。

【通釈】そうこうしているうちに、六月も半ばになった。内々の愛人として人目につかないようにしている暮し方を改めて、あの方の正妻として公認される事になるのか、そうなったら、そうそう早速に実家に出入するという事も、何となく遠慮される事だから、「それではほんのちょっと、仮に」と帰宅を許されたので、大変嬉しくて京中に出て見ると、そこで見聞きする事は何もかも、全く違った世界になってしまった感じがして、一入悲しさがまさる。

二三日して、北山から迎えの車が来たから、帰って行く山道の道中につけても、これから先どういう風になって行くこの身だろうかと、すべてにつけて拠り所のない、不安定な感じがして、さまざまに思い悩むようである。

こんなに甚だしくつまらない、何にもならない無駄な話を、尋ねられもしないのに語り出すにつけても、まだ語り残した事がありそうにも思えるが、と感じるのでもあるけれど、まずはこの辺で止めておこう。

【補説】本段は現代人の眼からは不可解とも見える記述であるが、当時の婚姻制度を導入する事によって正しく理解できる。二五・二六段に述べた通り、公宗は名子との正規の婚儀によって日野家に婿取られたが、これにより西園寺家が直ちに名子を正室と認め、北山西園寺第に迎え入れたわけではない。両家の間には清華（大臣大将を兼ねて太政大臣に進む）と、三級下の名家《めいけ》（摂家清華等に仕えつつ、弁官、蔵人、昇進して大中納言に至る）という、歴然たる家格差があり、西園寺家としては上位の摂家か、或いは同格の清華から正室を迎えて更なる栄達を図る、というのが、家およびこれに従属寄生する家人全員の一致した要請である。名子はあくまでも、西園寺第内では「忍びたる住まひ」に隠し据えられる「召人」扱いである。それが「改まる」とは、失意のあまり出家をさえしかねない公宗を慰留し、あくまでも当主の地位を守らせるための、西園寺家の総意による、正室としての本第入りが決定したという事であった。

清華家正室となれば、格の劣る名家の、しかも現政権に反逆して捕えられ、出家した里方と、気安く往来するわけには行かない。そこでそれ以前に一旦そっと日野家に戻り、改めて西園寺家の迎えを受けて北山本第に入る、という形を取る。ひそやかではあるが、家格・体面を重んずる社会習慣に抗する、公宗と名子の愛の勝利である。しかしそれも、やがて来る中先代の乱にかかわる公宗処刑により断絶する。

語られぬその悲劇への万斛の思いをこめて、上巻最後の一文は結ばれている。

【中間部概説】

上巻と下巻の間には、元弘三年（一三三三）六月後半から建武四年（延元二〔一三三七〕）十二月二十日まで、約四年半の空白がある。ために、その間の記述なる中巻が脱落したかとの説もあったが、社会的・個人的状況を考えるに、この年代の事柄は作者として到底書くにしのびなかったものと推測され、想定される中巻に当るものは、当初から存在しなかったと考えるのが妥当であろう。この間の事件を略述すれば次の如くである。

元弘三年六月五日、後醍醐帝帰京。
同　六月二十六日、後伏見院落飾。
同　八月五日、高氏叙従三位、尊氏と改名。
元弘四年一月二十九日、改元、建武元年。
建武元年六月より護良親王と尊氏不和。
同　十一月十五日、護良親王を鎌倉配流。
建武二年六月二十二日、公宗・氏光等、北条高時男時行と通じ謀反の廉にて捕わる。
同　六月二十七日、公宗弟公重、家督相続。
同　七月、時行信濃に挙兵、鎌倉を攻略（中先代の乱）。直義、護良親王を弑す。
同　八月二日、公宗・氏光等斬罪。

同　八月十九日、尊氏、時行を破り鎌倉に入る。
同　九月、後醍醐帝、尊氏に勅して上洛を促すも応ぜず。
同　閏十月頃か、名子、実俊を出産（太平記によれば公宗百箇日）。
同　十一月十九日、後醍醐帝、尊良親王・新田義貞に尊氏追討を命ず。
同　十一月二十二日、花園院落飾。
同　十一月二十六日、尊氏勅勘解官。
同　十二月十二日、箱根竹下の戦に尊氏義貞を破る。
建武三年正月十日、後醍醐帝近江坂本に逃る。
同　正月十一日、尊氏入京。以後義貞等と連戦。
同　正月二十九日、尊氏丹波に敗走。
同　二月十二日、尊氏兵庫を出帆、途に光厳院院宣を得て二十日赤間関着。
同　二月二十五日、広義門院落飾。
同　二月二十九日、改元、延元元年。
同　三月二日、尊氏、菊池武敏を多々良浜に破り、九州を掌握。
同　四月三日、尊氏大宰府を発。
同　四月六日、後伏見院崩。
同　五月二十五日、尊氏、湊川に義貞・楠木正成を破る。
同　五月二十七日、後醍醐帝延暦寺に逃る。

光厳院等は六条殿に留まる。

同　五月二十九日、尊氏入京、光厳院政務あるべきを奏し、年号を建武に復す。以後京内外戦火、光厳院等石清水、また東寺に移居。

同　八月十五日、後伏見院第三皇子豊仁親王を光厳院猶子とし、押小路烏丸殿にて元服践祚（光明帝）。

同　十月十日、後醍醐帝延暦寺より帰京、花山院第に入る。

同　十二月二十一日、後醍醐帝吉野に逃る。

建武四年三月六日、越前金崎城落城。後醍醐第一皇子尊良親王自殺。

同　十二月二十八日、光明帝、太政官庁にて即位式。

「太平記」巻十三に劇的に描かれる公宗誅殺の事は、後醍醐帝暗殺を企てたとされる北山行幸が、秋の事となっているのをはじめ、脚色が多くてそのままには信じ難いが、要所を引けば、公宗は中院定平に預けられたが、出雲へ配流の前夜、忍んで対面に訪れた北の方に、「胎内の子が男子ならば与えよ」と言って琵琶三秘曲の譜を与えた（琵琶血脈に公宗の名なく、虚構であろう）。先ず名和長年方に渡すというので、北の方がひそかに見送ると、

既に庭上に舁据ゑたる輿の簾を褰げて乗らんとし給ひける時、定平朝臣、長年に向って「早」と言はれけるを、「殺し奉れ」との詞ぞと心得て、長年、大納言に走り懸って、鬢の髪を摑んで引伏せ、腰の刀を抜いて御頭を搔落しけり。北の方は是を見給ひて、覚えずあっとをめいて透垣の中に倒れ伏し給ふ。（中略）北の御方は仁和寺なる傍に、幽かなる住み所尋ね出だして移り給ふ。時しもこそあれ、故大納言殿の百箇日に当りける日、御産、事故無くして、若君生れさせ給へり。（中略、後醍醐方の探索を憚り）泣く声をだに人に聞かせじ

と、口を押へ乳を含めて、同じ枕の忍び音に、泣明し泣暮して、三年を過し給ひし心の中こそ悲しけれ。

という。すべて事実とは言い難いとしても、悲痛な状況は相似たものであったろう。

名子がこれら一連の事件を黙殺し、建武四年十二月二十一日実俊真魚の祝から下巻を起筆したのは、まことにさもあらんと思われるところである。

竹むきが記　下巻

三六　実俊真魚始

[一]今年《ことし》、この君[二]、[三]真魚《まな》の事あり。十二月廿一日に[四]右大臣殿に渡《わた》り給ふ。[五]諸大夫・侍などあり。車《くるま》に女房二人。[六]広蓋《ひろぶた》あり薄様《うすやう》二、重《かさ》ね敷《し》く。太刀《たち》、[七]天児《あまがつ》、二（ふたつ）小袖五具《ぐ》、この外《ほか》色々《〳〵》あまた入《い》る。[八]ゐりきの為《ため》、[九]衵《あこめ》を用《もち》ゐる。蘇芳《すわう》に唐織物《からおりもの》の文、[一〇]亀石畳《かめいしだゝみ》、帯《おび》に[一一]置《をき》物あり青《あを》き単《ひとへ》を重《かさ》ぬ。三（みつ）小袖地白《しろ》き織《をり》物、文《もん》亀石畳《かめいしだゝみ》、出（いだし）車あり。右大臣殿、烏帽子《ゑぼうし》直衣《なをし》にておはす。年《とし》頃籠《こも》り居《ゐ》侍る[一二]諸大夫・侍ども、我もく〳〵と進《すゝ》み出《い》づるとぞ聞《きこ》ゆる。この有様《ありさま》、万《よろづ》いみじう、[一三]山口《ぐち》しるく見《み》え給ふなど、さまぐ〳〵にでのたま《給》へり。[一四][一五]五十日百日《いかもゝか》」一オなどいふ事《こと》も、この序《ついで》に取《と》り行《をこな》はるべし。[一六]世の中静《なかしづ》まらぬさまなれど、すでに絶《た》[一七]えさせ給へる御流《なが》れ、改《あらた》められぬる、いとめでたき御事《こと》になん。かゝる光に逢《あ》ひ聞《きこ》えぬる[一八]入道の世覚《おぼ》え、並《なら》ぶ方《かた》なういみじ。

【語釈】**一**　建武四年（一三三七）。南朝延元二年。**二**　実俊。3歳。**三**　小児に生後はじめて魚を食べさせる儀式。真魚始。**四**　前右大臣洞院公賢の邸。公賢47歳。**五**　家司。注**三**に対し、日野家所属の人々。**六**　衣裳などを入れる浅い方形の盆。**七**　小児の傍に置く形代の人形。凶事を移し負わせる。**八**　未詳。**九**　ここでは子供用の小さい衣または桂。以下はその説明。一〇 亀甲つなぎ文。一一 玉や金銀の飾り。一二 西園寺家の家司ら。一三 物事の初め。将来を占う緒。一四 「る」が正しいが、当時の慣用表現か。次段にもあり。一五 子供が生れて五十日・百日の祝。公宗被誅により、世間を憚って延期していた。一六 建武三年八月光明天皇践祚、十二月後醍醐院吉野に逃れ、四・五年にかけ各地に合戦頻発。一七 持明院皇統。一八 資名、51歳。父俊光は光明天皇の乳父であった。

【通釈】今年建武四年、この若君実俊の、真魚の祝があった。十二月二十一日に、右大臣洞院公賢公の邸においでになる。諸大夫・侍などがお供する。車に女房二人が同乗する。広蓋を用意する（薄様二枚を。重ねて敷く）。そこには太刀、天児、二枚襲ねの小袖五揃い、この外色々な品を多く入れる。若君の装束はゐりきの為に袙を用いる。蘇芳色の唐織物（文様は亀石畳で、帯。には装飾品がある）。青い単を重ねる。三小袖、（地は白い織物、文様は亀石畳）。女房の出車が続く。右大臣殿は烏帽子直衣でいらっしゃる。この数年間、主家の没落で引き籠っていた西園寺家の諸大夫や侍共も、我も我もと出仕して来るという事である。若君の様子は、万事にすぐれていて、将来の成長の緒がはっきりとお見えになるなどと、いろいろにおっしゃって下さった。今まで延ばして来た五十日百日の祝なども、この機会に併せて行われるようである。

世間の騒動はなかなか終息しない様子だけれど、もうほとんど断絶かと拝された皇室の正統が、改めて回復された事は、まことにおめでたい事である。このような栄光ある時にめぐり逢った父、入道資名に対する世間の人望は、比肩する者もないほどすばらしい。

【補説】建武四年当時、名子と実俊は日野邸に居住していた事、次段で明らかである。当時北山第は永福門院御所となっており、実衡後室今出川公顕女氏子は今出川第に、菊亭兼季は菊亭に、公宗異腹の弟で家督を争う公重は嵯峨竹林院（竹中殿）に居住する、という状況である。従来の私見では「右大臣殿」は前右大臣兼季と考えたが、渡辺説では洞院公賢とする。再考するに、兼季の右大臣在職は本記起筆以前の元亨二～三年（一三二二～二三）であり、二二段注10に示したごとく、一時太政大臣に昇進したものの廃され、上巻から一貫して「前右大臣」と記されている。公賢は建武二年（一三三五）から本四年七月十二日まで右大臣、本記では他に七二段「左大臣」以外、登場は見られないものの、曽祖父実雄（公経男）の時西園寺から別れて洞院一流を立てた一門の間柄、しかも四五段以下しばしば引くように、「園太暦」には名子との好誼、実俊後援の記事が散見され、ここで自邸（持明院殿東隣の中園第か）を実俊真魚の祝に提供して不自然でない。正しくは「前右大臣殿」とあるべきだが、兼季との書きわけ、また現職としての意識の去りやらぬ時期という事で、かく表現したのであろう。以上、失考を改めるため詳説した。

　戦乱の中、逼塞して五十日百日の祝もできなかった実俊が、本邸北山第でこそないが、同族にして宮廷の実力者、前右大臣公賢の庇護のもと、その邸で真魚始を行う事は、名子にとってはじめて前途に光明を見出だした慶事であった。日野家の家人のみならず、主を失って生活の方途を失っていた公宗の家人等への目配りに、公宗正室としての名子の自覚がうかがえよう。

　あわせて俊光が乳父として養育した光明帝の践祚に、資名の不本意な形での出家の名誉回復も成り、喜び一入であったと思われる。

三七　日野邸火災

かくて過《す》ぐる程に、[一]三月十九日、夜中《なか》ばかりに、[二]火出《い》で来《き》ぬ。我《わ》が住《す》む方《かた》はいさゝかの隔《へだ》てはあれど、逃《のが》るべきにもあらねば、取《と》る物も取《と》りあへず出《い》でぬ。北にいさゝか屋侍るに皆集《つど》へり。夢《ゆめ》を見《み》たる心地《ち》しつゝぞあきれあへり。[三]

[四]若君入《い》らせ給ふべき心設《まう》けありつるも、[五]打《う》ちさましぬ。此のあとに」一ゥ北南の地ども一《ひと》つになして、池・山など様異《さまこと》に作《つく》らるべき事《こと》を、[六]いつしか夜昼急《ひるいそ》がる。これ[七]出《い》で来《き》なんに、宮も入《い》らせ給ふべき[八]心地《ち》なるを、たゞ疾《と》くなし聞《きこ》ゆべう[九]急《いそ》がるれば、[一〇]四月に入《い》らせ給ひぬ。

【語釈】　**一**　建武五年（一三三八、八月二十八日改元、暦応）。**二**　日野邸火災。**三**　「る」が正しい。→三六段注一四。**四**　光厳院第二皇子弥仁親王（後光厳天皇）。生母陽禄門院。この年三月二日誕生、資名の養君。後文「宮」に同じ。**五**　気勢を殺がれた。中止になった。**六**　早速。**七**　出来上ったら。**八**　心算。**九**　光厳院の督促。**一〇**　若宮、資名邸入御。

【通釈】　このようにして過して行くうちに、建武五年三月十九日の夜半頃に、火事が起った。同じ邸内ながら私の住む場所は火元から多少の隔てはあるものの、焼失をまぬがれるはずもないので、何をするひまもなく急いで脱出した。北方にわずかばかり焼け残りの小家がある所に一家中皆集った。まるで悪夢を見たような気持で、互いに茫然とするばかりであった。

御誕生早々の若宮が養君として入御なされるはずの準備などしていたのも、取止めになってしまった。この焼跡に、北と南に分れていた敷地を一つにまとめて、池や山など特別見事に作ろうと、もう早速、昼夜兼行と言わんばかりに急ぎ行っている。これが完成したところで、若宮もお迎えしようという心積りだったが、ともかく早くおあずかりするようにとお急ぎの思召しであったので、四月においで遊ばされた。

【補説】 日野家は俊光の代から、持明院統の皇子達の乳父役を勤めて来た。「花園院宸記」によれば、後伏見院第三皇子豊仁親王（光明院）は生後五箇月で俊光邸に入っており（元亨二年三月二十六日）、光厳院は遅くとも7歳以降後伏見院の膝下で生育したものの、庶務・後見役としての乳父は資名であり、前述の通り即位式褰帳の典侍役は乳母の資格で名子が勤めている。

親王宣下を受け、将来の登極も予想されるような皇子を、幼くからあずかって養育する乳父は、父帝なり院なりからの深い信頼とともに、十分な財力がなければならぬ。俊光・資名は二代にわたり、検非違使別当と持明院統院執権の要職にあり、上述二条件を十分満たしていたであろう。火災に遭いながら、早速に再建を急ぎ、翌月にはわずか生後一箇月の養君を受入れている。室、芝禅尼も資名没後養君後光厳帝と実俊の後援につとめ、以後の日野家繁栄の基礎を固めた。禅尼自身も相当の財力と政治力を持っていたと思われるし、後光厳と実俊との関係の深さもこの時期からのものである。

三八　資名死去

一・其の月の廿日頃に、二北小路《こうぢ》の念仏に三二位《ゐ》殿籠《こも》らせ給ひ・つれば、序《つゐで》嬉《うれ》しくて、これも詣《まう》でぬ。四入道、風にや、五うちつけに六苦々《にが〱》しうをあれば、いと浅《あさ》まし。出《い》でなんとするに、少《すこ》しよろしき様《さま》なれば、七あからさまの事にもあらんとて止《とま》りぬるに、五月二日八ほの〴〵に人走《はし》りて、この夜《よる》より」二オ苦々《にが〱》しう頼《たの》みなき由言《よしい》ひて、迎《むか》へあり。ともかくも言《こと》の葉もなし。人々《〱》立《た》ち騒《さは》ぎ、あきれ惑《まど》へるより外《ほか》の事なし。医師《くすし》どももあれど、その験《しるし》も見《み》えず、遂《つゐ》に九未《ひつじ》の刻《こく》ばかりに空《むな》しう見《み》なしぬる心の中ども、言《い》はん方《かた》ぞなき。やがてその日《ひ》、一〇様変《さまか》へらる。時の間《ま》にかゝる夢《ゆめ》をも見《み》る業《わざ》にこそと、憂《うき》世の　理《ことはり》もさらにぞ驚《おどろ》かれける。

一一中陰の程は僧衆あまたして、一二六時の勤《つと》めなどあり。かくても一筋《ひとすぢ》に悲《かな》しあはれのみにもあらず、中陰の末つ方《かた》」二ウより、一三あとの事《こと》ど《ゞ》も、とかく一四雄《を》々《ゝ》しからぬ事《こと》ありて、思《おも》ひ送《をく》るべき追《つい》善《ぜん》の営《いとな》み、なを《(ほ)》一五次《つぎ》なるにやと、いと悲《かな》しうぞ侍る。・一六宮の御方も一七侍従の君も、その程は一八二位《ゐ》殿の御里《さと》にぞおはします。

【語釈】一　建武五年四月。二　一条北小路、千本釈迦堂（大報恩寺。現上京区七本松今出川上ル）の念仏会か。三　西園寺実衡室従二位氏子（→三〇段注七）であろう。四　→二九段注二〇。五　突然に。急に。六　不快である。「を」は間投助詞。七　一時的な。底本「あかしさま」。誤写と認め改訂。八　ほのぼの明け。早暁。九　午後二時前後。享年52歳（54とも）。一〇　資名室出家。後出之禅尼であろう。底本「さまかへみる」。誤写と認め改訂。一一　没後四十九日間。親族が一箇所に籠り、仏事を行う。一二　一日を六時（晨朝・日中・日没・初夜・中夜・後夜）に分ち、時毎に念仏供養する勤行。一三　種々の相続問題。一四　すっきりしない。一五　次位。一六　弥仁親王。一七　実俊。一八　氏子の里第、西園寺今出川第であろう。→五四段注一七

【通釈】その月、四月の二十日頃に、北小路の念仏会に二位殿がお籠りになっていらしたので、ちょうどよい折と嬉しくて、私もお詣りした。ところが父入道資名が、風気であろうか、俄かに工合が悪いという事なので、大変驚いた。お籠りを止めて出ようと思ったが、少し落着いた様子なので、一時的な病悩だったのでもあろうかと思って退出を止めたところ、五月二日早暁に使の者が走って来て、この夜半から病状が悪化して回復の見込みがないと言って迎えに来た。何とも言うべき言葉もない。家の人々もうろうろと立ち騒ぎ、あわててまごまごする以外何も出来ない。医者なども手当するけれど、その効果もあらわれない。とうとう未の刻頃に死去を見届けた一同の心中は、たとえようもない事だ。すぐその日、母は出家された。ほんの僅かの間にこんな思いもよらぬ不幸を見る事もあるものだと、「無常の浮世」と言われる世の道理も、今更のように思い知られた。

四十九日の間は僧達大勢で、六時の勤行などを行った。そういう中にも、ただひたすらに悲しみ悼む気持だけでもなく、その中陰の日限の終り頃から、家督や遺産の相続について、何かとわずらわしい争いがあって、故人の成

仏を祈るはずの追善の仏事などは、現世の利欲にくらべてやはり二の次なのだろうかと、大変悲しい事に思われた。若宮様も侍従実俊の君も、その間は二位殿のお里、今出川殿にいらっしゃる。

【補説】 火災に続く父資名の死去。簡潔な叙述の中に、作者の受けた打撃の深さがしのばれる。中陰も過ぎぬ間に起った相続争いの状況を推測するに、出家した長男房光には四人の子があるが、すでに出家・幼少または未生以前と思われ、嗣子（三男）時光は11歳。親族には有力者柳原資明・三宝院賢俊もおり、後事を管理する後妻芝禅尼（時光生母ではない）との間で、種々軋轢のあったであろう事は想像に難くない。なお解題「三　日野家の人々」参照。西園寺家と言い日野家と言い、家系・所領をめぐる骨肉の争いは、名子の人生観に深い影響を及ぼしたであろう。
「やがてその日、様変へらる」は主語を欠くところから、あるいは資名に対し没後改めて受戒の儀を行った事かとする説もあるが（五條小枝子「日野資名後室「芝禅尼」の活躍」広島女学院大学大学院言語文化論叢10、平19・3）、「様変ふ」の一般的意味・用法からいって、資名後妻が直ちに出家、「芝禅尼」となった事と見るのが妥当であろう。

三九　実俊深鍛

一　[一]暦応二年《とせ》にもなりぬ。[二]前右大臣殿、いたはり給ふ事《こと》おはしつる、同じき正月に失《う》せ給ひぬる、いとあへなくあはれになん。かゝるに、[三]家門の事、いとわづらはしき事《ことゞ》どもありしかど、成《な》る事《こと》なく静《しづ》まりぬ。

今年《ことし》は[四]深鎩《ふかそぎ》あるべきを、[五]永福門院に聞《きこ》ゆべうやなど思《おも》ふ程に、[六]年《とし》の内《うち》に御覧《らん》ずべき由《よし》侍れば、[七]わざと」三オもさるべきにて、十二月廿八日に[八]北山におはします。[九]二位《ゐ》殿、具《ぐ》し聞《きこ》え給ふ。女房もあまた参《まい》る。紅梅の二（ふたつ）祖《あこめ》唐織物《からをり》、青《あを》き単《ひとへ》、三小袖[一〇]白き唐《から》織物《をり》。[一一]物騒《ものさは》がしさも飽《あ》かぬ御事《こと》なる上《うへ》、年《とし》の内《うち》[一二]泊《とま》り初《ぞめ》あるべう、女院の御方《かた》のたまふ《給》とて、俄《にわか》に留《とゞ》まり給ひて、次《つぎ》の日帰《かへ》り給ふ。[一三]推《を》し量《はか》らせ給ひつるにも過《す》ぎて、行末（ゆくすゑ）頼《たの》もしきさまに、など、いみじうぞ喜《よろこ》びのたまふ《給》。[一四]山水を御覧《らん》じつゝ、[一五]「何処《いづこ》より来《き》たる流《なが》れにか」と本末《もとすゑ》を尋《たづ》ね聞《きこ》え給ひければ、[一六]「凡人《たゞ》にはあらじ」と不思《ふし》議《ぎ》がらせ給ひて、いみじう興《けう》ぜさせ給ひけるなど、二位《ゐ》殿」三ウさまゞゝにぞ語《かた》らせ給ふ。[一七]伏見院の[一八]御自筆一巻、松の打枝《うち》に付《つ》けられて、賜《たま》はらせ給ふ。

【語釈】 **一**　一三三九年。**二**　菊亭（今出川）兼季。正月十六日没、享年56歳。↓二六段【補説】。**三**　西園寺家相続の争い。公宗刑死後家門は弟公重に継承されたが、建武四年（一三三七）十月八日実俊の叙爵以後実俊に返還された。その庇護者兼季の死によって相続争いが再燃したのであろう。**四**　一旦のばしていた小児の髪を、端をととのえて切る儀式。3歳から5歳の間に行う。実俊はこの年5歳。**五**　↓四段注**九**。69歳。北山殿在住。**六**　兼季没、家門の紛争等により年内挙行延期をも考えたか。七　わざわざ願ってもそうありたい。八　実俊が。九　実衡室氏子（→三〇段注七）。一〇　底本「白に」。誤写と認め改訂。一一　あわただしい訪問。一二　北山殿への。一三　永福門院の言葉。一四　庭内に引入れた流れ。一五　始め終り。一六　底本「い」欠。脱字と認め補入。一七　第九二代天皇、後深草院皇子、後伏見・花園院父。一八　同院自筆和歌巻（広沢切）その他書巻は多く残る。書の手本の意もこめて贈られたか。

【通釈】　暦応二年になった。前右大臣菊亭兼季公が、かねて御病気であったのが、同年正月に亡くなられた。まことにはかなくも悲しい事である。このような事につけて、西園寺の家門相続について、大変面倒な争いがあったけれども、先方の目的が成就する事なしにおさまった。

今年は実俊の深鍛の儀式があるべきはずであるが、どうしようか、永福門院に御相談申上げようかなどと思っているうちに、年内にその儀を御覧になりたい旨の仰せがあったので、こちらからお願いしてもそのようにしたい所であるから、十二月二十八日に北山殿に参上なさる。二位殿がお連れ下さる。女房も大勢お供する。若君の装束は紅梅の二つ衵唐織物青い単に三つ小袖白の唐織物である。式が終って早々に退出するのも残り惜しい上、年内に泊り初めをするがよいと女院の御方が仰せられるというので、急にお泊りして、次の日帰られた。女院が推測なさっていた以上に、将来が期待される様子だ、などと、大変お喜びで仰せられた。庭を流れる山水を見られて、「あの川はどこから来たの」と、上流下流の事どもをお尋ね申上げられたので、「これは普通の子供ではなさそうだ」と不思議に思召して、大変お喜びになったなどと、二位殿がいろいろとお話し下さった。お土産に伏見院の御自筆の巻物一巻を、松の造り枝に付けて、頂戴して来られた。

【補説】兼季は実兼男、菊亭、また今出川。兼季自身は兄今出川公顕に対し菊亭を称する事が多いが、公顕の系統は早く絶え、兼季の児孫は主として今出川を称する（公卿補任）。永福門院異腹の弟。琵琶の名手として「徒然草」七〇段にも登場する。「花園院宸記」によれば兄覚円とともに永福門院に信頼され、持明院統に親近しており、その死は同統にも西園寺嫡系にも打撃であった。永福門院が自ら実俊庇護の意思を明らかにしたのは当然であろう。深鍛催行に思いわずらう名子をすすめて、年内に膝下で行わせる所に、老人の心急きがあらわれてほほえましい。名子は被誅者の妻という立場を思って同道を遠慮し、祖母なる実衡室、二位殿氏子が附添い、厚遇のさまを語る。遺水にかかわる問答、たわいもない事ながら、女院の喜びが如実に表現されている。「伏見院の御自筆一巻」云々には、広沢切歌巻流布の一端もしのばれる。

四〇　天王寺詣

一如月《きさらぎ》の中旬に、さるべき人々伴《ともな》ひて、二天王寺に詣《まう》づる事あり。三水《（みつ）》の御牧《みまき》より舟をば設《まう》く。わざと四伝《つた》ふべき事《こと》ありて、五難波《なんば》の浦《うら》に出《い》でたるに、「川舟にて海の渡《わた》り、危《あぶ》なくや」と言《い》ひあへるに、その六境《さかひ》見《み》えて、げにいと波高《なみたか》く、気色異《けしきこと》なり。まだ知《し》らぬ旅《たび》の空、いと珍《めづら》し。暮《く》れ果《は》つる程に、あやしき宿《やどり》に着《つ》きぬ。仮寝《かりね》の草の枕も」四オなを結《（ほ）むす》ぶ程なく、夜深《ふか》く立《た》ちて七芦《あし》屋の里《さと》といふわたりに留《とゞ》まる。暮《く》れ行《ゆ》くまゝに、浦風《うらかぜ》すさまじく吹さ冴《さ》えたるに、さすが八春のしるべとや、霞《かす》める月影《かげ》は海面《づら》はるかに見渡《みわた》されつゝ、九繋《つな》がぬ舟の浮《う》きたる例《ためし》もげにあはれに見《み》ゆ。いたく旧《ふ》りぬる芦葺《あしぶき》の小屋は、一〇八重にもあらぬにや、漏《も》り来《く》る月影、隙多《ひまおほ》くぞ見《み》えける。明《あ》けぬればこの泊《とま》りも起《お》き別《わか》るとて、書《か》き置《を》きしもいとをかし。

宿《やど》とひて誰《たれ》又今宵《こよひ》草枕《まくら》」四ウ仮寝《かりね》の夢を結《むす》び重《かさ》ねん

泊《とま》り取《と》りつる旅《たび》人ども、わづかに釣《つり》舟にて、一一己《をの》がさま〴〵に漕《こ》ぎ行くも、一二いづこをさしてとあはれに見《み》ゆ。

一三夜の程も泊《とま》りは同《おな》じ旅寝《たびね》とて四方《よも》にわかるゝ沖《おき》の釣《つり》舟

天王寺にのどかなる程、一四住吉《すみよし》に詣《まう》でたるに、一五岸《きし》に生《お》ふなる草の名もいかなるにか、寄《よ》せ一六返《かへ》す浦曲《うらわ》の浪もうらやましく、一七来《こ》し方に帰《かへ》る身ならましかばと、思《おも》ひ続《つゞ》くる事多《おほ》かるは、神の御心もいとはづかしうなん。

【語釈】一　暦応三年（一三四〇）二月。二　四天王寺。大阪市天王寺区。聖徳太子創建と伝える。三　美豆。京都市伏見区淀。古来の大坂街道の宿駅。木津川西岸。四　寄り道したい所。後文、芦屋方面。五　大阪湾。六　河水の海水に交わる境目。七　兵庫県芦屋市。八　「立ちかへる春のしるべは霞しく小初瀬山の雪のむら消え」（堀河百首八八、俊頼、散木集四一）九　「観㆑身岸額離㆑根草　論㆑命江頭不㆑繋舟」（和漢朗詠集七六〇、羅維）「つながぬ船の

浮きたる例もげにあやなし」（源氏物語、帚木）一〇「津の国のこやとも人を言ふべきにひまこそなけれ芦の八重葺」（後拾遺六九一、和泉式部）一一「泊りする一夜のちぎり漕ぎわかれ己がさまざま出づる舟人」（玉葉一一三七、後鳥羽院）一二「世の中はいづれかさして我がならむ行きとまるをぞ宿と定むる」（古今九八七、読人しらず）「見入れのほどなく物はかなき住まひを、あはれに、いづこかさしてと思ほしなせば」（源氏物語、夕顔）一三「梶枕一夜ならぶる友舟もあすの泊りやおのが浦々」（玉葉一一三八、伏見院）一四 住吉神社。大阪市住吉区。表筒男命・中筒男命・底筒男命・神功皇后を祀る。一五 忘れ草。「道知らば摘みにも行かむ住の江の岸に生ふてふ恋忘れ草」（古今一一一一、読人しらず）「住吉の岸に生ひたる忘れ草見ずやあらまし恋ひは死ぬとも」（拾遺八八八、読人しらず）一六 底本「かくす」。誤写と認め改訂。一七「来し方に帰るならひの又もあらば雲井の雁に音をやそへまし」（玉葉一一一八、実兼）

【通釈】 二月の中頃に、然るべき人々と連れ立って、四天王寺に参詣する事があった。水の御牧から淀川下りの舟を用意した。特に浦伝いに訪ねるべき所があって、難波の浦に出たところ、「川舟で海を渡るのは危なくないか」と言い合った通り、川と海との潮境いが明らかで、本当にそこだけ大変波が高く、様子が違っている。まだ私の知らない旅の様子は、大変珍しい。日がすっかり暮れる頃、貧しげな旅宿に着いた。そこでほんのちょっと仮寝する程もなく、まだ夜深いうちに出発して、次の日には芦屋の里というあたりで泊った。日が暮れるにつれて、浦風が烈しく寒々と吹きしきるが、でもさすがに春の前触れというのか、霞んだ月の姿は海面はるか彼方に見渡されて、あちこちに浮ぶ釣舟は、源氏物語にいう「繋がぬ舟の浮きたる例」という言葉をさながら、いかにも頼りなげに見える。ひどく古びた、芦で屋根を葺いた小屋は、「ひまこそなけれ芦の八重葺」というけれど、ここのは八重なんかではないのだろうか、漏れて来る月の光を見ると、この屋根は隙間だらけのように見える。やがて夜が明けるとこの宿も起きて別れて行くのだからと思って、こんな歌を書いておいたのも面白い事だった。

(私は今日出発するが)この宿を尋ね寄って、誰が又今夜は、ここに草枕を結び、仮寝の夢を見るのだろうか。

(同じ所に宿りながら互いに全く知らない、人生はふしぎなものだ)

同宿した旅人達が、小さな釣舟に乗って、それぞれに漕ぎ別れて行くのも、めいめいどこを目的地にして行くのかと、感深く眺められる。

夜の間だけでも、泊る宿は同じなのは何かの縁と思える旅寝なのに、朝になれば四方に別れ散ってしまう、旅人を乗せた沖の釣舟よ。

四天王寺詣でにゆっくり滞在している頃、住吉神社に参詣したところ、その岸に生えるという恋忘れ草の名はあるが効力はどれ程のものか、昔の忘れ難さに、寄せては返す浜辺の波もうらやましく、あのように経て来た昔に帰る事のできる我が身だったらどんなに嬉しいだろうと、さまざま考え続ける事が多いのは、それを照覧なさる神の御心を思えばまことにはずかしい程のものである。

【補説】 本記における物詣記事の初出である。南朝では前年暦応元年五月に北畠顕家、閏七月に新田義貞が戦死、北畠親房が義良親王を奉じて陸奥に落ち、やがて当二年八月には後醍醐帝が吉野に崩ずる。京では光明帝大嘗会も無事終り、周辺地域は小康状態となった。天王寺詣、又その途次の「わざと伝ふべき事」の目的は不明ながら、住吉詣も含め、信仰、故人追福、将来祈願とともに、ようやく生活、心境に余裕が生れ、のちに五七段にいう、「さりがたき友に誘はるる」「興遊」にも近い外出も可能になったものであろう。

紀行文の常として引歌が多く見られる中にも、「春のしるべ」は全く平凡な表現のように見えるが、歌語としては語釈に示した俊頼詠以外には用例のきわめて少ないものである。また、伏見院・実兼詠の影響が強く出ている事は興味深い。日野家は祖父俊光が伏見院歌会メンバーの一員で、必ずしも純然たる京極派歌人ではないが、「俊光集」は玉葉集撰集資料として撰者為兼に提出したものであり、名子も同集に親しんでいたものと思われる。

本段の叙述については、五條小夜子『竹むきが記研究』（平16）214頁以下に考察があり、「作者は視線の赴くままに感興を記しているが、その自然な発想自体に和歌的な教養を十分感じさせている」としている。至当な評価であろう。

四一　実俊北山移居

暦応三年《とせ》[一]五月の頃、[二]新女院、仁和《わ》寺の」五オ[三]准后の御許《もと》にて御出家の由聞《よしきこ》えさせ給《たま》ふ。いとあさましき御事《こと》にぞ侍りける。

同じ六月、[四]東北院の僧正、わづらひ給ふ事《こと》侍りて、十九日、朝《（あした）》の露と消《き》え給ひぬ。あはれにいみじとも、言《い》へば更《さら》なり。

かゝる程に、[五]侍従の君移《うつ》り住《す》み給ふべう、女院の御方急《かたいそ》ぎ立《た》たせ給ふ。[六]やがて添《そ》ひ聞《きこ》ゆべうあれば、[七]さるべきにこそはあらめど、いかなるべきにかと、心一《ひと》つに思《おも》ひわづらふ事《こと》しあれば、八二位殿にて女院の御方ざまへも、この趣《おもむき》を聞《きこ》えたるに、いと九僻々《ひが〳〵》しき事と諫《いさ》めさせ給ひつゝ、差放《さしはな》つべきには」五ウあらぬ由《よし》、様々《さま〴〵》にのたまへるも御理《ことはり》なれば、心弱《よは》く一〇思ひ立《た》たれぬ。二位殿も一一あからさまにおはします。一二誰《たれ》も〳〵皆参《みなまい》るべし。一三小御所を竹向《むき》かけてしつらへり。何処《いづこ》もありしに変《かは》らねば、面影浮《おもかげうか》ぶ事多《ことおほ》し。一四寄《よ》る方《かた》なき様《さま》にて籠《こも》り居《ゐ》侍りつる諸大夫・侍など、かゝる世を待出《まちい》でつゝ、老《お》いくづを《(ほ)》れたる入道どもなど、更《さら》に出《い》で仕《つか》へつゝ、頼《たの》む蔭《かげ》と思へるさまども、実《げ》にかゝらぬ世なりせばとあはれに見《み》ゆ。

一五北殿にこそ住《す》み給ふべきを、近々《ちか〴〵》にて一六御伽仕《とぎつか(う)》ふまつらせ給ふべく、女院の御方《かた》き」六オこえ給へば、そのまゝにて南殿《みなみ》になを《(ほ)》住《す》み給ふ。朝《あさ》夕一七召《め》し纏《まと》はせ給ひつゝ翫《もてあそ》ばさせ給ふさま、かねて思ひ聞《きこ》えしにも過《す》ぎて、万《よろづ》を《(お)》ろかならぬ御さまにぞ侍りける。

雪の朝《あした》に、日毎《ごと》の一八所作なる一九文を人々《〳〵》読《よ》ませ聞《きこ》ゆるに、二〇詠《よ》み給へる、

　雪降《ふ》りて寒《さむ》き朝《あした》に文読《ふみよ》めと責《せ》めらるゝこそ悲《かな》しう二一はあれ

女院の御方に聞《き》かせ給ひて、

　踏《ふ》み初《そ》むる和歌の二二こしぢ《地》の二三鳥のあとになを《(ほ)》も絶《た》えせぬ末ぞ見《み》えける

又雪の朝《あした》、女院の御方より、」六ウ

二四 栄《さか》ふべき宿《やど》の主《あるじ》の幾年《いくとせ》か絶《た》えぬ御幸二五のあとを見《み》るべき
二六 消《け》ぬが上《うへ》に降《ふ》り積《つ》む雪の情《なさけ》にも宿《やど》の主《あるじ》を待《ま》つと知《し》らずや

【語釈】 一 「師守記」五月三十日条、「昨日今朝の間、宣政門院御出家と云々、後醍醐院皇女、院女院、仁和寺河窪殿に於て御出家と云々。昨日内々行啓と云々」。二 宣政門院懽子内親王。母後京極院。元弘三年光厳院後宮に入り、建武二年院号、同年光子内親王を出産。出家時26歳。貞治二年（一三六三）没、48歳。三 未詳。四 大僧正覚円。興福寺別当。西園寺実兼男、永福門院同腹の弟。享年64歳。五 実俊が北山殿に。六 作者も現状通り付き添うよう。七 作者の心中。公宗正室として当然ながら、被誅者の妻としては憚るべきかと考える。八 氏子を通じて。「にて」は「して」とあるべきか。九 誤った事。一〇 底本「思ひたれぬ」。脱字と認め補入。「れ」は自発。一一 一時的に。前代と当代の当主正室が、本第に恒常的に同居する事は許されないので、氏子の滞在は一時的なものであることを明示する。一二 実俊・名子付きの日野家方家人女房。一三 北山第南殿の殿舎。→九段注一八・一四。一四 逼塞していた公宗近臣の人々。一五 北山殿では北殿が当主の本殿、南殿が客殿（現在は永福門院御所）にあてられていた。従って当主実俊は北殿に住むべきであるが。一六 相手を勧め、無聊を慰めること。一七 呼寄せ、身近に常侍させて寵愛する様子は。一八 勤め。ここでは学業。一九 漢籍。二〇 実俊が。二一 「は」は強調の係助詞。二二 「来し路」（和歌の歴史。特に京極派のそれを意識するであろう）に雪の名所「越路」（北陸地方、北国）をかける。二三 文字、筆跡（中国で倉頡が、鳥の足跡を見て文字を作ったという故事による）。「跡」は「越路」＝雪の縁語。二四 正しくは「栄ゆ」だが、当時はハ行下二段活用が行われた。二五 雪の名所でもある西園寺北山第は、始祖公経以来しばしば行幸御幸を仰いで来た。「御幸」に「深雪」をかけ、「あと」もその縁語。二六 「消ぬが上に又も降りしけ春霞立ちなばみ雪まれにこそ見め」(古今二二三二、読人しらず)。なお「中院一品記」によれば十二月十八日・十九日に降雪。

【通釈】 暦応三年五月の頃、新女院宣政門院が、仁和寺の准后の許にいらっしゃって御出家になったという事が伝えられた。まことに驚いたお気の毒な御事であった。

同年六月、東北院の覚円僧正が御病気になられて、十九日、朝露のようにはかなく亡くなられた。悲しいとも一大事とも、言えばきりのない事である。

このような事態の中で、侍従実俊の君が北山殿に移り住まれるようにと、永福門院様がしきりにお急き立て遊ばす。私も今のままに付き添って引越すようにと仰せられるので、それは当然の成行きではあろうけれども、しかし果してそれでよいのだろうかと、私個人の心中では思い悩む事もあるので、二位殿を通じて女院の御方にも、そのような趣旨を申上げたところ、それは大変間違った事だと御忠告下さって、決して疎外するような事はありえないという旨を、さまざまに仰せられるのもお道理なので、お気持にほだされて心弱くも移転の事を思い立った。本邸入りという事で、二位殿も臨時においで遊ばす。家人女房らは誰も皆参上するようである。住まいとしては、小御所を、竹向殿とかけて用意してある。どこもかしこも、その昔と少しも変っていないので、昔の面影の思い浮ぶ事が多い。頼る主家もなくなったように籠居していた公宗卿方の諸大夫・侍なども、このように嫡流が復活した世を待ちかねた様子で、老衰した入道共などが再び出仕し、この君こそ頼む主君であると思っている有様など、本当にこんな世でなかったら、皆にこれほど苦労させる事はないのにと、かわいそうに思える。

侍従の君は、本来なら当主として北殿に住まれるべきであるが、お近くでお相手し、お慰めするようにと、女院の御方が仰せられるので、移住時のしつらいのままで南殿(の小御所・竹向)にやはり住み続けられる。女院が朝夕にお召し寄せになって、かわいがって下さる有様は、前もって想像したのを越えて、すべてに一通りならぬ御取扱いと見える。

雪の降り積った朝、毎日の日課である漢籍を教育係の人々がお読ませするのに、侍従の君が詠まれた歌、

雪が降って寒い朝なのに、本を読めとやかましく言われるのが、ほんとに悲しいなあ。

女院の御方がこれをお聞きになって、下さったお歌、

幼な子がたどたどしく踏みはじめた、和歌の道――越路の雪が深く積るように、積み重なった伝統の道に、今はじめてつけた小鳥の足跡のようなかわいい歌に、なおも絶える事のない歌道隆盛の行末までも見える事ですよ。

又、別の雪の朝に、女院からいただいた歌、

行く末栄えて行くに違いない、この家の幼い主人は、今後何年、この積雪と同様に絶える事のない、帝・院の行幸御幸の蹤跡を継ぎ、同様の光栄を味わう事でしょうか。

以前の雪がまだ消えぬうちに、その上に降り積む雪の風情を見るにつけても、この景色を一しょに眺めたいと、この家の御主人様の来訪を待っている私、と気がつかないのですか。（早く来て、一しょに眺めようではありませんか）

【補説】「新女院」、宣政門院潅子内親王は後醍醐院皇女、母は後京極院。正和四年（一三一五）生、元徳二年（一三三〇）16歳で伊勢斎宮に卜定されたが、群行に至らず翌年後醍醐没落により退下、元弘三年（一三三三）十二月、母の重服中でありながら光厳院後宮に入らしめられた。時に19歳。同月七日、後伏見院皇女珣子内親王（23歳、母広義門院）も

また、後醍醐帝の中宮に冊立された。形ばかりの両皇統融和の犠牲となった両貴女の胸中、いかばかりか。それでも建武二年（一三三五）、珣子は幸子内親王を、同年院号を得た潅子は光子内親王を出産したが、珣子は四年正月新室町院の院号を得たのち、同五月27歳で没。潅子は同年にも皇女を出産したが、到底これ以上の後宮生活には堪えかねたのであろう。その出家はいたましい限りであり、名子も身につまされる所があったであろう。

「仁和寺の准后」は誰をさすか不明であるが、後醍醐皇子の中では法仁法親王がただ一人仁和寺入寺、文和元年（一三五二）28歳で没というから、当時16歳。母は二条為道女である。そのような縁で当寺を頼ったのであろうか。

この事件については左大臣一条経通日記を兼良が抄出した「玉英記抄」暦応三年五月二十日条に、「宣政門院御出家の由、人之を告ぐ。幻の如し。尼となり黒衣を着し給ふと云々。事の外希代々々、言語道断、是偏に末世の至、口惜しき事也」としたのち、厭離穢土の志があるなら在俗のまま浄土宗他力本願帰依で足る、まして王道を補佐すべき后妃として剃髪染衣に至る事はその立場を忘れたもので尤も不便であると批判している。これによっても当時の一般常識と、これを超えた若き貴女の出奔剃髪の動機の悲痛さ――それは後段名子の浄土教への疑問、禅への傾倒にも通ずる――が推測される所である。

覚円についても同抄六月十九日条に、「今朝覚円僧正入滅云々に付き、惣別驚歎少からず。円明の秘決は法相宗第一の大事也。一乗院に於ては血脈已に絶え了んぬ。大乗院に於ては故慈信僧正、此の僧正に伝へ、門跡に還すべきの由一諾し了んぬ。今、彼入滅、如何々々」と嗟嘆している。

東北院覚円は永福門院同母の弟。女院が兼季以上に頼りにしていた人物と思われ、その死が実俊の北山入りを促進する事になったのはいかにもと首肯されるところである。ここでも深鍛の時と同じ理由で名子は逡巡するが、永福門院の強い勧めで実俊に伴う。「頼む蔭」と思って出仕して来る、公宗の旧家人達への目配り、当主の住居なる

「北殿」に住む事を当然としつつ、女院の愛顧により客殿「南殿」に居住する事となった経緯の説明、ともに名門西園寺家後室としての名子の自覚・責任感・矜恃の程がしのばれる。

「雪」の贈答はほほえましく、6歳から70歳まで、このような形で所感を表明できる、日常生活の中の「和歌」の功徳を味わう事ができよう。

四二　光厳院方違北山御幸

その年《とし》の暮《くれ》に、一御方違《かたゝがへ》の御幸《かう》あり。二女院の御方《かた》へ内々成《な》らせ給ふ儀なれど、三設《まう》けの事《こと》どもは四本所の沙汰也。五主《あるじ》も参《まい》り給ふ。萌葱《もえぎ》の水干《すいかん》唐織《からをり》物《もの》。次《つぎ》の日、南庭の方《かた》御覧《らん》侍るに、六無量光院の七垂氷《たるひ》、玉を連《つら》ねたる心地《ち》して、いと珍《めづ》らかなればにや、取《と》らせさせ給ひて。八硯《すゞり》の蓋《ふため》召して、九氷襲《こほりがさね》の薄様《うすやう》を敷《し》きて出《い》だす。寝《しん》」七オ殿の西《にし》の間、御簾《す》上《あ》げられて、御酒《みき》あり。一〇透渡殿《すきわたどの》通《どを》りなる松の大枝《えだ》、雪に折《お》れにしかば、一一切口《きりくち》なるを、「などかくはなりぬるにか」とのたまはすれば、取《と》りあへずありし様《さま》を一二申し給へるを、一三「亭主いみじく答《こた》へ聞《きこ》えたる」と、いみじう興《けう》ぜさせ給ふさまも、おかしう（を）聞《きこ》ゆ。御盃《さかづき》、一四御酌《しやく》にて賜《たま》はせなど、いみじくもてはやさせ給ふべし。一五大納言殿菊・三条中納言一六実継、殿上人ども、此彼《これかれ》あまた侍りし也。

【語釈】一 光厳院方違御幸。二 西園寺邸にではなく、永福門院御所に非公式に訪問される形。三 接待全般。四 西園寺家。五 実俊。六 北山第の主要仏殿の一。阿弥陀堂。七 氷柱。八 硯の蓋は内側に装飾を施し、盆の代りとして用いる。またその形式の盆をもいう。底本「すゝり」の右に「す――」のような傍書あるも不分明。九 白い鳥の子紙二枚の襲ね。一〇 左右に壁のない吹放しの渡殿。一一 折れたままでなく、そこから切断した跡。一二 実俊が。一三 実俊を大人扱いしての賞詞。一四 光厳院が実俊に。一五 菊亭（今出川）実尹。兼季男、23歳。一六 公秀男、28歳。当時右中将、暦応五年（一三四二）権中納言。

【通釈】その年の暮に、光厳院の御方違の御幸が北山殿にある。永福門院御所に内々おいで遊ばすという形ではあるが、御接待の準備は西園寺家の受持である。当主なる実俊君も参上される。萌葱の水干唐織物である。次の日、南庭の方を御覧遊ばすと、無量光院の軒先から下った氷柱が、まるで水晶の玉を並べたような感じがして、大変珍しい美しさだったから、これをお取らせになった。そこで、硯の蓋を取寄せて、氷襲の薄様を敷いた上に乗せてお目にかけた。寝殿の西の間の御簾をお上げさせになって、そこで御酒宴がある。透渡殿から見通しにある松の大枝が、雪の重みで折れたので、その跡が切口になったままであったのを、「どうしてあんなになっているのか」と院がおたずねになるので、侍従の君が早速に、その事情を申上げられたのを、「立派な当主だ、上手にお答えができたね」と、大層興に乗っておほめ下さる様子も、面白く拝承する。院のお盃を、御自らのお酌で賜わるなど、特別にお目をかけてお引立て下さるようである。大納言菊亭実尹卿・中納言三条実継卿、その他殿上人共は誰彼となく大勢いたのである。

【補説】西園寺家は代々女子を入内させて中宮に冊立、北山第をその里第として、方違や賀宴遊楽の場として行幸御幸を仰いで来た。その皇室との関係は図のごとくである。

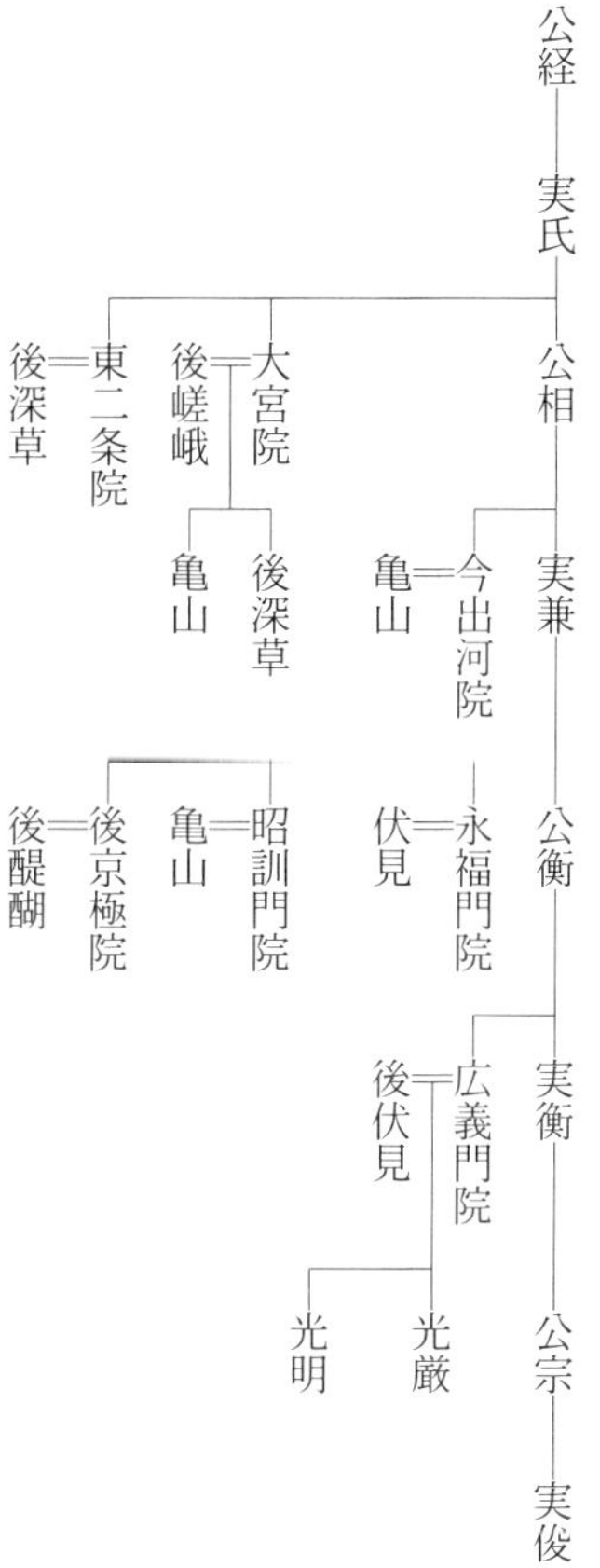

実衡以後後宮との縁が薄れ、その上戦乱で久しく絶えていた北山御幸が、光厳院祖母永福門院御所への方違という形にせよ復活した事は、名子にとり無上の喜びであった。幼い実俊を「主」と立て、饗応の事は家をあげて取りしきる。光厳院もこれに応じて、6歳の幼児を「亭主」扱いして興ずる。実俊を鍾愛する永福門院への心遣いであると同時に、非業に死なせ、何の報いもできなかった公宗、その後苦難の道を生きた名子への慰謝でもあったはずである。

四三　徽安門院御幸始

一暦応四年《とせ》四月、二萩《はぎ》原殿の内親王、三持明院殿へ入《い》らせ給《たま》ふ。やがて四院号《がう》ありて、」七ゥ徽安門院と聞《きこ》ゆ。八月に御幸始《かうはじめ》、五この前《まへ》なる永福《ゑいふく》門院の御方《かた》へ成《な》らせ給ふ儀なるべし。六院の御方《かた》も成《な》らせ給《たま》へれば、七主《あるじ》も参《まい》りぬ。「八行末も頼《たの》もしき様《さま》なるは、心安《やす》く喜《よろこ》び思《おぼ》さるゝ」など、九女院の御方《かた》へもさま〴〵聞《きこ》えさせ給ふ由《よし》うけたまはるぞ、いと嬉《うれ》しう侍りける。

【語釈】 **一**　一三四一年。**二**　花園院皇女寿子内親王。母正親町実明女宣光門院実子（→三〇段注三）。24歳。**三**　光厳院後宮に入られた。宣政門院出家（→四一段）に代り正妃となるか。**四**　「女院小伝」等には建武四年（一三三七）院号とするも誤りか。【補説】参照。**五**　実俊居所の向い。**六**　光厳院。**七**　実俊。**八**　光厳院の賞詞。**九**　永福門院に、光厳院が。

【通釈】　暦応四年四月に、花園院の皇女寿子内親王が、光厳院妃として持明院殿に入られた。直ちに院号宣下があって、徽安門院と申上げる。八月に御幸始を北山殿にお迎えする。侍従の君の住まいの前に当る、永福門院御所にお越しになるという名目であろう。光厳院もおいで遊ばすので、主、実俊も参上する。「将来も期待されるようなしっかりした様子なので、御安心なされ、喜ばしく思召される」などと、永福門院にもいろいろとお話申上げられたという事を承わるにつけて、大層嬉しい事であった。

【補説】「花園院宸記」によれば、元応二年（一三二〇）十二月二十二日、3歳で着裳、元亨二年（一三二二）十二月二十七日、5歳で着袴の儀を行った皇女がある。没年、延文三年（一三五八）41歳から逆算して、この女子が徽安門院と考えられる（岩佐「竹むきが記作者と登場歌人達」『京極派歌人の研究』昭49・4）。母は三〇段で六波羅からの退出を拒否し、一人敢然と帝・院の許にとどまった三位殿、宣光門院実子である。「女院小伝」等では建武四年（一三三七）立親王、准三后、院号とするが、本段と齟齬する。「公卿補任」の叙位尻付に「徽安門院」名の現われるのは暦応五年正月五日が初出であり、本記の成立貞和五年（一三四九）は暦応四年のわずか八年後の事である。旁た院号については本記の記述が正しいであろう。おそらく宣政門院出家に伴い然るべき后妃を失った光厳院後宮に、この時亡妃として入ったのであろう。同女院はのち「風雅集」に、

月を待つくらき籬の花の上に露をあらはす宵の稲妻　（五七七）

のような繊細な秀吟三十首を残している。

四四　春日神木帰座

[一]神木、長講堂におはしつる、九月に御帰座《ざ》あり。藤氏の人々供奉せらる。[二]関白をはじめ奉《たてまつ》りて、大臣・公卿歩《あゆ》み続《つゞ》き給《たま》ふ。[三]神主、神木を持《も》ち奉《たてまつ》る。[四]厳重《げんてう》なる事《こと》の」八オ儀、すべてゆゝしなども言《い》はん方《かた》なくぞ見《み》えさせ給《たま》ふ。[五]桟敷《さじき》の事、[六]季教《すゑのり》、万《よろづ》奉行し侍り。女院の御方《かた》も[七]成《な》し聞《きこ》ゆ。出車《（いだしぐるま）》あまた、本所の人々も残《のこ》りなくぞ参《まい》れる。事故《ことゆへ》なく帰座侍る、いとめでたくなん。

【語釈】 **一**　春日社神人、興福寺僧徒は強訴の事により暦応三年（一三四〇）十二月神木を捧げて入洛。六条殿長講堂にこれを遷したが、四年八月十九日帰座した。「九月」は誤りか。**二**　一条経通、25歳。**三**　大中臣師俊。暦応二年正月補任（春日社司三総官補任次第）。**四**　「ゲンチョウ」と読む。威厳があり重々しい意。本記、また他作品の諸注釈で「ゲンジョウ」とするのは誤りで「重」に「ジョウ」の音はない。また現代語「厳重」とは意、よみ、共に異なる。**五**　帰座行列見物のための架設の座席。**六**　西園寺家家司であろう。伝未詳。**七**　桟敷へ御幸おさせする。

【通釈】　春日の神木が入洛して長講堂に長らくおいでであったが、九月に御帰座の事があった。藤原氏の方々がお供なさる。関白一条経通公をはじめ、大臣・公卿方が徒歩で続いて行かれる。神主大中臣師俊が、神木をお捧げ申す。この上なくいかめしい儀式の有様は、何も皆すばらしいとも何とも言いようもなくお見上げした事であった。見物の桟敷の用意は、季教がすべて取り計らった。永福門院も御出ましおさせ申上げる。女房の出車が沢山続き、西園寺家の人々も残りなく参上した。何事もなく帰座なされ、大変おめでたい事であった。

【補説】春日大社は藤原氏の氏神で、強訴のため神木榊が入洛の間は、藤氏公卿がこれに憚って政務も滞る程であり、従って問題が解決して無事帰座となる事は非常な安堵、その行列は華やかな見物であった。桟敷をしつらえて老年の永福門院出座をも図り、「本所の人々も残りなく参」るなど、かつての西園寺家の栄華を十分に意識した筆致である。

四五　姫宮入輿

一院の御方《かた》の姫《ひめ》宮、二入り聞《きこ》ゆべうのたまはするを、いたくさやう三の例《れい》もなきをと、人々申し侍れど、しきりに承《うけたまは》り侍れば、永福門院も、たゞ我四がそばもとへの儀にてもあるべうのたまはすれば、十月にぞ入《い》らせ給ひぬる。

【語釈】一　光厳院皇女。伝未詳。二　実俊に降嫁の内意。三　皇女降嫁の事は西園寺家に前例なく、摂関家でも例は多くない。**四**　結婚の意をあからさまにせず、ただ女院の側で養育するという形。

【通釈】光厳院の姫宮が、実俊君に降嫁なされるようと、仰せ言があったのを、あまりそのような前例もないので、いかがなものかと周囲の人々も申したけれど、しきりにその御意向を洩らされるので、永福門院も、「(はっきり降嫁という事でなく)ただ私の手許で養育するという形でもよいではないか」とおっしゃるので、十月に姫宮は御入居なさった。

【補説】当時実俊7歳。結婚には余りに早すぎるようでもあるが、十二月元服を控え、添臥の議が起ってもおかしくはない。対する光厳院姫宮は、「田中本帝系図」(応安四年〔一三七一〕写、重要文化財、田中穣蔵)によれば、入江殿(母冬氏女、当時11歳)・光子内親王(母宣政門院、当時7歳)のほか、二皇女(母陽禄門院)・一皇女(母実明女)の五名がある。皇女降嫁の例は稀で、当代近くには近衛家基に嫁した亀山院皇女があるのみゆえ、名子の辞退は当然であるが、院の強い意向と言い、永福門院のとりなしもあって、単に女院の手許に引取る形を取った。「帝系図」所載の内で言えば、おそらく最も劣り腹と見られる実明女所生皇女か、あるいはむしろ系図に載らぬ皇女であろう。「尊卑分脈」に見られる実俊妻は、室に洞院公賢女(遁世理空、早世)、妾に四条隆資女公永母、家女房に公兼母の三名がある。他に「日野系図」、資名女、名子の姉の位置に「実俊室」の注が見られるが疑問(解題「四　西園寺家の盛衰」参照)。公賢女については、「園太暦」康永四年(貞和元〔一三四五〕)三月十六日条に「予の小女、一対と為すべきの由約し了る。未だ彼の家に遣はさざるの間」云々(→六〇段【補説】)とあり、この年の段階ですでに結婚の内約ある事が知られる。これ以前康永元年(一三四二)には永福門院も崩じているから、結局この皇女降嫁の儀は不調に終ったと考えられる。但し光厳院・永福門院の実俊への並々ならぬ配慮の程はうかがわれよう。

四六　実俊元服

同じき十二月七日、[一]元服の事《こと》あり。寝《しん》殿の」八ウ西《にし》の端《はし》より、[二]あふきの御方と一《ひと》つになす。南面《みなみおもて》一間、簾《すだれ》を上《あ》ぐ。二間は[三]公卿座とす。薗《その》ゝ中納言[四]基成卿・三条中納言[五]実継卿・別当[六]資明、装束、直衣下括。この次《つぎ》一間は板《いた》にて、藁《わら》座を敷く。寝《しん》殿の間《あはひ》の障子《しやうじ》を取《と》りて、簾を掛《か》く。これに[七]女院の御方《かた》御座あり。公卿の座上、東の御簾《す》の際《きは》、[八]加冠の座を敷《し》く。

北面《おもて》の一間、[九]着袴《ちやこ》の間とす。[一〇]簾《すだれ》を上《あ》げて、西東《にしひむがし》に高灯台《たかとうだい》を立《た》つ。これにて袴着《はかまぎ》あり。水《すい》干《かん》、裏濃《うらこ》き蘇芳（すはう）唐織物《からをり》、萌葱《もえぎ》文鶴菱《もんつるびし》、松襷《まつだすき》の衵《あこめ》、紅梅《こうばい》のう」九オき織物《をり》の二（ふたつ）小袖、白織物《をり》の肌《はだ》小袖文《もん》、水干《すいかん》に同《おな》じ。[一一]院の御直衣御指貫《さしぬき》に改《あらた》む。装束師[一二]重任、[一三]大納言殿結《むす》ばせ給ふ。御前《まへ》の物、銀器《ぎんき》、陪膳《ばいぜん》[一四]知雄、役送《やくそう》[一五]光衡永衡量衡。又[一六]吉書を見《み》給ふ。

其の後、藁座《わらざ》に着《つ》き給ひぬるに、理髪の藁座《わらざ》を敷《し》く。又院の御冠《かうぶり》を右に置《を》く。所役《しよやく》人知雄。

次に[一七]泔坏《ゆするつき》、[一八]左に置《を》く。所役《しよやく》量衡。[一九]雑具《ざうぐ》、打乱《うちみだれ》の筥に入る。[二〇]櫛手拭《くしたなごい》、雑具《ざうぐ》の[二一]上下《うへした》、説々《せちく》ありといへども、これは上《うへ》に置《を》けるなり。その後《ゝち》、薗頭中将[二二]基隆、理髪の役《やく》に参《まい》る。」九ウ束帯《そくたい》なり。

冠、院の御冠《かうぶり》を着《き》[二三]せ給ふ。その後《のち》、長押《なげし》の下《しも》へ降《を》りて、加冠[二四]拝《はい》し給ふ。それより着袴《ちやこ》の間に帰り給ふ。

此の間に、加冠の引出物《ひきいで》の太刀《たち》錦《にしき》の袋《ふくろ》に入《い》る、頭中将持《も》ちて参《まい》る。やがてもとの道を経《へ》て返し置《を》く。次に御馬《むま》、屏《へい》[二五]中門より南面《みなみおもて》へ引《ひ》く。所役《しよやく》の侍二人[二六]たねかげ、しげきよ、松明《たい松》の役《やく》[二七]季教《すゑのり》。

事終《ことをは》りて、二棟《むね》[二八]にて狩衣に改《あらた》めらる狩衣白青《かりぎぬしらあお》、指貫濃《さしぬきこ》き紫《むらさき》、平絹《へいけん》、[二九]腹白《はらじろ》あり。濃《こ》き下の袴《はかま》、裏濃《うらこ》き。蘇芳《すわう》の衵《あこめ》一領《両》、綾《あや》なり。単《ひとへ》、綾萌葱《あやもえぎ》、杉の[三〇]横目《よこめ》の扇、畳紙薄様《たゝうがみうすやう》。装束《しやうぞく》の後《のち》、着袴《ちやこ》の間にて又御前《まへ》の物あり。此の度《たび》は様器《やうき》[三一]也。打敷《うちしき》、古《ふる》くはよき織物《をり》と見《み》え侍れども、」一〇オ略儀、浮綾《うきあや》を用《もち(ゐ)》いる。伏組《ふせくみ》[三二]、同《おな》じく白きをもてす。陪膳役送《ばいぜんやくそう》、先《さき》のに同《おな》じ。事果《ことは》てぬれば、公卿殿上人、御酒《みき》をすゝむ。内々の儀也。

その夜、雪いみじう降《ふ》り積《つも》りぬるに、朝《(あした)》、いと疾《ゝ》く、別当[三三]、「昨夜《よべ》の儀、万《よろづ》いと由々《ゆゝ》しう、昔《むかし》に恥《は》ぢざる由《よし》」など、様々《さまぐ〵》に賀し侍りて、

栄《さか》[三四]ふべき行末かけて白雪《しら》[三五]のふりぬる家に跡《あと》ぞ重《かさ》なる

返事に添《そ》へ侍りける、

白雪《しら》のふりぬる跡《あと》も又更《さら》に花と見《み》ゆべき末《すゑ》も頼《たの》もし」一〇ウ

まことや、将軍《ぐん》[三六]より馬太刀《むまたち》奉《たてまつ》らる。先例《せんれい》[三七]にも叶《かな》へれば、更《さら》にめでたくぞ侍る。

【語釈】一　実俊元服、7歳。二　未詳。三　底本「公卿座す」。「と」の脱字と認め、補入。四　基藤男、45歳。五　当時参議右中将。翌康永元年権中納言。29歳。六　45歳。七　永福門院。八　元服する者に冠をかぶらせる役。誰が行ったかは不明。九　袴着（幼児にはじめて袴を着せる儀式）を行う場所。この時は着袴・元服を同時に行った。一〇　底本「す」欠。脱字と認め補入。一一　光厳院から下賜の装束。一二　姓氏不明。大蔵少輔。陰陽師。高倉永賢に装束の事を学び、西園寺公衡に仕えた（園太暦康永元年正月一日）。一三　袴の紐を結ぶ役。菊亭実尹か。23歳。公重説もあるが、家督争いを考慮に入れると疑問。一四　未詳。西園寺家の家司であろう。一五　食物を陪膳に運ぶ役。以下の三名は西園寺家家司。量衡は三善為衡男。他も同族であろう。一六　吉事に当り儀礼的に見る文書。成人の証として公式文書を閲覧する儀。一七　鬢をすくための水を入れる器。一八　底本「しく」。「をく」の誤写と認め、改訂。一九　理髪に用いる元結・櫛等の用具。二〇　櫛巾。綾で袷にした紕紗様のもので、打乱筥に敷き、雑具を包む。二一　未詳。一往、二階棚の上下と解したが、如何。二二　基成男、28歳。蔵人頭となるのは二年後の康永二年。二三　加冠者不明。着袴と同じく実尹か。二四　「給ふ」とある所からして、実俊の行動と解した。或いは「加冠者の拝舞」の意か。しかし加冠者が拝舞をするのは次の引出物を受けてからである。二五　表門と母屋の間にある門。左右に方柱を立て、笠木はなく二枚開きの扉。二六　共に伝未詳。西園寺家の侍。二七　→四四段注六。二八　二棟の廊。母屋からつき出た、柱間二間の巾を持つ長廊。一部を部屋としても用いる。二九　指貫の結びに用いる飾りの組緒。白組紫組二筋を装飾的に結び、余りを長く引く。三〇　板の木目の斜めに通っている扇。三一　儀式用食器の総称。ここでは前出の銀器に対し、陶器をいうか。三二　色糸を三つ組にして、縫い目の上から伏綴じした飾り。「同じく」は「略儀」の意。三三　資明。三四　→四一段注二四。三五　「白」に「知ら」をかけ、「旧り（降り）」「跡」「重なる」は「雪」の縁語。三六　足利尊氏。37歳。三七　具体例は不明であるが、代々関東申次を勤めて来た西園寺家の賀儀には、このような贈物があったものであろう。

【通釈】同年十二月七日、実俊君元服の事がある。式場は寝殿の西の端から、あふきの御方と一しょにしてしつらえる。南面の一間は公卿座とする。公卿には中納言薗基成卿・中納言三条実継卿・検非違使別当柳原資明。装束は直衣下結である。この次の一間は板敷で藁座を敷く。寝殿との間の障子を取り払って、御簾を掛ける。ここに永福門院の御座がある。公卿座の上、東の御簾の際に、加冠の為の座を敷く。

北面の一間を着袴の間とする。簾を上げて、西と東に高灯台を立てる。ここで袴着の式が行われる。若君の装束は、水干は裏が濃き色の蘇芳唐織物、文は鶴菱。萌葱に松襷文の袙、白織物の肌小袖文は水干に同じ。これを、院から賜わった御直衣御指貫に改める。装束師は重任。大納言菊亭実尹卿が袴の紐をお結び下さる。祝膳の容器は銀器。陪膳は知雄。役送の諸大夫は三人光衡・永衡・量衡。又、吉書を御覧になる。

その後、冠者の君が藁座に着座されると、理髪の役の藁座を敷く。又院から賜わった御冠を右に置く。その役人は知雄。次に泔坏を左に置く。役人は量衡。理髪用の諸道具を打乱の筥に入れて置く。櫛手拭・雑具を二階棚の上に置くか下に置くか、諸説あるけれども、この場合は上に置いたのである。その後、頭中将薗基隆が、理髪の役に参上する。束帯である。冠は、院から下賜の冠をお着せになる。その後、長押の下に降りて加冠御礼の拝舞をなさる。それから、冠者の君は着袴の間にお帰りになる。

この間に、加冠者に差上げる引出物の太刀錦の袋に入れるを頭中将基隆が持参する。御披露した後すぐに、もと来た道を通って返しておく。次に引出物の御馬を、屏中門から南面に引入れる。その役の侍二人たねかげ・しげきよ。松明を取る役は季教である。

儀式がすべて終って、冠者の君は二棟で装束を狩衣に改められる（狩衣は白青、指貫は濃き紫の平絹で、腹白がある。濃き色の下の袴、裏濃き蘇芳の袙二領、これは綾である。単は綾の萌葱。杉の横目の扇、畳紙は。薄様である。）装束を着け終った後、着袴の間で又改めて祝膳がある。今度は様器を用いる。打敷は、古い記録には上質の織物と記されているが、今回は略儀として浮綾を使用する。飾りの伏組の糸も、同じく略儀白とする。陪膳や役送の係は着袴の宴と同じ。すべての儀が終ると、参加した公卿殿上人に酒を勧める。これは内々の酒宴である。終了の後、雪がひどく降り積ったので、翌朝、大層早く、別当資明からの使で、「昨晩の儀式はすべて大変立派で、昔の隆盛時に対してもはずかしくない盛儀でした」という事など、さまざまに祝って、こんな歌を下さった。

若君が栄えて行かれるに違いない行末を予言するように、吉祥の白雪が降り、古い名家に立派な名跡が重なる事を目の前に見ることですよ。

返事に添えた返歌、

白雪の降り積るように、名誉の歴史の重なった古いお家のあとに又、更に花と見まがう雪のように華やかに栄えて行かれるでしょう、冠者の君の行末が頼もしい事です。

そう言えばまた、将軍尊氏からも馬や太刀を進上された。先例にも適合した事であって、一層めでたい事であった。

【補説】　元服は人生最初最大の通過儀礼である。懐妊中からのさまざまの苦難を経て、この日を迎えた名子の感慨が思いやられる。感傷を抑え、淡々と事実のみを記録する態度は、文学性がない、面白くないとも言えようが、名子にして見ればこの栄えある事実を正確に書き残し、以て子孫の範とする事こそ最重要の目的であった。この点、本記には先行女流日記と異なる、男性漢文日記同様の「家の日記」の性格が強く感じられる。

四七　北山第御幸始

[一]春の除目《ぢもく》に、中将になり給ふ。八歳《さい》なり。

[二]今年《ことし》御幸始《かうはじめ》、[三]この山へ成《な》らせ給ふ。「[四]いつしかかゝる御光を待受《まちう》け奉《たてまつ》らせ給ふも、猶ことなりける御家の名残《なごり》にこそ」など、世人も申し侍るとかや。元服《ぶく》の後《ゝち》、[五]禁色宣下《きんじきせんげ》ありしかば、織物の《をりものゝ》直衣指貫《さしぬき》也。大御酒《みき》、内々の儀也。御馬《むま》御牛《うし》、例《れい》にまかせて参《まい》る。御覧《らん》あり。然《しか》るべき殿上人、口《くち》を取《と》る、常《つね》の如《ごと》し。其の儀、夜」二一ォにぞ入りぬる。久《ひさ》しく絶《た》えぬる御幸《かう》にて、珍《めづら》しき御事《こと》なるを、[六]外様《とざま》ばかりはあかぬ心地《ち》して侍れば、[七]宝蔵をたづぬるに、三尺余《よ》ばかりなる花立《はなたて》を一対求《ついもと》め[八]出でぬるをぞ奉《たてまつ》る。「色も姿《すがた》もなべてならず、いと由々《ゆゝ》しう」など、様々《さまぐ\》の御沙汰《さた》どもにぞ及《をよ》び侍りける。

「[九]主《あるじ》の作法進退《さほうしんたい》、末頼《すゑたの》もしきさまなれば、朝家の為家《ためいゑ》の為《ため》、悦び思召《おぼしめ》さるゝ」などさへ仰事《(おほせごと)》賜《たま》はせぬる、いとめでたかりき。後にも[一〇]女院の御方《かた》へ、くれぐ\聞《きこ》えさせ給ひぬるを、かばかりめでたき勅」二一ゥ書なればとて給はり置《を》き侍りぬる。

【語釈】一　暦応四年十二月二十二日臨時除目に任左中将。これを翌年初頭の春の除目の儀に擬す。二　暦応五年（一三四二、四月二十七日改元康永）正月二十八日光厳院御幸始。三　北山西園寺第。四　早速。五　禁色（位階より上位の袍の色や有紋の織物を下位者が使用する事を禁ずる制）を許す旨の宣旨を下す事。六　公式。馬牛進献の儀のような型通りの進物をさす。七　西園寺宝蔵。のち康永三年二月十日焼失（園太暦）。八　底本「もとめてぬる」。脱字と見て補入。九　実俊。一〇　永福門院。

【通釈】若君は春の除目に、中将になられた。八歳である。

今年暦応五年の光厳院御幸始は、この北山西園寺第において遊ばす儀である。「こんなに、元服、中将任官早々にこのような光栄をお待ち受け申上げられるというのも、やはり特別な功臣であられたお家の余光である」などと、世間の人もお噂するという事であった。当主の君は、元服後に禁色宣下があったから、これに従って有紋の綾織物の直衣指貫である。御酒宴は内々の儀である。進献する御馬御牛は、前例通りに奉る。院が御覧なされる。資格の備わった殿上人が口取を勤めるのは前例の通りである。その儀式は、夜に入ってからの事になった。久しく中絶していた御幸で、珍しい御事であるから、こうした表向の献上物ばかりではあきたりない感じがするので、宝蔵をさがしたところ、三尺あまりの花立を一対見つけたので、これを奉る。「色も形もなみなみならず珍しく、まことにすばらしい贈物だ」などと、さまざまの御賞美の仰せにまであずかった。

その上にまた、「当主の作法や立居振舞が、将来を期待される立派さなのを、朝廷の為にも家の為にも、大変喜ばしい事に思召される」などとまでも、仰せ言をいただいたのは、本当にめでたい事であった。還御の後にも永福門院の御方に、同様の趣を重ね重ね懇切にお手紙で申上げられたのを、こんなにありがたい勅書だからとの事で、頂戴して大切に保存しておいた。

【補説】元服、中将任官によって、実俊は幼いながら正規の廷臣、西園寺家の当主となった。四二・四三段の女院御所としての北山第ではなく、かつての栄華の日のままの西園寺家北山第への御幸始である。型通りの進献物にはあきたらず、私的に報謝の志を表明すべく、宝蔵から探し出して献上した大花立は、公経の対宋貿易で得た逸品でもあろうか。名子は婚家の資産を掌握し、管理し、処分し得る堂々たる後室に成長している。

冒頭、「八歳なり」といい、越えて五四段七月二十五日任中将拝賀の記事の結びに、再び「今年八歳にぞおはすべき」と誇らしげに記す所に、ここまで立派に育て上げた母親の喜びがこもっていよう。

四二・四三段ともども、実俊を愛寵する事が永福門院への孝養と考え、実行する光厳院の情愛もよく描かれている。

四八　石山詣

二月《きさらぎ》の中の十日余《あま》りに、忍《しの》びて[一]石山《いしやま》に詣《まう》づる事、[二]行き帰《かへ》り馴《な》れぬる逢坂《あふさか》の関《せき》は、[三]又も越《こ》えなんと頼《たの》む物から、明日《あす》知《し》らぬ世はこれや限《かぎ》りとあはれならずしもなし。[四]関《せき》寺の程に輿舁《こしか》き下《おろ》しつゝ、檜破子《ひわりご》など進《すゝ》む。[五]浜《はま》の方《かた》に打出《うちい》でぬる[六]眺《なが》めの末は、度毎《たびごと》に珍《めづら》しからんやうにぞ覚《おぼ》えける。暮《く》れ果《は》つる程に参《まう》で着《つ》きぬ。その夜は[七]通《つ》夜の心地《ち》にて、[八]上口《うへくち》の戸開《あ》けながら、夜もすがら念誦《ねんじゅ》し」一二オつゝ侍るに、御《み》燈《あかし》は光かすかにて、はかばかしう人のけはひもなし。いとすごう心細《ぼそ》き所のさまなり。

この尊《そむ》[九]は、金の砂《いさご》にて鋳《ゐ》奉《たてまつ》れるとぞ申し侍る。聖徳太子の前生[一〇]の御本尊とかや、聖武天皇[一一]東大寺を建《た》てさせ給ひける時、金《かね》世になかりければ、御祈祷《きたう》ども侍りけるに、[一二]良弁《らうべん》僧正勅《ちよく》を承《うけたまは》りてその霊地《れいち》を求《もと》むるに、紫雲の立《た》ちければ、それをしるべに尋《たづ》ねられ侍りける程に、この山に至《いた》りて見《み》るに、[一三]八葉《よう》の蓮《れん》花の姿《すがた》なる」一二ウ石《いし》の上より立《た》ちければ、僧正、此の尊《そん》を置き奉《たてまつ》りて、七ケ日祈請《きせい》しけるに、[一四]吉野《よしの》の蔵王《ざわう》にて申すべき由《よし》あれば、それにて祈請《きせい》するに、鞠《まり》程なる金《かね》、吉《よし》野川にあり。人これを取《と》らんとするに、転《ころ》び退《の》きて取《と》ることを得《え》ず。勅使向《ちよくしむか》ひければ取《と》られぬ。これにぞ、かの御願成就《じやうじゆ》し侍りけるとかや、[一五]縁起《ゑんぎ》に細《こま》かに侍る也。それより石を離《はな》れ給はざりければ、[一六]救世観音《ぐせくわんおん》の像を造《つく》りて[一七]御身中に奉《こめたてまつ》レ籠りてぞ、石の廻《めぐ》りに御帳《ちやう》を掛《か》け」一三オ奉《たてまつ》れるとぞ申し侍る。[一八]聖徳太子は救世《ぐせ》観音《くわんおん》にておはしますなれば、御本尊《ほんぞん》なりける故《ゆへ》にや侍《はべ》らん。

この尊の御姿《すがた》は知《し》れる人も侍らざりけるを、[一九]火の事侍りけるに、御堂《だう》の前なる柳《やなぎ》に光を放《はな》ちて飛《と》び移《うつ》らせ給ひけるを、良弁《らうべん》僧正、その柳《やなぎ》にて[二〇]写《うつ》し奉《たてまつ》られりけるを、今も人[二一]写《うつ》し聞《きこ》え侍るなり。僧正の房、この下《しも》に侍りける、それより礼堂《らいだう》二〇まで焼《や》けけるに、御堂《だう》は残《のこ》りけるとぞ。されば建《た》てられける所の昔《むかし》より変《かは》らざる由《よし》」一三ウ申し侍るは、まことにや侍らん。

【語釈】 **一**　石山寺。滋賀県大津市。真言宗、良弁開基。本尊如意輪観音。**二**　「いづかたを我ながめましたまさかに行き逢坂の関なかりせば、返し、行きかへり後に逢ふともこのたびはこれより越ゆる物思ひぞなき」（後拾遺七二三、能宣、七二四、読人しらず）。**三**　「世にふれば又も越えけり鈴鹿山昔の今になるにやあるらん」（拾遺四九五、斎宮女御）。**四**　大津市関寺町長安寺の別称。牛仏の奇端（迦葉仏の化身なる牛が堂建設に働いた）で知られる。**五**　琵琶湖畔、いわゆる打出の浜（大津市膳所北方）。**六**　はるかな遠景。当時流行の歌語。「鳥のゆく夕の空のはるばると眺めの末に山ぞ色こき」（風雅一六五九、後伏見院）。**七**　終夜参籠の心積り。**八**　本尊に向う戸口。**九**　底本「けむ」。誤写と認め改訂。聖武天皇の御本尊、六寸の金剛像二臂如意輪観音（石山寺縁起）。**一〇**　前世に生を享けておられた時の。**一一**　天平十五年（七四三）発願、天平勝宝四年（七五二）大仏開眼供養。**一二**　持統三〜宝亀四年（六八九〜七七三）、85歳。わが国華厳宗の第二祖、東大寺初代別当。**一三**　八枚の花弁ある蓮の花。仏・菩薩の座に用いられ、胎蔵界曼荼羅では中央に位する。**一四**　奈良県吉野金峰山寺の本堂、蔵王堂。蔵王権現を祀る。**一五**　石山寺縁起。本文は正中年間（一三二四〜二六）成立。但し異伝あり、【補説】参照。**一六**　観世音菩薩の称号の一。世間の苦をよく救う事からいう。**一七**　天平宝字六年（七六二）本尊と同形の丈六の如意輪観音像を造り、本尊をその胎内に納めた。承暦二年（一〇七八）焼失。現在の本尊は弘安八年（一二八五）叡尊造立の丈六像。**一八**　用明天皇妃間人穴太部皇女は、夢に救世菩薩と名乗る金色の僧が口中に入ると見て、聖徳太子を懐妊した（聖徳太子伝略）。**一九**　良弁存生当時の火災。「縁起絵詞」ではこれと異なり承暦二年（一〇七八）の事とする。三〇「移し」すなわち「柳の枝ごと安全な場所にお移しした」とも考えられるが如何。三二　模写造立の意。叡尊造のそれか。三三　本堂の前にあって本尊を礼拝するための堂。

【通釈】二月の二十日過ぎに、内々で石山寺に参詣した。行き帰りしてなじんだ逢坂の関は、又いつか越える折もあろうと頼みにするとはいうものの、明日の命もわからぬこの世だと思えば、これが最後にもなろうかと、感慨が起らないでもない。関寺の所で輿を下し据えて、檜破子に用意した食事をすすめる。やがて琵琶湖の浜に出て眺める遠望の美しさは、見る度毎に珍しいもののように思われた。日がすっかり暮れる頃に御寺に到着した。その夜は通夜して祈念するつもりで、仏前に向った戸を開けたまま、一晩中経文を称えていると、御燈の光もかすかになって、ほとんど人のいるような気配もない。本当に物淋しく心細いあたりの様子である。

この寺の御本尊の如意輪観音像は、砂金で鋳造申上げたのだと言い伝える。聖徳太子が前世で信仰なさった御本尊だとかいう事だ。聖武天皇が東大寺をお建てになった時、必要な黄金が世間になかったので、これを求める御祈祷を行われた折、良弁僧正が帝の御命令を承わって黄金のある尊い場所を求める行をなさったところ、紫の雲が立ったので、それを目当に尋ねて行かれるうち、この山まで来て見ると、その雲が、八葉の蓮花の形をした石の上から立ち昇っていたから、僧正がこの尊像を石の上にお置き申して、七日間の祈請を行うと、吉野の蔵王権現でお願いをせよとのお告があったから、又そこまで行って祈請すると、鞠ほどの大きさの黄金が、吉野川にあった。人がこれを取ろうとすると、自然にころがって避けて、取る事ができない。そこで勅使が参向したら、無事に取られた。この黄金を用いて、大仏造立の御願が成就したという事だ。これは石山寺縁起に詳細に書いてあるのである。これ以来、この御本尊はこの石をお離れにならなかったので、救世観音の像を造ってその御胎内に御本尊をお納めして、石のまわりに御帳をお掛けし、これを中心に御寺を建立したのだと言い伝えられている。聖徳太子は救世観音の化身でいらっしゃるという事だから、その御本尊であるからこのようにしたのであろう。

この御本尊は秘仏として、お姿を知る人もいなかったのだが、ある時火災が起った時に、御堂の前の柳の木に、光を放ってお飛び移りになった、そのお姿を、良弁僧正がその柳の木を材としてその通りにお造りになったのを、今も人が模写申上げて伝わっているのだという。良弁僧正の住房が御堂の下の方にあり、そこから礼堂まで焼けたけれど、御堂は残ったと言われる。それゆえ、その建てられている所が昔から変っていないと言われるのは、本当の事であろうか。

【補説】「行き帰り馴れぬる」「度毎に珍しからんやう」と言う所を見れば、石山詣は初めてではないようである。それだけに余裕を持って、縁起を詳しく述べているのであろう。縁起の記述は簡浄で要を得ているが、現存「石山寺縁起」（続群書類従）・「石山寺縁起絵詞」（日本絵巻物全集）とは若干の異同（金の出所は陸奥、また火災は承暦二年〔一〇七八〕で良弁の時ではない）がある。松本寧至『中世女流日記文学の研究』（昭58）356頁以下にこの点を詳論、異同は作者の記憶の中での合理化、整理によるかとするが、明晰な叙述ぶりからすれば、むしろこのような異伝本文を持つ「縁起」があったかと思われる。如何。

「檜破子など進む」をはじめとして、これ以後の遊楽記事には、女流日記には珍しく食事関係の記事が多い。各自の役割によって主君に奉仕する女房とは異なり、家、日常生活の管理経営を事とする主婦、家刀自の立場から来る特殊性であろうか。実は、同様に食事関係の記事が多いのは、「蜻蛉日記」である。自家での食事もあるが、本記同様、旅先での「破子」の記事が多い。道綱母も名子も、もちろん自ら調理するわけではないが、他日記作者にくらべ「食」への関心、言及が多いのは、一家の主婦としての特殊性であろう。今関敏子『『蜻蛉日記』考―「涙」の表象・「泣く」場面から―』（『日記文学研究』第三集、平21）39頁にもその旨の指摘があり、「現実的な生活者でもある作者の一面が窺える。日常の義務から解放された旅ならではの、自由な伸びやかな楽しい時間を保ち得ているのである」と論ぜられている。それも勿論ながら、なお外出先で丁重に「経営」され、破子や酒でもてなされるのは、道綱母や名子への敬意と言う以上に、兼家なり西園寺家なりへの敬意である。特記する所以である。自分のためではなく、供した家人らの満足のため、また彼等に対する家刀自としての面目のためである。食事などはあなたまかせの宮廷女房の日記には現われない、女流日記の首尾両作品の特色である。なお六二段【補説】参照。

四九　桜谷詣

次《つぎ》の日は[一]桜谷《さくらだに》とて、[二]弁財天《ざいてん》おはします所へ詣《まう》づ。輿《こし》ながら舟にて[三]向《むか》への山へ[四]さし渡《わた》る。人離《ばな》れなるさま、いと恐《おそ》ろしうさへあり。辛《から》うじて[五]神人《(じにん)》など言《い》ふべきにや、黄《き》ばめる男《おとこ》出《い》で来《き》たるに、御幣《へい》など奉《たてまつ》れるに、御社をいさゝか開《ひら》きて祝詞《のと》申す気色《けしき》なり。川の面《おもて》いと広《ひろ》く見渡《みわた》されて、[六]岩《いは》打《う》つ浪のを《(お)》のれのみ砕《くだ》けつゝ寄《よ》せ返す気色《けしき》、ひまなくたぎれる様《さま》、すべてを《(お)》どろ〳〵

しき。河の向《むか》へにいと[七]高《たか》き山あり。その峰にうるはしき[八]御やし」一四ォろはおはしますとぞ申し・
侍る・。

下向には[九]日吉《よし》にと心ざして、[一〇]志賀《しが》の浦へ出《い》でたるに、其処《そこ》となく霞《かす》み籠《こ》めて、さし昇《のぼ》る日影《かげ》は波を分《わ》くるかと見《み》ゆ。[一一]唐崎《からさき》の松も昔《むかし》旧《ふ》りぬるにや、いと小《ちい》さきぞ見えける。男子《おの》どもは舟にてさし渡《わた》るもありけり。右にめぐり左に顧《返》みるに、たゞはる〲[一二]として岸《きし》打《う》つ波《なみ》の寄《よ》せ返し・つゝ、其処《そこ》とも見《み》えず果《はて》も知《し》られぬ眺《ながめ》、を《（お）》かしければ、過《す》ぐる名残《なごり》も慕《した》はるゝ道にぞ侍り・ける。

【語釈】**一**　大津市大石東町。古くは佐久那谷と呼び、佐久奈度神社がある。「蜻蛉日記」中巻にも見える。底本「さゝらだに」と見えるが改訂。**二**　同社三祭神のうち、瀬織津姫命・速秋津姫命の二女神をさすか、別に弁財天があったか未詳。**三**　底本「て」を脱し右脇に補入。**四**　右岸石山から瀬田川を約六キロメートル下り、左岸桜谷に至る。**五**　下級の神職。**六**　「風をいたみ岩うつ波のおのれのみ砕けて物を思ふ頃かな」（詞花二一一、重之）**七**　佐久奈度神社対岸の立木山をいうか。**八**　立木山観音をさすかともいうが（水川喜夫）未詳。**九**　大津市坂本、日吉大社。**一〇**　琵琶湖南西部。**一一**　坂本の南、琵琶湖西岸、近江八景の一。**一二**　底本「はる〱しとして」。

【通釈】次の日は桜谷といって、弁財天をお祀りしてある社に詣でる。輿に乗ったまま、舟で川向うの山に漕ぎ渡る。人里離れた様子は、全く恐しくさえ思われる。ようやく、神人などいう者であろうか、黄ばんだ顔色の男が出て来たのに伝えて、御幣などを神前に奉ると、御社の戸を少しだけ開いて、祝詞をあげるようである。川の面は大層広々と見渡されて、岩に打ちつける波は自分の勢いで砕け散りつつ寄せたり返したりする様子で、休むひまなく沸きたぎる姿は、全く恐しい程である。川の向う側に大変高い山がある。その峰の上に立派な御社がおありだという事である。

帰りには日吉神社にお詣りしようと考えて、志賀の浦に出たところ、どこという事なしに一面に霞が立ちこめて、昇って来る朝日は波を分けて現われるように見える。唐崎の松も長い年月を経て老木になったせいだろうか、随分小さくなったように見えた。男の人達の中には舟で渡る者もあった。湖岸の道を右に廻り左にふりかえりなどしつつたどって行くと、水面はただはるばると見渡され、岸を打つ波は寄せたり返したりを際限もなく繰返しつつ、目にさえぎる物もなく限りなく続いている湖の眺めは、まことに面白いので、通り過ぎてしまうのがいかにも名残惜しい旅の道であった。

【補説】 五條『竹むきが記研究』208頁以下では、本段及び七〇段初瀬詣記事において、作者が「道中の景色を和歌的文学的に描写」しながら「和歌は記されていない」と指摘し、一般に下巻では「和歌を記さない場合には、地の文で和歌的素養を十分に垣間見せる叙述をしている」と確認している。それもさる事ながら同時にその間に介在する、人気のない寂れた社で、あやしげな神人に託してようやく参拝を遂げる散文的な描写が、短章ながら目に見えるようで面白い。

五〇　長講堂の思い出

三月《やよひ》の頃、一若宮《わかみや》に詣《まう》でたるに、」一四ウ二長講堂近《ちか》く見《み》やらるれば、車《くるま》さし寄《よ》せて見巡《みめぐ》る。昔《むかし》供花の折《おり》など、心に浮《うか》ぶ事多《おほ》し。花《はな》の下《もと》に立寄《たちよ》れるに、変《かは》らぬにも、見《み》し世の春にめぐり逢《あ》ひぬる心地《ち》して、思《おも》ひ出《い》づる昔語《むかしがた》りもせまほしきを、三花物言《はなものい》はぬ慣《なら》ひさへぞ恨《うら》めしかりける。何《い》時《つ》の年《とし》なりしか、四御八講《かう》の頃、人目《め》もなくなりにし夕べに、五二《(ふた)》御所、女房あまた御供《とも》にて、何《なに》となき事六ものたまはせしかば、七二位殿・八宰相の典侍などやうの人々、古《いにしへ》今《いま》の事も聞《きこ》え出《い》でつゝおはしましゝ一〇御面影《おもかげ》をは」一五オじめ、各々《をの〳〵》並《な》み候《さぶら》ひし人々、此彼《これかれ》と思出《おもひい》づるに、同《おな》じ世なるも九少《すくな》く、或《あ》るは苔《こけ》の袂《たもと》のあらぬ世に立《た》ち返り、一一さらでも己《をの》がさま〴〵に、善《よ》し悪《あ》しにつけつゝ身を変《か》へぬるなど、取《と》り集《あつ》め思《おも》ひ続《つゞ》くるに、涙さへこぼれぬ。

宿《やど》もそれ花も見《み》し世の木《(こ)》の下《もと》になれし春のみなどかとまらぬ

一二御影堂《ゑいだう》の一三□梅もつくろはれぬにや、軒近《のきちか》くぞなりぬる。供花の座を見《み》るに、袖を連《つら》ねし面《おも》影浮《かげうか》びつゝ、いとなつかし。御壺《つぼ》なる二本《もと》」一五ウの松、言《い》ひ知《し》らず一四木高《だか》き蔭《かげ》にて面変《おもがは》りぬるにも、我[一五]やあらぬとぞたどらるゝ。この松は伏見《ふしみ》の院御自《身づか》ら二葉なるを植《う(ゑ)》へさせ給ひけるとぞ聞《き》き《ゝ》侍りし。

帰《かへ》るとて御[一六]堂《だう》の殿上を通《とを》るにも、昔《むかし》[一七]御懺法の頃《ころ》、のどかなる夜、男共《おとこども》御たづねありしに、[一八]素什僧正、[一九]御後《ごゞ》に祗候《しこう》侍りしに、集《つど(ひ)》ゐて稚児《ちご》もてなすと聞《き》かせ給ひて、暗《くら》き夜に[二〇]一人《ひとり》御供《とも》にて、たどる〳〵成《な》りて、この脇《わき》戸より御覧《らん》ぜられしかば、さま〴〵に乱《みだ》れ遊《あそ》びしにや、[二一]「茶少《ちやすこ》し」と[二二]折《おり》句に置《を》きて御歌あ」一六オそばして、片仮名《かたかんな》に書《か》か《ゝ》せさせ給ひしかば、桜《さくら》の薄様《うすやう》に書《か》きて、柳《やなぎ》に付《つ》けてさし置《を》かせしを、「いかゞ言《い》ふ」と又成《な》りて聞《き》かせ給へば、「それか、かれか」と心当《あ》てに言《い》ひつゝ、御所よりとは思《おも》はざりき。後《のち》にたどり聞《き》き《ゝ》けるとて、御酒《みき》・御茶《ちや》など、いみじう由《よし》ある様《さま》にて僧正奉《たてまつ》れりしかば、その夜の人々、[二三]幸若《かうわか》・あとなど召《め》しつゝ、わざとならぬ御遊《あそび》にぞなりにし。はかなき事《こと》も御情《なさけ》を添《そ》へられしなど、その世《よ》の御面影《おもかげ》も更《さら》にぞ浮《うか》び侍りける。

【語釈】 一　佐女牛若宮八幡宮。天喜元年（一〇五三）勧請、六条西洞院にあった。慶長（一五九六〜）頃五条橋通東に移る。 二　→一九段注一。六条北、西洞院西の六条殿内にあるため、若宮とは至近距離。 三　「誰謂花不ㇾ語　軽漾激兮影動ㇾ脣」（和漢朗詠集一一七、文時）「ふるさとの花の物いふ世なりせばいかに昔のことを問はまし」（後拾遺一三〇）、出羽弁)。四 法華八講会。法華経八巻を八座に分け、一日を朝・夕の二座として四日間に講ずる法会。長講堂でも後白河院供養等のため、しばしば催された。底本「御」を脱し、右脇に補入。五 後伏見・花園両院。六 底本、「事」と「も」の間、やや不自然に空く。あるいは「事ゝ(ど)も」とあるべきか。七 未詳。両院側近の古参女房。一三段注三〇の「柳殿二位」か。八 →一三段注三三・一九段注一〇。九 底本「すくなる」。誤写と認め改訂。一〇 出家姿。一一 底本「さしても」。誤写と認め改訂。一二 長講堂内の後白河院御影堂。一三 底本二字分空白。一四「引きて植ゑし人はむべこそ老いにけれ松の木高くなりにけるかな」(後撰一一〇七、躬恒) 一五「月やあらぬ春や昔の春ならぬわが身ひとつはもとの身にして」(古今七四七、業平) 一六 長講堂本堂の殿上の間。廷臣等の祗候の室。一七 法華懺法。法華経を誦して罪障を懺悔し、滅罪を願う法会。一八 未詳。慈什(→一八段注一三)の誤写か。一九 本堂の背面の室。二〇 後伏見院が作者一人を。二一「茶を少し下さい」の意。当時流行の闘茶などの遊びをしていたのであろう。二二 この五文字を各句の頭に置いて詠んだ歌。二三 童舞堪能の稚児。→一八段注三・一五。

【通釈】 三月の頃、佐女牛若宮八幡宮に詣でたところ、長講堂がすぐ近くに見えたので、車をそちらに寄せて構内を見て歩いた。昔、供花の折の事など、思い浮ぶ事が沢山ある。桜の下に立寄って見ると、当時と変らぬ姿であるにつけても、その昔の春にめぐり逢ったような気持がして、思い出される昔話も語りかけたいけれど、「花物言わぬ」と言われる通り何の返事も得られない世のならいさえ恨めしく思われた。いつの年だったか、御八講を行われた頃、仏事に参列した人々も退出してしまった夕暮に、後伏見花園両院が、女房を大勢お側に候わせて、何とつかぬ雑談を遊ばしていらしたのに、二位殿や宰相典侍などといった人々が、昔や今のさまざまの話を申上げながらお相手しておられた御様子をはじめ、それぞれ居並んでおられた人々、あの方この方と思い出すにつけ、今も健在でおられる方は少く、ある人は出家してそれまでとは全く違った生活に入られ、またそうではなくとも各自それぞれに、よいにもせよ悪いにもせよ、昔とは身を変えたような人生を送っておられるなどと、あれこれさまざまの事を思い続けていると、涙さえこぼれて来てしまった。

建物もそのまま、花も昔と全く同じの花を咲かせているこの桜の木の下なのに、昔なじみの春だけはどうしてとどまっていないのだろう。

御影堂の□梅も手入れをなさらないからだろうか、大変大きくなって軒近く届くまでになっている。供花を行った座敷を見ると、袖を連ねてそこに居並んでおられた方々の姿が目の前に浮ぶようで、本当になつかしい。お壺庭にある二本の松は、何とも言えない程木高くこんもりと繁って、まるで様子が変っているにつけても、私が昔の私でなくなったのか、それとも世の中の方が変ってしまったのかと思い惑われる。この松は伏見院が御自身で、双葉の小松であった時にお植えになったものだと聞いていたが。

帰ろうといって御堂の殿上を通るにつけて、昔御懺法のあった頃、物静かな夜に、後伏見院が侍臣共はどこにいるかとお尋ねになったところ、素什僧正が御後戸の間に祗候しておられた所に皆集って、稚児をちやほやして遊んでいるとお聞きになって、暗い夜に私一人をお供にして、さぐりさぐりおいでになって、この殿上の脇戸からのぞいて御覧になったら、いろいろな事をして遠慮もなく遊んでいたのだろうか、院は「茶少し」（茶を少し所望）と句頭に置いて折句のお歌をお詠みになって、それを私に片仮名で書けと仰せられたので、桜の薄様の紙に書いて、柳の枝に付けて届けさせたのを、「何と言っているか」と、又近くまでいらっしゃってお聞きになると、皆「誰がよこしたのだろう、あの人か、この人か」と当推量で言い合いながら、院からの御文とは思いつかなかった。後でようやく様子を聞いたといって、お酒やお茶など、大変風情のあるようにととのえて僧正が奉ったので、その夜の人々と、稚児の幸若・あとなどをお呼びになって、ことさらではない音曲の御遊になった事だった。こんなちょっとした事にも興趣をお添えになったなどと、その頃の後伏見院の御面影も今更のように思い浮べたのであった。

【補説】 数ある皇室領のうち、有数の財源である長講堂領は、後白河院が六条殿内に設けた持仏堂長講堂所領として寄進経営した百八十箇所にも及ぶ荘園であり、皇女宣陽門院を経て後深草院に伝領され、持明院統の重要な経済基盤となっていた。従って同堂は既述のような供花の場であるのみならず、後白河院・後深草院供養のため、法華八講・懺法等がしばしば催され、仏事の後は内々くつろいだ酒宴などを楽しむ、仙洞の日常とはまた異なる息抜きの場ともなっていた事、一九段にも見る通りである。それをふまえて、戦乱によって衰退した現状への感慨が簡浄に描かれている。

本作の酒・茶にかかわる記事については、「御酒すゝむる老女」（「酒と日本文化」季刊文学増刊、平9・11。『宮廷女流文学読解考中世篇』平11所収）に述べたが、本段の叙述は年代的に寺院において茶が普及し来った頃の記録として貴重であり、女流日記で「茶」が描かれるのはこれ一つである。後伏見院の気軽な行動、君臣融和の楽しさが十分に表現されている。「素什」については一八段【補説】参照。

五一　尊氏との交友

一鎌倉《かまくら》の二品、知《し》るたよりあ」一六ウりて時々聞《きこ》え通《かよ》ふに、二暦応《りやくおう》の頃、例《れい》の三家門の沙汰《さた》あれば、彼《かれ》へも此《これ》へも聞《きこ》え侍る事もあるに、卯月ばかりに雁《かり》四の子の見《み》え侍るを、十《（とを）》五づゝあまたを重《かさ》ねて、藤に付《つ》けて遣《つか》はすに、永福門院、敷《し》きたる薄様《うすやう》に書《か》ゝせ給《たま》ふ。

鳥《とり》の子を十づゝ十の数《かず》よりも思《おも》ふ思《おも》ひはまさりこそせめ

【語釈】一　足利尊氏。権大納言正二位、征夷大将軍、38歳。二　一三三八年八月～一三四一年四月。三　実俊・公重の家督争いの再燃であろう。四　雁の卵。五　「鳥の子を十づつ十は重ぬとも思はぬ人を思ふものかは」（伊勢物語九二、男）による「蜻蛉日記」康保四年（九六七）道綱母と女御怤子の贈答に模す。「雁の子の見ゆるを、これ十づつ重ぬるわざをいかでせむとて……女御殿の御方に奉る。……御返り、数知らず思ふ心にくらぶれば十かさぬるもものとやは見る」（一〇九）。

【通釈】鎌倉の将軍、正二位権大納言尊氏は、知合うような縁があって時々文通するのであるが、暦応の頃、例の家門の紛争でむずかしい事があるので、あちらへもこちらへも互いに交渉し合う事があった折、四月頃に雁の卵が手に入ったので、十ずつ糸で結んだものを幾つも作って、藤の枝に付けて贈るのに、永福門院が、これを入れる広蓋に敷いた薄様にお書きになった歌、

「鳥の子を十づつ十は重ぬとも思はぬ人を思ふものかは」と申しますが、私が西園寺の家門を思い、実俊の将来を思う思いは、その十づつ十の数よりもはるかにまさっておりましょう。（どうぞ実俊の為によろしくお取計らい下さい）

【補説】尊氏については、三二段にその寝返りに驚き呆れる記事はあるものの、三四段にも見たように交渉は続き、特に家門争いに公重と対抗するためには、尊氏を味方に引きつけておく事が絶対に必要であった。永福門院もこれに肩入れして、ねんごろに歌を贈る。五三段によればすでに病「まことしく」なってからの詠であるが、前段後伏見院詠の、作者代筆の「書かせさせ給ふ」と異なり、「書かせ給ふ」とあるからには、病をおしての自筆であろうか。いずれにせよ、なみなみならぬ心入れの程が知られる。

五二　公宗夢想歌

その頃《ころ》、[一]按察《あぜち》の二位殿より、「ある人の御夢《ゆめ》に、[二]昔人《むかし(びと)》かくなん仰《おほ》せらると見《み》給へるは、いかなる御恨《うらみ》のあるにかと、いと悲《かな》しうなん」[三]とあるを見《み》れば、」(一七オ)

[四]思《おも》ひ置《を》くそれをば[五]置《を》きて言《こと》の葉の露の[六]情《なさけ》などなかるらん

[七]人の御心ども、恨《うら》み給ふ事もあるにやと、思《おも》ひ合《あは》する事《こと》もあるに、更《さら》に悲《かな》しう思《おも》ひ続《つゞ》けらる。

【語釈】一　清水谷長嗣女、花園院按察二位か。二　故人。公宗をさす。三　底本「と」を欠く。脱字と見て補入。四　心残りの事。家督問題。五　さておいて。「置く」は「露」の縁語。六　底本「の」を欠く。脱字と見て補入。七　公重、またその同調者をさすであろう。

【通釈】その頃、按察の二位殿の所から、「ある人の夢に、故人公宗卿がこのようにおっしゃったと見られたという事ですが、どんなお恨みが残っているのかと、大層悲しい事です」と言ってよこされた、その歌を見ると、

　死後も心にかかる家督の問題、まあそれはそれとして、せめて言葉の上の僅かの思いやりだけでも、どうして無いのだろうか。（そのような弟の冷酷さが恨めしい）

近親の方々のお心の内を、お恨みになる事もあるのだろうかと、思い合される事もあるので、一入悲しくいろいろと思われる事である。

【補説】夫を陥れ、非業の死に至らしめた、異腹の弟公重との家督争いが、いかに名子の心を悩ましめたか。その一端を語る記述である。下巻中、公宗について直接言及するのはこの一段のみ。そこにむしろ、名子の抱き続ける悲痛な思いが感じられる。

五三　永福門院崩御

永福《ゑいふく》門院、例《れい》[一]ならぬ様《さま》に聞《きこ》えさせ給へど、取立《とりた》てたる御事おはしまさゞりつるに、春の末より[二]はまことしくならせ給へば、いとあさましく思《おも》ひ聞《きこ》ゆるに、日々に重《をも》らせ給ひて、院[三]・女院

御幸ありて見奉《みたてまつ》らせ給ふ。四中将殿《どの》の事《こと》、女院にも聞《きこ》えさせ給ふなるも、いとゞあはれに悲《かな》しうなん。

五五月七日うせさせ給ひぬ。朝夕《あしたゆふべ》の事《こと》わざにつけ」一七ウても頼《たの》もしき御事なりつれば、一方《かた》ならぬ御名残《ごり》も言《い》はん方《かた》なし。後々《のちのち》の御事《こと》は、六石蔵《いはくら》の寺《てら》にかねてより定《さだ》め置《を》かせ給ひければ、七御幸の儀にて、八日石蔵《いはくら》へ入《い》らせ給ふ。御輿寄《こしよせ》に、八竹林院殿参《まい》らせ給《たま》ふ。「いまはの御際《きは》にしも、九御本意《ほい》ならぬ御事《こと》ならんかし」と、人々も皆《みな》あきれたるさまどもなり。一〇三条坊門大納言を催《もよほ》されて、領状《りやう》にて侍りける、俄《にわか》に一一故障《こしやう》ありければとぞ聞《きこ》え給ふ。万《よろづ》一二僧沙汰にて、一三此処《こゝ》には御中陰の儀《ぎ》もなし。一四かばかりの御事《こと》、儀式《ぎしき》なき様《さま》」一八オに一五思《おぼ》し置《を》かせ給《たま》ひけるも、いと無念《むねん》なる御事にぞ、世人も申し侍りける。一六故法皇の御方《かた》おはしましかばと、前後の一七相違《さうひ》も今更《いまさら》に恨《うら》めしうなん。

一八御七日の程は御一九伽《時》などにて、女房達《たち》も変《かは》らぬさまなるも、皆己《をの》がさま〳〵に二〇行《ゆ》き別《わか》れ給《たま》ふ程ぞ、更《さら》に又かきくれ侍りける。二一右衛門局ばかりは、殿上の局《つぼね》変《かは》らず残《のこ》り住《す》みつゝ、後にはこのわたりなる里《さと》に住《す》み移《うつ》りて、昔《むかし》を偲《しの》び奉《たてまつ》るさまなり。

【語釈】一　不例。病気。二　真に憂慮すべき状態に。三　光厳院・徽安門院。四　実俊。五　康永元年（一三四二）。享年72歳。六　愛宕郡小野郷石蔵、現京都市左京区岩倉上蔵《あぐら》町、大雲寺。天台宗寺門派。七　喪を発せず生前御幸の形式で。八　西園寺公重。権大納言正二位、26歳。九　不本意な。家督争いをめぐり不快な仲であった故にいう。一〇　中院通冬。権大納言正二位、28歳。永福門院の母顕子の実家の当主。一一　差障り。公重に憚って何か口実を設け、遠慮したのであろう。一二　僧の管理。一三　北山殿。一四　国母であった女院の崩御という重大事。一五　永福門院が生前に定め置かれたのも。一六　後伏見院。建武三年（一三三六）に先立って崩。永福門院はその養母であった。一七　底本「さかひ」。誤写と認め改訂。一八　七々日。中陰。「々」脱か。なお【補説】参照。一九　底本「御時」（定時の勤行）とするが、「御とぎ」の宛字で、正しくは「御伽」と考え、改訂。死者に対し、生前のままに侍し、無聊を慰める事。一般の通夜に当る。二〇　「永福門院御いみの比過ぎて、方々に散る哀など宣光門院新右衛門督もとへ申しけるついでに　別れにしそのちりぢりの木の本に残る一葉も嵐吹くなり」（風雅二〇三七、右衛門督）。二一　注二〇の詠者であろう。伝未詳、康永二年院六首歌合等作者。或いは資邦王女永福門院小兵衛督と同一人か（岩佐「竹むきが記作者と登場歌人達」『京極派歌人の研究』）。

【通釈】永福門院の御健康が、平生のようでいらっしゃらないと承わっていたが、特に御重病というわけではいらっしゃらなかったのに、春の末頃からは本当にお悪くなられたので、大変意外な悲しい事とお思い申上げているうちに、日に日に重くなられて、光厳院・徽安門院が御幸なさってお見舞申上げられる。中将実俊君の事を、徽安門院にもよろしく頼むと御遺言遊ばされると承わるのも、いよいよ感無量で悲しい事である。

五月七日におかくれ遊ばした。朝に晩に、何事につけても頼みにしておすがりしていた方の御事であるので、一通りでない御名残惜しさも、何とも言いようがない。その後の事一切は、石蔵大雲寺で行うよう、前々からお定めになってあったから、未だ御生前の御幸という形で、八日、同寺へお入りになる。御輿寄に、権大納言竹林院公重卿が参仕された。「最後のお出ましの時に限って、あの方がこんなお役を勤められるなんて、さぞ不本意に思召す事だろう」と、人々も皆驚き呆れた様子であった。権大納言二条坊門通冬に御依頼なさって、御承知であったのに、俄かに差支えが出来たので代られたという事であった。御法要はすべて僧侶が取りしきって、北山殿では御中陰の仏事もない。これ程重要な方をお見送りするのに、何の儀式もないように御遺言なさって置かれたのも、まことに残念な事と世の中の人もおうわさ申した。故後伏見院が御在世であったら、どんなに手厚く御追善の仏事を行われた事だろうと、御親子の順が逆になってしまった事が、今更ながら恨めしく思われた。

七々日の間は御霊をお慰めするために、女房達も変らず奉仕していたが、それも御中陰明けで皆思い思いに別れて行かれる時に、更に又涙を流し合った。右衛門督局ばかりは、なお殿上の局の様子を変えずに残り住んでいて、後にはこのあたり近い山里に移転して、昔を思い御供養を申上げているようである。

【補説】 貴女といえどもその死の前後の状況が明らかにされる例は少い中で、一代の歌人永福門院の崩御がこのように書き残されている事は、後人にとりまことに得難い幸いである。実俊の事を光厳院のみならず徽安門院にも言い置き、北山では喪を発せず喪籠の儀も行わず、生前の儀として石蔵大雲寺に移して葬儀を行うべく遺言したという。質実な人柄のしのばれる処置である。最後の御輿寄に定められていた大納言通冬が、領状しながら故障を言い立てて辞退したのは、西園寺家の家督争いに巻き込まれるのを嫌っての事であろう。これに代った公重の御輿寄に、「御本意ならぬ御事ならんかし」とささやき交わす女房等の姿に、生前の女院の姿勢が推察される。「風雅集」二〇

三七、右衛門督詠の裏付けが取れるのも貴重である。「御七日」は渡辺静子・市井外喜子『竹むきが記総索引』(昭53)では「五七日」と解しているが、如何。「御七々日」の脱字と見る方が、後文と見合わせても自然ではないか。

「石倉の寺」大雲寺は天禄年間(九七〇〜七三)真覚開基。比叡山における慈覚・智証の山門派・寺門派の争いから、智証門の餘慶は大雲寺内に観音院を創建、円融天皇の御願寺とし、天元五年(九八二)山を降りてここに拠った。皇太后昌子内親王(冷泉中宮)の帰依篤く、その御陵はここにある。境内の観音水が精神病に効ありとされる所から、現在でも近傍に精神病院が立ち並ぶ。豊臣秀頼寄進の本堂は荒廃して近年取り払われ、寺は近傍の実相院の管理下にある。「花園院宸記」によれば、永福門院は元応元年(一三一九)以降三回、石蔵上人を招いて大日経疏を講ぜしめておられ、当時から帰依の寺であったと思われる。

朝廷では三七日の雑訴停止、五日間の廃朝固関の礼をもって弔意をあらわし、光厳院は六月二日まで錫紵を着けて正式に祖母の喪に服した上、更に特に五箇月間の心喪に服し、深い哀悼の心を示した。

五四　実俊任中将拝賀

七月廿五日、中将の拝賀《はいが》[一]なり。ことに空」一九オ晴《は》れ風涼《ずゞ》し。日時[二]の勘文《かもん》、身固《みがため》[三]の陰陽師《おんやうじ》、あ[四]き夏・またなり。兼日[五]当日、光衡《ひら》[六]奉行す。本府[七]の随《ずい》身五人、小雑色[八]六人、番頭《がしら》[九]二人、随《ずい》[一〇]身三人、諸大夫[一一]二人光衡《ひら》量衡《ひら》、侍[一二]五人光朝・景頼・禅量・家宗・実益・時重・牛飼《かひ》如木《じょぼく》[一三]なり。一[一四]条中将、車に参る。

先《ま》づ持明院殿へ参《まい》る。院の御方《かた》の御贈《をくり》物、御琵琶《びわ》一五（後西園寺殿より参《まい》れるやう一六ゆうなり）。女院の御方よりは笛袋《ふくろ》に入る。一七一条今出《いまで》川なる二位殿《ゐどの》ゝ御里《さと》を一八中宿《やど》にて、それより参内也。暮《く》れぬ先《さき》と急《いそ》ぎ侍れど、暮《く》れ果《は》つる程にぞなりぬる。見物の車、道《みち》すがら立《た》て並《なら》べ、輿《こし》などさへ昇《か》き据《す》ゑ」一九オつゝ、人がちに満《み》ち〳〵て立《た》ち騒《さは》ぎたる様《さま》、かゝるべき事とは思ひもよらず、いみじう晴《は》れ〴〵しき様《さま》也。御所々々にも、雑色、衣被《かづき》寄《よ》り込《こ》みて、押《を》しも分《わ》けざりけるとぞ聞《き》ゝ侍る。一九御所様《さま》、中門に出《い》でさせ給《たま》ひて御覧《らん》侍りけるとかや。事《こと》の様《さま》をはじめ、作法《さほう》、万《よろづ》に猶廃《すた》るまじき家《いゑ》の名二〇にても、いと頼《たの》もしく思召《おぼしめ》さるゝ様《さま》、二一くる〳〵うけ給はるも、めでたくぞ侍りける。二二所々の執《しゅ》二三行ども、諸大夫、あたり〳〵に沙汰《さた》し侍るべし。今年八歳《さい》にぞおはすべき。

【語釈】一 任官御礼の儀式。二 日時の吉凶を勘考した上申書。三 身体の健全を保つための祈祷。四 伝未詳。五 期日以前の日と当日と。六 →四六段注一五。七 所属官庁、すなわち近衛府から公式に付けられた随身。八 年若い雑色（雑役に従事する者）。九 番衆（警衛者）の長。一〇「本府の随身」に対し、私的な随身。一一 西園寺家家司。→四六段注一五。一二 同家侍。いずれも伝未詳。五人とあるは如何。一三「にょぼく」とも。白麻製の、糊で強く張った狩衣。一四 公頼男実益か。右中将正四位下、59歳。一五 西園寺実兼。一六 琵琶の名。「養由」（楚の弓の名人の名）か。一七 西園寺今出川第（一条北、今出川西）。実衡室氏子（公顕女、公宗義母）の里第。従ってこの「二位殿」は氏子。一八 底本「中やとまて」。誤写と認め改訂。中継、休息所として。一九 光厳院。二〇 或い

は「までも」か。二 あれこれと。或いは「しるく」の誤写か。三 役所。亖 事務取扱者。

【通釈】七月二十五日、実俊君の任中将の拝賀である。特別に空が快晴で、風が涼しい。日時の勘文を奉り、又身固を行う陰陽師は、あき夏・またなりである。前日までの準備や当日の儀は光衡が奉行する。近衛府の随身五人、小雑色六人、番頭二人。私邸からの随身三人、諸大夫二人光衡量衡、侍五人光朝・景頼・禅量・家宗・実益・時重が従い、牛飼の装束は如木である。中将一条実益が車に同乗する。

先ず持明院殿に参上する。光厳院からの御贈物は御琵琶後西園寺実兼公から献上された、養由である。、徽安門院からは御笛袋に入れるをいただく。次に、一条今出川の二位殿のお里の邸を休憩所として、そこから参内なさる。日の暮れぬうちにと急いだけれども、すっかり暮れ切った頃になってしまった。見物の車を沿道に立て並べ、輿などまでかつぎ据えたりして、どこもかしこも人ばかり、一ぱいになって立ち騒いでいる様子は、こんな事になるとは思いも寄らずまことに晴れがましい有様である。参上する各御所にも、雑役の男や衣被の女が見物に大勢入りこんで、押し分けて通る事もできない程だったという話である。光厳院も中門までお出になって、そういう人々の様子を御覧になったという事だ。そのような盛んな状況をはじめ、拝賀の式作法すべて、万事に今なお衰えるはずもないであろう家名の力を考えても、大層頼もしく思召される旨を、院から懇切に承わるのも、まことにめでたい事であった。各役所の担当者への挨拶なども、家司共がそれぞれに行うのであろう。（こんなに晴れがましく立派な）実俊君は今年八歳でいらっしゃるようだ。

【補説】四七段、暦応四年十二月二十二日任左中将の実俊の拝賀が、半年以上遅れたのは、永福門院崩による光厳院の忌服等が関係していたのであろう。見物の人々の描写は、短文の中に「洛中洛外図屏風」に描かれるような庶民の生き生きとした姿、同時に参内行列だけでなくそうした市中風景をも目にして楽しむ貴人の様子をよく伝えている。
末尾に「今年八歳にぞおはすべき」とあるのは四七段の繰返しで、やや異様な感じを与えるが、この盛儀の主役である我が子を、改めて誇らしく見直している母親の姿が浮ぶようで、ほほえましい。

五五　今出川実尹没

[一]菊亭《てい》の大納言殿、わづらはせ給」一九ウへる、八月廿一日にうせ給ひぬ。御跡《あと》継《つ》ぐべき人もいまだおはせねば、御[二]弟《おとうと》の六七歳《さい》におはするにぞ[三]聞《きこ》え置《を》かれける。もし[四]さるべき人にやと思《おも》ひ置《を》き給ふ事あれば、終《つゐ》の家督《とく》となるべう定《さだ》め置《を》かるゝも、あはれに悲《かな》しうなん。

【語釈】一　今出川実尹。兼季男、母は公顕女、春宮大夫正二位。享年25歳。二　今出川公直。兼季男、母は二条為基女。実尹猶子。8歳（中院一品記）。三　家門相続の事を。四　愛人に男子が生れるかと。この年、恐らく没後に実直出生。公直猶子として、のち今出川（菊亭）家を嗣ぐ。

【通釈】大納言菊亭実尹卿が、かねて病気であられたところ、八月二十一日に亡くなられた。お跡継ぎのお子さんもまだおられないので、御弟の六七歳になられる方に後嗣となるよう言い置かれた。もしや然るべき方にそのお胤の男のお子が生れられる事があろうかと、思い残される事があるので、その場合には最終的に家督はその方に譲られるよう遺言なさったというのも、いとおしく悲しい事である。

【補説】 西園寺支流菊亭（今出川）家の若い当主が没し、幼い異腹の弟が猶子としてあとを嗣ぐ。しかし、正室ではないがその子を宿している女性があり、没後にもし男子を出生すればやがてこれに家督を、と言い置くという状況は、乱世の中の非業の死という公宗の場合でこそ無いが、名子にとってつくづく身につまされるものであったに違いない。そして生れる実直は、叙従三位の延文三年（一三五八）の「公卿補任」によれば、「権中納言兼左衛門督公直男（但実弟。故権大納言実尹男）」17歳で、まさに当暦応三年の出生である。「但実弟」とあるのは、実直が出生する以前すでに実尹弟公直が猶子として家督を継承したので、公的には実直は公直の弟、そして再び猶子関係で公直の後嗣になった、という事を意味する。なお公直母（二条為基女）については岩佐「竹むきが記作者と登場歌人達」（『京極派歌人の研究』）参照。

公宗夢想歌、永福門院崩、実俊拝賀、実尹没と、悲喜こもごもを重ねて、おのずから次段、「生あれば滅あり」の信仰告白に至る。巧まずして鮮かである。

五六　信仰告白

[一]生あれば滅あり、人必《かなら》ず免《まぬが》れざる理《ことはり》、目《め》の前《まへ》なれば、さすが[二]悪《あく》道も恐《をそろ》しければ、[三]十悪五逆《ぎやく》

[四]の捨《す》て給はずと聞《き》く弥陀の願力を頼《たの》みつゝ、悲願あやまたずは[五]来迎引接《らいがういんぜう》定《さだ》めて疑《うたが》ふべからずと、偏《ひとへ》に念仏の数《かず》をぞ積《つ》み」二〇オける。

さてもなを[六]九品《(ほ)》往生の儀を思《おも》へば、上中品は先《ま》づ措《を》きて、[七]下品の 趣《おもむき》を見《み》れば、[八]二七日を経《へ》て蓮花《れん(げ)》開《ひら》くる時、甚深の[九]十二部経を聞《き》き終《おは》りて、信解《(げ)》して[一〇]無上道心を起《こ》し、[一一]十小劫を経《へ》て[一二]百法明門《(みやう)》を具し、[一三]初地に入《い》る事を得《う》。[一四]三宝の名を聞《き》きて即《すなは》ち往生すと言《い》ひ、或《あるひ》は[一五]蓮《れん》花の中《うち》にして十二大劫を[一六]満《み》てて、花まさに開《ひら》くる時《とき》、観世音大勢至《せいし》、それが為《ため》に[一七]諸法の実相除滅罪の法を説《と》き給ふを聞《き》き終《をは》りて、歓喜《くわんぎ》して即《すなは》ち[一八]菩提《ぼだい》心を起《こ》すと説け」二〇ウり。かの国土に生じ終《をは》りて、法を聞《き》きて次第に果を得《え》たり。現在にしてかの法を聞《き》く事《こと》あらば、[一九]順次《(じゅんし)》に生死を出《い》づべきにやと、いさゝか不審《ふしん》なる事《こと》侍りける。

[二〇]諸行無常、是生滅法、生滅々已、寂滅為楽、此《(こ)》の四句、菩提心開《ひら》けて天上に昇《のぼ》る階《はし》、煩悩《ぼんなう》の黒《くろ》き雲を捨《す》てて、愛欲《あいよく》別離の海を渡《わた》る舟、[二一]八相成道の[二二]義果なりと言《い》へり。

彼《かれ》を聞《き》き此《これ》を思《おも》ふにも、まさに生死を出《い》づべき道はたづねまほしう侍るに、この山《やま》の奥《おく》に[二三]霊鷲《りやうじゆ》寺といふ所あり。昔《むかし》、[二四]北野の天神の御遊山」二一オの地にて、寺号なども御筆にて侍りけるとぞ申し伝《つた》へたる。その跡《あと》もなく、[二五]端《葉》山の繁《しげ》りにて侍りけるを、[二六]後西園寺殿御帰依侍りける僧[二七]、此《こ》の山《やま》を開《ひら》かれけるより、仏法の地となりにけり。今《いま》の長老[二八]、道学ともに其の徳高《たか》く聞《きこ》ゆ。此《こ》の山《やま》に過《す》ぎにし[二九]跡《あと》を残《のこ》され侍るを、[三〇]代々の所に移《うつ》し聞《きこ》ゆべきを、未《いま》だそのまゝにておは《を》すれば、踏《ふ》み馴《な》るゝ山路《地》にて対面《たいめん》の序《ついで》も侍れば、「如何にしてかまさに生死を出《い》づべからん」と尋《たづ》ね侍るに、[三一]一句を示《しめ》さるゝ事あり。更《さら》に又言《こと》葉なし。そ」二二ウれより語々《ごゝ》[三二]を挙《あ》げみるに、思《おも》ひ得《う》る方《かた》ぞなき。されども自《をのづか》ら不審《ふしん》もあれば、尋《たづ》ぬる事《こと》もありて過《す》ぐる程に、まことに生死の根《ね》を切《き》らん事《こと》は、[三三]この修《しゆ》行なるべきにこそと思《おも》ひ知《し》らるゝ。

騒《さは》ぎ紛《まぎ》るゝ営《いとなみ》にてのみ日を暮《くら》せば、[三四]座を定《さだ》むる事《こと》は難《かた》ければ、立居起臥《たちゐおきふ》す所に心をつけつゝ明《あ》かし暮《くら》す。冬の夜、一人《ひとり》起《を》き居《ゐ》たるに、窓《まど》をたゝく嵐《あらし》も常《つね》に烈《はげ》しく吹き冴《さ》えつゝ、いと凄《すさ》まじき夜《よ》のけはひなるに、熾《おこ》し火[三五]さへほのかになりぬ。明《あ》」二三オけぬと驚《おどろ》[三六]かす鐘《かね》の音《をと》にも、[三七]覚《さ》むる現《うつゝ》はいつならんと悲《かな》し。

あはれこの眠《ねむ》らぬ床《とこ》に見《み》る夢を覚《さ》ます現《うつゝ》の暁《あかつき》[三八]もがな

【語釈】一　生者必滅の道理。「滅」は底本「軄」。誤写と認め改訂。二　現世で悪事を行った結果、死後に行かねばならぬ苦しみの世界。地獄・餓鬼・畜生の三悪道。三　十悪は殺生・偸盗・邪淫・妄語・綺語・悪口・両舌・貪欲・

瞋恚・邪見。五逆は殺父・殺母・殺阿羅漢・破和合僧・出仏身血。**四** 「を」に同じ。「ん」で終る体言に「を」がつき、連声で「の」となる形からの転用。**五** 臨終時、仏が来り迎え、極楽浄土に導くこと。**六** 極楽往生者の九段階。上中下品、各に上中下生の段階がある。**七** 底本「三品」。誤写と認め改訂。**八** 以下、観無量寿経下品上生を引く。底本「二七日」は「七七日」の誤写か。同経原文は【補説】参照。**九** 経典を形式内容により十二に分類したもの。十二分経。ここでは「全経典」の意。**一〇** 仏道を専念に求める心。**一一** きわめて長い時間。二十小劫を中劫、四中劫を大劫とするなど諸説ある。**一二** あらゆる法門に通達する智慧。**一三** 菩薩の階位「十地」のうちの初位。**一四** 仏・法・僧。**一五** 以下、同経下品下生を引く。**一六** 「満ち」の他動詞形。満たして。充足して。**一七** すべてのありのままの真実の姿。**一八** 仏果を求め仏道を行おうとする心。**一九** 来世。**二〇** 涅槃経にある四句偈。雪山偈ともいう。仏教の根本思想を示す。底本「提生滅法」。誤写と認め改訂。**二一** 釈尊が衆生済度のためにこの世に現われて示した、悟りを完成するに至る八種の相。**二二** 成果としての真理。**二三** 北山にあった臨済宗の禅院。開山雲岩和上夢嵩良真（和漢禅刹次第）。**二四** 北山第の裏に当る左大文字山のあたりを天神岡と称したという。菅原道真にかかわる伝説があったか。**二五** 「筑波山端山の繁りしげけれど降りしく雪はさはらざりけり」（好忠集三五〇）**二六** 実兼。**二七** 注二三良真。**二八** 良真の法嗣、仏通禅師意翁円浄。**二九** 公宗の遺骨。**三〇** 西園寺代々の納骨堂。→五七段注二八。**三一** 公案。**三二** 公案の回答になるような言葉（見解《けんげ》）。**三三** 臨済禅の。**三四** 禅法の方式に従って静座黙想する修行。座禅。**三五** 底本「さへ」を脱し、右脇に補入。**三六** 「今日すぎぬ命もしかと驚かす入相の鐘の声ぞ悲しき」（新古今一九五五、寂然）**三七** 「来し方をさながら夢になしつれば覚むる現のなきぞ悲しき」（同一七九〇、資実）**三八** 願望の終助詞。あってほしいなあ。

【通釈】　生まればまた死がある。人間として必ず逃れる事のできないこの道理は目前に明らかであるから、何と言っても、現世の悪事が報いて落ちるという三悪道が恐しいので、十悪五逆の悪人も捨てずに救って下さるという阿弥陀仏の誓願のお力を頼りにして、往生への切なる願いが間違いないものなら、臨終に御仏が親しく極楽へお導き下さる事も疑いないと、専心に念仏行の数を重ねた。

さて改めて九品往生という事を考えるに、上中品は恐らく手の届かぬものとして、下品のあり方を見ると、浄土の蓮の中に生れ、十四日たってその花が開く時、深遠な仏理を説く十二部の経文をすべて聞き終って、理解し信奉して悟りを求める心を起し、十小劫の時を経て百の真理に通ずる道を得て、菩薩の最初の階位に入る事ができる。仏法僧の名を聞いて即座に往生するという。又は、蓮の蕾の中に居て十二大劫という長い時間を過して、花がまさに開く時、観世音と大勢至の二菩薩が、その人の為に現象世界の真の姿とその中で罪を消滅させるための教えを説かれるのを聞き終って、心から喜びにあふれ、直ちに悟りに向う心を起すと説かれている。極楽浄土に生れたのち、法を聞いて順序を踏んで成仏という結果を得るのだという。では、現在のこの人生において、その同じ教えを学び得るならば、それによって来世に直ちに生死の世界を解脱する事ができるのだろうかと、少々疑問に思われる事があった。

「諸行無常、是生滅法、生滅々巳、寂滅為楽」というこの四句偈は、悟りを求める心が生れて天上極楽世界に昇るための梯子、世間的執着の黒い雲を払い捨てて、人間界の情欲の葛藤に満ちた海を渡る舟であり、釈尊が悟りの完成のため示されたあらゆる修行の究極の成果だという。

このようにあれこれ様々の教えを聞き、また思うにつけて、まことに生死の煩悩から離脱すべき方法を知りたいと望まれるところ、この北山の奥に霊鷲寺という寺がある。昔、北野天神、菅原道真公が好んで訪れられた所で、寺号などもその自筆揮毫されたものが残っていたと言い伝えられている。今はその痕跡もなく、ただ雑木の繁った山のようになっていたのを、後西園寺実兼公が帰依しておられた高僧がここに山寺として開基なさってから、仏法修行の地となったのである。

現在の長老である方は、修行・学問ともに大変すぐれた、徳の高い方であると言われている。この寺に、亡くなられたあの方の御遺骨を納めてあるのを、本来なら代々の御墓所にお移しするはずだが、まだそのままになっておられるので、そこに参詣する関係上、長老とお目にかかる折もあるので、「どうしたら本当に生死の煩悩から離脱する事ができましょうか」とおたずねしたところ、一句の公案をお示し下さった事があった。その他には全く何のお教えもない。それ以来、様々にこれに対する見解《けんげ》を述べてみるが、全く満足し得る結果は出ない。けれども、そうしているうち自然と疑問も生ずるので、それを質問したりもしつつ過しているうちに、本当に生死の迷いを根元から絶ち切るのは、この修行に拠るべきで、他にはありえないと自覚するに至った。

あれこれ繁雑な家の管理経営にのみかかわって日々暮しているから、正式に座禅を組み黙想するような修行はできないので、ただ行往座臥、常にこの問題を心にかけながら生活している。冬の夜、一人起きてこの事を考え続けていると、窓に音立てる嵐も衰える事なく烈しく吹きつのって、大変怖しいような夜の有様であるのに、炭櫃の火さえ消えそうになって来た。もう夜は明けるよと告げる鐘の音を聞くにつけても、この夢のような現世の迷いから覚める、悟りの世界に真に達するのはいつの事だろうと悲しく思われる。

ああ、この私の、眠れずにいる床の中で見る、夢のような迷いの世界から覚醒して真の悟りを得る、本当の精神の暁があってほしい。それはしかしいつの事だろうか。

【補説】「二七日を経て……」以下は「観無量寿経」の本文（要部を略述し、該当部分のみ岩波文庫本の読下し本文で示す。その傍線部分）を自在に引く。すなわち、

下品上生の者は、命終の時善知識の導きによって大乗十二部経の名を聞き、南無阿弥陀仏を称える。仏の遣わされた化仏に従い、宝蓮華に乗って宝池の中に生れる。「七七日を経て、蓮華すなわち敷《ひら》く。華の敷く時にあたりて、大悲の観世音菩薩および大勢至（菩薩）は、大光明を放ちて、その人の前に住（立）し、ために甚深の十二部経を説きたもう。（かれ、これを）聞きおわりて信解し、無上道の心を発《おこ》す。十小劫を経て、百法明門を具し、初地に入ることをう。」これは彼が仏法僧の名を聞き得たからである。「三宝の名を聞かば、すなわち往生をうるなり。」

下品下生の者は、命終の時苦に逼《せま》られて仏を念ずる事もできないが、善知識に「せめて仏の名を称えよ」と言われて南無阿弥陀仏を称えると、金蓮華に包まれて極楽世界に行く事ができる。「蓮華の中において、十二大劫を満ちて、蓮華まさに開く。（その時）観世音・大勢至は、大悲の音声をもって、それがために、広く諸法の実相と、罪を除滅する法を説く。（この人）聞きおわりて歓喜し、時に応じて、すなわち菩提の心を発す。」

（中村元外訳註『浄土三部経　下』岩波文庫昭39による）

名子の浄土教理解の程を示す、簡明な要約である。

しかも彼女の精神はここにとどまらない。「法然上人絵伝」には、「かの（善導の）釈には、乱想の凡夫、称名の行によりて順次に浄土に生ずべきむねを判じて、凡夫の出離をすゝめられたり」（巻六）とあるが、彼女は旧来の浄土信仰・観世音信仰を保ち、故人に対してはこれらによる仏事作善を懇ろに行いながら、自身としては出離解脱を望むよりも、来世における成仏の約束にあきたらず、現世世俗の生活の中で、自力をもって「生死の根を切る」

悟りを得る事を願い、自らの判断によって、当時新興難解の臨済禅、自力在俗修行の道を選んだ。公宗の曽祖父実兼は、夢嵩良真に帰依して霊鷲寺を開かしめたにもかかわらず、ついに悟入に達せず、弥陀に帰したという（花園院宸記元亨二年九月十日、実兼薨伝）。しかし名子は敢然としてこれに挑み、与えられた公案一句に対して見性を得べく、在家の主婦としての繁多な日常の中で修行を続けるのである。

これについてはなお小松茂人「『竹むきが記』の一考察――作者名子の道心について――」（芸文4、昭47・11）の卓論があり、解題「五　作者名子　4　信仰」を参照されたいが、苦難の時代に苛酷な生を味わった女性の、一つの信仰の姿として、まことに貴重な告白である。霊鷲寺・良真・円浄については五條『竹むきが記研究』265頁以下に詳しい考証がある。

「過ぎにし跡」――公宗の遺骨が、被誅者たるを憚っていまだに西園寺本来の廟所に移されず、霊鷲寺に安置されたままゆえに、この寺に親しんだのが縁の始まり、というのも哀れ深い。本記の眼睛とも言うべきすぐれた一段である。

五七　北山西園寺第讃美

内には[一]道行を励《はげ》み外には家門安全を念《ねん》ずれば、内外《（ないげ）》ひまなくして、花を玩《もてあそ》び月を賞《め》づる情《なさけ》も知《し》らず。さすが世に経《ふ》る慣《なら》ひにて、[二]さりがたき友に誘《さそ》はるゝといへど、心にとまらざれば興遊にもあらず。憂世《うき》の色は自《をのづか》ら捨《す》て果《は》つる心地《ち》すれど、なを《(ほ)》晴《は》れ難《がた》き心の闇《やみ》は、澄《す》まさんとする山水も[三]且《か》つ濁《にご》るらんかし。

[四]さるは、」一二ウ折《おり》につけたる興遊《けうゆう》も世《よ》にありがたき[五]住《す》まひにぞありける。代々の君の[六]皇居として、深《ふか》き[七]匠《たくみ》の心をあらはせる様《さま》、旧《ふ》りぬる今《いま》もなを《(ほ)》珍《めづら》し。[八]峰にも尾にもと代々に植《う》へ《(ゑ)》置《を》かれける木ずゑども、枝を交《か》はせる花の軒《ゝき》、庵《いほり》を並《なら》べつゝ、妙《たへ》なる[九]砌《みぎり》、ことさらに情《なさけ》あり。苔《こけ》の緑《みどり》の木の下《もと》には、花の筵《むしろ》心をのぶる色ことに見《み》ゆ。山の紅葉《もみぢ》の深《ふか》き色に、心を染《そ》めぬ人なし。枕に近《ちか》く聞《き》き《ゝ》馴《な》るゝ峰の小鹿《をじか》の妻《つま》恋は、[一〇]涙もよほす寝《ね》ざ」一三オめの床《とこ》あらば、あはれも浅《あさ》からざらんかし。折《おり》につけつゝ、花にあり葉にある色、月雪の眺《なが》め、すべて世に知《し》らぬ情《なさけ》、求《もと》めざるに自《をのづか》らあり。[一一]岩《いは》木の姿《すがた》つくろはぬ己《をの》がたゝずまひしも、中々《〱》めづらし。岩間《いはま》をくゞる清《し》水は代々に澄《す》みける流《なが》れ絶《た》えず、[一二]結《むす》ぶ手《て》の雫《しづく》に濁《ゝご》る恨《うらみ》だになし。事《こと》にふれつゝ憂世《うき》を忘《わす》るゝ[一三]つまにぞ侍るべき。

[一四]所々《〱》に建《た》てを《(お)》かれし御堂《だう》は、家門繁盛《はんじやう》の為《ため》のみならず、[一五]勅《ちよく》願寺にて、天下の」一三ウ御祈《き》祷《たう》、[一六]他《た》に異《こと》ならぬ御願にて侍れば、代々これを大事と沙汰侍れど、諸堂数多《かずおほ》く、御願事《こと》繁《し》げけ《ゝ》れば、[一七]聊《れう》ずる事《こと》も侍らめども、大方《おほかた》は怠《をこた》らぬ様《さま》なり。ことに[一八]成就心院は、座を冷《さ》まさぬ不断《ふだん》の

勤《つと》め、厳重《げんてう》[19]の御願なれば、安貞[20]二年十一月に始め置《を》かれけるより、今《いま》、貞和五[21]に至《いた》るまで、一時も退転《たいてん》[22]あることなし。昼夜朝暮の勤《つとめ》の音《をと》、霞《かすみ》に余《あま》り霧《きり》に漏《も》るゝ鈴《れい》の声《こゑ》絶《た》えず、松を払《はら》ふ冬の嵐《あらし》には、峰に答《こた》ふる声《こゑ》は煩悩《ぼんなう》[23]の雲を分《わ》けて、法性《ほつしやう》[24]の空にや響《ひゞ》くら」二四オんと、心も澄《す》みて聞《きこ》ゆ。「西園寺為ハリ二四神具足[25]、諸佛遊地ノ霊地令一、天下第一ノ勝地是也」など[26]、長増心院[27]供養の御願文《ぐわんもん》の言《こと》葉に侍るも、まことにありがたき霊《れい》地なるべし。

奥《おく》[28]の御堂《だう》と侍るは、終《つゐ》[29]の御住処《すみか》と示《しめ》されて、代々の御跡《あと》をぞ残《のこ》され侍る、不断《ふだん》の念仏あり、本願院[30]には四十八躰の弥陀如来、光を並《なら》べておはします。浄土の法文、止観[31]の談義《だんぎ》などあり。浄金剛院[32]《こんがう》・三福[33]《ぷく》寺など、然《しか》るべきをぞ供僧《ぐ》[34]にも選《ゑら》びなされ侍りける。

【語釈】 一 仏道修行。 二 辞し難い。 三 一方では。 四 前の叙述の内容を受け、他の一面を逆接的に述べる接続詞。とはいうものの。 五 北山第をさす。 六 行幸逗留により皇居となった邸。 七 工匠。 八 「山桜峰にも尾にも植ゑおかむ見ぬ世の春を人やしのぶと」(新勅撰一〇四〇、公経)。家祖公経が「めぐれる山」に「若木の桜など植ゑわたすとて」詠じた歌(増鏡北野の雪)。 九 軒下の敷石、また広く庭・場所の意。 一〇 「おのが身もいかが露けき笹分けて涙もよほす小男鹿の声」(林下集一〇三、実定)「さらぬだに秋は物のみ悲しきを涙もよほす小男鹿の声」(山家集四三一、西行) 一一 「老ののち西園寺にて詠み侍りける　名残をば岩木につけて思ふにもあらざらん世の荒れまくも惜し」(玉葉二三二四、実氏)「つくろはぬ岩木を庭の姿にて宿めづらしき山の奥かな」(風雅一七五六、伏見院)。一二「結ぶ手の雫に濁る山の井のあかでも人に別れぬるかな」(古今四〇四、貫之)。一三 手がかり。端緒。一四 元仁元年(一二二四)落慶の本堂西園寺をはじめ、善積院・功徳蔵院など多くの仏堂が配置されていた(増鏡内野の雪)。一五 天皇の御願により鎮護国家・玉体安穏のため建立された寺。西園寺がそれであったという記録は他に見当らないが如何。一六「他に異なる」を否定形により更に強調した形。→一四段注三。一七 かりそめになる。なおざりになる。一八「成就心院といふは愛染王の座さまさぬ秘法とり行はせらる」(増鏡内野の雪)。僧の座の冷えるひまなく、交替で絶えず行う修法。一九 ゲンチョウ。おごそかでいかめしい意。「ゲンジョウ」とするは誤り。→四四段注四。二〇 一二二八年、後堀河朝。二一 一三四九年、崇光朝。南朝正平四年、後村上朝。二二 中絶。懈怠。二三 衆生の心を悩ます妄念を雲にたとえる。二四 仏教の真理を清澄な空にたとえる。二五 青龍(東)・白虎(西)・朱雀(南)・玄武(北)の四神に相応した地勢を完備した最高の地相。東に流水、西に大道、南に汗地《くぼ》、北に丘陵あるをいう。二六 底本「猶」。誤写と認め改訂。二七 西園寺邸内の一仏堂。二八 北山廟。五六段にいう「代々の所」。二九 墓所、納骨堂。三〇 西園寺邸内の一仏堂。三一 摩訶止観。天台宗三大典籍の一。隋の智顗の講述を章安が筆録。観心修行の本拠。三二 嵯峨檀林寺跡に後嵯峨院建立の浄土宗西山派寺院。道観上人開基。三三 東山の宮が辻にあった浄土宗西山派寺院。了観上人漸空開基。三四 供奉僧。本尊に奉仕する僧。

【通釈】 このように精神的には仏道修行を励み、社会的には西園寺の家門の安全を第一に心がけるから、内にも外にも心身ともに暇がなくて、世間並に花見や観月を楽しむ風流心も持たない。とは言え、何といっても俗世の習慣として、ことわり切れない友人に誘われてそうした遊びに加わらないわけでもないけれど、それが深く心にとまるわけではないから、取立てて面白い遊楽というのでもない。こうした俗世間の楽しみは、自然に捨て去ってしまったという感じがするけれど、しかしなお晴れる事のむずかしい心の闇——夫の死への恨み、我が子を思う愛着——を思えば、澄まそうとする山川の水もその片端から濁るように、悟りを願う心も一方の煩悩にやはりかき乱される事だろうよ。

とはいえ、ここ、北山殿は、四季折々に従っての面白い遊楽も、世間に見られぬほど豊かな住まいである。代々の帝の行幸の際の皇居として、建築装飾に練達した職人等が精神をこめて技術をこらした殿舎の有様は、多くの年月の経た今見てもなお珍しく面白い。創立者公経公の、「過去の盛時を後人もしのぶよう、山桜を峰にも尾根にも植えておこう」と言われた通り、代々植えついで置かれた高い梢も見事なら、手近に花の枝をさし交わす軒端もある。そういう風雅な庵を並べたしゃれた庭の趣は又、特別に風情がある。苔の緑の美しい木の下には、花見の宴席も一入心がのびやかになる感じがする。秋は山の紅葉の深く染まった色に、感銘しない人はいない。枕許近くに聞き馴れた山の鹿の、妻を求める呼声は、もしこれを聞いて涙を誘われる、深夜寝覚めて床の中に感慨にふける人があったなら、その情感はさぞや浅くはない事であろう。それぞれの時につけて、花にあり葉にある自然の美しい色、月や雪の眺め、すべて一般世間では味わえないような風情が、わざとらしく求めてではなくおのずから備わっている。伏見院が「岩や木の姿の、人工的に作ったのでない、自ら成したその形が、かえって珍しい」と仰せられた、その通りである。岩の間をくぐって行く清水は、代々常に澄み切っていたその流れが絶える事なく、すくい上げる手からしたたる雫にさえ、貫之の歌とは違って、そのために水が濁るような不愉快な事はない。何事につけても、定めなく辛い人生を忘れるいとぐちとなる物のようだ。

所々に建てて置かれた仏堂は、家門の隆盛を守る為だけでなく、勅願寺として天下国家の安泰を祈る御祈祷を行う事、まことに他寺とは異なる御願を承わっている次第であるから、代々、これを最大の任務として施行するのであるが、何分にも堂舎も数多く、御願も多種多様である事から、時に疎略になる事もあろうが、大体は欠怠せずに行っているようである。中にも成就心院での修法は、僧の座の冷めるひまなく絶えず続ける秘密のお勤めで、非常に重大な御願であるから、安貞二年十一月に開始されてから、現在、貞和五年に至るまで、片時もとだえる事がない。昼夜・明暮れの行法の音、春の霞・秋の霧の中から漏れ聞えて来る鈴の声は常に絶えず、松を吹き払う冬の嵐につけても、これに答えて峰まで届くような読経の声は、人間界煩悩の雲を分けて、仏界真如の空にも響く事だろうかと、心も澄み渡るように聞える。「西園寺は地相が東西南北を司る四神に相応じ、諸仏も好んでここに遊ばれる神聖な地である。天下第一のすぐれた土地というのはすなわちここである」などと、長増心院供養の御願文の言葉に記されているのも、まことにありがたい霊妙な土地という事であろう。

奥の御堂というのは、没後最終のお住まいと指定されて、代々御当主の御骨をお納めしてある。ここでは不断の念仏がある。本願院には四十八体の阿弥陀如来が、光背の輝きを並べておいでになる。ここでは浄土宗の法文説法や天台止観の談議などが行われる。浄金剛院や三福寺などの然るべき住僧を、供養僧として選び任命してお勤めさせている。

【補説】個人としての道行と、名門の家刀自としての家門安全とは、名子にとっていずれを重しともできぬ所である。世俗の興遊地なる北山第が同時に仏法の霊地西園寺である事を、緊張した文体で簡明に述べる所、作者の筆力のなみなみならぬ事を示す。前段と相並んで、名子の生き方と思想とをよく表明した名文と言えよう。

「増鏡」でよく知られる公経詠「峯にも尾にも」の引用もさる事ながら、伏見院詠を引いた「岩木の姿つくろはぬ」により、「玉葉集」実氏詠を併せて、「増鏡」には表われぬ北山第作庭の一つの姿が浮ぶ。その他、諸堂のたたずまいが、湮滅した壮麗な面影を偲ばせるに十分な筆力を示すのに対し、「涙もよほす寝ざめの床あらば」「結ぶ手の雫に濁る恨だになし」は、賛辞・賀詞の底に「晴れ難き心の闇」をひそめて哀れである。

「今、貞和五に至るまで」とある事で、本段が同年の執筆である事が本文上に明記され、更に最終段まで同年を降る記述がないため、一往本記は貞和五年成立と考えられている。なおこれについては解題「五　作者名子6成立・文体・意義」に譲る。

五八　実俊叙従三位

一康永《かうゑい》三年《とせ》に改《あらた》まりぬ。叙位に」二四ウ二上《正》階の事《こと》侍りて、三月に拝賀を申さる。贈物《をくり》、三新女院の御方《かた》の台盤所《だいばん》にて給はり給ふ・笛、袋《ふくろ》に。入る・べし女房出《い》ださる。同《おな》じ月に四直衣始《はじめ》なり。直衣桜《さくら》、衵《あこめ》二領《両》萌葱《もえぎ》綾《あや》、打衣紅、単《ひとへ》紅、指貫《さしぬき》濃《こ》き紫《むらさき》の鳥襷《だすき》、下括、腹白《はらじろ》あり、下の袴、笏《しやく》を用《もち》ゐらる。

【語釈】 一　一三四四年。実俊10歳。二　底本「正階」。誤写と認め改訂。正月五日叙従三位。三　徽安門院。底本「女」を脱し、右脇に補入。四　勅許を得てはじめて直衣姿で参内する儀式。優遇を意味する。

【通釈】 康永三年という年になった。正月の叙位に、実俊君は昇進、従三位に叙せられるという事があって、三月にその御礼拝賀を申上げられる。祝の贈物を、徽安門院の御方の台盤所で頂戴なさる。（笛、袋に入れてであろう。）女房が取次がれる。同じ月に直衣始である。直衣（桜）、衵（二領 萌葱の綾）、打衣（紅）、単（紅）、指貫（濃い紫の鳥襷文様、下結で、腹白がある。）。下の袴を着け、笏を用いられる。

【補説】「園太暦」正月六日叙位聞書中に、

従三位　藤原実俊（院御給と云々、追うて之を仰せらる。）

と見える。尻付の書き様から見れば、当初の叙位の予定人数には無く、光厳院の特命によって加えられたものか。

五九　藤の贈答

かゝる紛《まぎ》れ[一]どもにて春も暮《く》れぬるに、花の盛《さか》りを頼《たの》めつ[二]ゝ訪《と》はずなりぬる人[三]に、五月一日頃、盛《さか》りなる藤につけて遣《つか》はし侍る、

頼《たの》め[四]てもとはれぬ花の春暮《く》れて誰《たれ》[五]松山とかゝる藤波《ふぢなみ》

とへや君《きみ》山時鳥《ほとゝぎす（お）》をとづれて小田の早苗《さなへ》も取《と》りそむる頃」二五オ

返事に、

頼《たの》め来《こ》し花の盛《さか》りは過ぎぬれど今《いま》も心にか[六]ゝる藤波《なみ》

七 時鳥《ほとゝぎす》さこそ五月の己《をの》が頃鳴《な》くや山路《ぢ》を思《おも》ひやりつゝ

【語釈】一 取込み。多忙さ。二 約束していながら。三 六六段の「例の老人」、八四段の「鷹司の老人」か。四 約束したのに。五 「契りきなかたみに袖をしほりつつ末の松山波越さじとは」（後拾遺七七〇、元輔）を引き、「松」に「待つ」をかけて違約を恨む。六 「松に藤がかかる」意と「違約が心にかかる」意をかける。七 「時鳥鳴くや五月のあやめ草あやめも知らぬ恋もするかな」（古今四六九、読人しらず）「緑なる松にかかれる藤なれどおのが頃とぞ花は咲きける」（新古今一六六、貫之）を巧みにあやなす。

【通釈】こんな取込み事で春も暮れてしまったので、花盛りに訪問しましょうと約束しながらとうとう来なかった人に、五月一日頃、盛りの藤の花に付けて贈った歌、

楽しみにさせておきながらお尋ね下さらなかった、美しかった花の春は終ってしまって、誰を待つのでしょう、あなた以外にそんな人はいないのに、というように、松山の松に咲きかかっている、これがその藤の花ですよ。おいで下さいな、あなた。山時鳥がその初声と共に尋ねて来て、山の小さな田に早苗も植えはじめる、こんなよい時節ではありませんか。

返事には、

お約束した、桜の盛りは過ぎてしまったけれど、今も心にかかってお訪ねしたいと思っていますよ。松にかかる藤の花房のように。

時鳥が、さぞかし、今や五月の自分の季節だと得意になって鳴いているでしょう、その北山の道を思いやりな

がら、訪問できない事を残念に思っていますよ。

【補説】「問はずなりぬる人」は誰とも不明であるが、その親しげな書きぶり、また歌を伴う事により、名子の伯母、「鷹司の老人」かと推定する。詳細は八四段参照。名子にとり、真に心を許して睦み合えるおそらくただ一人の人ゆえに、そのよんどころない違約をめぐっての、遠慮なくそれを軽くとがめる趣の、このような贈答が書きとどめられているのであろう。

六〇　光厳院新御所御幸

一年《とし》かへりぬるに、二御幸、三新御所へ成《な》らせ給ふ。四三位中納言も供奉せらる。狩《かり》衣白青《あを》、五はんふたい、袙《あこめ》紅梅《こうばい》の浮織物《うきをり》、指貫濃《こ》き紫《むらさき》鳥襷《だすき》。六御剣の役《やく》を勤《つと》め給ふ。御車寄《くるまよせ》、七三条坊門大納言なり。供奉の公卿には八三位中将、次に九殿上人四人、上下の北面、召次《めしつぎ》所五人、御牛飼《かひ》十二人。色々なる水干《すいかん》ども、えも言《い》はず。一〇徒歩《かち》の御幸《かう》なれば中々いと珍《めづ》らし。」二五ウ

【語釈】一　康永四年（一三四五）。十月二十一日改元、貞和元年。二　三月十六日、光厳院褻の御幸始（中院一品記、園太暦）。三　持明院殿内西面に新築の広義門院御所。四　実俊、11歳。「三位中将」が正しい。【補説】参照。

五　未詳。六　院の御剣を捧持する役。七　中院通冬、31歳。八　実俊。九　前掲両記によれば、柳原宗光・山科教言・勧修寺経方・日野時光・油小路隆家の五名。以下牛飼に至るまで、「中院一品記」に詳しい。一〇　「新御所近々、仍って歩儀」（園太暦）。

【通釈】又年が改って、康永四年三月十六日、光厳院の褻の御幸始の儀で、広義門院の新御所にお出ましになる。三位中将殿も供奉なさる。狩衣白青、はんふたい、袙紅梅の、浮織物、指貫濃い紫、鳥襷文、御剣捧持の役をお勤めになる。御車寄は大納言三条坊門通冬卿である。供奉の公卿としては三位中将実俊、次に殿上人四人、上下の北面、召次所五人、御牛飼十二人。色々な水干を着たその華やかさは何とも言えぬ程である。徒歩の御幸であるから、かえって大変目新しく面白い。

【補説】この日の事は「園太暦」に詳しい。

十六日、天晴る。今日上皇の褻の御幸始也。御不豫に依り今春未だ御幸に及ばざる也。西園寺三位中将実俊始めて供奉。彼の卿今年十一歳也。年少出現斟酌無きに非ずと雖も、一流の正統を掌《ただ》し、成人を相待って籠居、事の恐れ無きに非ざるの上、上皇・広義門院頻りに出仕すべき旨を仰せらる。仍て参りを構ふべきの旨、先日母儀之を談ぜらる。何事か有らん哉の由を報じ了る。御剣役など年少不便、春宮（洞院実夏）大夫出仕して扶持を加ふる哉の由同じく命ぜらるるの上、母堂又其の命有り。予の小女一対たるべきの由約し了る、未だ彼の家に遣はさざるの間、傍難有るべしと雖も、一家の事也、相憑むの条難処之（意カ）外（本ノマヽ）、仍て参るべき旨大夫に示し了んぬ。且つは上皇の仰せに依り、大略相副ひ扶持すと云々。

今日の御幸、御車寄源大納言通冬直衣、公卿三位中将白襖狩衣紅梅袙、殿上人宗光朝臣、教言朝臣・時光・経方・隆家等云々、

御車寄参会と云々、新御所近々也、仍て歩儀去年の如しと云々。

光厳院と広義門院は同じ持明院殿に居住であるが、同院の敷地は広大であり、儀式として、一旦光厳院御所の門を出て街路を通り、広義門院御所の門を入るという形を取った。院は乗車、供奉の公卿以下は歩行である。その他、「園太暦」により、光厳院らの実俊に対する厚志、名子の実俊後見依頼の懇望、公賢の実俊援助の由来などが知られる。

冒頭、「三位中納言も供奉せらる」とあるのは、論無く実俊をさすと読み取れるが、当時実俊は三位中将であり、直後の文では「供奉の公卿には三位中将」と記している。実俊が三位中納言となるのは貞和五年（一三四九）三月二十五日である。従ってこの段の執筆は四年後の貞和五年、任中納言の喜びが作者の心に新しい頃の事かと思われる。本記成立に一つの示唆を与える記述である。

六一　広義門院五種行

この三月《やよひ》に、[一]広義門院、[二]五種《しゆ》の行を《（お）》こなはせ給ふ。御[三]逆修《ぎやくしゆ》の為《ため》と聞《きこ》え侍りける。[四]大宮院の[五]御例《れい》にもまことに適《かな》はせ給へるにこそ。今《いま》の[六]法皇の御世にも、[七]国母の儀にて[八]朝覲《きん》など侍りければ、[九]三代の国母にぞおはしますべき。されば、なを《（ほ）》、いとゞ[一〇]例《ためし》なき御事《こと》なるべし。上達[一一]部、[一二]散花の殿上人、装束有様《ありさま》もきらゝしう、すべて残《のこ》る人なくぞ聞《きこ》ゆる。日々に引《ひ》かるゝ御布施《ふせ》なども数知《し》らず、いみじき世の営《いとなみ》にて、由々《ゆゝ》しう聞《きこ》えさせ給へば、なを廃《(ほ)すた》れ果《は》てぬ世にやと、なべて頼《たの》もしく」二六オさへぞ侍る。[一三]花《はな》びらの事《こと》うけたまはれるに、例《れい》の[一四]乱《みだ》り心地《ち》に万《よろづ》もわかれねば、たゞ打乱《うちみだれ》の筥《はこ》に薄様《うすやう》敷《し》きて、紅《くれなゐ》・[一五]裾濃《すそご》・[一六]花など、数多《かずおほ》く取入《とり》れつゝぞ奉《たてまつ》りける。

聴聞《ちやうもん》すべく度々《たびく》のたまへれば、とかく助《たす》けて[一七]末ざまに参《まい》りぬ。染《そめ》色の被《(かづけ)》[一八]物どもも取《と》り重《かさ》ねられたるは、花《はな》びらに異《こと》ならず見《み》ゆ。院の、[一九]ふと入《い》らせ給ふ。わびしけれども退《しりぞ》くべき方《かた》なきに、[二〇]わざとも[二一]見参《げざん》取《と》るべうのたまはす（給）れば、わびしながら候《さぶら》ふに、「今《いま》までいぶせかりつるに、」二六ウ序嬉《ついでうれ》しう」などのたまふ（給）に、[二二]御時《(じ)》はじまれば、「又心のどかにぞ」とて道場《ぢやう》に成《な》らせ給ふ。[二四]竹林院殿、御供《とも》に勤《つと》め給ふ。その後《ゝち》院の御方《かた》より、[二五]「物騒《さは》がしながら序嬉《ついでうれ》しく」などのたまはせて、花《はな》びら一包《ひとつゝみ》給はせぬる、[二六]（を）置き所なきまでにぞ覚《おぼ》え侍る。

【語釈】一　54歳。すでに建武三年（一三三六）落飾。二　極楽往生のための五種正行（読誦・観察・礼拝・称名・讃歎）。または五種供養（塗香・華鬘・焼香・飲食・灯明）かとも。三　生前にあらかじめ自分のために仏事を修して冥福を祈ること。四　西園寺実氏女姞子。後嵯峨中宮、後深草・亀山母。正応五年（一二九二）崩、68歳。五　正嘉三年（一二五九）三月五日大宮院御願西園寺一切経供養をさすか。六　花園院。後伏見院猶子として即位されたので、広義門院を養母とされた。七　天皇の母。皇太后。八　天皇が太上天皇、また皇太后の宮に行幸拝謁される儀。九　花園・光厳・光明三代の母后。一〇 大宮院が「二代の国母」であったのに対比しての讃辞。一一 法要の間に紙製の蓮華を散布する役。一二 僧に施し与える品物。一三 散華に用いる紙製の蓮の花弁の調製。一四 謙辞。一五 ぼかし。一六 薄藍色。一七 末席。一八 布施物。一九 突然。二〇 ことさらにでも。二一 参会の記帳を差出す意から転じて、正式に貴人に面会する意。二二 気分が晴れぬ意。二三 定時の勤行。二四 公重。29歳。二五 落着かぬ状況。二六 ありがたくてどうしようもない程に。

【通釈】 同じ三月に、広義門院が北山殿で五種の行をお催し遊ばされる。御自身の御逆修の為であるとの事であった。大宮院が同様の御仏事を遊ばされた例にも、まことに適合なされた事であろう。女院は今の法皇花園院の御代にも、国母のお扱いで朝覲の行幸などあったのだから、光厳院・現在の帝と、三代の国母でいらっしゃるのだ。だからやはり、二代の国母大宮院にもまさって、いよいよ前例のない御事であろう。参仕する上達部、散花を勤める殿上人、すべて装束も態度も輝くばかり立派で、およそ参列しない人はないとの話である。毎日施される御布施なども数え切れない程、非常に盛大な世をあげての行事であって、すばらしい事と評判せられたから、やはりまだ衰え果てた世というわけではないのだなと、この事に限らずすべてに頼みがあるようにさえ思われる。散花の為の花びらを調製するよう承わったが、いつものはかばかしからぬ気持で、万事の判断もつかないから、ただ打乱れの筥に薄様を敷いて、紅・裾濃・縹色など、沢山の花びらを入れて献上した。

　行法を聴聞せよと度々女院から仰せられるので、何とか元気を出して末座に参上した。いろいろに染めた被物の衣類を重ねて準備されている様子は、花びらと変らず美しく見える。光厳院が、前ぶれもなくお出ましになった。おはずかしいが身をかくす方法もない上に、求めてでも拝謁を願い出ればよいのにと仰せられるので、恐縮しながら控えていると、「今まで会う機会もなくて気がかりだったのに、ちょうどよい折で嬉しい」などとおっしゃるうち、定刻の御仏事がはじまるので、「又ゆっくり話そう」と仰せられて道場へおいでになる。竹林院公重卿が御供に従われる。その後、院の御方から、「先程はあわただしい事ながら会える機会があって嬉しかった」などおっしゃって、花びらを一包頂戴した。どのように御礼申上げてよいか、身の置き所のない程にありがたく感じた。

【補説】 大宮院一切経供養の事は「増鏡おりゐる雲」に詳しい。衰えたりとは言え、そのかみの盛時を思わせる催しが北山で行われる事は、名子にとってこよない喜びであり誇りであった。しかもなお自らは卑下して、花びらの調製に厚志の程を示すのみで差出ない。その心を酌んで引立てる光厳院の情愛が、言少ながら美しく描かれている。

六二　賀茂社参詣

[一]二月《きさらぎ》に、[二]賀茂《かも》の社《やしろ》に詣《まう》で侍るに・、下《しも》より上の宮に参《まい》る道に、芦垣《あしがき》を囲《かこ》ひたるに、竹繁《しげ》りて、梅の梢も所々咲《さ》き匂《にほ》へるに、鶯《うぐひす》のはなやかに鳴《な》きたるなど、いとおかし《(を)》きにも、昔《むかし》この垣根《かきね》に[三]御目《め》とゞめさせ給ひて・、[四]御そばつ」二七オづきにを《(お)》はせらるゝなど思《おも》ひ出《い》づるに、なつかしうさへ覚《おぼ》ゆ。[五]御前《まへ》に参《まい》りつゝ、罷《まか》り出《い》づるとて[六]棚尾《たなう》の御社《やしろ》伏拝《ふしをが》み聞《きこ》ゆるに、[七]西行が「四手《しで》に涙の」と詠《よ》みけん古言《ふるごと》もこの御前《まへ》ならんかしと思ひ出《い》でらる。昔《むかし》、[八]御生《みあれ》の頃、[九]兵衛督君といひし

人に参りあひて侍りしに、[一〇]片岡《かたをか》の御前《まへ》より出《い》でがてに休《やす》らひつゝ、「[一一]声待《こゑま》つ程は」とかや口《くち》ずさまれしなど、面影浮《おもかげうか》びつ[一二]ゝ、あはれにぞ思ひ出《い》でられ侍りける。

下向するに、[一三]光衡《ひら》出《い》で来《き》て、[一四]瓦屋《かわら》といふ所に下《おろ》しぬ。二階《かい》の様《さま》、前栽《せんざい》など見所」二七ウあり。[一五]茶《ちや》の子《こ》など出《い》だしてすゝめらる。[一六]長老は光衡《ひら》に親《した》しき人にて、ことさらに疎《うと》かるまじき由《よし》など言《い》ふなり。それより[一七]比丘尼《びくに》の住《す》む庵《あん》にて檜破子《ひわりご》などさま〴〵いみじう設《まう》け侍れば、急《いそ》ぎも帰《かへ》らず、心のどかにぞ日を暮《くら》し侍る。

【語釈】 **一** 前段と前後するが同一年であろう。**二** 京都市左京区賀茂御祖神社（下鴨社）から北区賀茂別雷神社（上賀茂社）に。**三** 後伏見院が。**四** 傍続。小直衣（狩衣に襴をつけた装束。上皇・貴顕の略服）と同義とも、またそれに似て脇をあけず袂の下を縫い続けたもの（関根正直『重修装束図解』）ともいう。**五** 神前。**六** 上賀茂の末社。四足門の階の右にある。祭神経津主神。**七** 「そのかみより仕うまつり馴れける習ひに、世を逃れて後も賀茂社に参りけるを、年高くなりて四国の方へ修行しけるが、また帰り参らぬ事もやとて、仁安三年十月十日夜参りて幣まゐらすとて、棚尾の社のもとにて静かに法施奉りける程、木の間の月ほのぼのとにて常よりも神さびあはれに覚え侍りければ、かしこまる四手に涙のかかるかなまた何時かはと思ふあはれに」（玉葉二七八六、西行）。**八** 御阿礼祭。四月中午の日、賀茂祭の前儀として上賀茂社で行われる神事。別雷神の誕生を祝し、神霊を榊に移して本社に迎える。**九** 花園院兵衛督、内侍高階遠子か。**一〇** 上賀茂社の摂社、片岡社。楼門外、御物忌川東岸に

ある。賀茂の地主神。一一「賀茂に詣でて侍りけるに、人の、時鳥鳴かなんと申しける曙、片岡の梢をかしく見え侍りければ、時鳥声待つ程は片岡の森の雫に立ちやぬれまし」（新古今一九一、紫式部）一二 底本「つゝ」を脱し、右脇に補入。一三 →四六段注一五。一四 賀茂瓦屋二階堂。上賀茂社の神宮寺。三輪上人常観房良円（叡尊弟子）の草創（山城名勝志十一）。一五 茶うけの点心。一六 住職。「山城名勝志」によれば康安元年（一三六一）覚遍に至る七代相承といふが実名未詳。一七 未詳。

【通釈】 二月に、賀茂の社にお参りしたところ、下の御社から上の御社に行く道に、芦垣で囲った庭の中に竹が繁って、梅の梢も所々に花が咲き匂っているのに、鶯が美しい声で鳴いている様子など、大変面白いのに、昔、後伏見院がお忍びの御幸の折、この垣根にお目をとどめて賞美なさって、その時は御傍続の御軽装でいらした、などと思い出すにつけて、知合いでもないこの家もなつかしくさえ思われる。本社に参拝したのち、退出する道で棚尾の御社をお拝み申すにつけ、西行が「四手に涙のかかるかな」と詠んだという昔話も、この御社の前だったのだなと思い出される。昔、御生の神事の頃参詣した折、兵衛督の君という人と偶然出会った時、あの方は片岡社の御前まで来て退出し難いようにたたずみながら「時鳥声待つ程は片岡の」とか口ずさまれた事など、その情景が目の前に浮んで来て、心にしみて思い出される事であった。

　帰りがけに、光衡が出迎えて、瓦屋という所に車を止めて下した。二階堂という建物の有様、庭の植込みなど、見所があって面白い。御茶うけの菓子など出してもてなされる。この寺の長老は光衡と親しい人で、特別に疎略に思わないなどと言う話をする。それから、比丘尼の住む庵に移って、檜破子などさまざま、手厚く接待の用意をしてあるので、急いでも帰らず、心ものんびりとして一日を暮した事であった。

【補説】実俊の将来もようやく開け、心休まったのであろうか、「さりがたき友に誘はるゝといへど、心にとまらざれば興遊にもあらず」（五七段）と言いつつも、以下諸社参詣・遊覧記事が続く。これらで目立つのは、「茶の了」「檜破子」「設けの事」「経営」など、各所における歓待、食事の記事の多い事である。先に四八段にもふれたが、食事への関心は女流日記中「蜻蛉日記」ならびに本記のみに見える特異性、他の女房日記には無い、主婦的感覚であろう。御主人持ちで各自の役職が大事、食事などに気を配る必要のない女房勤務者とは異なり、家刀自なる作者は、自ら手を下さずとも家政万般に眼を配る。中にも外出先での食事は絶対必要事であり、また楽しみであるばかりか、各所における饗応の有無・軽重は、自家が社会的に尊重されているか否かを計る尺度である。この意味で、本記における食事記事は甚だ面白い問題を含んでいると考える。

「兵衛督」は高階遠経女遠子、花園院の勾当内侍で、洞院公賢の第五女子「比丘尼理明」を生んだ女性と考えられる（岩佐「花園院宸記をめぐる歌人達」『京極派歌人の研究』）。玉葉一、続千載一、風雅八首入集の歌人で、賀茂社との縁の深かった事は、花園院三十首歌、

　あはれとや神もみあれにあふひ草一葉よりこそ頼みそめしか　（風雅、三一三）

の詠によっても知られる。紫式部詠を口ずさむあたり、その人柄もしのばれよう。

六三　石清水八幡宮参詣

一

神無月の頃、八幡《やわた》の宮に詣《まう》づるに、暁《あかつき》より雨かきくれて降《ふ》り出《い》でぬれど、今《いま》になりてとゞ

まらんも事《こと》のわづらひなるべく人々〱申し・侍れば、なを《(ほ)》思《おも》ひ立《た》つに、さらに小止《をや》みなし。馬《むま》なる男《おのこ》ども、いたく湿《しほ》れ果《は》てぬ。[二]善法寺《ぜんぼう》に落着《をちつ》きぬるに、辛《から》うじ」二八オて小止《をや》み待出《まちい》でつゝぞ、御《を》山《やま》へは参《まい》り侍り・ける。宿《やど》に休《やす》みぬるに、[三]行光《ゆきみつ》、檜破子《ひわりご》などいみじう由《よし》ある様《さま》にて、人々〱にも盃《さかづき》度々〱《たびく〱》すゝむ。[四]永清《やうせい》、設《まう》けの事さまぐ〱ありて、夜とともにひしめきあへり。

次《つぎ》の日《ひ》は舟にて上《のぼ》る。[五]量衡奉《かずひらぶ》行にて、[六]水《みつ》の御牧《みまき》の舟を設《まう》く。破子《わりご》やうの物など小舟に設《まう》けつゝ、菊紅葉《きくもみぢ》をかざしたる、昨日に変《かは》れる空《そら》の気色《けしき》、ことさら風をさまり波静《なみしづ》かなる[七]眺《なが》めの末《すゑ》、いとお《(を)》かし。[八]心あらん人に見《み》せまほしく、あかぬ」二八ウ心地《ち》するに、程なき淀《よど》の渡《わた》りにて[九]鳥羽に着《つ》きぬ。[一〇]女房二人立《た》つ。春日《かすが》の局《つぼね》なり。

【語釈】一 京都府八幡市、石清水八幡宮。二 石清水社務家の一、善法寺家が自宅を寺としたもの。善法律寺。八幡市八幡馬場。三 日野種範男、俊基弟、従四位下大内記か、あるいは同名異人の西園寺家司か。四 検校康清男、永清であろう。権別当、法眼。新善法寺と号す。五 →四六段注一五。六 →四〇段注三。七 →四八段注六。八 「心あらん人に見せばや津の国の難波わたりの春の景色を」（後拾遺四三、能因）。九 京都市伏見区下鳥羽。桂川・鴨川合流点付近に舟着場があった。一〇 この一節の解釈、未詳。仮に通釈のように解したが、如何。

【通釈】十月頃、石清水八幡に参詣するのに、その明け方からすっかり曇って雨が降り出したけれど、今になって中止するのも諸方の迷惑であろうと人々が言うので、やはり出発したところ、一向に止む気配がない。馬で供する男共は、びっしょりと濡れてしまった。善法寺に到着した上で、やっとの思いで雨の小止むのを待ちもうけて、御社に参詣する事が出来た。その後、宿で休憩していると、行光が、檜破子など大変しゃれた様子に用意して、供の人々にもしきりに盃をすすめる。永清がしつらえた供応の物などもさまざまあって、一晩中にぎやかに語り合った。

次の日は舟で上洛する。量衡が取り計らって、水の御牧の舟を用意する。別に破子などの飲食を小舟に乗せて伴い、菊や紅葉をかざすなど、昨日とは大違いのうららかな空の様子、殊にも風が収まり波静かにはるか彼方まで見渡せる遠望は、まことに面白い。「心あらん人に見せばや」という歌の通り、一人で見るにはあきたりない気持がするうちに、淀の川旅といってもほんのちょっとの事で鳥羽に着いた。女房一人が待っている。春日の局からの出迎えの人である。

【補説】 本段など、参詣の実際よりも、道中の空模様やもてなしに主眼が注がれている。小止みない雨中、濡れそぼった供人を手厚く饗応する宿坊、打って変って菊日和の帰りの舟行。生活的な小紀行と言うべきだろうか。

六四　春日社参詣

一　正月中旬に、日野《の》の中納言春日に詣《まう》づる事あるに、誘《さそ》ひ侍れば、頼《たの》もしき道連《みちづれ》はいと嬉《うれ》しく侍りて、俄《にはか》に思ひ立《た》ちぬ。北山より出《い》づれば遥《はる》かなる程にて、四稲荷《いなり》に久しく待《ま》たれにけり。五家《いゑ》の子《こ》ども以下、いと人がちに引《ひ》き連《つ》れたり、女房の車《くるま》一輌《両》、六此方《こなた》の人々《く》もこれに乗《の》りぬ。七侍ども、わざと具《ぐ》せず、稲荷《いなり》より皆帰《みなかへ》し侍りぬ。八力者《りきしや》、九梶《かぢ》井の宮より少々《せう〳〵》給《たま》はす。

暮《く》るゝ程」二九オにまうで着《つ》きぬれば、一〇宮巡《めぐ》りの程、月いとさやかなり。一一三笠山《みかさやま》の御光《ひかり》射《さ》し添《そ》ふ所柄《がら》にや、一二霞《かす》む慣《なら》ひも見《み》えず。昔《むかし》、世を照《て》らさせ給ひける、一三八千反とかや聞き《きゝ》奉《たてまつ》る御光、今《いま》しも変《かは》らせ給はじかしと思《おも》ひ続《つづ》けらるゝも、傍《かたはら》いたき事ならむかし。

世を照《て》らす同《おな》じ八千世も一四三笠《みかさ》山同《おな》じ光《ひかり》と月ぞさやけき

畏《かしこ》まるしるしと御幣《へい》など捧《さゝ》ぐるに、いさゝか一五思《おも》ふ事侍りて、

頼《たの》みつゝ畏《をそ》れみ仰《あふ》ぐ我が方に」二九ウなびかざらめや神の木綿四手《ゆふしで》

一六和光同塵《ぢん》の垂跡《すいじやく》、一七平等方便の利益《りやく》には、我しも空《むな》しからめやと頼《たの》もし。一八八相成道の終《おはり》、一九涅槃《ねはん》妙法真大乗般《槃》若の二〇法楽に二一随喜《ずいき》の笑《ゑみ》を含《ふく》みましく〳〵て、二二一世の願成就《じやうじゆ》せしめ給ふとかや。次《つぎ》の日は宇治のわたりに留《とゞ》まるべければ、宮巡《めぐ》りものどかに、二三東《とう》大寺二四興福《こうふく》寺など、入堂《だう》し巡《めぐ》る。

【語釈】 一　記載順に従えば康永四年（貞和元〈一三四五〉）か。二　資明→三段注六。正二位。49歳。九月に任権大納

言。三　春日神社。奈良市。藤原氏の氏神。四　京都市伏見区の稲荷大社。資明との待合せ場所。五　資明は。六　名子方の女房も。七　北山第からの供人。八　力者法師。剃髪した下僕で輿舁や馬の口取をつとめる。九　尊胤法親王。後伏見院第四皇子、俊光養君（花園院宸記元亨元年四月二十七日）。天台座主、40歳。一〇　摂社末社の巡拝。一一「常よりも三笠の山の月影の光さしそふ天の下かな」（新勅撰四四五、周防内侍）。一二「春の夜を霞む慣ひと思はずはつらかりぬべき月の影かな」（続後拾遺一三五、宣時）一三　未詳。岩戸隠れの折天児屋根命が祝詞を奏して天照大神を出現せしめ、日月の光を回復した功により、春日大明神の称を賜わった故事をいうか（古社記）。一四「八千世も見」と「三笠山」をかける。一五　公重との家督争いに、実俊への加護を祈念する心。一六　仏が衆生済度のため、智徳の光を隠し煩悩の塵に交わって、仮に現世に神としての姿を現わす慈悲。一七　仏が一切衆生を平等に仏法に導くために用いられる、巧みな手段による救済の功徳。「和光同塵は結縁の始め、八相成道はもってその終りを論ず」（摩訶止観第六下）「和光同塵ハ結縁ノハジメ、八相成道ハ利物ノオハリナリ」（諸神本懐集）。一八　→五六段注二二。その最終なる入滅の相。一九　釈尊が究極に到達された、一切衆生を救済する大乗仏教の真理。「般若」は底本「槃若」。誤写と認め改訂。二〇　仏前に経陀羅尼を読誦し、また諸種芸能を手向けること。二一（神仏が）人の作善を喜ぶこと。二二　現世・来世の願。ここでは現世の家門安全・来世の極楽往生を意味するであろう。二三　聖武天皇建立、華厳宗。奈良市雑司町。二四　法相宗大本山、藤原氏の氏寺。奈良市登大路町。

【通釈】正月中旬に、日野中納言資明が春日大社に参詣する事があるといって、誘ってくれたので、頼もしい同行者があるというのは大変嬉しくて、急に思い立って出かけた。私は北山から出発するので道中も遠くて、資明は伏見稲荷の前で久しく待っておられた。その様子は、家人以下、大変従者を多く引き連れていた。女房の車を一輌用意してあり、私の供の女房達もそれに乗った。私の従者の侍共はわざと伴わず、稲荷から皆北山に帰した。力者は梶井宮から少々貸して下さった。

日の暮れる頃に到着したので、各社を巡拝する間、月が大層清らかにさしていた。三笠山の神の御光が射し加わるという特別な土地のせいだろうか。春の慣いとして霞むはずなのにそのような様子も見えない。昔、世をお照らしになったという、八千反とかうかがっているその御光は、今日までも変ってはいらっしゃらないのだろうと考えてこのような歌を詠んだというのも、よそ目には笑止な事であろうか。

世を照らす事、八千年も同じ、という三笠山の光を仰ぎ見るにつけて、これこそその同じ光であるよ、とばかり、月がさやかに照っていることだ。

心から敬って参詣するしるしとして御幣を捧げるにつけて、なおいささかの心願があって、

春日の神をお頼み申して、畏れながらお願い申上げます。家門の争いに際して、正統である私の方に、神力を象徴する木綿四手がなびかない事がございましょうか。何卒、お力をお添え下さいませ。

和光同塵、御仏が神として姿を現わし、一切衆生を巧みな手段で平等に悟りに導いて下さるという御利益には、私とて空しく洩れる事はあるまいと、頼もしく思われる。釈迦牟尼仏が八相成道の最後、入滅に至り、煩悩を滅却して最高の不可思議法に達し、全衆生を悟りに導く手段を獲得された事を讃える供養の法楽に対しては、春日明神も喜びの笑を含まれて、現世来世の心願を成就させて下さるという事だ。翌日は宇治のあたりで一泊する予定であるので、巡拝もゆっくりと行い、東大寺興福寺など、入堂参詣して廻る。

【補説】 これは叔父資明に誘われての旅。伏見稲荷の待合せ場所から先は、北山からの車も侍共も皆帰して、西園寺

家後室ではなく日野家の一員としての格である。名子としては資明の宰領にすべてを委ねての、気の軽い旅であり、もてなし如何などに気を遣わず、十分に宮巡りを楽しみ、祈念をこらしている。

小松茂人「『竹むきが記』の一考察――作者名子の道心について――」は、本段末尾の一節を「春日権現験記絵」の跋文の記述、「されば現世の官禄を授け給ふも、更に一旦の名利の為にはあらず。和光同塵は結縁の初めなれば、この一縁を結びおきて、八相成道利物の終り、遂に菩提に至らしめんとなり」を「意識的に踏まえた思想を語るもの」と見て、「名子の道心が現世的・此岸的であったことを示唆するものではないだろうか」としている。「和光同塵」云々は語釈に示したごとく一種の成句として成立しているものであるが、「験記絵」には巻八、熱田社託宣の段でも「和光同塵は結縁の始め、八相成道は利物の終りなれば、神と言ひ、仏と言ふその名は変れども、同じく衆生を憐れぶ事、悲母の愛子の如し」とあり、ともに春日社に関しての引用である事、「験記絵」が西園寺公衡（実俊曽祖父）所願による制作であり、名子も何等かの形で知り得るものであった事を思う時、実俊「現世の官禄」を祈る名子の「思ふ事」を示唆するものとして、妥当な指摘かと考えられる。

六五　宇治伏見遊覧

宇《う》治《ぢ》[一]の泊《とま》りは保《やす》[二]光知《し》れる所とかや、いといたく経営《けいめい》[三]し騒《さは》ぎたり。明《あ》けぬれば舟にてさし渡《わた》り、川風《かぜ》吹《ふ》き冴《さ》えていとすさ」三〇オまじ。さすが時知《し》る色とや、霞《かす》み籠《こ》めたるなど、お《（を）》かしう見《み》ゆ。

四柴舟のわたりも見《み》えず霞こめて河音《をと》しづむ宇治《うぢ》の山もと

五伏見《ふしみ》に漕《こ》ぎ寄《よ》せて、御所の方見巡《かたみめぐ》るに、折々《おりく》の御式《しき》ども、此処《こゝ》も彼処《かしこ》も六御面影浮《おもかげうか》ぶ事ども多《おほ》し。七月見殿に、昔《むかし》、月日のさす方《かた》に荒海《あらうみ》を画《か》ゝせられて、大《おほ》きなる鏡《かゞみ》を八打《う》たれて侍りしかば、九光を交《か》はして見《み》えしなど思《おも》ひ出《い》づるに、荒《あ》れ果《は》てぬるもいとあはれになん。彼方此方《あなたこなた》と見巡《みめぐ》りつゝ、御酒《みき》などありて、いたく暮《く》れ」三〇ゥぬるにも、見捨《みす》て難《がた》き一〇眺《なが》めの末にぞ侍りける。

【語釈】一 京都府宇治市。二 資明男。土御門。三 接待。四 「そことなく軒端の空は霞こめて影かすかなる夕暮の月」（俊光集五〇）。「柴舟」は柴を積んだ舟。宇治川の名物。「しづむ」は低くなる意。五 京都市伏見区。伏見山の西南面、即成院跡に上御所、宇治川畔に下御所があり、後深草院以来持明院統離宮として栄えた。六 御幸された貴人方の。特に後伏見院のそれであろう。七 観月用に設けられた開放的な建物。八 取付けて。九 反射して。一〇 →四八段注六。

【通釈】宇治の宿所は保光の知合いの家とかで、大層丁重にもてなし騒いだ。夜が明けると舟で宇治川を渡った。川風が冷たく吹きしきって大変寒々としている。それでもやはり季節を心得ている風情というのか、あたり全体がほんのり霞んでいるなど、面白く思われる。

柴舟の渡り行く姿も見えない程霞が立ちこめて、川音も低くくぐもって聞える、宇治の山もとの風情よ。

舟を伏見に漕ぎ寄せて、御所の方を見てまわると、昔折々にここにお出ましになった時の御様子が思い出され、此処も彼処もその折の印象の浮ぶ事ばかりである。月見の御殿に、昔、月や日のさし込む所の障子に荒海の絵をお画かせになって、そこに大きな鏡をお取付けになったから、それが月光日光を反射して見えた事など思い出すと、御所全体がすっかり荒れ果ててしまったのも悲しく思われる。あちらこちらと見廻りながら、酒なども酌み交わして、大層夕暮になってしまったにつけても、なお見捨てて帰るのが惜しまれるのびやかな遠望であった。

【補説】宇治宿泊の経営も資明男保光の担当で、名子は気が安い。伏見殿の荒廃の中に、後伏見院時代の遊楽の思い出にふける。月見殿の障壁に鏡をあしらって日光月光に擬するなど、室内装飾の一端として面白い。

「柴舟の」詠の「霞こめて」は語釈に引いた俊光詠以外には「おしなべて野山のどかに霞こめて花のひもとく二月の雨」（伏見院御集七九八）と、後の延文百首二〇二実明女詠・菊葉集九今出川公直詠に見えるのみの、京極派系独自句。「川音しづむ」に至っては「新編国歌大観」全巻に本詠ただ一例という特異表現である。おそらく読者は誰一人そのような事には気づかず、古典的ながら実感のある詠とのみ見過すであろうが、実は非常に新しい、すぐれた叙景歌である事に注意していただきたい。

六六　霊鷲寺談義、広義門院との贈答

貞《ぢやう》[一]和の初《はじめ》の年《とし》、十二月十五日に、霊鷲《りやうじゆ》寺に談義《だんぎ》[二]侍れば聴聞《ちやうもん》すべきを、折《おり》しも雪いみじう降《ふ》

りて二尺余《よ》ばかり積《つも》れる、分《わ》け難《がた》き様《さま》なれど、ことさらに心ざす事《こと》しありて、例《れい》の老人三誘《さそ》ひ聞《きこ》えつゝ思ひ立《た》ちぬ。輿舁《こしかき》の分《わ》けかねたる様《さま》、いといみじ。入りもて行《ゆ》くまゝに、やゝ深《ふか》くなりて、其処《そこ》とも見《み》えぬ行先《さき》なれど、四岨《そば》の懸路《かけぢ》の一筋《すぢ》に迷《まよ》ふ方《かた》なきをしるべにてぞ分《わ》けける。人々あ」三二ォまた侍るにも、この道《みち》を分《わ》けける心ざしは浅《あさ》からざらんかしなど見渡《みわた》さる。

駒《こま》の足《あし》を進《すゝ》むる音《をと》すれば、聴聞《ちやうもん》の人《ひと》にやと聞《き》くに、持明院殿よりの御使《つかひ》に、五いゐかげ分《わ》け入りぬるなりけり。六女院の御方《かた》の御文《ふみ》にて、この雪《ゆき》をとはせ給へり。談義《だんぎ》果《は》てぬれば急《いそ》ぎ帰《かへ》りつゝ、御返《帰》り聞《きこ》ゆ。松の枝に七垂氷《たるひ》の閉《と》ぢていと珍《めづ》らかなるが見《み》ゆれば、紅葉《もみぢ》の古《ふる》葉など入れて、お《(を)》かしき様《さま》にしなして、雉《きじ》の鳥付《つ》けたる一枝、御使《つかひ》に持《も》たせて、御酒《みき》など奉《たてまつ》る。我《わ》が身に代《かは》りて老人、」三一ゥ

八待《ま》ち見《み》ばや旧《ふ》りにし世々に立ち帰《かへ》り昔《むかし》のあとも絶《た》えぬみゆきを

九御目《め》一《ひと》つには飽《あ》かず思《おぼ》さるれば、一〇さながらあの御所へ奉《たてまつ》られける御返事《ごと》とて、竹につけさせ給ふ。

一一呉《くれ》竹の世々に旧《ふ》りにし宿《やど》なれば待《ま》つやみゆきのあとも絶えせじ

【語釈】一　康永四年（一三四五）十月二十一日改元、貞和元年。二　仏法教義の説法。三　五九段の「訪はずなりぬる人」、すなわち「鷹司の老人」（↓八四段注三）と同一であろう。日野俊光女、鷹司家雅室、伏見院中納言典侍か。四　切り立った山の斜面を伝うけわしい道。五　院の侍。伝未詳。六　広義門院。七　つらら。八　雪にかけて御幸を待つ意をあらわした挨拶。「ふり」「あと」は雪の縁語。九　広義門院の。一〇　光厳院御所。一一　光厳院の返歌。「竹」と「世（節）」は縁語。

【通釈】　貞和元年、十二月十五日に、霊鷲寺で仏法の談義があるので聴聞するはずの所、折悪しく雪がひどく降って二尺余りばかり積ったのが、踏み分けて行けそうもない有様だったけれど、特別に拝聴したいという気持があって、例の通り老人をお誘いして出席する事にした。雪の道を、輿舁が踏み分けかねるようにして進む有様は、大変な苦労である。山道に入って行くにつれて、だんだん積雪が深くなって、目標も見えないような行先の様子だけれど、険しい山道のただ一筋続いて迷う事のないのを頼りにして分け入った。聴聞の人々が沢山集っているにつけて、この雪道を分けてやって来た志は、誰も皆浅くはない事だろうなどと見渡された。

　馬の足音が聞えるので、聴聞の人が来たのかと思ったところ、持明院殿からのお使として、いえかげが山道を分け入って来たのだった。広義門院のお手紙で、この雪をお見舞い下さったのだった。談義が終ったので急いで帰って、御返事を申上げる。松の枝につららが氷りついて、人層珍しい形になったのがあったので、笘の蓋に紅葉の枯葉などを敷き入れて、風流な趣に作って、その枝に雉の鳥を付けたのを使に持たせて、御酒など添えて奉る。御返歌は私に代って老人が書かれた。

　お待受けしたいものでございます。この雪の降るように、古くなった御代に立返って、昔の歴史の跡も絶える

　事なく続く、我が君の御幸を。
女院お一人で御覧になるのは残念と思召されたから、そのまま光厳院御所に進上なさった、そのお返事といって、
竹におつけになって賜わった。
　この呉竹の節《よ》のように、代々の古い歴史を重ねた家であるから、待っているその御幸の跡も変らず、深雪に付ける跡が絶えないように、絶えず行き通う事だろうよ。

【補説】「例の老人」については八四段**【補説】**に詳述する。二尺もの積雪の中、輿に乗って聴聞に赴く作者らの志もさる事ながら、同様の「人々あまた」の参会に、当時の臨済禅の浸透状況をかいま見る事ができる。
北山は雪の名所として、しばしば御幸の事があり、両者をかけて「みゆき」を詠ずるのが当季社交歌の定番であった事、四一段にも見る所である。永福門院の遺志を継ぐ広義門院・光厳院との情愛こもる交渉が綴られている。なおこの返歌を作者を広義門院とする見方（渡辺）もあるが、「あの御所へ奉られける御返事」という書きぶり、「御幸」を確約する詠みぶりからして、光厳院詠と考える。広義門院は皇子光厳院親撰の「風雅集」に一首も入集せず、当時詠歌はほとんど廃していたのではないかと思われる。

六七　大宮季衡没

一　貞[一]和二年《とせ》五月廿五日、[二]大宮入道右大臣殿うせ給ひぬ。今更《いまさら》ならぬ世《よ》の慣《なら》ひも、差当《さしあた》りてあへ

なくあはれになん。昔《むかし》、三この御子になすべくなどありしも、何《なに》となき四あらまし事と思《おも》ひし程に、五まことしう思《おぼ》し定《さだ》め」三二オて六聞《きこ》えさせ給ふとてありし頃《ころ》しも、七乱《みだ》れ出《い》で来《き》侍りしかば、いかにとも聞《き》かずぞなりにし。八彼《かれ》も、移《うつ》り変《かは》りし世にはのたまひ出《い》づべきにもあらざりけんかしと、年《とし》月思《おも》ひ過《すご》し侍りつるも、何《なに》となく更《さら》にあはれになん。九故女院の御事《こと》、一〇菊亭《きくてい》の大納言殿、又この御事《こと》、打続《うちつゞ》きかくのみおはするにも、とゞまらぬ世の慣《なら》ひ、更《さら》にぞ驚《おどろ》かれ侍りける。

【語釈】 **一**　一三四六年。**二**　季衡。公衡男、公宗伯父。従一位。享年58歳。**三**　名子を正式結婚の準備として季衡の猶子としようと。**四**　期待する事柄。心づもり。**五**　真実の事として。**六**　公宗が季衡に要請する意。**七**　建武の戦乱。**八**　季衡。**九**　永福門院。**一〇**　実尹。

【通釈】　貞和二年五月二十五日、入道右大臣大宮季衡公が亡くなられた。今更言うまでもない世間無常の慣いではあるが、差当ってはあっけなく悲しい事である。昔、私をこの方の御猶子という形であの方と結婚させようなどというお話があったのも、根拠もないただの期待にすぎないと思っていたのに、あの方が本当に決心なさって季衡公に正式にお申入れなさるという事であった、ちょうどその時に、あの戦乱が起ったので、あとどうなりましたかとも聞かずにしまった。季衡公も、全く変ってしまった世の中では、改めておっしゃり出されるべき事柄でもなかったのだろうと、長年の間思いつつ過して来たのも、何という事なしに今更感慨深いものがある。

故永福門院の御事、菊亭大納言実尹卿、そして又この季衡公の御事、引続いてこういう御不幸ばかりが重なるのも、生ある者はとどまらぬ世の慣いであると、今更のように改めて思われる事であった。


【補説】 大宮季衡は二四段の楽人連名以外、本段にのみあらわれる人物であり、その没にかかわる作者の感慨も、やや理解しにくい。その解釈の為には、西園寺家代々の婚姻関係を見る必要がある。

その当主正室の歴代を見よう。始祖公経室は中納言一条能保女、全子。能保は源頼朝の同母妹をめとり、その女と婚した縁で公経も鎌倉幕府に親近、承久の乱後関東申次として朝幕間を斡旋し、西園寺家繁栄の基礎を作った。二代実氏室は大納言四条隆衡女准后貞子。隆衡は大富豪であり、貞子女大宮院は後嵯峨院中宮として後深草亀山両帝を生み、家の黄金時代を現出した。公相室は太政大臣徳大寺実基女従二位教子。実兼室は内大臣中院通成女従一位顕子。公衡室は不明で、大納言吉田経任女が妾にして実衡准母。実衡室は右大臣今出川公顕女従三位氏子である（本記の「二位殿」と推定）。

以上を通観すれば、草創期二代は実力者の婿となってその後援を頼み、権勢確立の三代以後は名門女性を室として声威を高める婚姻政策が見て取れよう。但しこのうち、正室腹の当主は実氏・公衡の二人のみである。嫡男を生むか否かは必ずしも正室の絶対条件ではないのである。

この系列の中に位置させるならば、大納言日野資名女名子は、同階級、名家の出身なる吉田経任女と同じく公宗妾の扱いになるはずである。しかし公宗はどうしても名子を正室としたかった。故に彼女を、伯父なる右大臣大宮季衡猶子として正室の資格を与え、公式に迎えようと画策したのである。折からの戦乱によってそれは実現に至らず、結局非常事態における緊急避難策として西園寺家が名子の正室入居を認めた事は、三五段に見た通りである。

その後季衡とは特に親しい交渉もなかったものの、その死によって改めて公宗の深い愛情を思い、名子は無量の感慨に沈んだのである。その心を読みとって、この格別の意味もないように見える一段を理解していただきたい。

六八　道心への思い

[一]厭《いと》ふといへど存《そむ》するは人の身、惜《お》しむといへど死するは人の命也。老いたるは理《ことはり》の道とて留《とゞ》まらず、若《わか》きは不定」三二ゥの境《さかひ》とて止《と》め難《がた》し。されば、あはれと言《い》ひなつかしと思《おも》ふも、たゞ[二]刹那の語《かた》らひ、[三]須臾《しゆゆ》の馴染《なじみ》なり。何《なに》に心をとゞめ、いづれの所に於《を》いてか[四]憂世《うき》を厭《いと》はざるべき。いかにして堅固《けんご》の道心を勧《すゝ》め侍るべきや。大方《かた》、[五]諸法は一心より生ずといへり。心の善悪《ぜんあく》によりて、物に善悪《ぜんあく》あり。[六]果報《くわほう》は業因によりて感《かん》ずべし。[七]菩提《ぼだい》心は仏身を成《(じやう)》ず。[八]慳貪《りんどん》の心、これ餓鬼となり、瞋恚《しんい》の心、猛《みやう》火となり、畜《ちく》生は愚痴《ぐち》の心のこれなり。[九]業量《ごうりやう》、秤《はかり》の如《ごと》し。重《おも》き物」三三ォ先《ま》づ引《ひ》くといふ事あり。又善《ぜん》は少《すく》けれども、多《おほ》き悪《あく》には[一〇]勝《か》つとも言《い》へるなるべし。[一一]妙法の功能《(くのう)》は因果の道に越《こ》え、[一二]大聖《せう》の作用は邪正なし。この法の力《ちから》にあらずは、いかでかこれら

の重《をも》き咎《とが》を滅《めつ》する道《みち》あらん。よく常《つね》に一心を修《おさ》むべきなり。

それたゞ一句の一三公案を挙《あ》一四げみて、これを思《おも》ふことこれにあるが如《ごと》くして、行住座臥、一五退転あるべからず。悪《あく》にはいかにも遠《とを》ざかり、善《ぜん》には必《かなら》ず近付《ちかづ》くべし。一六麻《あさ》の中《なか》の蓬《よもぎ》は矯《た》めざるに直《なを》く、一七松にかゝる葛《かづら》はを《(お)》の」三三ウづから千尋《いろ》に昇《のぼ》るといへる、まことなるべし。

【語釈】一 「流刑さらに恨みとすべからず。(中略)たとひ山海を隔つとも浄土の再会何ぞ疑はん。又厭ふといへども存するは人の身なり、惜しむといへども死するは人の命なり。何ぞ必ずしも所によらんや」(法然上人絵伝第三三巻)。二 極めて短い時間。瞬間。三 僅かの間。四 底本「らき世」。誤写と認め改訂。五 宇宙間の一切の現象。六 「衆生の善悪の果報、皆前世の業因に依りてなり」(今昔物語集一ノ一七)七 無上の悟りを求める心。八 慳貪(物惜しみ)・瞋恚(恨み)・愚痴(愚かさ)は仏教における三毒(善心の害となる煩悩)。「貪欲は是餓鬼の業因なれば、此身破るる時、餓鬼の身と現じ、瞋恚は地獄の業因なれば、死しては地獄の猛火と成りて身をこがし、愚痴は畜生の業因なれば、当来には畜生の姿と成りて、残害の苦を受く」(妻鏡)。九 「業は秤の如し、重き方に引かるべし」(妻鏡)。一〇 底本「かへともいつるなるへし」。誤写と認め改訂。一一 深甚な仏法の功徳を生ずる働き。一二 仏陀の尊称。「大聖の化用、申し出づるも中々おろかに侍れども」(撰集抄巻七、一一)。一三 禅宗で参禅者に示す課題。一四 回答を考えて。一五 中途で怠ること。底本「退伝」。誤写と認め改訂。一六 「蓬、麻中に生ずれば、扶けずして直し」(荀子)。人も正しい人間に交われればおのずから正しくなる意。一七 地に這う蔓草も松にからまればおのずから高所に達する。前項と同義の諺。

【通釈】世を厭うといってもその世に生きていなければならないのが人の身であり、いくら惜しんでも死なねばならないのが人の命である。老人は当然の道理として長く世に留まっては居られず、若者は定めない世のあり方として死を止めるわけに行かない。だから、ああ、かわいいと言い、なつかしいと思うのも、ほんの一瞬の親密さ、短時間の馴染にすぎない。何に執着して心を止め、どんな立場にいるからといって浮世を厭わずに暮している事があろうか。どのようにして何物にも動かされぬ道心を保てと勧めるべきだろうか。大体、あらゆる存在はただ心から生ずるという。心の善悪によって、物に善悪が出来る。現世における善悪の状態は過去世の所業の善悪を感得して起るのである。悟りを求める心は仏身を成就し、惜しみ貪る心はすなわち餓鬼となり、怒り恨む心は猛火となり、畜生というのは愚かで道理を知らぬ心の結果である。業因による果報のあり方は秤のようなものだ、重い物が先ず結果を出すという諺がある。又、善はたとえ少くても、多数の悪には勝つとも言われるようだ。甚妙不可思議な仏法の働きは因果の道理を越え、すべての衆生を救済する御仏の手段の前には邪正の差別がない。この仏法の力によらなかったら、どうして我々の作る重い咎を消滅させる道があろうか。よろしく、常にただ一つの心を修養し磨くべきである。

それについては先ず、ただ一句、師から授けられた公案に対する回答を工夫して、これを思う事は常にこれに浸り切ったようにして、生活のすべての場において、おろそかにする事があってはならない。悪にはどんな事であっても遠ざかり、善には必ず近づくべきである。まっすぐに育つ麻の中に生える蓬は、矯正しなくても直立し、高い松にからむ葛は、自然に千尋の高みにまで昇るというのは、まことに真理であろう。

【補説】前段末尾、永福門院・実尹・季衡の死を通じて、おのずから本段が導き出される。「法然上人絵伝」（四十八巻本。勅修御伝とも）は後伏見院の命により、叡山功徳院の舜昌法印が旧伝を集成、詞書は伏見・後伏見両院、後二条帝、尊円親王はじめ諸公卿ら執筆、応長元年（一三一一）法然百回遠忌の記念事業として制作されたとされる（『日本古典文学大辞典』菊竹淳一執筆）。名子と同年代、その身辺ごく近くでの成立。「妻鏡」は無住著、正安二年（一三〇〇）成立と伝えられる。なお七八段とともに、五條『竹むきが記研究』247頁以下に詳細な出典考察があり、参照されたい。本段は特に、これら先行書の説くところをよく消化して、引きしまった短文の中に、自己の道心のもとづく所と、これによる信念を述べている。五六段と相俟って、女流日記中他に比を見ない、すぐれて理知的な信仰告白である。

六九　広義門院御幸

[一]同《おな》じ年《とし》の神無月の頃、俄《にわか》に[二]女院の御方《かた》・[三]一品宮成《な》らせ給《たま》ふ。紅葉御覧《らん》ぜらるべき御心ざしなるべし。かねて[四]聞《きこ》えあらばことぐ〳〵しうなりぬべき御憚《はゞか》りにや、召次《めしつぎ》などにもさらに漏《も》らすまじう仰《おほ》せられけるとて、思《おも》ひ寄《よ》り聞《きこ》えぬ御事《こと》なればいと慌《あはたゞ》し。されども、御酒《みき》などもとかくあれば、「取敢《とりあ》へずはいかでかかくはあらん」と、「かねて聞《きこ》えけるにやと[五]念《ねん》なく」などぞ御沙汰《さた》侍りける。御硯《すゞり》・文台《ぶんだい》・花瓶・香筥《ばこ》」三四オなど奉《たてまつ》る。一品《ぼん》の宮にも花瓶などやうの物取《とり》添《そ》へてぞ、ことさら贈《をく》り奉《たてまつ》り侍りける。

【語釈】一　貞和二年（一三四六）十月。二　広義門院。55歳。三　光厳院皇女光子内親王。母宣政門院。入江宮と称す（田中本帝系図）。12歳。四　うわさ。前ぶれ。五　残念である。心外である。

【通釈】同じ年の十月頃、俄かに広義門院と一品光子内親王がおいでになる。紅葉を御覧になりたいという思召しであろう。前もって予告があったら大げさになるであろうとのお心遣いでか、召次の者などにも決して前ぶれしないようにと仰せられたとの事で、全く思いも寄らない事だったから大変狼狽した。けれども御酒なども何とか調えたので、「取りあえずという事だったらどうしてこんなに手厚いもてなしが出来よう」と、「事前に通報があったのだろうか、それなら気の毒な事をした」などとおっしゃっていただいた。御硯・文台・花瓶・香筥などを差上げる。一品宮にも花瓶のような物を添えて、又別にお贈り申上げた。

【補説】他の御幸記事同様、臨機の対応ながら適切なもてなしを賞せられた事が叙述の主眼である。家刀自の誇りと言うべきか。

七〇　初瀬詣

いかに思《おも》ひ初《そ》めけるにか、一初瀬《はつせ》の観音《くわんおむ》を頼《たの》み奉《たてまつ》りて、朝毎《ごと》に香花を供養《くやう》じなど侍りしを、二なべて神仏をも恨《うら》めしく思《おも》ひし世に、捨《す》て果《は》て聞《きこ》えしかど、三さてもあらず、願など立《た》てを（お）く事あれど、遥《はる》けき道《みち》にすが[四]〳〵しくも思《おも》ひ立《た》た《ゝ》れず、年《とし》月を送《ゝく》る程《ほど》に、[五]貞和三年《とせ》正月に夢想の事《こと》あるに驚《おどろ》きて、忍《しの》びつゝぞ」三四ウ思ひ立《た》ち侍る。・睦《む》月の廿八日に都《宮こ》を立《た》ちて、その夜《よ》は奈良《なら》に泊《とま》る。[六]鹿の御宿《やど》をもろとしまうて、[七]大明神の御心ざし、[八]はた、わざともあれば、御幣《みてぐら》など奉《たてまつ》る。[九]東北院より御酒《みき》など給《たま》はす。暁《あかつき》、まだ暗《くら》き程に宮巡《めぐ》りに出《い》で《ゝ》て、[一〇]大宮の御前に念誦《ねんじゅ》するに、山際《やまぎは》いさゝか白《しら》みそめて、人のけはい《(ひ)》もまだ見《み》えず、いと静《しづ》かなるに、[一一]昔《むかし》をかけて思《おも》ひ続《つゞ》くる事あるにも、さすが捨《す》て果《は》てさせ給ふ・まじきにやと、頼《たの》みをぞかけ聞《きこ》えける。」三五オ

神や知《し》る引《ひ》く注連縄《しめなは》の[一二]打延《うちは》へて一筋《すぢ》にのみ頼《たの》む心《こゝろ》を

[一三]五重唯識の緑《みどり》の簾《篇》、[一四]二空真如の露を[一五]垂《た》れたる百法明門の朱《あけ》の斎垣《いがき》、随喜《ずいき》の思《おも》ひも深《ふか》く、立《た》ち憂《う》き御名残《なごり》なれど、急《いそ》ぐべき道なれば、明《あ》け果《は》てぬ程にと参《まい》り巡《めぐ》りつゝ、はる〴〵と赴《をもむ》きぬ。檜破子《ひわりご》など設《まう》け侍る所にて・見《み》れば、田の面《も》遥《はる》かなる東に山ありて、[一六]二本《もと》の杉《すぎ》立《た》てるに、輪《わ》を・三つ掛《か》けたる、これぞ名に旧《ふ》りぬる三輪山《わやま》と聞《き》くもいと珍《めづら》し。[一七]参《ま》うで着《つ》きぬるに、御だ《(堂)》」三五ウうの気色《けしき》、所の様《さま》などなべてならずぞ侍りける。・宿《やど》に打休《うちやす》みぬるに、[一八]眺《なが》めの末《すゑ》のいと見所《どころ》ありておかし《(を)》。往来《ゆきゝ》定《さだ》めぬ夕《ゆふべ》の雲、たゞ此処《こゝ》もとに見《み》なされつゝ、[一九]檜原《ひばら》に響《ひゞ》く入逢もあはれ深《ふか》くぞ聞《き》き《ゝ》なされける。

[二〇]局《つぼね》しつらひぬれば、御前《まへ》に参《まい》りぬ。[二一]縁《ゑん》日とて人あまた入《い》り集《あつま》りつゝ、耳《みゝ》かしがまし。年《とし》頃持《も》ち奉《たてまつ》れる[二二]本尊《ぞん》を中尊《そむ》として、[二三]三十三体《たい》を造《つく》り供養《くやう》し侍るを、ことさらこの寺《てら》にて供養《くやう》すべく思《おも》ひ給《たま》へし、その[二四]心ざ」三六オしをぞ遂《と》げぬる。過《す》ぎにし頃《ころ》より[二五]家門の事《こと》、わづらはしき子細ども侍る上《うへ》、大方《おほかた》[二六]代々の流《なが》れ久しかるべき安全を[二七]思ひ心ざししなるべし。

観音《くわんおん》の利《り》[二八]生《しやう》方便は異《こと》なるうへ、この山の霊《れい》地、世《よ》に勝《すぐ》れて、一度《ど》もこの地を踏《ふ》む者《もの》あらば、長《なが》く[二九]三悪《あく》道に落《お》つべからずなどぞ申し侍る。[三〇]御足《あし》に踏《ふ》ませ給ふなる瑪瑙《めなう》の石は、天竺《ぢく》国・補陀《ふだ》落《らく》山《（せん）》・この山《やま》、三界《がい》の中に三所にのみありと申し伝《つた》へたるはまことにや侍らん。[三一]済《さい》度利生《りしやう》の[三二]空《むな》しからざる事、古《いにしへ》」三六ウに旧《ふ》り今《いま》に流《なが》れて、初瀬《はつせ》川の音《をと》絶《た》えず、大慈大悲の深《ふか》き色は[三三]八入《しほ》の岡《をか》の木々に染《そ》めても、猶喩《たと》へとするに及《およ》ばざるにや。現世猶頼《たの》みあり、いはんや[三四]出離解脱《げだつ》の方便、いと頼《たの》もしかるべし。

騒《さは》がしかりつる人音《をと》も聞《きこ》えず、仏前更《ふ》け静《しづ》まりて、御灯《あかし》の光もかすかにて、伴《ともな》へる人々も寄《よ》り臥《ふ》しぬれば、一心もおさ《（を）》まれるに、雨さへいとしめやかにぞ降《ふ》り出でぬる。暁方《あかつきがた》は少《すこ》し小止《をや》みつゝ、檜原《ひばら》を払《はら》ふ峰の嵐《あらし》、いとすごう聞《きこ》」三七オゆ。明《あ》けぬるに、なを雨《（ほ）》うちそゝけば、慌《あはたゞ》しながら見巡《めぐ》りつゝ、[三五]北野《のゝ》の天神の跡垂《あとた》れましますなる与喜《よき》の御社《やしろ》に詣《まう》づるに、音《をと》に聞《き》きわたりし初瀬《はつせ》川、げにいとおどろ〳〵しく、[一八]岩切《いはき》り落《お》ちつゝ麓《ふもと》を廻《めぐ》れる。山には花《はな》よりほかの木ずゑもなし。八入《しほ》の岡《をか》には紅葉ならでは混《まじ》る木も見《み》えず。春秋の色、己《をの》が山々《やまく》に分《わ》きける心も珍《めづ》らし。

【語釈】 **一** 奈良県桜井市初瀬町、真言宗豊山派総本山長谷寺の本尊十一面観音。**二** 公宗死去の頃。**三** そうばかりでもなく。この仏だけは例外として。**四** てきぱきとも。**五** 一三四七年。**六** 未詳。「園太暦」に「宿館に入る。師俊用意也」（康永三年十一月二十二日）とあり、春日神主師俊（貞和二年十一月～文和元年十一月在任）が宿館を設けた意か。底本「ろとし」の傍に「本ノマ、」と注する。「まうて」は「まうけ」或いは「まうく」の誤写か。**七** 「春日大明神に志す祈願の旨」の意か。**八** 「将《は》た、態《わざ》ともあれば」（これ又、別途それだけにでも為すべき事であるから）の意と解した。如何。**九** 興福寺の有力塔頭の一。実兼男覚円（→四一段注四）がかって住したので西園寺家と親しい。**一〇** 春日大社本殿。**一一** 底本「なとに」。誤写と認め改訂。**一二** 長く引き延ばして。長年月にわたって。「注連縄」の縁で言い、「一筋」も縁語。**一三** 法相宗において、唯識三性観を修するための浅から深に至る五段階。ここでは法相宗大本山興福寺の鎮守春日大社の社殿をさす。「簾」は底本「篇」。誤写と認め改訂。**一四** 人・法ともに空であるという悟り。「成唯識論」に唯識真性を諸法の勝義とし、四種の勝義諦の第三に二空真如をあげる（巻九）。**一五** 帳の上刺の緒の長く垂れた部分。「簾」「斎垣」とともに境内の荘厳を法相宗義の深遠によそえて讃える。**一六** 「初瀬川古川の辺に二本ある杉　年を経て又もあひ見む二本ある杉」（古今一〇〇九旋頭歌、読人しらず）。「この度ぞ三輪に参る。……杉の木に輪を三つ付けたるも面白し」（中務内侍日記下）。三輪山を神体とする大神神社の神木、杉に、輪を三つつけてその名をあらわしたシンボルがあったのであろう。**一七** 初瀬に。

一八 →四八段注六。一九 三輪初瀬の檜原は歌枕として古来著名。二〇 参籠のため本堂内を仕切って作る部屋。二一 観音の縁日は月の十八日であるが本記の旅程では合致せず、未詳。二二 名子の念持仏である観音像。→七五段。二三「法華経」普門品にいう、観音が衆生済度のために身を変ずる三十三身に基づく。これを本尊の胎内に納める旨、七五段にある。二四 底本「心にし」。誤写と認め改訂。二五 公重との家督争い。二六 西園寺家の。二七 底本「思ひ心さしなるへし」。「思ひし心さし」或いは「思ひ心さししなるへし」。一往後者と考え、脱字補入。二八 衆生救済の手段。二九 地獄道・餓鬼道・畜生道。三〇「長谷寺ハ……本仏ハ観音ナリ。仏師文会。立像高二丈六尺、金剛座ニ立給ヘリ。此金剛座ハ南閻浮提ニ三アリ。一ハ中天竺摩掲陀国仏正覚ノ座也。一ハ補陀落山観音説法ノ座。一ハ今此座ナリ」（続教訓鈔十三）。三一 衆生を極楽に導いて下さる恩恵。三二 仏の広大な慈悲。三三 初瀬川を挟んで長谷寺の南東にある山。与喜山ともいう。「紅の八入の岡の紅葉ばをいかに染めよとなほ時雨るらむ」（新勅撰三四〇、伊光）三四 迷いの境地を離れ悟りに入る手段。三五 与喜山の中腹にある与喜天神社。康円作菅公像を祀る。三六 岩を躍り越えるようにたぎり流れる。「吉野川岩切り落つる滝つ瀬のいつの淀みに氷りそむらむ」（新後撰四八七、実伊）

【通釈】 どういう事で発願したのだったか、以前から初瀬の観音を特に信仰申上げて、毎朝、香花を御供養していたが、すべて神をも仏をも恨めしいと思っていた時代に、そういう事は皆おろそかになってしまったけれど、この御仏に対してだけはそうでなく、信仰を続けた。願など立てておく事もあったのだが、何分遠方の事なので滞りなく参詣に出立する事もできず、年月を送っているうちに、貞和三年正月に夢のお告げがあったのに驚いて、内々で参詣しようと思い立った。正月二十八日に都を出発して、その夜は奈良に泊った。鹿の御宿という所を神主師俊が宿舎として用意してくれ、春日大明神への祈願の旨も又、取りわけその為だけに参詣すべき事でもあるので、師俊を通じて御幣など奉る。東北院から、旅見舞に御酒などいただく。明け方、まだ暗いうちに各社参詣に出て、大社本宮の御前で念誦していると、山際が少し明るくなって、他の人の気配もまだ見えず、大層静かなのにつけても、昔からの事をいろいろと思い続ける事があって、何といっても春日の神が見捨てておしまいになるはずはなかろうと、頼みをおかけ申した事であった。

神よ、御承知いただけましょうか。神前に引く注連縄のように、一筋に長く続いて、専心に御加護をお頼み申す、私の真心を。

「五重唯識」を象徴する緑の簾、「二空真如」を思わせる御帳の緒を長く垂れた、あらゆる真理に入る門を開く朱の神垣、まことにありがたい帰依の思いも深く、立去り難い御名残惜しさではあるが、先を急がねばならぬ道中なので、明切らぬうちに出発しようと宮々を参詣し巡って、それから遠く初瀬へと旅立った。

途中、檜破子の食事など用意して休憩する所から見ると、稲田の向う、遥かな東方に山があって、その手前に二本の杉が立っているのに、輪を三つ掛けてある、これが、あの古くから有名な三輪山であると聞くのも大変珍しい。

初瀬に到着すると、御堂の様子やあたりの風景など、まことに尋常ならず思われる。宿で休憩すると、その遠く見晴らせる眺めは大変見所があって面白い。どこへとなく往来する夕暮の雲も、ただ手の届く所のように見えて、檜原に響く入相の鐘の音も、一入情緒深く聞かれるような気がする。

局を調えましたというので、仏前に参った。今日は縁日というので、参詣人が大勢集っていて、大変騒がしい。昔からお持ちしている本尊を中尊として、三十三体の仏像を造って供養しているのだが、特にこの御寺で御供養したいと思っていた、その志を遂げる事ができた。先年来、家門の争いで厄介な事情がある上、より広くは、代々受けついで来た家の正流が久しく栄えるべき、その安泰の程を祈念しての供養と言うべきであろう。

観音の、衆生を利益して下さる手だてには他仏と異なるありがたいものがある上、この山の霊力すぐれた地である事は世に稀な程すぐれて、一度でもこの土地に参詣した者があれば、その者は永遠に三悪道に落ちる事はないなどと言い伝えられている。本尊の御足で踏んでいらっしゃる瑪瑙の石は、天竺国・補陀落山・この山と、全世界の中でも三箇所にだけある貴重な物だと言い伝えているのは、本当の事だろうか。仏が衆生をお救い下さる利益の決しておろそかなものでないという事実は、はるかに古い昔から現在まで全く変りなく貫通していること、初瀬川の川音が絶えないのと同じであり、大慈大悲の深い御心の色は、八入の岡の木々を染める紅葉の色にまさると言っても、なお喩えとするには不十分なのではないか。このような御仏に守られていれば、現世もなお希望がある。ましてや迷界を離れ煩悩から離脱する手引をして下さるとは、何とも頼もしい事ではないか。

騒がしかった人の物音も聞えなくなり、御本尊の前は夜が更けるにつれ静かになって、御燈の光も弱まり、同行の人々も寝静まったので、通夜する私の心も落着いたのに、雨さえしみじみと静かに降り出した。暁の頃には少し止んだりもしながら、檜原を吹き抜ける峰の嵐の音が、大変物淋しく聞える。夜は明けたが、なお雨が強く降るので、心急きながら境内をあちこち見巡り、北野の天神の現れ給うたという与喜の天神社にお詣りすると、話に聞いていた初瀬川が、本当に大変音高く、岩を削るように流れながら山の麓を廻り流れる。山には桜以外の木々もなく、八入の岡には紅葉でなくて混っている樹木も見えない。春と秋の色を、初瀬山・八入の岡と自分々々の山によって分けあっている様子も面白い。

【補説】　禅修行はそれとして、より古くからの初瀬観音信仰もまた名子を支えるものであった。公宗を失った頃は一時その心も萎えたが、心を取直し、持仏観音像に次第に荘厳を加えて完成を期する。その最終的供養は七五段に述べられるが、胎内に籠める小さな十一面観音三十三体が完成した所で、これを初瀬に持参して供養を行ったのであろうか。
本段は物詣記としても紀行としても、作中最も調子高くすぐれている。

七一　奈良を経て帰京

二月《きさらぎ》の朔日《ついたち》、又奈良《なら》に泊《とま》り侍りて、二日ぞ都《宮こ》に赴《おもむ》く。[一]一重《ひとえ》なる桜《さくら》ども、こゝか」三七ウしこの垣根《かきね》に咲《さ》き乱《みだ》れつゝ、げに[二]藪《やぶ》し分《わ》かぬ春の光《ひかり》にや、それとなき木の芽《め》も恵《めぐみ》にもれぬ色は、数《かず》ならぬ身の頼《たの》みかとさへ見渡《みわた》さる。

昔《むかし》、[三]氏光、[四]春宮の宮使《きうし》にて春日《かすが》祭《まつり》に向《むか》ひ侍りしに、[五]二位殿・我《わ》が身道連《づれ》にて参《まい》れりしもこの二月《きさらぎ》ならんかしと思《おも》ひ出《い》[六]でらる。

宇治《うぢ》のわたりにいとあやしき事なんありとて、その夜は俄《にはか》に[七]しゆせん僧正が坊に泊《とま》る。いみじう[八]経営《けいめい》し騒《さは》ぎつゝ、[九]小余綾《こゆるぎ》の肴求《さかなもと》むと急《いそ》ぎありく、」三八オ程なく聞《きこ》ゆ。暁《あかつき》は疾《と》く立《た》つべきを、僧正出《い》で居《ゐ》つゝ、男《おのこ》どもに御酒《みき》などすゝめつゝ、旧《ふ》りにし世語《がたり》に時を移《うつ》しつゝ、[一〇]朝日山の日影も遥《はる》かにさし昇《のぼ》りぬ。[一一]木幡《こわた》山越《ごえ》、猶怖畏《ふい》[一二]あるべしとて、[一三]水《みつ》の御牧《みまき》の方《かた》へ伝《つた》ふ。そのわたりに設《まう》けの事《こと》などあれば、少《すこ》し休《やす》みつゝぞ、都《宮こ》には赴《おもむ》きける。

【語釈】　一　「古の奈良の都の八重桜今日九重に匂ひぬるかな」（詞花二九、伊勢大輔）を意識して、ことさらに「一重」と言うか。二　「日の光藪し分かねば石の上ふりにし里に花も咲きけり」（古今八七〇、今道）三　↓三四段注六。公宗と共に元弘三年（一三三三）八月二日被誅。四　光厳院春宮時代の春宮奉幣使として。嘉暦二～元弘元年（一三二七～三一）中某年の二月。五　未詳。公宗との成婚前ゆえ実衡正室氏子（↓二〇段注七）ではなかろう。「三位殿」（↓三三段注五、名子・氏光の祖母）ならばふさわしいが二位昇叙は疑問ゆえ如何。六　底本「しる」。誤写と認め改訂。七　未詳。八　接待に奔走する意。九　「玉垂の　小瓶を中に据ゑて　主はもや肴求《ま》きに　肴取りに　小余綾の　磯の若和布　刈り上げに」（風俗歌、玉垂）「主も肴求むと、小余綾の急ぎありく程」（源氏物語、帚木）。一〇　宇治市。宇治川を挟んで平等院の対岸にある山。一一　宇治川畔から北方六地蔵を経て伏見区仏国寺前の峠を越え、大亀谷から京に入る山越道。古来、盗賊などの出没する危険な道とされた。一二　底本「あるし」。脱字と認め補入。一三　↓四〇段注三。宇治川沿いに木津川との合流点まで出て、西南方から京に入ったか。

【通釈】　二月一日、奈良に一泊して、二日に都に帰る。道々、（奈良の都の八重桜ではなく）一重の桜があそこ此処の垣根に咲き乱れていて、本当に「藪の中も分け隔てなく照らす」という春の光ゆえか、何の特色もない木の芽も日光の恵みに洩れず生き生きとしている様子は、人の数にも入らない私の身にも期待できる事があろうかとさえ見渡される。

昔、氏光が光厳院春宮時代のお使として、春日祭に参向した時、二位殿と私が同道して参詣したのも、この二月の事だったろうと思い出される。

宇治のあたりで何か危険な事があると言ってその夜は急にしゆせん僧正の住房に泊る。大変手厚くもてなし騒いで、源氏物語に言うように、小余綾の磯に肴を求めると言わんばかりに立働いている様子が、すぐ近くに聞える。翌朝はごく早く出発するつもりが、僧正がやって来て男共にお酒など御馳走して、昔話に時間を費して、朝日山の上に太陽が高く昇る頃までになってしまった。木幡山を越える道はまだ危いようだと言うので、水の御牧の方に迂回する。そのあたりに食事の用意などあるので、少し休憩して、都に帰って来た。

【補説】 目的を果し、気分を軽くしての帰り道。「あやしき事」による不時の宿泊にも、さまざまのもてなしを受け、満足して帰洛した趣がうかがわれる。

「昔、氏光……二位殿・我が身道連にて」の「二位殿」は、注**五**に示した通り氏子ではなさそうである。俊光室、従三位寛子、すなわち氏光・名子の祖母かと思われるが、なお考えたい。

七二　公宗十三回忌

憂世《うき》に耐《た（へ）》えたる一つれなさも、更《さら》に驚《おどろ》かれつゝ、二十年《とせ》あまり三年《とせ》の秋を迎《むか》へぬ。かねては三如法経など思《おも》ひしかど、四法水院《（ほすゐん）》にて」三八ウ五五種《しゆ》の行をぞ行《をこな》ひ侍る。朝夕の六懺《せん》法の声《こゑ》に響《ひゞき》を交《か》はす水は、七八功徳《くどく》池《地》の波《なみ》の音《をと》かと聞《き》きなされ、八幡《はた》をひるがへす《返》は九清涼の風ならんと、梢を渡《わた》る音《をと》も涼《すゞ》し。一〇宝樹宝池《ほうじゅほう地》も外《ほか》ならず見《み》えたる道場の様《さま》に、自《をのづか》らあはれもよほすべし。

一一二日は霊鷲寺《りやうじゅじ》にて一二陞座《しんそ》あり。序《ついで》に一三金泥《こんでい》の金剛《こんがう》経供養《くやう》し奉《たてまつ》る。法水院にては五種《しゅ》の一四結《けち》願、仏経供養《くやう》などあり。供養《くやう》には一五宝篋印陀羅尼《ほうけうゐんだらに》、一六御手《て》の裏《うら》に自《身づか》ら書《か》き侍るなり。」二九オ御方々《かた〲》の御供養《くやう》ども、あまたあり。面々《めん〱》一七諷誦《ふじゅ》を捧《さゝ》ぐべし。導師一八三福《ぷく》寺也。御布施《ふせ》二《両》領、単襲《ひとへがさね》・生絹《すずし》の衣なり。一九西園寺《さいをん》には二〇阿弥陀《あみだ》三昧《まい》あり。二一二位殿より御沙汰《さた》なるべし。

【語釈】 **一** 無情さ。外見では非情と見える命長さ。**二** 公宗十三回忌。貞和三年（一三四七）八月。**三** 法式に従って正式に法華経を書写供養する儀。**四** 北山第内の一仏堂。「法水院・化水院」と並び称される（増鏡内野の雪）。**五** →六一段注二。**六** →五〇段注一七。**七** 極楽浄土の池。澄浄・清涼・甘美・軽軟・潤沢・安和・除無量過患・四大増益の八功徳を持つ水をたたえる。**八** 寺の境内に立てる縦長の旗。仏の威徳を示す荘厳具。**九** 極楽の涼しい風。**一〇** 極楽の七宝の樹木と七宝から成る池水。**一一** 八月二日。祥月命日。**一二** 禅宗で法事の際導師が高座に上って説法提唱すること。**一三** 金泥（金粉を膠で溶いた顔料）で書写した金剛般若波羅密多経。一切法の空・無我なる事を説く。禅宗で重んぜられる。**一四** 最終日。**一五** 宝篋印陀羅尼経に説かれた呪。四十句から成り、これを誦すれば極楽往生の益がある。**一六** 公宗の手跡の裏面。**一七** 諷誦文。追善のため施物を供え、僧に誦経を請う文。法会に際し、導師が読み上げる。**一八** →五七段注三。**一九** 西園寺本堂。無量光院（→四二段注六）であろう。**二〇** 専心に阿弥陀経を読誦、念仏供養する法会。二 実衡正室氏子であろう。

【通釈】 あの方のおられぬ辛い世に耐えて生き長らえた心強さも、今更に驚かれるような気持で、十三年目の御命日の秋を迎えた。予定としては如法経供養などをも考えたけれど、法水院で五種行を行う事とした。朝夕の法華懺法の声に響を交える池水の音は、極楽の八功徳池の波の音かと聞く事が出来、荘厳する幡をひるがえすのは浄土を吹く清らかな風であろうと思われるばかり、庭の梢を渡る風音も涼しげである。経文に言う宝樹宝池も外ならぬこれであろうかと見えた道場の有様に、自然と感銘を受ける事であろう。

正日なる八月二日には、霊鷲寺で陞座がある。その折に金字で書写した金剛経を御供養申上げる。法水院では五種行の結願で、仏経供養などがある。御供養するのは宝篋印陀羅尼で、あの方の御手跡の裏に私が書いたのである。その外、いろいろな方々の御供養が沢山ある。それぞれに諷誦を捧げられるのであろう。導師は三福寺である。御布施は二組、単襲と生絹の衣である。西園寺本堂では阿弥陀三昧がある。二位殿の御催しであろう。

【補説】 名子として最重要の仏事たるべき、公宗十三回忌である。しかし次段の公衡三十三回忌にくらべ、主要法会は本堂無量光院ではなく、法水院ならびに霊鷲寺で行われている。やはり盛大な供養は遠慮すべきだったのであろうか、また霊鷲寺での法会という事は、五六段に言う通り、遺骨がまだ西園寺家の「奥の御堂」(五七段注二八)には移されていないのであろうか。ともあれ、名子にとっては気持に一つの区切りをつける大切な仏事であった。

七三　公衡三十三回忌

故[一]竹林院入道大臣《おとゞ》、卅三年に当《あた》り給ふ。御仏事の為《ため》、[二]広義門院御沙汰《さた》として、[三]無量《むりやう》光院にて仏経供養《くやう》あり。九月廿五日、院の御方《かた》御同車にて成《な》らせ給ふ。御堂《だう》の西東《にしひむがし》に上達部《かんだちめ》の座を敷《し》く。東《ひんがし》の簀子《すのこ》に紫縁《むらさきべり》一帖、[四]堂童子《だうどうじ》の座とす。南の端《はし》」三九ウ一間は院の御聴聞所《ちやうもん》、その次《つぎ》の間に[五]織物《をりもの》の御几帳《木丁》を出《い》ださる。女房の聴聞所《ちやうもん》、同《おな》じく几帳《木丁》出《い》づべし。公卿、[六]洞院左大臣・[七]大宮大納言殿・[八]春宮大夫・[九]日野大納言・[一〇]四条大納言・[一一]葉室中納言・[一二]四条宰相・[一三]薗宰相・[一四]竹林院三位中将・[一五]西園寺三位中将。この外《ほか》人々《く》聞《きゝ》きも覚《おぼ》えず。

[一六]三位中将、釣殿より参り給ひて、西《にし》の座に着《つ》く。山の気色《けしき》、心許《もと》なき秋の色しも見所ある様《さま》也。階《はし》の下《もと》の尾花《お》の打靡《うちなび》きつゝ、岩間《いはま》をくゞる水の流《なが》れなど、いとおかし(を)う見《み》ゆ。西面《にしおもて》の格《かう》子《し》ども上《あ》」四〇オげ渡《わた》したるに、[一七]池《いけ》の鏡《かゞみ》も曇《くも》りなく見《み》えつゝ、傾《かたぶ》く日影には仏の御光《ひかり》いとゞしく磨《みが》かれつゝ、袖をひるがへ《返》し給ふ[一八]菩薩《ぼさつ》の影向《やうがう》も、まことに眼《まなこ》の前《まへ》に輝《かゝや》けりと見《み》ゆ。懺《せん》法の末つ方《かた》に、[一九]三位中将立《たゝ》たる。[二〇]未《いま》だ神事の公事に従《したが》はざるによりて、御布施《ふせ》略《りやく》せらるべき由《よし》、仰《おほせ》

侍れば、その故《ゆへ》なるべし。[二一]澄俊御導師の布施《ふせ》は左大臣取《と》り給《たま》ふ。その次々《つぎ〳〵》は座敷《ざしき》[二二]次第也。末ざまに殿上人ども取《と》り続《つゞ》き侍る也。左の大臣《おとゞ》・春宮大夫、内々にて」四〇ウ御酒《みき》あり。馬《むま》牛、ことさら引《ひ》かる。御聴聞《ちやうもん》の後《ゝち》、大御酒《おほみき》参《まい》る。御引出物《ひきいで》など、内々の儀也。

次《つぎ》の日は御[二三]入堂《だう》ありて、此処彼処《こゝかしこ》御覧《らん》ぜらる。三位中将御供《とも》にて、御剣持《も》ち奉《たてまつ》らる。狩《かり》衣《きぬ》浮線稜《ふせんれう》、女郎花《をみなへし》、蘇芳《すわう》の衵《あこめ》、濃《こ》き指貫《さしぬき》なり。帰《かへ》り入《い》らせ給ひぬるに、御破子《わりご》を設《まう》く。[二四]若《わか》宮の御方《かた》も入《い》らせ給へる。御[二五]対《たい》面《めん》あるべき由《よし》、度々《たび〳〵》御使《つかひ》あれど、[二六]乱《みだ》り心地苦々《にがにが》しかりつる名残《なごり》、猶苦《くる》しければ、思《おも》ひ寄《よ》るべくもあらぬを、時の程助《たす》くべくせめてのたま《給》はすれば、押《をさ》[二七]」四一オへ参《まい》りぬ。御座近《ちか》く召寄《めしよ》せられぬる、座敷《しき》もいとことゞ〳〵しかりき。「[二八]いかばかり荒《あ》れぬらんと思《おぼ》されつるに、面影変《おもかげかは》らぬは御覧《らん》じ驚《おどろ》かれつゝ、行末も頼《たの》もしく」などのたま《給》はせつゝ、「更《さら》に昔思《むかしおぼ》し出《い》だされて、過《す》ぎつる年《とし》月もくやしくさへなん。いかで常《つね》に成《な》りつゝ、御心をものべらるべき」などぞ、まめやかにのたまはする。宵過《よひす》ぐる程にぞ還御ならせ給ふ。[二九]女院の御方《かた》はその夜も御留《とゞ》まりにて、竹[三〇]の中殿へ、廿七日に[三一]すぐにぞ成《な》らせ給ふ。」四一ウ

【語釈】 **一** 公衡。実兼男、公宗祖父。左大臣従一位。正和四年（一三一五）九月二十五日没、享年52歳。**二** 公衡女。56歳。**三** →四二段注**六**。**四** 大法会の折、花筥を配付する役。この時は藤原康忠（参議康能曽孫、右少将に至る）

が勤めた（園太暦）。五　広義門院の御聴聞所である事を示す。六　公賢。前左大臣従一位、57歳。七　公名。季衡男、従二位、30歳。八　洞院実夏。権大納言従二位、32歳。九　資明。正二位、52歳。一〇　隆蔭。中納言従二位、十一月十六日任権大納言、51歳。一一　長光。長隆男、従二位、38歳。底本「中納言」行間補入。一二　隆持。隆有男、従三位、30歳。一三　基隆。基成男、従三位、34歳。一四　実長。公重男、15歳。一五　実俊。13歳。一六　実俊。一七「曇りなき池の鏡に万代をすむべき影ぞしるく見えける」（源氏物語、初音、三五三、紫上）。一八　二十五菩薩来迎の姿。無量光院の堂荘厳（中務内侍日記上）。一九　退席した。二〇「摂政殿御読経発願に参る。任参議の後、未だ仏事に預らず。仍て行香の座に列せず」（小右記永延三年三月四日）を参考に、通釈の如くに解したが如何。二一　憲実男、法印大僧都。底本「御」を脱し、右脇に補入。二二　着座順に布施を取る。二三　光厳院は。二四　光厳院第二皇子弥仁親王（後光厳天皇）。10歳。日野家養君。→三七段注四。二五　光厳院が名子に。二六　病気の予後不調をいう。二七　強いて参上した。二八　邸宅の保全経営の労をねぎらう光厳院の言葉を要約。二九　広義門院。三〇　嵯峨竹中殿。公衡旧宅で広義門院里第。当時公重邸。三一　持明院殿に戻らず、直接に。

【通釈】　故竹林院入道の大臣、公衡公の三十三年に当られる。御仏事の為に、広義門院の御沙汰で、無量光院で仏経供養がある。九月二十五日、光厳院・広義門院が御同車で御幸遊ばす。御堂の西東に上達部の座を設ける。東の簀子に紫縁の畳一帖を敷いて堂童子の座とする。南の端の一間は光厳院の御聴聞所、その次の間に織物の御几帳をお出しして、広義門院の御座とする。女房の聴聞所も同様に几帳が出される。公卿は、左大臣洞院公賢公・大納言大宮公名卿・春宮大夫洞院実夏卿・大納言日野資明卿・大納言四条隆蔭卿・中納言葉室長光卿・宰相四条隆持卿・宰相薗基隆卿・三位中将竹林院実長卿・三位中将西園寺実俊卿である。この外の人々は見覚えていない。

三位中将実俊君が釣殿から参上して、西の座に着席する。山の様子は、まだ十分ではない秋の紅葉の色が、かえって見所ある風情である。階段の下の尾花が靡いて、そこに岩の間を潜って行く水の流れなど、大変面白く眺められる。西面の格子をすっかり上げてあるので、鏡のような池の面も曇りなく見えて、傾きかかる夕日がさし入って、それに映える仏像の御光がいよいよ増し、袖をひるがえして舞われる二十五菩薩の影向を写した御堂の荘厳も、実際にそのお姿が目の前に輝くように見える。懺法の終り方に、三位中将実俊君は座を立って退席される。任中将後、まだ宮廷の神事の行事に参仕していないから、御布施を取る役は遠慮するようにと、院の仰せがあったから、その為なのだろう。御導師である澄俊の布施は左大臣が取られる。その次々は着座順である。末座の方では殿上人共が続いて取るのである。その後、左大臣と春宮大夫は内々で御酒を召上った。このお二人には、馬と牛を特に引出物になさる。院・女院も、御聴聞の後に、御酒宴をなさった。院に差上げる御引出物など、内々の事である。

次の日、院は仏堂の方へいらっしゃって、あちらこちら御覧になる。三位中将の君は御供に参って、御剣をお持ち申上げる。狩衣浮線綾、女郎花、蘇芳の。袙、濃き色の指貫である本殿にお帰り遊ばした時に、御破子でお食事を差上げる。若宮の御方も参入なさる。私にも、院が御対面下さる旨、度々お使があるけれど、病気気味で不快であった後で、まだ調子が悪かったから、参上など思いも寄らぬ状態であったけれど、ちょっとの間元気を出して出て来いと強いておっしゃるので、がまんしてうかがった。院の御座の近くまでお呼び寄せいただいた、その場の様子も大変晴れがましかった。「北山第もどんなにか荒廃しているだろうと思ったのに、昔の状態と変っていないのには驚いた。これなら行末も頼もしいことだ」などと仰せられて、「一層昔の事が思い出されて、これまで無沙汰していた年月が残念にさえ思われる。何とか今後はしばしば訪問して、気分を晴らしたいものだ」などと、真情をこめておっしゃって下さる。夜も幾分か深まる頃に還御遊ばした。女院の御方はその夜も御逗留で、その後竹中殿へ、二十七日に直接おいでになった。

【補説】公衡は広義門院の父、光厳院の外祖父である。従ってその三十三回忌は広義門院御沙汰として盛大に行われる。13歳の実俊も公卿の末に連なり、翌日、院の諸堂歴覧には御剣を持って従う。本所の家刀自としての名子の指揮のもと、準備万端を調えるのは、なみなみの労力ではなかったであろう。名子の管理能力がうかがわれる所であり、光厳院のねぎらいも外交辞令ならぬ「まめやか」なものであったことを首肯される。前段、公宗追善のつゝましやかさと対比して、かく書いた、書かねばならなかった名子の心中に、いかなる思いが往来したかがしのばれる。

七四　九月尽の初雪

廿五日御幸侍りし後《のち》、晦日《つごもり》に雪いさゝか降《ふ》りぬ。九月尽の初《はつ》雪はいと珍《めづ》らかなりかし。一鎌倉《かまくら》の右兵衛督の二御前の許《もと》へ、菊《きく》紅葉など薄様《うすやう》敷《し》きて、広蓋《ひろぶた》に紅葉《もみぢ》を入れて遣《つか》はすに添《そ》へ侍りける、

三御幸そふ宿《やど》の紅葉の四八千入《しほ》に君ぞ幾《いく》代の色を重《かさ》ねん

返事に、

幾《いく》代見《み》ん君が心の色添《いろそ》へてみゆき五ふりぬる宿《やど》の紅葉々（葉）

同《おな》じ頃、大納言資明六に申し遣《つか》はす」四二オ事《こと》ある返事に、「時雨るゝ空を眺《なが》め侍る」とて、

一入《しほ》の色や染《そ》むると見《み》る程《ほど》に時雨《しぐれ》とつれて降《ふ》る紅葉かな

立帰《たちかへ》り遣《つか》はしける、

一入《ひとしほ》を惜《お》しむにあらじ紅葉々（葉）を誘《さそ》ひて見《み》する時雨な《成》りけん

雪の朝《あした》、鷹《たか》の取《と》れるとて、雉《きじ》の鳥の見《み》え侍るを、盃《さかづき》に取《と》り添《そ》へて芝《志葉》七へ奉《たてまつ》れるに、八大納言、「雪に誘《さそ》はれて只今立寄《たゞいまたちよ》れる」とて、九主《あるじ》に代《かは》りて、

一〇鷲《わし》の山深《ふか》く入《い》りぬと聞《き》き《ゝ》しかど」四二ゥ鷹の鳥とて見《み》るも珍《めづ》らし

【語釈】 **一** 足利直義。左兵衛督従三位、43歳。「右」は「左」の誤りであろう。**二** 直義室。渋川貞頼女、従三位。**三** 贈答歌ともに、「御幸」と「み雪」をかける。**四** 「入」は染料に一回入れて染める意。八千回、すなわち非常に濃く染めた色。**五** 「降り」と「旧り」をかける。**六** 底本「資朝」。誤写と認め改訂。資朝は元弘二年（一三三二）被誅。**七** 資名後室、芝禅尼。→三八段注一〇。名子継母、岡松一品宣子（後光厳天皇典侍）生母か（伊東明弘「竹むきが記作者の一族をめぐって」慶應義塾志木高等学校研究紀要5、昭50・3）。**八** 資明。但し前年貞和二年十二月に大納言を辞している。**九** 芝禅尼。**一〇** 霊鷲山。釈迦常在説法の聖地。ここではそれによそえて名子の霊鷲寺参禅をさし、これに対し贈物が「鷹の鳥」である事に興ずる。

【通釈】 二十五日に院の御幸があった後、晦日に雪が少々降った。九月尽の初雪というのは大変珍しい事だ。鎌倉の右兵衛督直義卿の北の方の所に、菊紅葉などに染めた薄様を敷いて、広蓋に紅葉を入れて贈るのに添えた歌、

これは院の御幸を仰いだ家の紅葉です。この八千回も濃く染めたような色に、あなたはなお何年となく色を重

ねて、多くの秋をお楽しみになる事でしょう。

返事にはこうあった。

今後何年と限りなくこの紅葉を見られるであろう、あなたの深いお心の色を加えて、昔からの御幸の伝統を持つお家の紅葉の、美しい色を拝見する事です。

同じ頃、大納言資明に言ってやる事があった、その返事に、「只今は時雨れる空を眺めている所です」と言って、すでに色づいた葉に、なお一層紅の色を染めるのか、と、時雨の様子を見ているうちに、そうではなくて、時雨に伴なって降り落ちてしまう紅葉よ。

すぐに返事として贈った歌、
一入深く染める事を惜しむのではありますまい。紅葉を誘って散らし、それによって初冬の風情を見せる時雨だったのでしょう。

又雪の降った朝、鷹狩をして取ったといって、雉が手に入ったのを、酒に添えて芝禅尼の許に差上げたのに対して、大納言資明が、「雪の面白さに誘われて、ちょうど今、立寄った所です」と言って、主である芝禅尼に代ってよこした返歌、
あなたは日頃霊鷲寺に深く御帰依とうかがっていましたが、その鷲ではなくて、鷹の取った鳥という事で頂戴物を見るのも、大変珍しい事です。


【補説】二つの重要仏事が滞りなく終り、ほっとした心のゆとりから生れた風雅の贈答であろう。尊氏のみならず、直義室とも親しかった事が知られるし、資明が六四段をも含め、よく後援しているさまがうかがえる。「鷲の山」

の歌など、名子の信仰を好意を持って認めつつちょっとからかってもいるような所が面白い。

七五　観音像供養

宿願侍りて・[一]十一面観音《めんくわんおん》の像《ざう》を造《つく》り奉《たてまつ》る。御丈《たけ》、[二]長谷《はせ》の一丈六尺になぞらへて、一尺六寸《すん》とす。[三]仏舎利三粒（[四]東寺、御家門相伝也、水晶《すいしやう》の塔納[五]寿）・[六]十一面《めん》卅三体《たい》（木像）・[七]観音《くわんおん》経一巻（自筆書写、金字礼拝、料紙《れうし》故大納言殿御手《て》、裏《うら》を返す。）、これらを御身中に・奉レ籠《(こめたてまつる)》。貞和三年十二月十八日、[八]三身堂にして供養《くやう》し奉《たてまつ》る。法印静宴[九]なり。いさゝか心の中に祈念《きねん》の旨《むね》侍り・し。

【語釈】一　七〇段に初瀬にて供養の事が見える。この時完成、最終的供養か。**二**　初瀬観音。↓七〇段注一。**三**　釈尊の遺骨。**四**　教王護国寺。京都市南区。真言宗東寺派総本山。ここより分与された仏舎利の意。**五**　底本のまま。「奉」の誤写か、未詳。**六**　↓七〇段注三。**七**　法華経第八巻、観世音菩薩普門品第二十五。**八**　「西園寺内小持仏堂也」（公衡記弘安六年八月十二日）、「北屋三身堂」（実躬記正安四年三月十二日）。**九**　導師の名。伝未詳。

【通釈】かねて心に抱く宿願があって、十一面観音の像をお造り申上げる。御身の丈は、初瀬観音の一丈六尺になぞらえて、一尺六寸とする。仏舎利三粒（東寺から御家門に伝えられたもの。水晶の塔に納める）・十一面観音三十三体（木像）・観音経一巻（私の自筆で書写する。金字で一字毎に礼拝する。料紙は故大納言公宗殿の御手跡の裏を返して用いる、これらを御仏の御胎内にお納めする。貞和三年十二月十八日、三身堂に於て御供養申上げる。導師は法印静宴である。少々ばかり、心の中に祈念する事があった。

【補説】おそらくこれが、名子の最も心をこめた公宗供養であったであろう。自己の心の救済——「生死の根を切る」修行はそれとして、非業に命を絶たれた夫の為に、その名をとなえれば直ちに救って下さる観世音菩薩にすがる。一尺六寸の仏像の胎内に、家門相伝の仏舎利・十一面観音三十三体・公宗手蹟の裏に自筆書写した金字観音経を納める。その観音像はすでに七〇段、初瀬で供養をすませてある。これを、西園寺第でも当主の住まい、北殿の小持仏堂、三身堂という、比較的プライベートかと思われる場で、ひっそりと供養する。心中祈念の旨の、いかばかり深かったことか。

七六　栂尾高山寺参詣

[一]貞和四年《とせ》の三月《やよひ》の暮《くれ》に、[二]三位中将、[三]栂尾《とがのお》に詣《まう》で給ふ。[四]若《わか》宮の御方《かた》、御年少の御事なれば、女房」四三オに紛《まぎ》らかし聞《きこ》えて成《な》し奉《たてまつ》る。車《くるま》二つ也。女房八人、各々《をの〳〵》[五]薄《うす》衣引折《ひきおり》なるべし。[六]光衡《ひら》先立《さきだ》ちて、子供家《どもいゑ》の子以下、[七]本寺の前《まへ》に下《お》り居《ゐ》つゝ、馬引《むまひき》並《な》めたる様《さま》など、ことさらきら〳〵しうぞ見《み》えし。[八]春日の御影《ゑい》、先《ま》づ拝《をが》み聞《きこ》ゆ。それより御舎利《しやり》出《い》だし奉《たてまつ》る。二衣を参《まい》らす紅梅《こうばい》。格子《かうし》

彼方此方《あなたこなた》入堂《だう》どもありて、九閼伽井《あかゐ》の坊《ばう》に落着《おちつ》く。いみじう経営《けいめい》し給ふ。それより一〇高尾《たかお》に登《のぼ》り給ふ。一一行光いさゝか御酒《みき》など用意《ようゐ》侍りけ」四三ウるを、そのわたりにてすゝめ聞《きこ》ゆとかや。一二女房はすぐに帰る。光衡《ひら》、さりぬべうやと用意《ようゐ》の事ありける、空《むな》しうならんも本意《ほい》なかるべきにや、一三平岡《ひらをか》といふわたりなる寺にて檜破子《ひわりご》御酒《みき》などありて時を移《うつ》しつゝ、それより松明を取《と》りて夜更《ふ》くる程《ほど》にぞ帰り侍りける。

【語釈】 一　一三四八年。二　実俊。14歳。三　高山寺。京都市右京区梅ヶ畑。真言宗。尊意開創、明恵再興。その鎮守春日社と共に、摂家・西園寺家の帰依が深かった。四　弥仁親王。11歳。五　薄衣を頭から被り、裾を壺折った外出姿。六　→四六段注一五。七　高山寺本堂。八　花園院宸記に「石水院に参る。春日住吉神体を拝し奉る。〈明恵上人写し奉る所也〉」（元応二年九月八日）と見える画像。当時高山寺春日信仰の中心。九　十無尽院の別称。明恵本庵（北山三尾記）。一〇　神護寺。京都市右京区梅ヶ畑高尾町。真言宗。はじめ和気氏の氏寺。文覚再興。一一　→六三段注三。一二　神護寺は女人禁制につき、作者ら女性達は登山せず。一三　右京区梅ヶ畑。その北に高山寺の別院善妙尼寺がある。「寺」とはこれをさすか。

【通釈】 貞和四年の三月の暮に、三位中将実俊君は、栂尾高山寺に参詣なさる。若宮様はまだ御年少であるので、女房の中に紛らわし入れて御同道申上げる。車は二つである。女房は八人、それぞれ薄衣を壷折にした姿であろう。

光衡が先行して、その子等や家来以下、御寺の前に馬から下り立ち、後に馬を引き並べたさまで出迎えるなど、特別に華やかに見えた。春日明神の御影を、先ず拝礼し申上げる。それから、舎利堂から御舎利をお出しして供養し、御布施に二衣を差上げる紅梅。格子。あちらこちらの御堂に参拝したのち、閼伽井の坊に落着く。ここで大変におもてなし下さる。

それから中将の君は高尾神護寺に登り参詣なさる。行光が少々御酒など仕度していたのを、そのあたりで差上げたという事だ。我々女性達は登山せずそのまま帰る。光衡が、そういう必要もあろうかと酒食を用意していたのを、無駄にしてしまうというのも気の毒であろうというので、平岡というあたりにある寺で、檜破子御酒などの供応で時間を過したのち、そこから松明で道を照らして、夜が更ける頃に帰宅した。

【補説】　物詣記事中本段のみは、実俊の参詣に名子が同道し、内々「若宮」（後光厳院）をも伴う、という形を取る。髙山寺およびその鎮守春日神社に対しては、伏見院・西園寺実兼の篤い信仰があった（岩佐『京極派和歌の研究』昭62、42頁以下）。従ってようやく人となった実俊が、家の子郎等を引き連れて正式に参詣するのであって、女人禁制の高雄神護寺参詣とも併せ、名子の私的遊楽ではない。諸所での「経営」も、実俊が社会的に重んじられている事の証かしとしての特記である。

七七　後伏見院十三回忌

　その年《とし》の四月、[一]後伏見院御十三年に当《あた》らせ給ふ。御仏事の為《ため》、持明院殿にて五[二]種《しゆ》妙典行《をこな》はる。[三]花《はな》びらの事、内裏より承《うけたまは》る。大きなる金《かね》の島《しま》[四]に水を彫《ほ》りて、[五]舟二艘《そう》を浮《うか》ぶ」四四オ 結《むす》びたる金《かね》どもあり。裾濃《すそご》六つ、[六]匂ひ《衣》は[七]源氏の衣配《くば》りの色ども、女楽の装束などなり。島《しま》に、金《かね》の蓮《はす》、結《むす》びたる花《はな》を植《う（ゑ）》へさすべし。[八]御心ざしの為《ため》に、[九]寿量品をし奉《たてまつ》る。料紙《れうし》、赤《あか》き色紙《しきし》裏表《うらおもて》を彩《だ》む。赤地《あかぢ》の金襴《きんらん》の表紙《へうし》、蓮唐《はすから》草を繍《ぬい》物にす。白金《かね》の[一〇]覆輪《ふくりん》、蓮唐草《はすからくさ》を透《す》かす。水晶《すいしやう》の軸《ぢく》に[一一]金《かね》、を透《す》かす、[一二]外題《げだい》、同《おな》じく白金《かね》、玉の紐《ひぼ》なり。[一三]縹《はなだ》の薄様《うすやう》に包《つゝ》む。[一四]御供養《くやう》の序《ついで》に、御回向《ゑかう》の数ばかりにも、ことさら御心ざし侍る由《よし》、[一五]女院の御方《かた》へ聞《きこ》ゆ。[一六]御布施《ふせ》には金十包《つゝみ》、紫《むらさき》染《そ》め分《わ》けたる薄様《うすやう》に包《つゝ》む。金《かね》の柳筥《やないばこ》に据《す》ゆ。ことさら取《と》り添《そ》へ」四四ウて奉《たてまつ》る。「[一七]思《おも》ひ寄《よ》り聞《きこ》えける御心ざし、ありがたくあはれに」など、様々《さまざま》にぞのたま《給》はせたる。

　[一八]解説《げせつ》の序《ついで》に供養《くやう》あるべきに、いつも夜に入る事なれば、[一九]御経の様《さま》、念《ねん》なかるべきによりて、昼《ひる》に引上《ひきあ》げらるゝを、同《おな》じくは[二〇]聴聞《ちやうもん》あるべうと侍れど、思ひも立《た》ゝれず。人伝《ずて》に聞《き》ゝ侍れば、[二一]御硯蓋《すゞりぶた》に御経を入れて、[二二]預《あづかり》持《も》ちて参《まい》るを、上達部《かんだちめ》招《まね》き寄《よ》せて取《と》り渡《わた》しつゝ、[二三]さゝめき言《い》ひ

交《かは》す。そは聞《きこ》えず。道場《ぢやう》の机《つくゑ》に置《を》きければ、御導師少《すこ》し開《ひら》」四五ォきて、「昔仕《むかしつか》へし世をかけて、この御心ざし」など、いと細《こま》やかに述《の》べ侍りけるとかや。

【語釈】一　延元元年（建武三〈一三三六〉）年四月六日崩、享年49歳。二　五種行→六一段注二。三　→六一段注一三。四　島台。洲浜型の台の上に種々の飾り物を配し、贈り物とする。五　これに花びらを盛ったのであろう。以下その染色の説明。六　底本「匂衣」、「衣」は摺消し訂正の痕あり。「い（ひ）」の誤りと見て改訂。裾濃（ぼかし）の色合の説明と見たが如何。七　「源氏物語」玉鬘の年末衣配りの色、若菜上の六条院女楽の衣裳の色。八　下命の花びら調進とは別に、名子個人の後伏見院追善供養の気持として。九　「法華経」巻六、如来寿量品第十六。一〇　表紙の小口の縁取り金具。一一　軸頭の飾り。一二　題簽。一三　薄藍色。一四　以下、名子の謙辞の口上。一五　広義門院。一六　この経供養のための特別の布施。一七　広義門院の謝辞。一八　説法。一九　夜では経巻の荘厳が十分参会者に披露できないだろうとの心づかい。二〇　名子もその供養を。二一　→四二段注八。二二　年預。院の事務を取扱う役職の者。二三　経の見事さを語り合ったのであろう。

【通釈】その年の四月は、後伏見院御十三年忌に当らせられる。御仏事として、持明院殿で五種妙典の行を行われる。その為花びらを調製するよう、内裏から御命令がある。大きな金属製の島台に池水の形を彫って、舟二艘を浮べる（金線を結んだ。装飾がある）。裾濃に染めた花びらが六組、それらのぼかしの色は、源氏物語の衣配りの様々の色や、女楽の装束の色などである。島台には、金の蓮や、結び細工の蓮の花を植えさせるのである。別に私の御供養の志として、寿量品を仕立てて差上げる。料紙は赤い色紙裏表に彩色する。赤地の金襴の表紙に、蓮唐草を刺繍する。表紙の覆輪は銀で、蓮唐草を透かし彫にする。水晶の軸頭に金の透かし彫を覆う。外題も同じく銀金具で、玉の紐を付ける、縹の薄様に包む。「御供養なさる中で、多くの御回向の中に数を添えるだけでございますが、自分としては取りわけてお志し申上げます」という旨を、女院の御方に申上げる。御布施には砂金十包を、紫の染分けの薄様に包んで、金属製の柳筥に据える。これを特に経に取添えて献上する。「このようにお思い寄り申上げられたお気持を、ありがたく感銘します」などと、さまざまに仰せ下さった。

説法の折にこの経も供養すべきではあるが、いつもの例によればそれでは夜に入ってしまうから、それではせっかく美しく飾った御経の披露に残念であるということで、わざわざこの御供養は昼間に早めて行われるというので、同じことなら聴聞したらよかろうとのお話であったが、とてもそんな事は思い立たれない。あとで参加者の話として聞いた所では、御硯蓋に御経を入れて、年預の者が持参したのを、公卿方が招き寄せて手渡ししながら見て、小声で何か話し合っている。それはよく聞えなかったが、やがてそれを道場の机の上に置いたので、御導師が少し開いて見て、「昔院にお仕えした世を忘れずに、このような厚い御志を寄せられた」などと、大変丁重に御供養の趣旨を述べたという事である。

【補説】 名子にとって本来の、最もなつかしい主君は後伏見院であった。その十三回忌への、心をこめた丁重な供養の品々である。末尾三行の経披露の描写は、短文ながら目に見えるようである。

七八　霊鷲寺長老入滅

[一]霊鷲寺《りやうじゆ》の長老、春の頃《ころ》よりわづらひ給ひし、日々に弱《よは》りつゝ、[二]仏日《(にち)》すでに涅槃《ねはん》の山に入りなんとす。[三]ただし仏の[四]非生に《々》生《々》を唱《とな》へ、非滅に滅を現ぜしめ給ひしが如《ごと》くならんかし。惑《まど》ひの前《まへ》には滅に入るの相をまことに悲《かな》しむ。遂《つゐ》に七月八日[五]未《ひつじ》の刻に滅に入り給ふ。たゞ眠《ねぶ》るごとくにして、威儀《いぎ》正《たゞ》しく見《み》え給ふ。仏法の光は猶この山にのみかゝげ給へりとき」四五ウこえつる燈火《ともし》も、かく影かくし給へれば、すでに法滅《めつ》の期《(ご)》にやと心細《ぼそ》くなん。[六]道俗《ぞく》の慕《した》ふ涙は衣をうるほし、比丘・比丘尼・[七]優婆塞・優婆夷の御弟子、天に仰《あふ》ぎ地に伏し[八]て悲《かな》しむ声《こゑ》は巷《ちまた》に満《み》ちぬべし。釈尊、[九]霊《りやう》山の峰の月にかくれましゝける時《とき》、[一〇]五天に声《こゑ》をあげけん[一一]娑羅林の春の夕もかくやとぞ覚《おぼ》えける。[一二]無見頂《むけん》より[一三]幅輪《ふくりん》の蹠《あなうら》に至《いた》り、前後といひ左右と云ひ、すべて至《いた》らざる所なく、末世にはありがたき事にぞ聞《きこ》え侍りける。

我、今《いま》逢ひがたき」四六オ[一四]善知識《ぜんちしき》に逢《あ》へる[一五]宿善を喜《よろこ》ぶといへど、心もとより愚《をろか》にして、朝《あした》には暮《くれ》を頼《たの》み、夕には又明日を[一六]期《後》する桯に、光陰移《うつ》り過《す》ぎて、年去《としさ》り年来《とーきた》りて[一七]五つの春を送《ゝく》るまで、まことある事なくして今滅《いまめつ》後に逢《あ》へり。先非を悲《かな》しめど後悔先《さき》に立《た》ゝざれば、恨《うら》み千万といへど、さらに甲斐《かひ》なし。

【語釈】 **一**　→五六段注二六・【補説】。意翁円浄。**二**　仏を太陽にたとえた語。「仏日将に大涅槃山に没せんとす」（涅槃経）。「仏日すでに涅槃の山に入りたまひなば」（栄花物語、鶴の林）。**三**　「し」は強め。**四**　底本「非生ゝゝ」、「非滅を現ぜしめ」。誤写・脱字と認め改訂。「非生に生を現じ、非滅に滅を現ず」（法華文句）、「本題釈迦如来は……非生に生を現じて無憂樹の花笑みを含み、非滅に滅を唱へて堅固林の風心を傷ましむ」（法然上人絵伝第一巻）。釈尊は非生非滅の永遠の存在であるが、衆生教化のために仮に生滅の相を現わす意。**五**　午後二時頃。**六**　「貴賤の悲しむ声巷に満ち、道俗の慕ふ涙地をうるほす」（法然上人絵図第三四巻）。**七**　在俗の仏教信者の男子・女子。**八**　底本「地にして」。脱字と認め補入。**九**　霊鷲山。**一〇**　五天竺の略。東西南北中に分けた天竺（インド）全土。**一一**　釈尊入滅の場所。底本「婆羅林」。誤写と認め改訂。**一二**　以下、霊鷲寺長老の学徳をたたえる。無見頂相は仏の頭上にある、誰も見る事のできない頂点。仏の八十随形好の一。**一三**　千幅輪相。仏の足裏にある千の幅《や》を持つ車輪状の模様。仏の三十二相の一。**一四**　正法を説いて人を仏道に入らしめ、解脱を得させる高徳の僧。**一五**　前世で作った善根・功徳。**一六**　底本「後する」。誤写と認め改訂。**一七**　康永二年八月今出川実尹没（五五段）以後参禅、翌春より数えて五回の春を経た、とすべきか。

【通釈】　霊鷲寺の長老が、春の頃から御病気であられたのが、日々に弱って行かれて、太陽が山に沈み、仏が涅槃に入られると同様の状況になられた。それはただもう、生死を超越した存在である釈迦牟尼仏が、生れないのに生れ生き、死なないのに死ぬ姿をお見せになったようなものであろう。そうではあっても、迷いの多い人間の目には、亡くなるという事実を真に悲しまずには居られない。長老は遂に、七月八日未の刻に入滅なさった。全く眠るような御最期で、臨終の作法はまことに立派にお見えになる。仏法の威徳の光は今もなおこの山にだけかかげておられると言われた、その燈火とも言うべき長老も、このように光をかくしてしまわれたから、今はもう仏法そのものが滅びる時ではないかと心細く思われる。

僧侶俗人の、長老を慕う涙は着物をびっしょりとぬらし、比丘・比丘尼・優婆塞・優婆夷の御弟子達が、天を仰ぎ地に伏して悲しむ声は町々に満ち溢れる程である。釈尊が霊山の峰に月がかくれるように涅槃に入られた時、天竺全土に悲しみの声をあげた、娑羅林の春二月十五日の夕もこのようではなかったかと思われた。学徳見識はさながら御仏の無見頂から足裏の幅輪に至るまで、前後と言い左右と言い、すべて至らぬ所のない程広汎深遠であって、末世には珍しい高僧でいらっしゃるとの評判であった。

私は、現世に逢い難いような善知識に逢い得た前世の善根の程を喜ぶとは言うものの、心は本来愚かであって、朝にはまだ暮まで時間があると思い、夕方には又明日の事にしようと思ううちに、時間はどんどん過ぎて行って、年が過ぎ去り新しい年が来るという状態で五回の春を迎え送るまで、本当に仏法を考える事がなくて今師の入滅に逢う事になった。過去の怠りを悲しむけれど、後悔先に立たずという諺の通りで、恨みは千万という程大きいけれど、全く甲斐のない次第だ。

【補説】 多くの引用を交え、調子の高い文章であるが、しかし形式に流れず、唯一の師に別れた悲しみが切々と語られている。作者の文才の程を示す、すぐれた章段である。「法然上人絵伝」引用については六八段【補説】参照。五六段およびこの二段を味読すれば、中古女流の伝統的美文とはまた性格を異にする、中世末女流の力強い心境描写の秀抜さが理解されるであろう。

七九　光明天皇持明院殿行幸

その年《とし》の九月[一]に持明院に行幸《かう》あり。[二]三位中将供奉し給ふ。[三]剣璽《けんじ》の役勤《やくつと》めらるべき[四]習礼《すらい》など、紛《まぎ》れ暮《く》らす。月立《た》ゝば[五]御国譲《くにゆづり》あるべきにて、」四六ウ[六]御名残《なごり》の度《たび》なれば、取《と》りつくろはる。馬《むま》・鞍《くら》・舎人《とねり》の装束《しやうぞく》、我も〳〵と出《い》で立《た》つ由聞《よしきこ》ゆ。[七]院の御車立《くるまた》てらる。剣璽《けんじ》の役《やく》は事繁《ことしげ》きやうなればにや、いと目馴《めな》れたる人も迷《まよ》ふやうなる事なれば、いかならんと思ふに、異《こと》なる事なきのみならず、進退作法《しんたいさほう》ことさらにゆゝしう[八]聞《きこ》ゆ。[九]大将殿、目驚《めおどろ》かれつる由《よし》、さま〴〵にのたまふとかや。[一〇]御所々々より御感《かん》どもなのめならねば、いとめでたき事にぞありける。

【語釈】　一　十九日、光明天皇（28歳）方違行幸。**二**　実俊。**三**　行幸の時、御輿寄まで内侍の捧持する剣璽を受取って輿に安置し、着御に当り取出して内侍に授ける。還幸時にも同様。貴人の若公達が勤める大役。**四**　練習。底本

「すくい」とも見えるが改める。五　春宮興仁親王（崇光天皇）への譲位。六　最後の行幸。七　光厳院。「院内々御見物の為、御車を一条室町に立てらる」（中院一品記）。八　底本「う」欠。脱字と認め補入。九　この時左大将欠官、公重（32歳）右大将。十月七日左大将に転じ、花山院長定（32歳）右大将となる。これまでの関係からして公重は存疑、長定であろう。一〇　院・女院から。

【通釈】　その年の九月に持明院殿に行幸がある。三位中将実俊君も供奉なさる。剣璽の役を勤められる事になっているので、その習礼などであわただしく暮らす。来月には御譲位の事があるはずなので、お名残の行幸であるから、特別に御立派になさる。供奉の人々の馬・鞍・舎人の装束まで、我もと支度を調えるという事だ。途中の道に、光厳院が御車を立てて見物なさる。剣璽の役は、作法が繁雑な為か、諸事物馴れた人もとまどうような事だから、大丈夫だろうかと思ったが、無事に勤まったばかりでなく、進退作法が特別にすばらしかったという事である。右大将花山院長定卿が、大変驚き感心したと、いろいろにおっしゃったという事だ。院女院方からのおほめの言葉も尋常でないので、まことにめでたい事であった。

【補説】　「園太暦」によれば、八月二十八日に直義が参院、春宮（崇光帝）践祚、直仁親王（花園皇子、実は光厳皇子）立坊の事を申した。行幸当日十九日には実俊に関する記事はないが、翌日の新御所（六〇段注三）行幸に、「御膳の事有り、西園寺三位中将之を儲く。即ち参仕すと云々。壺胡籙以下、又借し遣はし了んぬ」とあり、後援の様子が知られる。行幸に奉仕する剣璽の役は名門若公達の公務勤仕の試金石で、立派に勤めおおせ、賞詞を得た事への名子の安堵の程がうかがわれる記述である。

八〇　崇光天皇践祚、花園院崩

一神無月には御国譲《ゆづり》あり。二二条殿に行け(啓)」四七オい侍りて、御譲位の儀あり。三春宮立も同日なれば、二条殿より卿相雲客 悉《ことぐ》く四引《ひ》き渡《わた》さる。かくめでたき事《ことゞ》どもにて過《すぎ》行くに、十一月、五法皇御崩《かく》れの由《よし》聞《きこ》えさせ給ふ。六院・新院、いみじう御嘆《なげ》きども疎《をろ》かならずぞ聞《きこ》えさせ給ふ。

【語釈】 **一**　十月二十七日崇光天皇践祚。光厳院第一皇子、母公秀女陽禄門院秀子。15歳。**二**　関白二条良基邸、押小路烏丸第。春宮はここに行啓、元服の上践祚。**三**　直仁親王立坊。花園院皇子、実は光厳院皇子。母実明女宣光門院実子。14歳。**四**　持明院殿に。その旨、「園太暦」二十八日条に見える。**五**　十一日花園院崩、享年52歳。**六**　光厳院・光明院。

【通釈】　十月に御譲位があった。春宮は二条殿に行啓なさって、そこで御譲位、践祚の儀式があった。春宮冊立も同日であるから、二条殿から持明院殿へ、公卿殿上人すべて移動してその儀が行われた。

このようにおめでたい事ばかりで経過するうちに、十一月、法皇花園院がおかくれになった旨が公表される。光厳院・光明院ともに、非常な御嘆きの御様子は一通りではいらっしゃらないという事である。

【補説】花園院は、二九段で作者の妊娠を匂わせるような親しみは見せているものの、それ以上格別の交渉はない。崩に際しても心情の特記はされていない。

なお熊谷直清蔵、康永二年（一三四三）四月十三日付光厳院置文によれば、この時春宮に立った花園院皇子直仁親王は、実は花園院幸姫宣光門院（三〇段「新院御方の三位殿」）と光厳院との間に生れた「胤子」であるという。詳しくは岩佐『光厳院御集全釈』（平12）34頁以下を参照されたい。

八一　参禅修行

一又年《とし》も返《かへ》りぬ。霊鷲《りやうじゆ》寺に詣《まう》づる事《こと》は変《かは》らねど、寺中の有様《ありさま》も万《よろづ》見《み》しにもあらぬ事多《ことおほ》し。繁《しげ》かりし人の跡《あと》も稀《まれ》なれば、草深《ふか》き山路《地》とぞなりにける。「二鶏足《けいそく》山の深《ふか》き道《みち》には竹繁りて通《かよ》ふ跡《あと》なく、」四七ウ孤独園《こどくおん》の昔《むかし》の庭には人住《す》まず」とかや侍る事《こと》も思《おも》ひよそへられて、まことに鷲《わし》三の峰《みね》には思《おも》ひあらはれつゝ、あはれにぞ侍りける。

四神明寺の山本《もと》に草庵《あん》あまた侍るに、二月《きさらぎ》の頃《ころ》五別行と心ざして立寄《たちよ》りぬ。その夜、たゞ一人《ひとり》起《を》き居《ゐ》たるに、雨俄《にわ》かに降《ふ》り出《い》でて《ゝ》、窓《まど》を打《う》つ音《をと》もおどろ〳〵し。されど一通《とを》りにて止《や》みぬれば、六山月窓《まど》に臨《のぞ》みて、起《を》き居《ゐ》る夜半の友たり。峰々の嵐《あらし》は扉《とぼそ》をたゝきて眠《ねぶり》を覚《さ》ますしるべとなる。事《こと》にふれつゝ、心をすゝむるた」四八オよりあり。かゝれども居所を改《あらた》めたるのみなれば、心ざしの至《いた》らざる事《こと》を自《身づか》ら辱《はづか》しむ。且《かつ》うはいよ〳〵心をすゝましむる外《ほか》の他事なし。後《（のち）》ざまには南《みなみ》なる庵《あむ》に宿しつゝ、各々《をの〳〵》座を並《なら》べて眠《ねぶり》を覚《さ》ますべし。

暁《あかつき》、北の庵《あん》に立寄《たちよ》れる事《こと》侍るに、其処《そこ》となく霞《かす》みたるに、軒端《のきば》の梅の匂《にほひ》のみ、七隠《かく》れぬ物とかや打薫《うちかほ》れるなど、いと艶《えん》なる暁《あかつき》の空なり。雲間に残《のこ》る有明《ありあけ》も、いと心細《ぼそ》く見《み》ゆ。

山陰や杉の庵《いほり》の明《あ》け方《がた》に」四八ウ心細《ぼそ》くも出《い》づる月影《かげ》

庭の通《かよ》ひとなれる八柴垣《しばがき》の、いと物はかなき様《さま》も、九憂世《うき》の隔《へだ》てにやと見《み》なさるゝだに、あはれに目《め》とまる心地《ち》して、

あはれなり柴《しば》の庵の柴の垣《かき》うき世の中の隔《へだ》てと思《おも》へば

さてしも一〇世を尽《つ》くすべきならねば、帰《かへ》るべき折《おり》しも、雪いみじう積《つも》りて踏分《ふみわ》けがたければ、その日は留《とま》りぬるに、かの一一光隠《かく》し給ひしあとに、残《のこ》りの燈《ともし》火と頼《たの》み侍る一二長老、ほかへ出《い》づる道の便《たよ》りとて、雪を分《わ》け」四九オて立寄《たちよ》らる。いと嬉《うれ》しきにも、昔《むかし》ながらに一三待《ま》ちつけ聞《きこ》えましか

ば、耳《みゝ》を喜《よろこ》ばしむる言葉《こと》の末もあらましをと、なを《(ほ)》そのかみぞ偲《しの》ばれ侍りける。

【語釈】 **一** 貞和五年（一三四九）。**二** 「鶏足山の古き道には竹繁りて人も通はず、孤独苑の昔の庭には室失せて僧も住まざりけり」（三宝絵詞中巻序）。「鶏足山の古き道には、竹繁りて人の跡も見えず。孤独園の昔の庭、薄加梵うせて人住まずなり」（栄花物語、うたがひ）。鶏足山はインド摩掲陀国、迦葉が入定して弥勒の出世を待つという山。底本「ふかき」は「ふるき」が正しいか。孤独園は給孤独園の略。須達長者が釈尊と弟子らのために建てた祇園精舎があった。底本「すとくおん」、誤写と認め改訂。**三** 「三宝絵詞」では前引本文の前段に「鷲の峰に思ひあらはれ、鶴の林に声たえにしよりこのかた」、「栄花物語」では前文にすぐ続けて「鷲の峰には思ひあらはれ、鶴の林には声たえて」とある。釈尊入滅後の状況描写。**四** 「神明寺の辺に無常所設けて侍りけるが」（拾遺五〇二、元輔詠詞書）、「京の西に神明と云ふ山寺」（今昔物語集十二、神名睿実持経者語第三十五）と見える。霊鷲寺近くの寺であろう。**五** 特別に行う仏道修行。**六** 「渓嵐吹レ樹揺二秋思一 山月穿レ窓訪二夜禅一」（新撰朗詠集五六九、在列）**七** 「霞めどもかくれぬ物は梅の花風に余れる匂ひなりけり」（風雅八〇、為家、宝治百首）**八** 底本「しきかさ」。誤写と認め改訂。**九** 「思ひ入るみ山の里のしるしとてうき世へだつる窓の呉竹」（風雅一七七二、後嵯峨院、宝治百首）**一〇** 残生を送る。**一一** 没した長老をいう。**一二** 意翁円浄の法嗣。素誠金潭か（岳松山大聖尼禅寺逓代伝系録）。**一三** 故長老を。

【通釈】 又年も改まった。霊鷲寺に参詣する事は以前と変らないけれど、寺の中の様子も、すべて以前とは変ってしまった事が多い。多数行き交っていた人々の姿も稀になったから、あたりはまるで草の生い茂った山道のようになってしまった。「鶏足山の古い道には竹が繁って人の通った跡もなく、孤独園の昔の庭には人が住まない」とかいう言い伝えも思い合されて、本当に「鷲の峰には思ひあらはれ」と言う、釈尊が入滅なされた後の有様を見るように、悲しくも淋しい事であった。

神明寺の山の麓に草庵が多数ある所に、二月の頃、特別の修行をしようと考えて立寄った。その夜、ただ一人起きていると、雨が急に降り出して、窓を打つ音も大変騒がしい。しかし一しきりの通り雨で止んでしまうと、山の上に出た月から窓を照らして、座禅を組んで起きている夜の友となってくれる。山々の嵐は扉に音を立てて、眠気を覚ます手引となる。あたりの物事すべて、修行心を奮い立たせる便宜がある。しかしながら、居場所を改めたと言うだけで修行の効果はそれに伴わないから、道心の十分でない事を我ながらはずかしく思う。同時に、ますます道心を進ませようと努力する以外、他の事は考えない。後には南の方にある庵に宿を取って、同宿の人々と座を並べて座禅し、互に眠りを覚ますよう誡めあって修行する。

明け方、北方の庵に立寄る事があったが、あたりは何処となく霞んだ中に、軒端の梅の匂いだけが、霞にも隠れぬ物はこれだけだというように薫っている様子など、大変風情のある暁の空である。雲の間に残っている有明月も、まことに心細く見える。

ここ、山陰の、杉板葺きの小家から明け方の空を眺めると、心細くもあらわれる月の姿よ。

庭の通路をなしている柴垣の、大変頼りなげな様子も、これが俗世間から私を隔ててくれる境界線なのだろうかと見なされるのさえ、いとおしく目がとまる感じがして、いとおしいことよ。柴の庵を囲む柴の垣根は。これが、辛い世の中の隔てとなって、私を守ってくれる物かと思うと。

それにしてもこんなにしてばかり過しているわけには行かないから、帰るつもりをしたちょうどその折、雪がひどく積って踏分けられない程だったので、その日は庵に留まったところ、あのおかくれになった先師の後に、その残された燈火のように目標として頼りにする長老が、外出なさる道のついでと言って、雪を分けて立寄って下さった。大変嬉しいにつけても、先師を昔の通りにお待ち受け申上げる事ができたら、承わって真に感銘するような、ほんの一言のお言葉でもあろうものをと、やはりその昔の事ばかりがなつかしく思われるのであった。

【補説】　時代的に先行女流日記にはあり得なかった事ではあるが、在家女性の参禅修行の有様がこのように具体的に、しかも美しい自然描写を伴って書かれている事はまことに珍しい。「三宝絵詞」・「栄花物語」の引用もよくこなれており、簡潔な中に情景・心情が鮮かに描き出されている。

「又年も返りぬ」と書出されているが、この最終年次、貞和五年（一三四九）の記事の排列は、時系列順になっていない。順を追って整理すれば、次のようになる。

正月五日　実俊任中納言（八三段後半）

　二十九日　光厳・光明両院北山御幸始（八三段前半）

二月初か　神明寺別行（八一段）

二月末・三月初か　雨の花見（八四段）

七月十三日　日野墓所供養（八二段）

またこれに先立つ康永元年（一三四二）今出川実尹没（五五段）に続く北山西園寺第讃美（五七段）にも、「今、貞和五に至るまで」と見える。詳細は解題に譲るが、本記成立・構成の上から注意される書きぶりである。

八二　日野墓所供養

七月十三日に、一日野《ひの》の塔頭《たつちう》に詣《まう》でつゝ、二経陀羅尼《だらに》など、此彼《これかれ》と回向《ゑかう》する数〱もあはれになん。三親《おや》の親《おや》とか言《い》ふべきを、四はじめて手向《たむ》くる水の玉五ゆらに結《むす》べる蓮《はちす》葉の露を見《み》つゝも、闇《やみ》路《ぢ》の光《ひかり》なるべくとぞ、分《わ》きて思《おも》ひ送《をく》られける。

迷《まよ》ふらん闇路《やみぢ》を照《て》らせ六法《のり》の水」四九ウ七結《むす》ぶ蓮《はちす》の露の光に

【語釈】 **一** 塔頭は大寺の中の支院。日野家の氏寺、法界寺（伏見区日野）中の寺房で、俊光家の墓所があり、これを管理する寺であろう。**二** 底本「経たうに」。誤写と認め改訂。陀羅尼は梵語による呪。梵音のまま読みあげる。**三** 祖父俊光。嘉暦元年（一三二六）五月十五日没。享年67歳。当年は二十三回忌に当り、墓所で盂蘭盆供養をしたのであろう。「年ふれどこの契りこそ忘られね親の親とか言ひし一言」（源氏物語、朝顔、三一四、源典侍）。**四** 当時、死者供養は所願の寺で行い、墓所を訪れる事は少かった（栄花物語、うたがひ、木幡浄妙寺創建の条）。**五** ちょっとの間。「露」の縁語。**六** 「法水」の訓読語。衆生の煩悩を洗い清めるもの、すなわち仏法をたとえる。**七**

水をすくう（結ぶ）意と仏縁を結ぶ意をかける。「露」もその縁語。

【通釈】七月十三日に、日野の塔頭に参詣して、経陀羅尼など、あれこれと回向するさまざまの仏事につけても感深い事である。「源氏物語」ではないが、「親の親」、すなわち祖父俊光にはじめて手向ける水が、暫しの間蓮葉の上に玉を結ぶ、その露を見るにつけても、その光が亡き人々を浄土に導く、闇路の中の光になるようと、とりわけ思いしのばれた。

故人が踏み迷うであろう、冥界の暗い道を照らすものとなってほしいよ。御供養の為に手にすくって手向ける

この水が、蓮に結ぶ露の光を反映して。

【補説】解説「三　日野家の人々」末段に述べた通り、今日に残る日野法界寺阿弥陀堂は、名子が参詣した折の姿を今にとどめている。当時は境内に日野家代々の墓地があり、各分家ごとにこれを管理する「塔頭」が設けられていたと推測される。

「親の親とか言ふべき」とは「祖先」と言うような漠然とした意味ではなく、「源氏物語」詠により、祖父俊光をさすであろう（「祖父母」とする解もあるが、祖母寛子は日野とは別氏、公季流阿野で、ここに葬られる事はない）。

今頃はじめて参詣とは甚だ疎遠とも見えるが、日野家の家格向上にあずかって力あった祖父俊光の没した時、名子は17歳ほどであったろうか。鎌倉での客死という異常事態でもあり、当時の習慣としてかく遠隔の現実の墓所そのものにまで妙齢の孫女が詣でるという事はなかったのではないか。今、二十三回忌に当り、はじめて参詣回向する。この地には父資名も眠り、自分もやがては、愛する人の傍ら、北山ではなく、遠く離れたこの墓所に葬られる

のだ。書かれてはいないが、彼女の思いは遠くそこまで及んだであろう。

八三　北山御幸始・実俊任中納言

貞和五の正月《むつき》に、院[一]・新院御幸始《はじめ》、この山《やま》へ成《な》らせ給《たま》ふ。俄《にはか》なるやうにさへ侍りて、一方ならぬ[二]難治《なんち》の由《よし》、度々《たびたび》聞《きこ》え侍れど、新院御位去《さ》らせ給ひて、初《はじ》めたる御事《こと》なれば、さるべき本[三]所なき上《うへ》、且《かつ》うは[四]家《いゑ》の為《ため》にもなど、逃《のが》れがたき事どもになん。御衣架《いか》に御服《ふく》を設《まう》く。本院の御方《かた》[五]緯《ぬき》白、練薄《ねりうす》物、唐《から》花唐《から》鳥、御衣《ぞ》二領両繊綾《しじらあや》、御文《もん》菊八葉《えう》、御単《ひとへ》繊綾《しじらあや》遠菱《とをびし》、御指貫《さしぬき》大紋《もん》繊綾《しじらあや》、御下《した》の袴《はかま》也。新院の御方御狩《かり》衣花山吹《ぶき》、御文杏葉唐草《もんきやうようからくさ》、御衣《ぞ》二領両御色萌葱《もえぎ》、繊綾《しじらあや》、御文菊唐草《もんきくからくさ》、御単《ひとへ》」五〇オ白繊綾《しじらあや》、御文菱《もんひし》、御指貫《さしぬき》薄《うす》色、御文《もん》、鳥襷《だすき》、御下の袴《はかま》紅、御腹白薄《はらじろうす》、紫《むらさき》・白二色也。[六]範賢入道教《かた》掛《か》け奉《たてまつ》り侍る。御帯《おび》・御扇《あふぎ》、同《おな》じくあり。

御車《くるま》、[七]青障子《あをしやうじ》に寄《よ》る。本院の御方御直衣、[八]平絹《へいけん》の薄鈍《うすにび》を奉《たてまつ》る。[九]法皇の御事によりてなるべし。御車《くるま》、女房[一〇]三位殿、出車[一一]藤大納言三位殿・新兵衛督、局・権中納言局・大弐局[一二]、五衣なり。寝殿《しん》の南面《みなみおもて》の御畳《たゝみ》をとり敷《し》き、北向の帳台《ちやうだい》の中《うち》、[一三]大紋《もん》を用《もち（ゐ）》いる。行幸の時は繧繝《うげん》なるべし。大御酒《みき》、内々聞《きこ》し召《め》す。供御、殿上人ども持《も》ちて参る。西《にし》の一間より女房取入《とりい》る。公卿、台盤所《だいばん》を座」五〇ウとす。[一四]三位中将、それにて人々《く》に御酒《みき》すゝめらる。三献《こん》の後《ゝち》、召《めし》に従《したが》ひて御前《ぜん》に参《まい》らる狩《かり》衣上括。一五御馬《むま》御牛《うし》、両御方《かた》へ参《まい》る。夜に入りて・御覧《らん》。殿上人口《くち》を取《と》る。

その後《ゝち》、一六御対面《たいめん》あるべき由《よし》、御使度々《つかひたびく》あれば参《まい》りぬるに、今日《けふ》の儀《ぎ》、万《よろづ》一七昔《むかし》に返《かへ》りぬる沙《さ》汰《た》ども、様々《さまぐ》御感《かん》どもありて、今《いま》よりは常《つね》に成《な》らせ給ふ・べき御一八あらましなど、いとこまやかにそのたまはする。女房の中へ、一九引合《ひきあはせ》二〇一間贈《をく》り聞《きこ》ゆ。

その年《とし》の春の・二一除目《ぢもく》に、三位中将、中納言になさる。二二参議を」五一ォ経《へ》ずして直《ぢき》二三任せらる。

【語釈】 一 正月二十九日、光厳院・光明院褻御幸始。北山第を広義門院御所として幸せられた（園太暦）。二 困難。難儀。三 光明院が私的な本拠とすべき邸第。四 西園寺家の名誉。五 「御方」の下に「御狩衣」脱か（園太暦）。六 高倉範賢（↓一一段注一六）。七 北山第南殿の、私的な接客の間。「公衡公記」「花園院宸記」にしばしば見える。八 無地の平織の絹。「本院心喪御直衣」（園太暦）。九 花園院崩により、光厳院は五箇月の心喪に服しておられた（園太暦貞和四年十二月二日）。一〇 従三位秀子、後の陽禄門院か（↓一六段注一〇）。一一 各女房の伝未詳。新兵衛督は或いは坊門俊親女か。一二 大紋高麗端の畳。関白以上の料。一三 繧繝端の畳。天皇の料。一四 実俊。一五 「両御方、牛馬各一匹〈教言朝臣・忠光御馬を引く、公豊朝臣御牛を引く〉」（園太暦）。一六 両院が名子に。一七 西園寺家栄華の昔に。一八 将来の予期、期待。一九 引合紙。しわのない檀紙。二〇 未詳。紙の量をあらわす単位であろう。或いは誤写あるか。二一 二月二十五日県召除目下名に、実俊任権中納言（園太暦）。二二 底本「参儀」。

誤写と見て改訂。三　順序を踏まず直ちにその職に任ずること。参議を経ず中納言となるのは摂関の子弟以外には異例の事であり、名誉である。

【通釈】 貞和五年の正月に、光厳院・光明院の御幸始が、この北山第において行われる。突然のようなお話であって、一通りならぬ困難である旨を、度々申上げて御辞退したけれど、光明院が御退位になって初めての御事であるから、適切な御本第がない上、一つには西園寺家の為にもなるからなどと、辞退出来ないような事になったのである。御衣架に御装束を用意する。光厳院の御方は緯白、練薄物、文は唐花唐鳥、御衣二領縑綾、御文は菊八葉、御単縑綾、遠菱、御指貫大紋縑綾、御下の袴である。光明院の御方は御狩衣花山吹の文、は杏葉唐草、御衣二領御色は萌葱、縑綾、御文は菊唐草、御単白縑綾、御文は菱、御指貫薄色、御文は鳥襷、御下の袴紅、御腹白は薄紫。と白の二色である。高倉範賢入道がお掛け申上げたのである。御帯・御扇も両院同様にある。

御車は青障子の間に寄せられる。光厳院の御直衣は、平絹の薄鈍を召していらっしゃる。法皇花園院の御心喪ゆえであろう。御車に陪乗する女房三位殿、出車の女房藤大納言三位殿・新兵衛督局・権中納言局・大弐局は五衣である。寝殿の南面に御畳を敷き設ける。北向の帳台の中の御畳は大紋高麗端を用いる。行幸の時は繧繝端のはずである。大御酒を内々に召上る。御食事は殿上人どもが持って参る。西の一間から女房が取入れて御前に供える。公卿達は台盤所を座とする。三位中将実俊君がそこで人々に御酒をお勧めになる。三献が終ってのち、お召によって御前に参上される狩衣上結。御馬・御牛を、両院の御方それぞれに奉る。夜に入ってこれを御覧になる。殿上人がその口を取って引く。

その後、私に御対面なさるという事で、御使が度々あるので参上したところ、今日の万事の儀式は、すべて昔の盛時に返ったようだというお話で、さまざまお喜びのお言葉があって、今後は始終御幸遊ばすお心積りであるなどと、大変懇切におっしゃって下さる。女房方の引出物として、引合紙を二間お贈りする。

その年の春の除目に、三位中将の君は中納言に任ぜられる。参議を経ず、直ちに任官されたのである。

【補説】「園太暦」正月二十九日条に、次のようにある。

天晴る。今日褻の御幸始也。両院西園寺に幸す、是れ広義門院御所の儀と云々。（中略）未の剋許り両院御幸本院心喪御直衣、新院尋常御直衣、綾の御指貫也。（中略）公卿供奉無し。（中略）帥卿（公秀）・按察卿（資明）両人の外参会の人無し。御膳を簾中に於て饗す。五献の間御牛・御馬を進む。其の後二献の後還御と云々。又参会の輩、便宜の所に於て饌を居う。亭主三位中将（実俊）共に著く。

（裏書）女院御所の儀の時、贈物管絃の具を献ぜらる。定例と云々。今度の儀尋ぬべし。本所、御衣架に御服を懸く御狩衣・御袙・御単・御指貫・御下袴・御扇と云々。御所御本各一具と為す。本院薄香、新院花山吹云々。是別儀結構の沙汰也。

両御方、牛馬各一疋。（割書略）

九段永福門院御所としての北山行幸記事が思い合される。

実俊、権中納言直任は15歳。父公宗は参議を経て正中二年（一三二五）任官、17歳。父を超え、摂家子弟なみの特別待遇を得させる事を得た名子の喜びはいかばかりか。

八四　雨の花見

同じき春の頃《ころ》、都《みやこ》[一]にて療治《れうぢ》[二]めかしき事《こと》侍るに、鷹司《たかつかさ》[三]の老人《おい》かたりて、珍《めづら》しうのどかなるに、帰《かへ》る名残《なごり》をいかにと慕《した》ひの四たまへる《給》。五むりやう《無量》光院の花《はな》、いみじう盛《さか》りなれば、我も人六もいかに玩《もてあそ》ぶべきにかなど、御酒《みき》すゝめつゝ眺《なが》め暮《くら》したるに、雨さへしほ〳〵と降出《ふりい》でぬれば、「いと山路《ぢ》たど〳〵しうなりぬ」と人々七急《いそ》がせば、眺《なが》め捨《す》てつゝ、八かれより、

慕《した》ひ見《み》し山路《ぢ》の花の木の本《もと》にとめし心の程《ほど》は知《し》らずや」五一ゥ
馴《な》れしよりかゝる別《わか》れのあらんとは思《おも》ひながらも猶ぞ九おどろく
名残《ごり》思《おも》ふ涙《なみだ》の雨のかきくれて花も一〇しほれし帰《かへ》るさぞ憂《う》き

返事に添《そ》へて、

二思ひやれ雨も涙《なみだ》もかきくれて名残《ごり》しほれし花の木の本
三いとせめてあかぬ名残の悲《かな》しさに馴《な》れしさへ憂《う》き恨《うらみ》とぞなる

【語釈】一 洛中。北山第は都の外であった。二 病気治療のような事。自身の体調にかかわる私的な事ゆえ、憚って朧化した表現。三 伏見院中納言典侍と推定される。俊光女、鷹司家雅室、冬雅母。名子の伯母。五九段「訪はずなりぬる人」(注三)、六六段「例の老人」(注三)と同一人であろう。四 「の」は字母「能」であるが、おそらくは「入」の誤読・誤写で、「入給へる」か。五 ↓四二段注六。六 鷹司の老人。七 老人の帰洛を。八 三首、老人の贈歌。九 改めて別れの時の来た事に気づき、悲しむ。一〇 しとどに

濡れた。二　老人の第三首に対する名子の返歌。底本「名より」。誤写と認め改訂。三　同じく第二首に対する返歌。

【通釈】　同年春の頃、都に出て病気の療治のような事をしたのに、鷹司の老人と語り合って、珍しくのんびりしたので、私が北山に帰るのを何とも名残惜しいと同行して来られた。北山では無量光院の花が大変盛りであるので、私も老人も、いくら賞美しても賞美し切れないとばかり、御酒を酌み交わしながら眺め暮らしていたが、雨さえしょぼ〳〵と降り出したので、「これでは帰りの山路が大変歩きにくくなってしまう」と供の人々が急がせるから、せっかくの眺めを見捨てて帰るといって、老人から、

あなたを慕ってやって来て見た、この山の美しい花の木の下に、名残惜しさにとどめた私の心の深さを、わかっていただけるでしょうか。

親しみ馴れた始めから、こういう是非ない別れがあろうとは、予期していながらもやはり驚かれる事です。

都に帰ったあとの名残惜しさを思う涙の雨が、折からの春雨と共にかきくらし降って、花もびっしょりぬれてしまった帰り道の、何と辛いことよ。

返事に添えて詠んだ歌、

思いやって下さい。雨も涙も一しょになって目の前も暗くなる程降って、お名残惜しさにぬれしおたれた、花の木の下の有様を。

ああ本当に、あきたりないままにお別れした悲しさに、これまでお親しくした事さえ、かえってそうしなければよかったと、辛く思える程の恨みになる事ですよ。

【補説】「鷹司の老人」は、本段にはじめて登場するが、注三に示した如く、五九段「花の盛りを頼めつゝ訪はずなりぬる人」、六六段「例の老人誘ひ聞え」とある人物と同一であろう。この三者に共通の性格として、名子ときわめて親しく、誘い誘われて——むしろ名子の方が主導権を持って、往来し交際しうる人、和歌のよく詠める人、西園寺家の過去の栄光を心得、広義門院とも親しい人、そして本記の読者として本来予想されるごく狭い範囲の人々の間では、「老人」ないし「鷹司の老人」で直ちに特定される人、という特性が浮び上る。恐らくは、名子の身内の、持明院統に宮仕えした事のある、高年の女性であろう。

これらの条件に最もよく該当する人物——それは名子の伯母、日野俊光女伏見院中納言典侍、花山院家の支流鷹司家雅室、冬雅母であろう（岩佐「竹むきが記作者と登場歌人達」『京極派歌人の研究』）。生没年は未詳ながら、仮に夫家雅と同年とすれば建治三年生（一二七七、父18歳）、永仁五年十五夜歌合出詠（21歳）、嘉元三年（29歳）冬雅をもうけ、徳治三年（32歳）夫と死別、冬雅4歳。冬雅は長じて資名女（渡辺静子氏推定によれば名子より4・5歳の姉）をめとり、5歳の男宗雅を残して正中二年没（21歳）。すなわち家雅室は名子の伯母であり姉の姑でもある。さきの推定によれば六六段の貞和元年69歳、本段五年73歳。出生時の父の年齢18歳から考えて、彼女の生年はこれを大きく遡る事はなかろうから、当時存命、また名子と共に行動し得る可能性は十分ある。これ以前家雅母、大納言長雅後室も「鷹司禅尼」と呼ばれている（花園院宸記元亨二年八月二十三日）。彼女は名子にとって、ごく親しい年長の身内であり、若くして夫を失い、幼い遺児を守り立てて世に出すという同じ体験をしている。この人の前では名子は西園寺家後室という体面にとらわれる必要はない。安心し、打解けて語り合える、ただ一人の人である。傍た、名子と花をめでて酒を酌みかわし、和歌を贈答して本記を閉じめるのに最もふさわしい人であろう。かくて名子は、口にし得ぬ苦難をすべて胸におさめ、静かに筆を置く。

八五　跋歌

一 藻《も》塩《しほ》草かきて集《あつ》むるいたづらに憂《う》き世を渡《わた》る海人《あま》のすさみに
二 なき跡にうき名やとめんかき捨《す》つる浦《うら》の藻屑《もくづ》の散《ち》り残《のこ》りなば　五二オ

【語釈】一　以下二首は前段から独立し、全篇の跋としての述懐歌。「かき」は「掻き」「書き」、「あま」は「海人」「尼」の懸詞。二　擱筆に当っての謙辞。

【通釈】海藻を掻き集めるように、つまらない思い出を書き集めることだ。なす事もなく俗世の生活にあくせくする海人の仕事にも似た、今は出家の身の私の手すさびとして。

亡くなった跡に、はずかしい評判をとどめる事だろうか。掻き集めて捨てる海岸の藻屑にも似た、私の書き捨てる筆の跡が、もしや残って人の目にふれるならば。

【補説】この二首は前段に直結するものではなく、本記上下巻を完成した後の或る時期において、全巻をふりかえって詠じたものであろう。冒頭一段【補説】に、述懐・美辞抜きで書きはじめる日記は少い事を言ったが、同様、大尾を述懐・読者への挨拶の作者自詠で終る日記も本記一つである。「うたゝね」の巻末歌は同趣ではあるが作者詠ではなく、古歌引用（続後撰一一四〇、中務）である。本記のこれは作者半生を追懐しての、深い感慨を示す結びとしていかにもふさわしい。

「海人のすさみ」に「尼」を匂わせているが、作中に作者出家を思わせる記述はない。八一段では参禅修行に心を傾けつつも「さてしも世を尽くすべきならねば」と在俗の日常に立返り、続く八三段で北山御幸始の供応を取りしきるのである。実際、当時西園寺家当主実俊は15歳。未だ結婚にも至らず、母名子が在俗後見を続けねば家の管理経営は成立たぬであろう。跋歌二詠は、貞和五年ではなく、以後数年の後、出家を遂げ、実際に本記を完成した時点で詠まれ、書き加えられたものと考える。本記の成立経過、最終成立時期については諸論あるが、決定的な証はなく、詳細は解題に譲る。

冒頭・跋歌のありようを見ても、本記が「伝統」の「安易なうけつぎ」（永積）ではなく、自らの「かく書かねばならぬ」内心の要請からする、ユニークな作品である事が知られよう。より広く、多方面からの味読、研究の進展する事を願って、拙い注釈の筆を止める。

解　題

南北朝時代は、天皇の地位・社会指導者層の交替・女性権利の変容、いずれを取ってみても、明治維新・昭和敗戦と並ぶ、重大な歴史の曲り角であった。「竹むきが記」はこの時代に、公武闘争の表舞台となった宮廷に上級女房として仕え、外圧と内紛で存立の危機にある公家名門の後室として婚家の地位保全につくし、もって婿取婚から嫁入婚へという婚姻史の歩みの中で、最初の「嫁」「家刀自」としての自覚的役割を果した事実を率直に書き記した、中級貴族出身の一女性の半生記である。

同時に本記は、「蜻蛉日記」以来約四百年間、十二作にも及んで続いた女流日記の伝統の掉尾に位置する作品である。しかしその玩味・研究、学界における関心・評価の程は、他日記に比し格段に低いと言わざるを得ない。そもそも、中古女流日記の華麗な成果に眼を奪われる余り、時代の推移、社会環境の変容を考慮に入れず、中世日記全般に対し中古日記と同様の性格・表現を求め、新たな時代に即した内容・文体の価値を全く認めようとしないのが、日記文学研究の潮流であった。中にも「竹むきが記」は、明治最末年にようやく紹介・翻刻がなされたものの、以後長く放置された。さすがに最近はこれら中世諸作に対し、「女房日記文学の衰えはてた最後の姿」（永積安明『中世文学の展望』昭31）といった悪声を放たれる事はなくなり、注釈類も各作品相応に整いはしたものの、整っただけに能事足れりとして、「とはずがたり」「十六夜日記」以外は再び無関心状態に入っていると言わざるを得ない。本記についても、今日なお学界ならびに一般の理解度はきわめて低調、本記をもって女流日記文学の伝統の途絶える事の意味も、十分に追求されてはいない。

しかし中古以来の諸日記の中で、最も現代的に切実な意義を持っているのは、日記十二作の掉尾に位置し、「衰えはてた」とすらみなされる本記であること、冒頭に示した三つの「歴史の曲り角」に徴して見れば明らかであろう。明治維新は暫く措き、南北朝戦乱と、昭和敗戦とを思うに、彼は一国の内戦、此は世界的規模の大戦。スケールの差こそあれ、そのもたらした惨禍と社会的変革の甚だしさは酷似している。私事を交えて甚だ恐縮ながら、敗戦は私の十九歳、新婚間もなくの事であった。図らずも作者名子とさして隔たらぬ年齢で相似た体験をした人間として、本記に深甚の共感を覚える所以である。

それも六十五年の昔となり、現代の研究者からは悲惨な戦禍はもはや想像の域でしかない事を思い、貧しい体験もまた本記読解への何等かの力ともなるかと考えて、私よりもはるかに悲痛、はるかに困難な生を生き、しかも後世に残るこの作品を成した作者名子のために、ここに改めて全注釈を刊行、本記研究の深化進展を祈ること切である。

一　研究史

本記は和田英松「竹むきの記について」（史学雑誌22―6、明44・6）に、前年春、上野帝国図書館に於て「ゆくりなくも」発見した、「元徳より貞和に至る間の事どもを、仮名文につゞれる」世にも珍しい一書として紹介され、続いて『史籍雑纂　一』（明44・8）に翻刻されて世に知られた。しかし、「文学性においては先行女流に遠く及ばぬが、性向は婦女子の亀鑑とすべく、史学上にも裨益する事多い（大意）」とした、和田の最終評価により、文学的には評価されぬ一方、史学上には、時を同じくして白熱化した南北朝正閏論のため、云々する事が憚られて埋れ過した。池田亀鑑『宮廷女流日記文学』（昭2）でも、本記は全く視野にも入っていない。

昭和二五年、「とはずがたり」がはじめて翻刻紹介され、その研究が華々しく進展するに従い、本記にも改めて視線が向けられた。玉井幸助「竹向が記」（学苑、昭37・1、『日記文学の研究』昭40所収）は、作者・内容と成立・伝本にわたり、初期の研究としてきわめて行届いたもので、爾後の研究の基礎となった。玉井論文発表直後、昭和二七年中世文学会春季大会に口頭発表した、塚本康彦「竹向の記」（日本文学、昭39・12、『抒情の伝統』昭41所収）は、「戦後の中世文学研究の潮流は、これを動向的に眺めるならば、「叙事的なるもの」の発掘と「抒情的なるもの」の擯斥であった」（圏点原文）という観点から、「「叙事的」と対比させて「抒情的」の存立理由を明らめる」目的で、「平家物語」に対する「建礼門院右京大夫集」、「太平記」に対する本記の価値を説き、「時代の嵐に虐げられた女の心の内面を忠実に記したもの」「絵空事ならぬ実人生の手ざわり」として、従前とは異なる評価を下している。

松本勝美「「竹むきが記」（上巻）の誤写」（国文学踏査、昭43・2）以降、神谷道倫らの本文研究が進み、昭和四五～六年には、松本寧至校『竹むきが記』（昭45・5、古典文庫）の影印翻刻をはじめ、祐野隆三（山梨英和短期大学紀要4、5、昭45・10、46・10）、渡辺静子（清和女子短期大学紀要3、昭46・8）と翻刻が出揃った。一方内容的には、「彼女は実に、一切の怨みを心の襞に押し込めて生涯を終えたのであった。夫を殺されたことに恨みを抱かなかったわけではない。（中略）蓋し、それを公表することは許されなかったのである」として、中巻存在説を明確に否定し、「夫がわが家に対して持っていた情熱は、彼女に引き継がれ、彼女の情熱の対象となった。（中略）行き所を失った愛の情熱が、女の生命を支える執念に変った事実を、私どもは「竹むきが記」に見るのである」と結論した、位藤邦生「「竹むきが記」の特質」（中世文芸44、昭44・7）が、この時期出色の論である。

渡辺静子には「「竹むきが記」考」（清和女子短期大学紀要1、昭44・8）から「『竹むきが記』の旅」（大東文化大学日本文学研究21、昭57・1）まで八論文があり、『中世日記文学論序説』（平元）に収録、更に『うたゝね　竹むきが記』（次田香澄・渡辺静子各校注、昭50）、『竹むきが記総索引』（市井外喜子と共編、昭53）を著わし、研究に資するところ甚だ大きい。また水川喜夫『竹むきが記全釈』（昭47）は本記最初の詳しい全釈で、初期のものとて種々問題はあるが、資料を博捜した労作である。

福田秀一「竹向が記試論──特にその成立と史的意義について──」（武蔵大学人文学会雑誌4─1、昭47・7、『中世文学論考』昭50所収）はこの時期のものとして、紹介・評価の点で簡明にまとまった論。岩佐は「『竹むきが記』私注（上巻）」「同（下巻）」「同（続編）」（国語国文、昭47・2〜3、53・10）に細かい字句解釈、人物比定、婚姻史から見た考察等を行い、ともに『宮廷女流文学読解考中世編』（平11）に収録、また『中世日記紀行集』（新日本古典文学大系、平2）に本記校注を担当した。更に今関敏子「竹むきが記にみる家意識──南北朝期の女性の一例──」（女性と文化Ⅲ、昭59・3、『中世女流日記文学論考』昭62所収）は家意識と個我との葛藤の中に本記をとらえ、作者の孤独と寂寥を読みとっている。その他諸家の研究は巻末参考文献に譲るが、伊東明弘「竹むきが記作者の一族をめぐって」（慶応義塾志木高等学校研究紀要5、昭50・3）の詳細な考察以後の、久しい新進研究者払底の状態を脱して、白水直子「『竹むきが記』の成立について──特に執筆態度を中心として──」（甲南国文36、平元・3）が発表され、更に近年、宮川明子「『竹むきが記』の成立について」五條小枝子「霊鷲寺の長老──『竹むきが記』作者の禅修行──」（共に国語国文、平12・12）、宮川「我だに人のおもかげを──『竹むきが記』の特質と執筆意図──」（国語国文、平13・7）、五條『竹むきが記研究』（平16）、同「日野資名後室「芝禅尼」の活躍」（広島女学院大学大学院言語文化論叢10、平19・3）と、好論・好著が続いた。現時点における研究上の諸問題は、五條著書序章「『竹むきが記』研究の課題」

に簡明にまとめられており、今後の指針とするに十分であろう。

しかしその後の研究状況を見るに、本記への関心は再びきわめて低調、また私自身としても種々失考に心付く点もあり、改めて強調再説したい部分も存する。屋上屋を架するようにも思いつつ、本全釈を成す所以である。

二　伝本

「竹むきが記」の伝本は、

一　国立国会図書館本
二　宮内庁書陵部本
三　京都大学国史研究室本
四　東京大学史料編纂所本
五　神宮文庫本

の五本が現存するが、二以下はすべて国立国会図書館本の転写本である。大東急記念文庫蔵「禁裡御蔵書目録」に「竹むきか記上宗綱卿 下基綱卿―二」とあり、松木宗綱（文安二〜大永五〔一四四五〜一五二五〕、81歳）姉小路基綱（嘉吉元〜永正元〔一四四一〜一五〇四〕、64歳）両筆による、文明（一四六九〜八六）頃の古写本の存在が知られるが、これは万治四年（一六六一）禁中火災に焼失。宮内庁書陵部・東山御文庫蔵「歌書目録」に見える「竹むきか記二―」が国会図書館本に当るかと推測されている。当本は上下巻とも墨付巻首に「宮内省図書印」と「帝国図書館蔵」の印があり、明治五年（一八七二）書籍館として創設以降何等かの理由で宮内省から同館に所管が移り、今日に至ったものと考えられる。すなわち国会図書館本は事実上全くの孤本であって、他に古筆断簡の類も発見されていない。

国立国会図書館本は、袋綴写本一冊、縦14・8糎、横20・4糎。函架番号「み―92」。本来上下二冊であったものを合冊し、原表紙を保護すべく、茶色地に「帝國圖書館蔵」の浮出し文字を配する覆表紙（同館蔵写本に共通のもの）を付ける。その題簽（10・6×2・1糎）には「竹むきの記　上下」とある。

原表紙は上下とも藍刷草木唐草模様。題簽（各9・5×2・15糎）に「竹むきか記　上」「竹むきか記　下」とある。本文・見返しは共紙で素楮紙。本文墨付、上三六丁、下五四丁。共に遊紙前後各一丁。一面一三行、和歌は本文より二字下げ、上下句二行。字高約12・4糎。書写年代は江戸前期か。題簽は本文とは別筆で、霊元天皇筆かとも（松本寧至）。題名は以前「竹むきの記」が正しいかとも言われたが、この題簽の書体は明らかに「か（可）」である。本文には若干の虫損はあるものの、判読には問題ない。奥書・識語の類は存在しない。

三　日野家の人々

日野家は大織冠鎌足四代の孫、内麿の裔である。内麿男真夏は摂家の祖冬嗣と同腹の兄であるが、分れて日野一流の祖となる。代々諸国の国司を歴任、六代の孫有国（寛弘八年［一〇一一］没69歳）は従二位参議勘解由長官、大宰大弐に至る。その男廣業・資業兄弟の代から、文章博士となって帝・春宮の侍読を勤め、また蔵人・弁官として事務官僚の道を歩む。資業三代の孫、実光（久安三年［一一四七］没79歳）は従二位権中納言に進み、以後これを極官とする。鎌倉初期に定着した堂上家の家格から言えば、摂家・清華・大臣家・羽林家に次ぐ名家《めいけ》（三五段【補説】参照）に当る。六代の後、作者名子の祖父俊光に至り、伏見院執権、後伏見・花園・光明院乳父として持明院統のために活躍、権大納言に昇り、「いみじき事に時の人言ひ騒」いだという（増鏡久米のさら山）。嘉暦元年（一三二六）三月、後醍醐帝の春宮邦良親王没に当り、量仁親王の立坊を促進すべく関東下向、五月同地に客死、67歳。そして七月、量仁立坊が実現する。

俊光男資名は、後伏見院執権、光厳・後光厳院乳父として同じく権大納言に昇るが、元弘三年（一三三三）光厳帝らの東方蒙塵に従い、近江番場で出家、建武五年（一三三八）没、52歳。父や弟資朝ほど切れる能史ではなかったかも知れぬが、篤実な事務管理者として、持明院統から信頼されたと思われる。弟に、後醍醐討幕計画に与して佐渡配流、被誅の資朝、柳原家の祖資明、建武に敗戦して九州に走った尊氏に光厳院の院宣を伝えた三宝院賢俊らがある。

子女のうち、房光・氏光・名子は諸記録に見るその親しさからおそらく同母で、「尊卑分脈」に載る、俊光弟日野別当頼宣女、資名室、氏光母がこれに当ろう。伊東明弘の考証によれば、名子を夫公宗と同年と仮定して、房光は2歳の兄、氏光は5歳の弟。房光は資名と同時に出家、氏光は建武二年（一三三五）中先代の乱に連座して公宗とともに被誅。家督を嗣いだ時光は、嘉暦三年（一三二八）、すなわち本記開始の前年誕生という年少ゆえ、異母弟と思われ、その「母儀遠忌」は康安二年（一三六二）に営まれ（愚管記七月十三日）、更に貞治五年（一三六六）養母の服解から復任している。この養母が後述芝禅尼と推測される。女子は、「分脈」に四名を載せるが、うち筆頭の一人に「右大臣実俊公室」と注するのは不審。後述実俊の項でなお考える。次が名子、続いて従一位宣子。この人は文和二年（一三五三）後光厳帝即位に褰帳典侍を勤仕し、同四年の賀茂祭女使に「新典侍時光姉妹也、宣子、供奉」（園太暦四月二十四日）と見え、名子よりはるか年少、おそらく芝禅尼の女で、養母関係で時光が扶持したのであろう。のち従三位から従一位、岡松一品と号し、永徳百首作者として新後拾遺六首、新続古今二首の入集を見る。残る一女子は従三位冬雅室、宗雅母で、名子より4・

5歳の姉か（渡辺）。冬雅は花山院流鷹司で、その母家雅室は俊光女伏見院中納言典侍。すなわちこれが最終段に登場する「たかつかさのおい人」であろう。詳しくは八四段【補説】に述べる。この女子の母は不明ながら、右「おい人」との親交を見ても、名子と同腹か。

当代以後の日野家において最も力を持ち、活躍するのは、資名の後妻、「芝禅尼」である。本記七四段に「しば」と見える人物で、三八段資名没の条に、「やがてその日、様変へらる」とあるのが、この妻の出家をさすと考えられる（同段【補説】）。彼女に関しては、五條小枝子「日野資名後室「芝禅尼」の活躍」（広島女学院大学大学院言語文化論叢10、平19・3）に詳しい考察がある。出自は不明ながら、自ら「安居院芝」に住居を持ち（師守記貞治六年〔一三六七〕四月十五日）、資名も時に「芝禅門」と呼ばれもするし（園太暦延文元年〔一三五六〕二月二十六日）、三三段建武の乱敗戦に、名子が「安居院の寺に知るたより」を求めて避難するのも、芝禅尼の息のかかった地域ゆえかと思われる。文和元年（一三五二）南軍京都恢復に当り、実俊が公重に家督を奪われ北山第を退居した折には、「芝禅尼居」に移住している（園太暦二月十六日）。

資名没の時、時光は未だ11歳。加えて養君光厳院第三皇子弥仁親王（後光厳院、生後二箇月）は迎えたばかり、名子と実俊の処遇も西園寺家ないし持明院統において未だ確定しない。この家を背負って立つのが芝禅尼である。「中陰の末つ方より、跡の事ども、とかく雄々しからぬ事ありて」と名子が嘆いている（三八段）のは、おそらく時光成人までの所領管領者、および資名在世中すでに後家分として指定されていたであろう所領管領者として、芝禅尼が絶大な権力を持つ事に対しての、周圍の不満、反撥等があった事をさすのであろう。後、貞和三年（一三四七）、時光が20歳に達したのに芝禅尼が預り分の所領を返給しない事につき、武家の執申を受けて光厳院の下問があり、禅尼が周章した旨、「園太暦」に記されている（十二月三・四日）。相当なやり手であり、あくの強い人物であったろうが、また当時、彼女なくしては日野家が立行かなかったであろう事も確かである。しかも彼女は後年まで、時光ならびに　族中の有力者、柳原資明・三宝院賢俊らとも快く、名子も敬意をもって対応している事が知られる（七四段・賢俊僧正日記文和四年［一三五五］七月十二日）。

やがて観応の擾乱、北朝三院南方拉致により、養君後光厳帝が図らず皇位に擁立されるに伴い、その経済的後見者、公武間の内々斡旋者として力を持ち、（園太暦文和二年［一三五三］七月十八日・延文三年［一三五八］六月二十四日）、長講堂の一部をも申し預かっていた（師守記貞治元年［一三六二］十月十四日）事が知られる。

経済のみならず、その力は閨門政策にも及び、時光女業子・時光長男資康女康子はともに足利三代将軍義満室、特に後者は後小松帝准母、北山院となる。皇族または天皇の後宮ならずして女院号を受けた唯一の例で、その栄華は「北山院御入内記」（群書類従）に知られる。以下資康四代の孫女、八代義政室、九代義尚母として有名な富子に至るまで、日野家の女はほとんど代々足利将軍室となって嗣子をもうけ、更に後小松帝妃、称光帝母光範門院（時光男資国女）を出した。その詳細は巻末日野系図で見られたい。また血統は日野西・裏松・烏丸・武者小路・柳原の諸家に別れて、近世公家文化の担い手となった。

早く、真夏の孫家宗（元慶元年［八七七］没61歳）が洛南日野に最澄作の薬師像を祀る堂を営んだのが法界寺の草創と伝えるが、資業（延久二年［一〇七〇］没83歳）は永承六年（一〇五一）二月、ここに阿弥陀堂を建立、日野一族の氏寺とした。あたかも天喜元年（一〇五三）造立の平等院鳳凰堂と時を同じくし、現在のそれは嘉禄二年（一二二六）頃の再建かとされるが（民経記同年九月二十六日）、壁画・柱絵ともども優美な藤原期貴族邸仏堂の面影を残し、本尊定朝様阿弥陀如来像と共に国宝に指定されている。薬師堂（明治末奈良高田伝燈寺本堂を移築）および本尊薬師如来（藤原期）は重要文化財。現地名は京都市伏見区日野西大道町で、「日野の乳薬師」の名で現在も乳の出ぬ女性の信仰を集めている。

境内は日野一門の墓所として、それぞれを管理する支院、八二段にいう「塔頭《たちう》」があったとおぼしく、応仁・天正の兵火を受けつつも現代まで主要部分を存続しているという事は、一方に資業四代の孫に当る親鸞誕生（承安三年〔一一七三〕）の地ゆえの崇敬もあろうが、千年にわたり持続された日野家のかくれた底力、財力の程を思わせるものである。

四　西園寺家の盛衰

西園寺家は藤原師輔の第十子太政大臣公季を祖とする。以後、大納言を極官とするにとどまっていたが、七代の孫実宗に至って内大臣に進んだ。家格で言えば名家の三級上、清華に当る。その男公経は鎌倉幕府創業の新時代に当り、頼朝の妹婿なる一条能保の女と婚し、一方後鳥羽院別当として重用されたが、承久の変に当り幕府方と目されて男実氏と共に一時拘禁され、被誅の危機すらあった。しかし戦が幕府方の勝利に終るや、事態収拾に尽力、後堀河帝擁立、内大臣から太政大臣に進み、関東申次として朝幕間の斡旋に権力を振った。また対宋貿易によって巨富を積み、北山西園寺第・吹田山荘等々の別墅を経営した。

寛元四年（一二四六）鎌倉幕府執権となった北条時頼は、公経没後関東申次の職にあった九条道家を排して公経男太政大臣実氏をこれに任じ、以後公宗没に至るまで当職は西園寺家当主に引継がれた。実氏は女姞子（大宮院）を後嵯峨帝に入内させ、姞子は後深草・亀山二帝をあげて、実氏は二代の外祖父として絶大の権勢を持った。男公相も太政大臣まで進んだが実氏在世中に没し、孫太政大臣実兼は、持明院統（後深草）大覚寺統（亀山）対立の時代に巧みに周旋して、女鏱子（永福門院）を伏見帝中宮、後伏見帝養母とする（持明院統）一方、瑛子（昭訓門院）を亀山院妃、禧子（後京極院）を後醍醐帝中宮とした（大覚寺統）上、関東と結んで両統迭立を演出した。実氏・実兼の二代、皇室外戚としてしばしば北山第に行幸御幸を仰ぎ、同第の最も盛んな時代であった。

実兼男左大臣公衡は女寧子（広義門院）を後伏見院妃としたが、妹昭訓門院所生の恒明親王の未来の春宮擁立を策して一時後宇多院の勅勘を受けるなどの事があり、父に先立って没した。男内大臣実衡も元亨二年（一三二二）実兼没の五年後に36歳で没し、18歳の公宗が家督を相続した。母は二条為世女昭訓門院春日。異腹の弟に7歳年少の公重がある。春宮大夫として光厳帝に親近し、正二位権大納言に至るが、建武二年（一三三五）八月二日、北条時行の乱にからんで後醍醐帝に叛したとして捕えられ、誅殺された。27歳。公重の密告によるとされ、家督も公重のものとなった。

実俊は当時母名子の胎内にあり、「太平記」の劇的に記す所によれば公宗の百箇日に出生、人目をしのび母方で育てられ、同三年光明帝践祚、後醍醐帝吉野潜幸により、四年3歳で叙爵、北朝廷臣の列に加わった。以後永福門院・光厳院の庇護のもと、家督を恢復、北山第に住んだ事は本記に詳しい。家督をめぐる公重との確執は本記中にもしばしば記されるが、観応の擾乱の結果崇光帝廃位、光厳・光明院とともに賀名生に拉致された時、実俊も公重に北山第を奪われて芝禅尼第に移った事前述の通りである。尊氏の後光厳帝擁立により、幼時日野家で同帝（弥仁親王）と共に育った実俊はその側近として美濃小島にも供奉する（小島の口ずさみ）など北朝方廷臣として終始し、延文三年（一三五八）、24歳正二位権大納言の時母名子を失う。貞治三年（一三六四）正二位内大臣、五年右大臣、六年これを辞し、永和元年（一三七五）叙従一位、康応元年（一三八九）七月六日没、55歳。家督を争った叔父公重は貞和五年（一三四九）内大臣、観応二年（一三五一）辞し、貞治六年（一三六七）南方に於て没、51歳。男権中納言実長は文和四年（一三五五）河内天野で父に先立って没、21歳。公重の系統はこれをもって絶え、家督争いは終りを告げたが、実俊男公永も父没の翌明徳元年

（一三九〇）38歳で早世した。宮廷衰退の時代とて、実俊以降特に秀でる者もなく、近代に至り、幕末から昭和にかけ政治家として活躍した西園寺公望（徳大寺家よりの養嗣子）が突出して著名である。北山第も公永男実永の代に足利義満に譲渡され、応永四年（一三九七）以降、金閣をはじめとする北山殿として、新たな北山文化の拠点となった。

実俊室には洞院公賢女が早くから約束されていたが洞院系図では遁世、早世とされ（四五段【補説】）、公永母は四条隆資女、二男公兼母は家女房。他に前述のように、分脈日野系図資名第一女の位置に「右大臣実俊公室」の記載がある。当時叔母甥の結婚はあり得る事ではあるが、自身家格で苦労した名子が、このような縁組を許したかどうか、いささか疑問である。或いは前述文和元年実俊芝禅尼居移住などの事実を考えると、芝禅尼所生の末妹か、又は系図に名子の二重記載等何等かの誤りあるか。なお考えたい。

五　作者名子

1　生涯概観

名子の実名は、「花園院宸記」元弘元年十月別記、六日剣璽請取の項に、「典侍資子」とあるため、初名資子、のち即位式褰帳勤仕の際、同役の資清王女資子と同名を避けて名子と改名したかとも言われるが、女性の実名は必ずしも周知されず、父の偏諱や同音の宛字で適当に書いてしまう例も同宸記には散見されるので、確言はできず、本来名子であったかもしれない。後年、西園寺実俊母後室として北山第に入ってのちは、「竹むき」と通称され、本記の書名ともなっている。「……むき」とは、「……を正面とする殿舎」の意で、「中務内侍日記」弘安九年五月十三日の条に、冷泉富小路殿の「松むき殿」が見える。本記では九段方違え北山行幸に、「竹向、本院の御方にせらる。……女院の御かた小御所」、四一段実俊北山移居に、実俊母子の居所を、「小御所を竹向かけてしつらへり。……北殿にこそ住み給ふべきを、……そのまゝにて南殿になほ住み給ふ」とある。すなわち、北山第の客殿なる南殿の、竹を主題とする庭に向った殿舎で、「小御所」とも連なり、御幸の際の御座所ともなり得る一殿、それを主要居所としたが故に、名子をさして「竹むき」、その日記ゆえに「竹むきが記」の名称が生れたのである。

名子の母は不明ながら、本記に見る房光・氏光との親密さ（一三段・三四段・七一段）から見ても、三者同母（或いは姉冬雅室も。「日野家の人々」参照）、「尊卑分脈」に見る頼宣女、「資名卿室、左衛門佐氏光母」なる女性がそれであろう。頼宣は日野資宣男、俊光弟、日野別当、尊勝院。すなわちこの女性は資名とはいとこ関係に当り、本来的な正室と思われる。

名子の生年は未詳であるが、元徳元年（一三二九）春宮量仁親王元服に、内裏式場指図を縮尺書写してそのまま「後伏見院宸記」に切継がれ、元弘元年（一三三一）光厳帝践祚に任典侍、翌年即位式に褰帳を勤め叙従三位という経歴を考えると、かなり早くから後伏見院身辺に出仕して宮仕え馴れしており、日記起筆当時実務家女房として相応の年齢には達していたものと思われる。夫公宗は「公卿補任」によれば延慶三年（一三一〇）生れで、玉井幸助「竹向が記」では名子も同年と仮定しており、一方渡辺「「竹むきが記」考」では公宗の生年を「公卿家伝」により延慶二年（一三〇九）とし、名子は若干年少かと見て、『うたたね　竹むきが記』附載の年譜は、公宗誕生の翌年、延慶三年出生と仮定して作成している。結局名子年齢については玉井説と一致する。両説ともに仮説ながら、これに従って大過ないと考え、以下の考察はこれによる。

名子の死は「公卿補任」延文三年の項に実俊（権大納言正二位、24歳）の尻付に、「二月廿三日喪母」とあり、また近衛道嗣「愚管記」同月二十八日に、「西園寺大納言母儀去廿三日他界云々」と見えている事で明確である。すなわち、本記冒頭春宮元服時20歳、任典侍22歳、公宗と成婚時24歳、公宗没・実俊出生時26歳、本記擱筆貞和五年（一三四九）時40歳、延文三年（一三五八）没、享年49歳。ほぼ妥当な年配であろう。

本記の成立は、五七段北山第讃美の条に、「今、貞和五に至るまで」とあり、巻末までこれを降る記事は見られないので、一往貞和五年（一三四九）とみなされるが、巻末八五段跋歌に、

藻塩草かきて集むるいたづらに憂き世を渡る海人《あま》のすさみに

と詠じている所から見て、貞和五年後やや暫くして出家して「尼」となり、その時点で最終的に本記をまとめて、この詠を書きつけたかと思われる。宮川明子「『竹むきが記』の成立について」（国語国文平12・12）はその出家時期を、観応三年（一三五二）二月、擾乱に伴い公重に家督を奪われ北山第を出、光厳院らが賀名生に拉致され、やがて落飾する、その時点、43歳頃と見ている。

名子没の前年、延文二年二月十六日光厳院が帰京したが、人目を避けて籠居、閏七月二十三日広義門院崩。そして三年、名子に続き四月三日徽安門院、二十九日尊氏と、本記ゆかりの人々は次々と世を去る。翌年成立した新千載集に、名子はただ一首をもって勅撰入集歌人となった。

（題しらず）　権大納言実俊母

忘れじよ我こそ人の面影を身にそへてこそ形見ともせめ　（一六〇三）

本記には吐露すべくして果さなかった、公宗への尽きぬ思いの表白である。彼女の魂に贈る、この上ない供養であろう。

すべてを見終った光厳院は、貞治元年（一三六二）秋、一老僧として行脚の旅に出、戦死者の霊を弔い、吉野に後村上天皇を訪い、三年七月七日、丹波山国常照寺で静かに世を去った。

2　主君

当時の廷臣の女の常として、名子は早くから童女ないし女房として宮仕えしたと思われるが、本記に登場する貴顕中、いずれを主たる出仕先とするかについては、諸研究者必ずしも明確に把握していないので、やや詳しく述べる。

名子は基本的に後伏見院の女房であった。先ず冒頭、春宮元服の大儀の内裏差図を縮写、これを嘉納されて後伏見院の日記に継ぎ入れられており（一段）、長講堂供花の折、後伏見・花園両院内々の団欒にただ一人、華奢な略装で陪膳を勤め（一九段）、同堂懺法の夜、これもただ一人後伏見院の稚児垣間見の供をして、その戯れ歌を片仮名に書いて届けさせる（五〇段）。永福門院崩に際しては、葬儀の簡略であった事を悲しんで、後伏見院在世であったならばこうはあるまいと嘆いている（五三段）。更に同院十三回忌には、内裏から求められた「花びら」進献に心を尽くすのみならず、「ことさらの志」として、見事に装飾した寿量品に金十包の布施を添えて奉っている。導師も披露に当り「昔仕へし世をかけてこの御志」と言っている事で、社会的にも彼女の本来的主君は後伏見院であると認められていたと言えよう。なお同院の崩は記されていないが、上下巻の中間、建武三年（一三三六）延元元）の事であり、公宗誅死と同様、名子にとり書くにしのびない事であったであろう。

元弘の変により、急遽光厳天皇践祚、名子は後宮女官の長たる典侍に任命される。天皇20歳。予期せぬ登極でもあり、後伏見院政のもと、安んじて後宮事務――殊にも重要な神器の扱いを託せる人物、しかも代々持明院統の院執権なり乳父なりである日野家の女であるが故に、後伏見院側近から内裏に割愛された人事であったと思われる。期待に違わず、名子は非常事態の中での剣璽請取り、璽筥裹みかえ、乳母役としての即位式褰帳典侍と、皇位交替にかかわる重要事務を立派に果し、三月二十二日即位式の後、四月十一日女叙位に従三位に叙せられる。典侍は本来従六位相当、のち従四位相当であり、叙従三位によって典侍の任を解かれたと見られる。すなわち新帝後宮の女官体制が整った段階で、後伏見院方から特派された形であった名子は、新帝側近の女房に典侍職を譲って後伏見院方に帰参したのである。実際、すでに正月八日女叙位に三条公秀女秀子が典侍に任ぜられており（花園院宸記）、四月二十二日の賀茂祭の女使は小大納言典侍秀子、翌年正月十二日別殿行幸の御剣取扱い者は新典侍である。また名子の典侍勤務の事は見えなくなる一方、「祭の頃内へ参る」（一六段）「内に候ひし頃に」（一八段）のように、内裏参入が特記されるようになる。すなわち名子は典侍辞任後も従三位の資格をもって内裏に兼参しつつ、主としては後伏見院側近に出仕を続けていたものと見るべきである。

父資名は光厳院の「乳父」とされており（資名記・公秀記）、その点、同院との関係の密接さも想像されなくはないが、実は同院は少くとも7歳以降は持明院殿で後伏見・花園・永福門院に親しく愛育され、資名のみならずこれを自邸に迎えて養育するような実質的な乳父母の存在は認められない（花園院宸記）。光厳院から見れば、資名一族は庶務担当ならびに日常経営の後援者としての「乳父役」（資名記元徳元年十二月八日）であって、名子に対しても典侍としての公式奉仕、叙従三位以後の随時参内以外には、直接の主従関係は認められない。北山第御幸の際に特に召出され、実俊の成人ぶり、また北山第経営の労につき嘉賞のお言葉をたまわる等の心遣いを示し、名子もこれに感銘し感謝しているものの、後伏見院の場合に見るような個人的親愛関係は本記の中には存在しない。その厚遇のよって来たる所は、自統の最有力後援者、公宗を無力にも非業に死なせた事へのつぐないと、西園寺家嫡統再興に老いの一念をかける祖母永福門院への孝養の思いにあり、名子もこれをよく心得て居ればこそ、いささか過剰とも見える謙退ぶりで、寵遇に対応しているのである。

花園院については、公宗と新婚早々の名子の体調不良を妊娠かと半ばからかって、脈を見てやろうと言う（一九段）などの親しみはあるが、二一段大嘗会御禊見物御幸の筆致を見ても、名子が後伏見院方女房として花園院とその周辺を観察している事は明らかである。更にその崩についても、伝聞として記すのみで、特記すべき感慨は表明されていない（八〇段）。

永福門院は正中二年（一三二五）までは持明院殿に後伏見院らと相住みが確認されるが、以後は「花園院宸記」が現存せぬため消息不明、おそらく翌嘉暦元年量仁親王立坊を期に、里第北山第南殿に隠退したかと推測される。公宗被誅の悲劇も間近で承知していたであろう。兄公衡、その児孫実衡・公宗と三代当主の死を見送り、西園寺家の最長老として、家督の危機を感じて実俊・名子を庇護するのであって、名子との直接の主従関係はない。名子もあくまで実俊の最有力後援者として、その厚志を記し、自らは極力謙退している。

研究初期には名子を広義門院女房とする説もあったが（玉井・渡辺）、これは光厳院が広義門院所生であり、名子がその「御乳母」である所からするごく素朴な類推にすぎず、前述した通り名子は光厳院の実質的乳母ではない。本記中の広義門院は、永福門院崩後に北山第を公的里第として使用し（本来の里第は嵯峨竹中殿）、またその当主実俊・後室名子に、時に応じた配慮を示すのみである。

以上、繁を厭わず述べて来た所で明確と思うが、なお附言すれば、登場諸貴人のうち、最も主語としてその名のあらわれる事の少いのは後伏見院である。すなわちその直接の行動につき、主語として示すのは二段光厳天皇践祚準備・一七段常盤井殿行幸待受けの二箇所のみ、他はすべて主語を省いた記述である。それ以外の貴人はすべて、登場毎に必ず主語を明確にしている。但し光厳院のみは、上巻の帝位にある間はほとんど主語が省かれている。主語を省くのは、作者・読者ともどもに、作者にとりその人物が最も重要な存在である事が自明で、説明の要のない事を示すもので、作者が自己の心中、また本記の読者として予想している人々に対し、主語の必要なしと判断するからこそ行われる事である。この点から見ても、名子が上下巻を通じ終始、事実上でも意識の上でも後伏見院の女房であり続け、光厳院に対しては典侍・三位として出仕の間のみ、その女房であった事が知られる。

諸事実を総合して、光厳院はじめ各院・女院からそれぞれに恩顧を蒙りつつも、彼女の臣事の思いは常に後伏見院にあり、それがいかになつかしいものであったかは、日記の文面に明らかであろう。

3 結婚

名子の生涯を理解し、本記創作の基底を理解するためには、髙群逸枝によって明らかにされた、当代特有の「擬制婿取婚」のシステム導入が必須である。その著『日本婚姻史』（昭38）175頁以下によって略述する。

擬制婿取婚とは、承久の乱（一二二一）頃から南北朝（一三三六）頃までに見られる婚姻形態で、母系氏族制における婿取婚が、家父長家族制における嫁入婚に取って代られる最終段階に当って、「家は女のもの」、従って婚姻は男が女の家に来る形式（婿取）以外にはないという、太古母系制以来の伝統原理が、家は男のものとする家父長制に対し、最後の抵抗と権威を示した婚姻形態であった。内実は夫家の本第に妻を迎える「嫁入婚」であるが、その夫家の本第を妻の領と「擬制」し、夫家に妻が「嫁入る」のでなく、夫のものでありながら妻のものと擬制された家に、夫が「婿取られる」形式を取るのである。

擬制婿取婚には、AB二つの型がある。A型は、先ず夫の親が一族全部を率いて本第から他に避居し、そのあとに妻一族が移居してこれをあたかも自族の本第であるかのように装い、夫個人をそこに迎えて婿取婚礼を行ったのち、妻を残して一族は去り、夫の両親を除く夫一族が帰第して、新夫婦を当主とする生活を開始するのである。一方B型は、はじめに妻方の邸第で従来の形の婿取婚礼を行い、そこで通い婚形式の夫婦生活を送りつつ待機して、夫の本第から両親が避去し、あるいは死去したのち、当主の正室として本第に転居するのである。

女のものである「家」には、女の守る「火」がある。そこに、他の家の「火」を持つ女が入って来る——不同火族なる姑と嫁が同居するという事は、「家」の女系相続原理からして許されない。本来、「家は女のもの」「結婚は婿取婚」である。この観念が、「家は男のもの」「結婚は嫁入婚」とする家父長家族制の成熟に最後まで抵抗して、擬制婿取婚という特異な方式を過渡期的に生み出したのである。高群は嫁入婚の初頭を室町期とし、それは「南北朝の乱を境としてのみ」表面化されたとしている。そしてこの期以後、戦国時代、群雄の合従連衡の手段としての、女性を物質視しての政略結婚、やがて封建制度・家父長制確立の時代の歩みに伴って、女性は「嫁」としてひたすら婚家のために尽くす、昭和敗戦まで続く固定観念が確立するのである。

西園寺公宗と日野名子の結婚は、正慶二年（一三三三 元弘三）、すなわち擬制婿取婚最末期に当る。漢文日記をはじめ多数資料を博捜して論を成した高群であるが、実は「竹むきが記」は資料として視野に入れていないと思われる。前述の通り、本記は早く『史籍雑纂　一』（明44）に翻刻されているのであるが、一般的にほとんど注目されず、その結婚状況も全く朧化されて、それと判読し難い表現である上、そもそも高群自身、名子その人の存在すら知らぬと見え、『大日本女性人名辞書』（昭8）中に、「日野名子」ないし「西園寺公宗室」を立項していないのである。しかし、この資料を全く知らずして立論した擬制婿取婚の方式・論理と、その持つ過渡期的意義によってのみ、本記作品の結婚のあり方のみならず、その人生とこれを支配した意識とが理解できる。という事はまた逆に、高群説がまさに正鵠を射ている事を、明らかに証明するものであろう。

二人の結婚は、擬制婿取婚B型に属する。先ず古来変らぬ、相互の愛情にもとづくひそかな対偶婚にはじまる。その当初、公宗は、常盤井殿に宿侍する名子を、たとえば乳母の家のような内密の隠れ家に連れ出す。元弘二年（一三三二 正慶元）初頭頃からの事か。二五段「旅寝の床」がそれに当る。やがて公宗個人と日野家との間で合意が調い、翌正慶二年正月十三日立春の日、男方の求婚文使にはじまる一連の従来型婿取婚礼が、日野家で行われる（二六段）。しかしこれで名子が公宗の本第たる北山第に迎えられるわけではない。「ことなる障りならでは待ち見る」、すなわち妻方への通い婚による「夫婦生活を送りつつ待機」の状態が続く。まさに擬制婿取婚B型の状態である。

北山第では公宗父実衡はすでに没しており、その正室今出川公顕女氏子には里第今出川第があった（三〇段）から、そこに避居し、名子を新たな正室として迎えるに支障はなかったはずである。しかし公宗の愛情とは別に、西園寺家という存在そのもの、またそれを支える家の子郎等には、独自の体面があり、既成観念があった。当主といえどもこれを無視する事はできない。

西園寺家代々の正室を見るに、公経室は権中納言一条能保女で源頼朝の姪。実氏室は大富豪大納言四条隆衡女。この二代で政治的、経済的後援者を得て宮廷内の地位を確立した。次の公相室は太政大臣徳大寺実基女、実兼室は内大臣中院通成女。この二代は名門との通婚により家格を高位に定着した。公衡室は不明で、名家なる大納言吉田経任女が妾にして実衡准母。実衡室は同族の右大臣今出川公顕女である。但し代々を通じ、正室腹の当主は実氏・公衡の二人のみ。嫡男を生むか否かは必ずしも正室の絶対要件ではないのである。

この系列の末に並ぶとすれば、大納言資名女名子は名家、すなわち経任女と同家格ゆえ、妾の扱いが相当で、いかに日野家側が正式に婿取婚礼を行い、正室としての北山第転居を期待しようとも、三級上格の清華としては受入れは至難である。しかし公宗はどうしても名子を正室として北山第に入れたかった。そこで考えられたのは、名子を同族の右大臣大宮季衡（実衡兄、公宗伯父）の猶子として迎えようという案である（六七段）。しかしあたかも建武の動乱に当って叶わず、結局、乱後北山に逼塞して出家しかねない失意の公宗を取りとめる緊急避難策として、西園寺家は、当初は単なる愛人として北山内の妙音堂に入居させた名子（三三段）を、一旦洛中の日野家に返し、改めて正室の本第転居として迎え入れるのである（三五段）。

名子はこの経緯を、きわめて言少なにしか書いていない。ために、上巻最終なる三五段の正しい解釈、下巻六七段に突然季衡没の事が記される意味などが不明であった。擬制婿取婚の観念・方式の導入、当時の家格観念の認識により、はじめてこれら章段の意味するところ、また名子がかくも枢要な事柄を寡黙にしか語らないその心情を理解し得るであろう。彼女は自らの結婚にかかわる負い目、これを打開してついに正室として迎え得た公宗の愛情への追慕、その非業の死により託された責任、すべてを心の内に秘めて、西園寺家後室として家督確保、北山第経営に一身を捧げ、そのひそかな証言として本記を書いたのである。このような背景を理解し、あからさまには表明し得なかったその真情を汲んでこそ、本記の正当な解読はなし得るであろう。

なお、渡辺「『竹むきが記』考」（清和女子短期大学紀要1、昭44・8）では、「尊卑分脈」洞院系図に、公賢（父実泰の子女中、東寺一長者益守と玄輝門院祗候女子の二名の母を「入道少将資名女」とする事をあげ、名子が公宗と婚する以前に実泰との間にもうけた二児かと、「推測の域を出ない」としつつ述べられているが、「入道少将資名」である以上権大納言資名と同一人とは思われず、この資名女は名子とは別人と考えられる。

4　信仰

研究初期の小論文であるが、小松茂人「『竹むきが記』の一考察――作者名子の道心について――」（芸文4、昭47・11）は、彼女の道心の本質をついたすぐれた論である。すなわち、五六・六四・六八・七八段からその求道の精神をうかがわせる叙述を抽出整理して、

一、名子の道心は彼岸的・来世的ではなく此岸的・現世的であること。

二、右の特質の当然の帰結として、名子の道心は現世的生の充足の希求と背反しないこと。（出離的ではないということ。）

三、自己規律的開悟を志向し、無心超脱を理想としたらしいこと。

とまとめ、巻末二首詠の中に、自作卑下謙遜の態度とともに、本記を「後世のものがどう批判しようとも、それは見る人の心にまかせるほかはないといった諦観のようなもの」を感じ取って、その基底に「柳は緑、花は紅、迷悟不二といった名子の禅的開悟の志向」をよみとると結論している。

このような、ありのままの現世を肯定し、その中での開悟超脱を希求する態度は、あたかも本記起筆と同年、嘉暦四年（一三二九）元徳元）正月成立の、花園院作「七箇法門口決」と軌を一にするものである。本口決についての詳細は小著『京極派和歌の研究』（昭62）99頁以下によられたいが、恵心流天台本覚思想が成熟し、新興の臨済禅と合体して行く時期、花園院ほど思想的に自覚してか否かは別として、名子にも同様の態度が見られる事は、甚だ示唆的である。

「花園院宸記」元亨二年（一三二二）九月十日西園寺実兼薨伝によれば、公宗の曽祖父実兼は、早く「達磨之宗」臨済禅を学び、夢嵩良真を招いて北山霊鷲寺に居らしめた。しかしついにこれに達せず、晩年、弥陀に帰した（上掲小著400〜401頁）。名子よりはるかに才学識見にまさっていたであろう実兼にして、なお及び得なかった禅思想を、名子はその苛酷な体験を通し、これこそ真理として自ら選び取り、世俗日常の生活を真摯に営みながら、自己としての開悟をめざしたのである。

本記はしばしば、源平争乱の中に愛する資盛を失った「建礼門院右京大夫集」に比せられる。しかし彼のような詩情への昇華とは別趣の、「絵空事ならぬ実人生の手ざわり」（塚本）こそが、社会事象とそこに浮沈する人間の思いとを、自らの体験、自らの言葉をもって綴った本記の価値、特殊性であり、その最終の帰結たる信仰告白が、同様の心情表白を一の主眼ともする女流日記の系列において、他作品と隔絶する性格を本記にもたらしている。それは抗い難い時代の影響であり、そこに自らの宿運・使命に忠実に、現実的に生きぬいた一人の女性の、自覚的人生そのものを見る事ができるのである。

名子の信仰告白は、前代女性達の情緒的なそれとは異なり、著しく理性的、自省的。引用は「観無量寿経」をはじめ、「春日権現験記絵」「妻鏡」「法然上人絵伝」と、当代資料を自在に取入れ、しかも配するに幽寂清艶な自然描写をもってする。決して前代の模倣を事とする衰弱した末期的作品ではない。南北朝というこの苛酷な時代に生を享けた女性すべての思いを代表する表白として、文学的にも思想的にも、独自の価値を認められて然るべきものと考える。

5　詠歌・教養

本記所収歌は五九首。内訳は上表の通りである。文中に散在するため、和歌作品としてまとまった印象は得にくいが、巻末詠歌一覧に付載したように歌のみを抜出して並べてみると、上巻二四段までの九首は「弁内侍日記」のそれと相似た宮廷賀歌として、形式に堕せず時宜にかなった上品な佳作で、実力の程を示している。上巻後半　二首の公宗との贈答、巻末の述懐、それぞれに異常事態に翻弄される人の心を描いて哀れ深い。下巻は各種社交詠が多くを占めるが、四一段6歳の実俊詠と同段・五一段の永福門院最晩年詠の伝えられているのが貴重である。七四段資明詠の軽い諧謔ともども、日常生活の中の和歌の効能がよく示されている。四〇段・六

	上巻	下巻	計
名　子	15	20	35
公　宗	7	1（夢想）	8
鷹司の老人	0	6	6
永福門院	0	4	4
資　明	0	3	3
実　俊	0	1	1
光厳院	0	1	1
直義室	0	1	1
	22	37	59

五段の紀行詠には京極派的な特色があり、特に後者の

柴舟のわたりも見えず霞こめて河音しづむ宇治の山もと

は、同段【補説】に述べたごとく、きわめて独自な秀歌である。

詠歌ならびに地の文における、各種古典引用については、繁を厭わず語釈に指摘し、また小論「『竹むきが記』の引歌」(『女流日記文学講座6』平2。『宮廷女流文学読解考中世編』平11所収)に考察したので参照していただきたいが、名子は八代集等規範的古典のみならず、「玉葉集」および擱筆直前貞和二年(一三四六)成立の「風雅集」入集詠も活用、また信仰関係では「観無量寿経」をはじめ、正安二年(一三〇〇)成立かとされる「妻鏡」、延慶二年(一三〇九)成立の「春日権現験記」、応長元年(一三一一)成立の「法然上人絵伝」等から自在に引用を行っており、「源氏物語」はもとより、「平家公達草子」などまで読んでいたかと思われるふしがある。その教養のなみなみでなかった事がうかがわれる。祖父、俊光は「新後撰集」以降三三首入集の勅撰歌人で、伝統歌風も京極派新風も作り分ける能力を持ち、父資名・叔父資明もさほどの技量はないがそれぞれ九首・一二首の勅撰入集を果す。また「春日権現験記」は西園寺公衡、「法然上人絵伝」は後伏見院を願主とする。このように名子の身辺には当時最高の文化資料があり、彼女はよくこれを繙読消化して教養の糧としたと思われる。

6　成立・文体・意義

本記の成立については、研究当初から中巻の存否が問題とされたが、現在は中巻は存在しなかった、公宗被誅とそれに続く苦難の時機は筆にするに堪えなかったであろうとする見解に落着いており、それが妥当であろう。

上下巻の執筆時期・順序に関しては、和田・渡辺・福田・松本ら諸家の論があるが、近年、白水直子(『竹むきが

記』の成立について―特に執筆態度を中心として―」甲南国文36、平元・3）・宮川明子（「『竹むきが記』の成立について」国語国文平12・12）により、上下巻における過去の助動詞「き」「けり」、完了の助動詞「ぬ」の使用頻度の差を手がかりとする新たな分析が行われ、宮川はそれらをまとめて、「下巻の大部分は、名子の現役時代に執筆され、下巻の末尾と上巻は、名子が出家した後に記された」という推測を示した。更に具体的には、「下巻の大部分は貞和五年（一三四九）頃執筆、遅くとも名子が北山第を去る観応三年（一三五二）二月以前には完成」、「下巻の末尾と上巻の成立時期の上限は、三院賀名生拉致の観応三年夏以前、下限は、光厳院帰京の延文二年（一三五七）二月以前」。「敢えて時期的に限定するなら、文和年間、とりわけ三、四年頃（一三五四〜五五）の可能性が高い」（以上要約）とする。

いずれにせよ、動乱の時代ではあっても、作者の手許には女房時代の、また家刀自としての、心覚えの記録や歌稿、日次記の類がある程度保存されており、或る時期にそれらと記憶とを塩梅しつつまとめ上げたのであろう。貞和五年は観応の擾乱直前の、北朝京都宮廷が安定を示した最後の年であり、ゆえにあたかもこの年成立と読めるように下巻を構成したものと思われる。

名子の文章は基本的に、「中務内侍日記」下巻と相通ずる、事務方キャリア女房の筆致である。従来私は内裏における彼女らのあり方を、私的方面から貴女を盛立てる「宮の女房」に対する、公的補任を経た「内の女房」と表現して来たが、内裏ならぬ仙洞においても同様の公的事務取扱女房は当然存在し、庶務記録を行っていたであろう。もとより名子の後伏見院仙洞での担当任務は明確ではないが、冒頭段、春宮元服の内裏差図の縮写を下命され、立派に成し遂げている事を見ても、事務的能力の程は知られる。

上巻の、内裏・院諸行事記録は、自己の直接見聞と伝聞とを明瞭に書きわけつつ、簡潔明快に記され、対する私的回想は、中古女流日記の優婉の伝統を引きつつも、簡明な短文で情景の要点のみを描く。更に本記の一大特色たる、元弘建武の政変戦乱にまつわる描写は、事変の只中にあって公的役割を果し、また私的運命に翻弄される女性の筆として、引きしまった短章の中に要点を逃さず、非常の情景とそれに反応する心理、公宗との愛情を、慎しみ深く、しかも明確に描き出している。無責任な傍観者たる後代読者から見れば、このような好材料をこれだけしか書けなかったのか、と作者の資質を云々する事にもなろうが、国家的大事変の中で自己の運命を決定的に左右された人間が、その状況を興味本位に詳記できるものではない。事実、この時代にこれだけ切実な臨場感を持って、当代一般人の生活・心情を書き残した文学作品は、本記以外に伝わらないのである。読者・研究者は既成の予断を捨て、先ずは白紙で本記を味読し、その価値を判断すべきであろう。

下巻は専ら、西園寺実俊母後室の立場で書かれているが、諸行事記録の描法は上巻と同様で、また北山西園寺第讃美も力強い筆致であり、そこに名門の伝統と栄光とを後世に残そうとする家刀自の記、という性格が顕著である。「賢母の記」と言われるが、実俊に関する記述も冒頭真魚始の記からはじめ、すべて西園寺家の「あるじ」という公的身位にかかわるもので、現代的「母性愛」は（あるに違いないが）描かれない。永福門院・光厳院ら貴人の愛顧、尊氏・直義室との交渉、すべて家督把持の努力とその成果を語るものである。しかしこれをもって名子の「賢母性」を功利的なものとみなしてはならない。これこそ、西園寺家後室に与えられた至上命令であり、これを完全に遂行した事こそ、本記において名子が最も語りたかった事なのである。

下巻にしばしばあらわれる物詣での紀行は、長短繁簡それぞれに記中に変化と彩りを加え、風景描写・社寺縁起等、凡ならぬ筆力を感じさせる。女流日記に珍しく酒食の記事が多いのは、これによって旅先での、西園寺家への敬意・厚遇の程が計られ、従者らの満足の程が言外に示されるからで、この点女房日記の範疇から外れる同じく家庭婦人の記「蜻蛉日記」のそれと相通ずるものがある。

本記の独自性の最も顕著に現われるのは、その信仰告白の部分であろう。詳しくは「作者名子」の「信仰」の項に述べたが、在来仏教によって先人らの追福を懇ろに行いつつも、自らはそれにあきたらず、「生死を出づべき」道を求めて、在家世俗の生活を真摯に守りながら、独自の決断で新興難解の臨済禅を選び取り、一人精進する姿が生き生きと表現されている。中古女流日記と異なる、中性女性の意志的思想性の強く出た、当代、この人ならでは綴り得なかった文章であり、これある事で本記は女流日記文学の掉尾を飾るにふさわしい輝きを放っている。

それにしても、女流日記の眼目は何といっても男女の恋愛・葛藤描写。その要素のきわめて乏しい本記は面白くない、文学的価値がないとも見られよう。しかし中古から時代は移り、「結婚」の項に詳述した通り、女性は生家を離れ、「嫁」としてひたすら婚家のための献身を求められるようになる。本記はその初発期、しかも夫を不名誉な服誅者として失い、生家の名を負いつつ身分違いの権門の後室として、遺児の家督を守り、邸第を管理し、家人らの生活を保障する大任を課せられた女性の日記である。先行諸記と性格を異にするのは当然である。同じく非業の死とは言え、源平の戦に西海に沈んだ資盛を、右京大夫は口に出して悲しむ事ができた。名子にはそれすら許されない。無念、悲嘆は胸に畳み、現実生活の上に過去の栄光を取り戻す事が、夫への愛情を表明する唯一の道であった。彼女の万斛の思いは、上巻最末段、下巻大宮季衡没（六七段）の、婚姻史の正確な知識なくしては理解し難い感懐に秘められ、また表面的には現世的栄光讃美としか読めない、下巻の名誉謳歌の諸段の中に脈打っている。

本記成立の根本はやはり、中古女流日記のそれと同じく、男女の愛の確認にあった。ただ時代の変遷と、類い稀な混乱期の作である事とのために、先行日記とは異なった様相を呈しているのであって、それを先行作に及ばぬと蔑視するのでなく、本記の特色として評価する事が、現代まで七百五十年、「時」の蚕食に耐えて生き残って来た作品に対する、読者・研究者の正しい態度であろう。

本記を最後に、女流日記文学の——否、創造的女流文学の伝統は途絶えた。それは決して、女性文化、女性能力の如何にのみ帰せられる問題ではない。母系氏族制が家父長家族制に推移する時代の流れの中で、婿入婚は嫁入婚に取って代られ、女性伝領を本来とした「家」は男性の物、女性は単身男の家に嫁入して、三界に家なく、身を殺して夫の家のために尽くす存在となった。自立性は奪われ、男女間の自然で自由な愛情の交流も、表面化は憚られるようになった。男性を含めて、君に忠、親に孝、長上に従う事が美徳とされた閉鎖社会で、女性は更に男性の下に置かれ、自主的な思想、行動は自律的にも多律的にも抑制された。このような場では、真にのびやかで高度な文学活動は望むべくもない。女流文学の衰退は社会構造のもたらす所で、女性の無自覚・不勉強の故ではない。

その家父長家族制確立初期、夫亡き後の「家刀自」として婚家のため懸命に生きた名子は、当時同趣の体験をしたであろう語らざる女性達の代表者、そして以後近代まで「嫁」として黙々と生き、やがて「大きいおかみさん」として一家内に隠然たる勢力、感化力を持った女性達の先駆であり、しかもそれにとどまらず、社会的役割は立派に果しながら、一人の人間として「生死を出づべき」道を自主的に追求し続ける姿は、むしろ明るく、近現代の自覚的な女性像の草分けですらある。

本記の意義は過去への憧憬にはなく、現在、そして将来に向け、女性の生き方の一つのサンプルを示すにある。新たな視界からするその価値評価を期待する。

年　譜

天皇	年号（改元日）	西紀	公宗名子	竹むきが記事項〔段数〕	参考事項
花園	延慶三	一三一〇	1歳		某月、公宗誕生。名子誕生と推定。
	正和二	一三一三	4		七月九日、量仁親王（光厳）誕生。
	文保元（二・三）	一三一七	8		四月、文保の和談成立。 九月三日、伏見院崩。 某月、公重誕生。
後醍醐	二	一三一八	9		二月二十六日、後醍醐帝践祚。
	元亨元（二・二三）	一三二一	12		十二月二十三日、豊仁親王（光明）誕生。
	二	一三二二	13		九月十日、西園寺実兼没。
	正中元（一二・九）	一三二四	15		六月二十五日、後宇多院崩。 九月十九日、正中の変。 某月、公宗参議従二位。
	二	一三二五	16		十二月十八日、公宗権中納言。
	嘉暦元（四・二六）	一三二六	17		三月二十日、春宮邦良親王没。 四月二十八日、俊光立坊交渉のため東下。 五月十五日、俊光鎌倉に客死。 七月二十四日、量仁親王立坊。 十一月四日、公宗正三位、春宮大夫。 十一月十八日、実衡没。

光厳	二	一三二七	18		五月二十三日、公宗従二位。
	元徳元（八・二九）	一三二九	20	上巻開始。名子、元服差図縮写。〔一〕 十二月二十八日、春宮（量仁）元服。	十二月二十八日、春宮元服。
	二	一三三〇	21		二月二十二日、公宗権大納言。三月二十九日、正二位。
	元弘元（八・九）	一三三一	22	八月二十四日、後醍醐出奔。〔二〕 後伏見・花園・量仁、六条殿、また六波羅に避難。 九月二十日、量仁、土御門殿へ、両院常盤井殿へ移御。 二十二日、光厳天皇践祚。 二十九日、笠置陥落、後醍醐帰洛。 十月十日頃、剣璽入御、名子請取。 十三日、天皇、富小路内裏入御。名子、璽筥裏みかえ。〔三〕 十一月一日、日蝕。内々雪見。公宗、名子をからかう。〔四〕 二十六日か、賀茂臨時祭。〔五〕 十二月二十八日、内侍所御神楽。〔七〕 二十九日、御髪上。〔六〕	八月二十四日、元弘の乱。 二十七日、両院・量仁六波羅御幸。 九月二十日、光厳天皇践祚。 十月一日、後醍醐捕えられし旨、報告。 六日、剣璽渡御。 十三日、天皇富小路内裏入御を両院見物。 十一月一日、日蝕正現せず。降雪三寸余。 八日、邦良親王皇子康仁、立坊。 十二月十七日、内侍所御神楽。
				正月元日、四方拝、小朝拝。〔八〕 二日、節分方違、北山第行幸御幸。〔九〕 二月始、公宗と逢瀬。〔二五〕 三月十三日、石清水八幡臨時祭。〔一一〕	正月二日、北山第行幸御幸。 八日、女叙位、藤秀子（公秀女）任典侍。 三月七日、後醍醐院隠岐へ進発。

正慶元 (四・二八)	一三三二	23	十六日、由の奉幣。(一二) 二十二日、即位式。名子褰帳。(一三・一四) 四月十一日、女叙位。名子従三位。(一五) 二十二日、賀茂祭。名子参内。(一六) 二十八日、改元。(一五) 七月某日、常盤井殿行幸。(一七) 八月某日、童舞御覧。(一八) 九月、長講堂供花。(一九) 二十日頃名子内裏祗候、南殿の月見。(二〇) 十月二十七日、両院河原御幸、御禊の内侍習礼。(二一) 二十八日、大嘗祭御禊。両院見物御幸。 十一月四日、後伏見院御神楽拍子合。(二二) 七日、花園院御神楽拍子合。 十一日、宮司行幸、舞姫参入、帳台出御。(二三) 十二日、殿上淵酔。 十三日、標の山引く。御前の試、殿上淵酔、童御覧、廻立殿行幸。 十四日、節会開始。(二四) 十五日、清暑堂御神楽。五節所御覧。 十六日、豊明節会。 正月十二日、節分方違別殿行幸。広義門院入内。(二七) 十三日立春、公宗・名子成婚。(二六)	二十二日、即位式。 四月十一日、女叙位。名子従三位。 二十二日、賀茂祭、両院見物。 二十八日、改元。 六月、竹原八郎大塔宮令旨を帯し、伊勢熊野に合戦。 十月二十八日、大嘗祭御禊、両院見物。 十一月二日、天皇常盤井殿行幸、大嘗祭神膳儀習礼。 八日、康仁親王（邦良皇子）立坊。 十一日、舞姫参入、帳台出御。 十三日、両院、宮司西方に車を立て、廻立殿行幸を見る。 十五日、清暑堂御神楽。 十六日、豊明節会。 正月前後より、楠木正成・赤松円心ら挙兵。

後醍醐		
元弘三（五・一七）	建武元（正・二九）	
一三三三	一三三四	
24	25	
二十日、京中騒動、名子参内中止。〔二八〕 閏二月初、名子微恙。二十日余にして回復、常盤井殿祗候。〔二九〕 三月十六日、六波羅行幸御幸。〔三〇〕 四月二十余日、公宗と清水の宿に逢瀬。〔三一〕 五月五日、公宗と菖蒲の贈答。〔三二〕 七日、六波羅陥落、帝・両院東下、公宗北山に帰る。〔三三〕 九日、名子安居院の寺に移る。 十日、北山第妙音堂に入る。 二十七日、帝ら帰洛。〔三四〕 六月半ば、名子一旦出京、改めて正室として北山第に入る。〔三五〕 上巻終了。		
三月十六日、六波羅行幸御幸。 二十四日、後醍醐隠岐脱出。 四月二十九日、高氏篠村八幡に挙兵。 五月七日、高氏、六波羅攻略。 九日、六波羅勢番場にて敗北。 十日、帝ら捕われ伊吹太平山護国寺に入る。資名・房光出家。 十七日、後醍醐、伯耆にて詔を発し、光厳帝を廃し元号を元弘に復す。 二十二日、新田義貞鎌倉攻略、北条幕府滅亡。 六月五日、後醍醐入洛、富小路内裏に入る。 二十六日、後伏見院出家。 八月五日、高氏叙従三位、尊氏と改名。 十二月某日、懽子内親王、光厳院宮に入る。	四月二十二日、光厳皇子（崇光院）誕生。 六月七日、護良親王、尊氏を攻めんとす。 十一月十五日、護良親王を鎌倉配流。	六月二十二日、公宗・氏光ら、後醍醐に異図あり、捕わる。

年号	西暦	年齢	実俊	事項
二	一三三五	26	1	七月、北条時行、鎌倉進攻。 一二十三日、直義、護良親王を弑す。 八月二日、公宗・氏光被誅。 九日、尊氏征東将軍に補せらる。 十九日、尊氏、時行を破り鎌倉に入る。 十月頃か、実俊誕生。 十一月四日、光厳皇女光子内親王誕生。 十九日、尊氏兄弟追討を尊良親王・新田義貞に命ず。 一二十二日、花園院出家。
延元元（二・二九） 建武三（五・二五）	一三三六	27	2	正月九日、尊氏京師進攻。 十日、後醍醐、延暦寺遷幸。 一十九日、尊氏敗走。 一月十四日、尊氏・直義九州没落。 某日、光厳院宣を、賢俊、尊氏に伝達。 一十五日、広義門院出家。 四月六日、後伏見院崩。 某日、尊氏九州より挙兵東上。 五月二十五日、正成、湊川に戦死。 一十七日、後醍醐、延暦寺に幸。光厳同行を拒む。 一十九日、尊氏入京、光厳政務を奏し、年号を建武に復す。

天皇	年号	西暦			事項	一般事項
光明						六月三日、光厳院ら八幡に、十五日、東寺に移る。八月十五日、豊仁親王（光明院）元服・践祚。光厳政務。九月十日、後醍醐花山院第に入り、脱屣。十二月二十一日、後醍醐吉野に奔る。
	四	一三三七	28	3	下巻開始。十二月二十一日、実俊真魚始・五十日百日儀。〔三六〕	三月六日、金崎城陥落、尊良親王自殺。十月八日、実俊叙爵。従五位上。十二月二十八日、光明天皇即位。
	暦応元（八・二八）	一三三八	29	4	三月十九日、資名邸火災。〔三七〕四月、資名邸修築成り、養君弥仁を迎う。三十日、名子、北小路念仏参籠。〔三八〕五月二日、資名没。	二月二日、光厳皇子弥仁（後光厳）誕生。五月二十二日、北畠顕家、和泉石津に戦死。閏七月二日、新田義貞、藤島に戦死。八月十一日、尊氏を征夷大将軍に補す。十三日、光厳皇子益仁立坊（崇光）。十一月十九日、光明帝大嘗会。
南朝 後村上	二	一三三九	30	5	正月十六日、菊亭兼季没。〔三九〕十二月二十八日、実俊深鍛、北山第に参る。	正月五日、実俊正五位下。八月十五日、南朝後村上帝践祚。十六日、後醍醐院崩。十月五日、後村上帝即位。
	三	一三四〇	31	6	二月中旬、名子天王寺詣。〔四〇〕五月三十日、宣政門院出家。〔四一〕六月十九日、覚円没。	八月二日、実俊従四位下。

				某月、実俊・名子北山第移住。雪の朝、実俊詠歌。（四一） 十二月、光厳院方違御幸北山第。（四二）	十二月十九日、春日神木入洛。
四	一三四一	32	7	四月、徽安門院、上皇宮に入り、院号宣下。（四三） 八月、徽安門院、北山御幸始。 九月、春日神木帰座見物。（四四） 十月、光厳院姫宮、北山第に入る。（四五） 十二月七日、実俊元服。（四六）	八月十九日、春日神木帰座。 十二月二十二日、実俊左中将。
康永元 （四・二七）	一三四二	33	8	正月除目、実俊任中将。（四七） 二十八日、光厳院北山御幸始。 二月二十日頃、名子石山詣。（四八） 翌日、桜谷詣。（四九） 三月、名子若宮詣。長講堂を見巡る。（五〇） 四月、尊氏に雁の子を贈る。永福門院詠歌。（五一） 同じ頃ある人、公宗夢想歌を受く。（五二） 五月七日、永福門院崩。 七月二十五日、実俊任中将拝賀。（五四） 八月二十一日、今出川実尹没。（五五）	正月五日、実俊従四位上。 三月三十日、実俊播磨介。
二	一三四三	34	9		正月五日、実俊正四位下。
三	一三四四	35	10	正月、実俊従三位。（五八） 三月、実俊拝賀。 五月一日頃、「とはずなりぬる人」と藤の贈答。（五九）	正月五日、実俊従三位。 二十四日、美作権守を兼ぬ。 二月十日、西園寺宝蔵焼亡。

貞和元（10・21）	一三四五	36	11	二月、名子賀茂社詣。（六二） 某月、光厳院新御所御幸。実俊御剣を勤む。（六〇） 三月、広義門院五種行。（六一） 十月、名子石清水参詣。（六三） 十二月十五日、霊鷲寺談義。広義門院より使者あり。（六六）	三月十六日、光厳院新御所御幸。 十九日、実俊権守を去る。
二	一三四六	37	12	正月中旬、名子、資明と共に春日社参詣。（六四）ついで宇治伏見遊覧。（六五） 五月二十五日、大宮季衡没。（六七） 十月、広義門院・光子内親王北山に幸す。（六九）	十一月九日、風雅集竟宴。
三	一三四七	38	13	正月、名子、観音夢想。二十八日、初瀬詣。（七〇） 二月一日、奈良に泊り、二日帰京。（七一） 八月二日、公宗十三回忌。（七二） 九月二十五日、公衡三十三回忌。広義門院・光厳院北山御幸。（七三） 晦日、初雪。直義室・資明と贈答歌。芝禅尼に雉を贈る。（七四） 十二月十八日、観音像造立供養。（七五）	
四	一三四八	39	14	三月末、実俊・名子栂尾高山寺参詣。（七六） 四月六日、後伏見院十三回忌。（七七） 七月八日、霊鷲寺長老入滅。（七八） 九月十九日、光明帝持明院殿行幸、実俊剣璽の	正月五日、楠木正行、四条畷に戦死。 二十五日、師直吉野宮を焼き、後村上帝、穴太に移る。

天皇	年号	西暦				
崇光					役を勤む。〔七九〕 十月、光明帝譲位、直仁親王立坊。〔八〇〕 十一月、花園院崩。	十月二十七日、崇光帝（益仁、のち興仁）践祚。直仁親王立坊。 十一月十一日花園院崩。
	五	一三四九	40	15	正月、光厳・光明院北山第御幸始。〔八二〕 二月、名子、神明寺草庵にて別行。〔八一〕 三月、実俊任中納言。〔八三〕 春、名子一時出京、北山帰第に当り、鷹司の老人同行、雨の花見。〔八四〕 七月十三日、名子、日野墓所供養。〔八二〕 下巻終了。	正月五日、実俊従三位。 二十九日、光厳・光明院北山第御幸始。 三月二十五日、実俊権中納言。 閏六月一日、直義、高師直と不和、京中騒動。
	観応元（二・二七）	一三五〇	41	16		十月二十六日、直義南朝に降る。観応擾乱の発端。
	二	一三五一	42	17		二月二十五日、師直殺さる。 三月、尊氏・直義、両朝和睦をはかる。 十月、尊氏、南朝に降る。 十一月七日、崇光帝・春宮直仁廃位。 十二月二十三日、三種神器を穴生に移す。 二十八日、光明院出家。
後村上						二月十四日、西園寺家門、公重に渡る。 十六日、実俊、芝禅尼宅に移る。 二十六日、直義毒殺。

後光厳	文和元（九・二七）	一三五二	43	18	閏二月、南北両軍京師争奪、南軍撤退に当り光厳・光明・崇光・直仁を八幡・東条に遷す。 五月十二日、後村上、八幡より賀名生（穴生）に還御。 六月二日、三院を賀名生に遷す。 五日、弥仁（後光厳）践祚内定。 八月八日、光厳院出家。 十七日、後光厳践祚。
	二	一三五三	44	19	六月、南軍入京、後光厳、美濃に逃る。実俊供奉。 九月二十一日、後光厳帰洛。 十二月二十七日、後光厳即位。 二十九日、実俊権大納言。
	三	一三五四	45	20	正月六日、実俊従二位。 三月、光厳院らを河内金剛寺に遷す。 十二月二十四日、後光厳、近江に逃る。
	四	一三五五	46	21	三月二十八日、後光厳帰洛。 八月八日、光明院帰洛。 十二月八日、実俊正二位。
	延文元（三・二八）	一三五六	47	22	十一月六日、光厳院禅に帰す。 某月、徽安門院出家。

天皇	年号	西暦	年齢	年齢	事項
	二	一三五七	48	23	二月十八日、光厳・崇光・直仁帰洛。 閏七月二十三日、広義門院崩。
	三	一三五八	49	24	二月二十三日、名子没。 四月三日、徽安門院崩。 二十九日、尊氏没。
	四	一三五九		25	四月二十八日、新千載集奏覧。名子一首入集。
	五	一三六〇		26	十一月十七日、実俊右大将。
	貞治元（九・二三）	一三六二		28	秋、光厳院、山林行脚、吉野にて後村上と対面。
	二	一三六三		29	光厳院、山国常照寺に隠栖。
	三	一三六四		30	三月十四日、実俊内大臣。 七月七日、光厳院崩。
	四	一三六五		31	某月、時光養母（芝禅尼か）没。
	五	一三六六		32	八月二十九日、実俊右大臣。
	六	一三六七		33	実俊、正月十六日右大将、九月二十九日右大臣を辞す。 某月、公重南方にて没。
後円融	永和元（二・二七）	一三七五		41	三月十三日、実俊従一位。
後小松	康応元（二・九）	一三八九		55	六月八日、実俊出家。 七月六日、実俊没。

皇室系図（数字は歴代を示す）

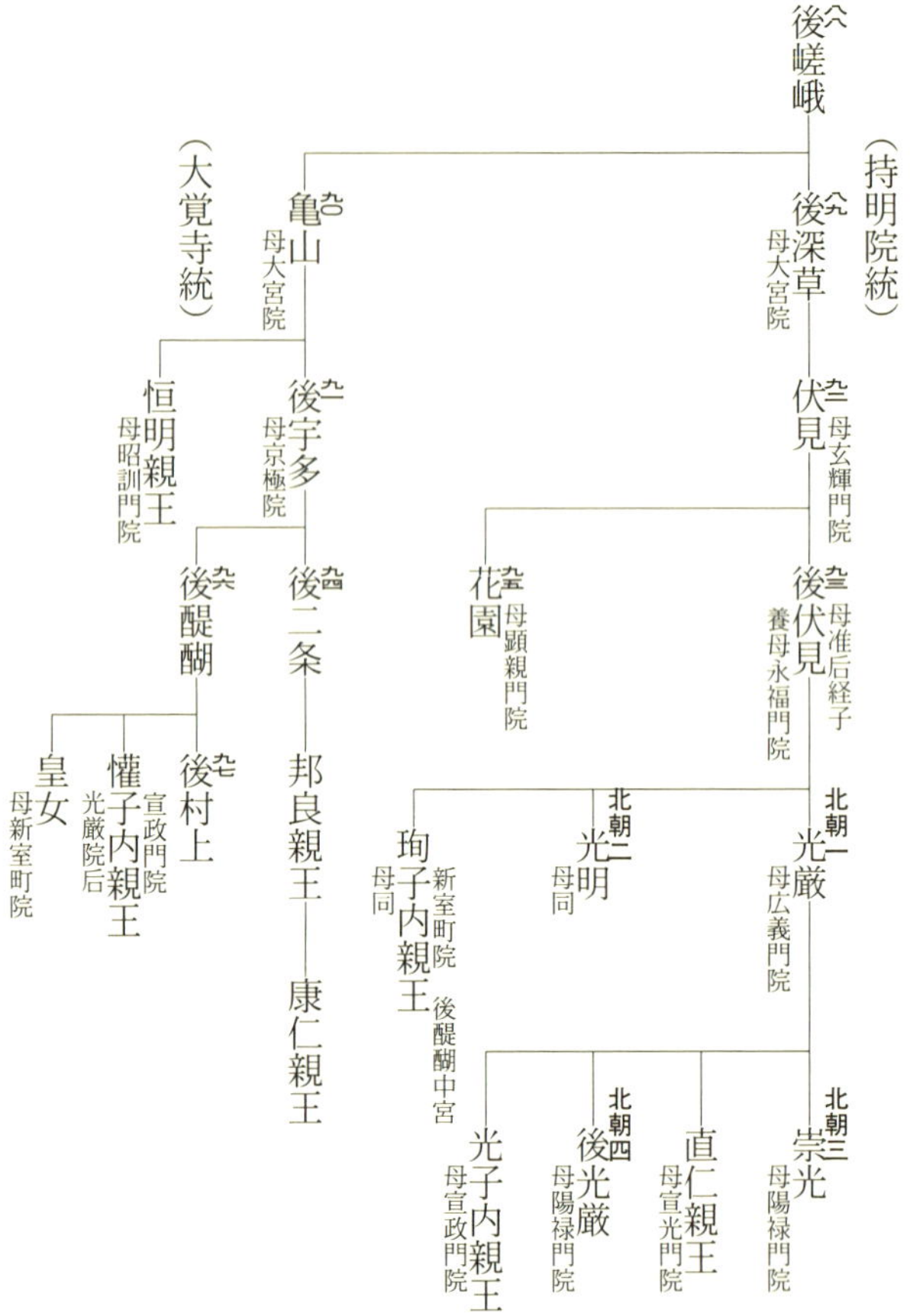

日野系図（数字は足利将軍代数を示す）

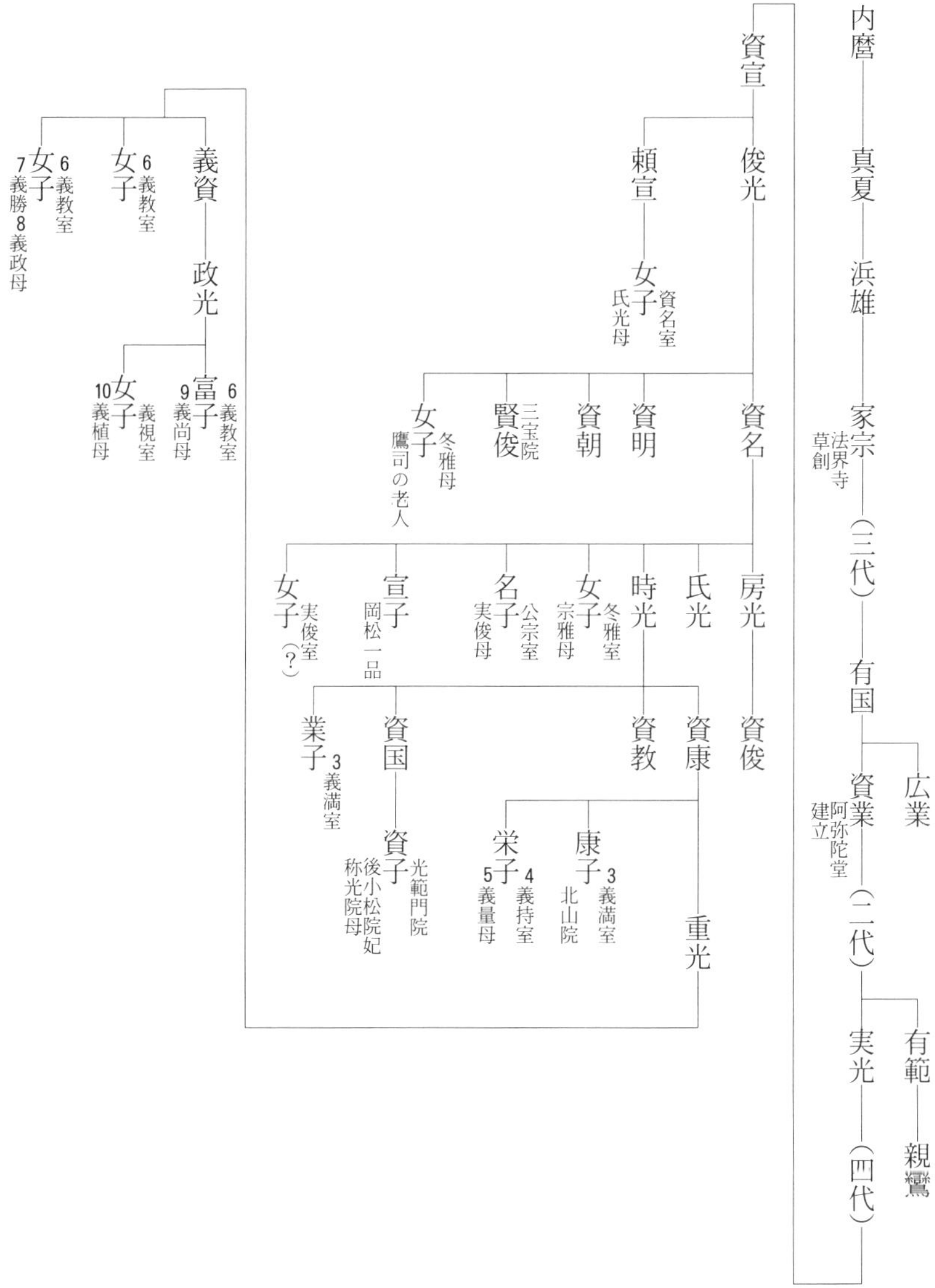

西園寺系図

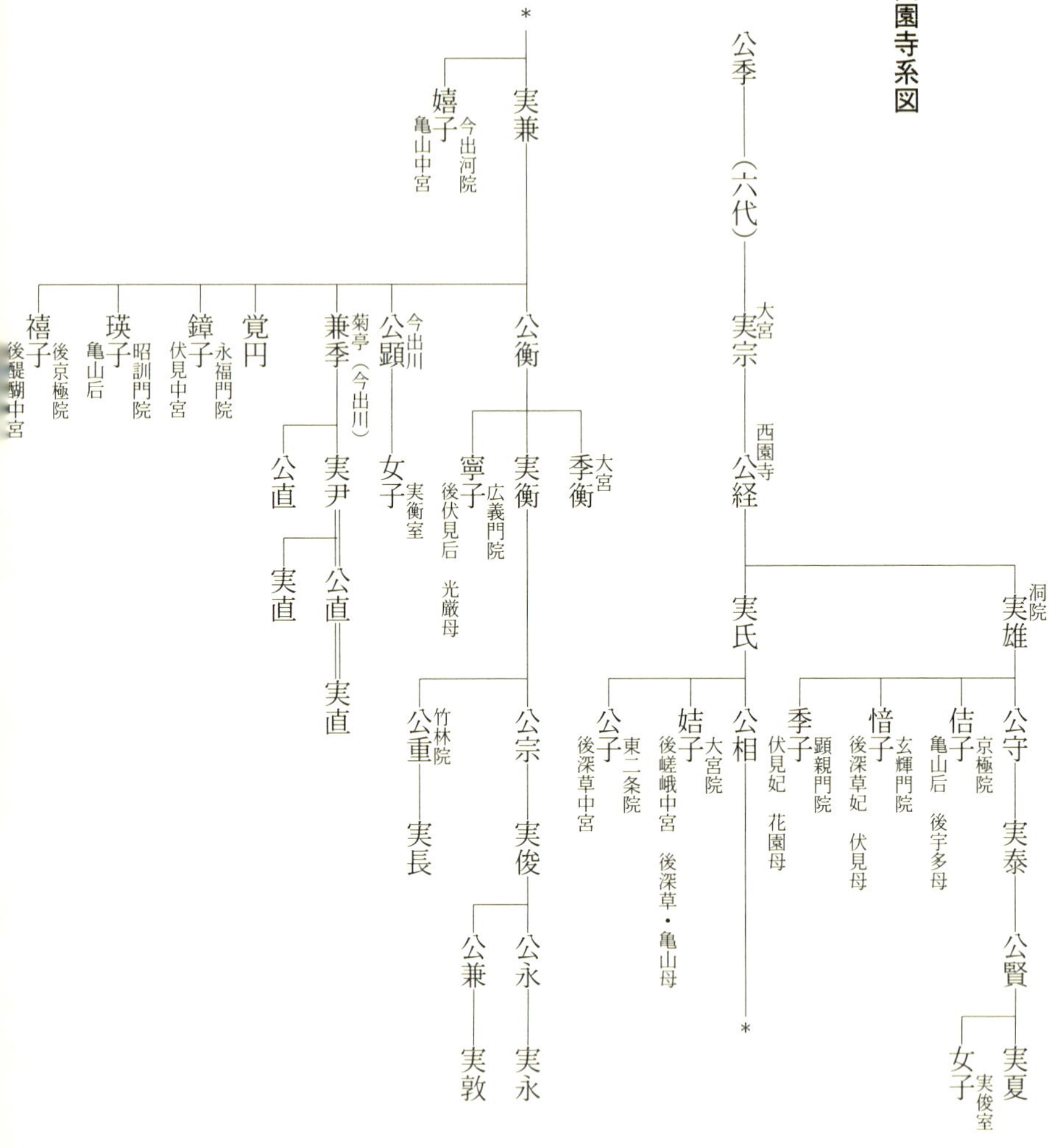
公季
（六代）
実宗 大宮
公経 西園寺
実雄 洞院
実氏
公守
佶子 京極院 亀山后 後宇多母
愔子 玄輝門院 後深草妃 伏見母
季子 顕親門院 伏見妃 花園母
公相
姞子 大宮院 後嵯峨中宮 後深草・亀山母
公子 東二条院 後深草中宮
実泰
公賢
実夏
女子 実俊室
*
実兼
嬉子 今出河院 亀山中宮
公衡
季衡 大宮
実衡
寧子 広義門院 後伏見后 光厳母
公宗
公重 竹林院
実俊
実長
公永
公兼
実永
実敦
公顕 今出川
女子 実衡室
兼季 菊亭（今出川）
実尹
公直
公直
実直
実直
覚円
鐘子 永福門院 伏見中宮
瑛子 昭訓門院 亀山后
禧子 後京極院 後醍醐中宮

参考文献

本文

和田英松　竹むきが記（翻刻）　明44・8　史籍雑纂㈠　国書刊行会

松本寧至　竹むきが記（影印・翻刻）　昭45・5　古典文庫

祐野隆三　翻刻「竹むきの記」上　昭45・10　山梨英和短期大学紀要4

渡辺静子　「竹むきが記」の翻刻（全）　昭46・8　清和女子短期大学紀要3

祐野隆三　翻刻「竹むきの記」下（一）　昭46・10　山梨英和短期大学紀要5

〃　竹むきが記（影印）　昭47・5　白帝社

〃　翻刻竹むきが記　昭48・3　白帝社

水川喜夫　竹むきが記（影印）　昭53・1　勉誠社

注釈・索引

水川喜夫　竹むきが記全釈　昭47・5　風間書房

福田秀一・塚本康彦　竹むきが記　昭48・12　校注中世女流日記　武蔵野書院

次田香澄・渡辺静子　うたゝね・竹むきが記　昭50・6　笠間書院

渡辺静子・市井登喜子　竹むきが記総索引　昭53・10　笠間書院

岩佐美代子　竹むきが記　平2・10　中世日記紀行集　新日本古典文学大系　岩波書店

渡辺静子　竹むきが記　平16・12　中世日記紀行文学全評釈集成　勉誠出版

研究書

松本寧至　竹むきが記の研究　昭58・2　中世女流日記文学の研究第五章　明治書院

今関敏子　竹むきが記―家意識と個我―　昭62・3　中世女流日記文学論考第七章　和泉書院

渡辺静子　鎌倉後期の女性の日記　平元・5　中世日記文学論序説第三章　新典社

祐野隆三　『竹むきが記』の世界　平6・1　中世自照文藝研究序説第四章第三節　和泉書院

岩佐美代子　『竹むきが記』読解考　平11・3　宮廷女流文学読解考中世編　笠間書院

五條小枝子　竹むきが記研究　平16・5　笠間書院

研究論文

和田英松　竹むきの記について　史学雑誌22―6　明44・6→国史説苑　昭14

桜井秀　室町盛世に於ける女装の起源と竹向日記の服飾史的価値　考古学雑誌6―6　大5・2

玉井幸助　竹向が記　学苑　昭37・1→日記文学の研究　昭40

塚本康彦　竹向の記　日本文学　昭39・12↓抒情の伝統　昭41
玉井幸助　「竹むきが記」と乱世の悲劇　国文学　昭40・12
加納清市　竹向の記　解釈と鑑賞　昭41・3
松本勝美　「竹むきが記」（上巻）の誤写　国文学踏査8　昭43・2
神谷道倫　「竹むきが記」人名索引　駒沢大学高等学校研究紀要1　昭43・11
位藤邦生　「竹むきが記」の特質　中世文芸44　昭44・7
渡辺静子　「竹むきが記」考　清和女子短期大学紀要1　昭44・8
↓中世日記文学論序説　平元
神谷道倫　「竹むきが記」（下巻）本文考　古典の諸相　昭44・11
渡辺静子　「竹むきが記」の歌とその周辺　日本文学研究　昭44・12
↓中世日記文学論序説　平元
前田美稲子　「竹むきが記」の形成　名古屋自由学院短大研究紀要4　昭47・2
岩佐美代子　「竹むきが記」私注（上巻）・同（下巻）　国語国文　昭47・2、3
↓宮廷女流文学読解考中世編　平11
松本寧至　『竹むきが記』本文考　大正大学研究紀要57　昭47・3
福田秀一　竹向が記試論—特にその成立と史的意義について—　武蔵大学人文学会雑誌4—1　昭47・7
↓中世文学論考　昭50
小松茂人　「竹むきが記」の一考察—作者名子の道心について—　芸文4　昭47・11
渡辺静子　『竹むきが記』に見える「かうわか」をめぐって　日本歌謡研究12　昭47・12

宮内三二郎　兼好と名子―徒然草と竹むきが記―　私家版　昭47・12

小松茂人　「竹むきが記」の自然感　聖和10　昭48・3

前田美稲子　「竹むきが記」における元弘三年・夏　名古屋国文学研究会国文研究2　昭48・4

渡辺静子　「竹むきが記」の発想―中世女性日記の一特質として―　日本文学研究13　昭49・1

岩佐美代子　竹むきが記作者と登場歌人達　京極派歌人の研究　昭49・4

三角洋一　『竹むきが記』について　ミメーシス4・5　昭49・9

伊東明弘　竹むきが記作者の一族をめぐって　慶應義塾志木高等学校研究紀要5　昭50・3

神谷道倫　「竹むきが記」人物考証―宰相典侍・妹の君・女院の御方・やうせいのことなど―　駒沢国文14　昭52・3

伊藤敬　室町文学史私注　二　序の章―『竹むきが記』の周辺―　藤女子大学国文学雑誌21　昭52・4
　→新北朝の人と文学　昭54

松本寧至　「竹むきが記」作者伝拾遺―名子の死―　解釈　昭52・8

岩佐美代子　「竹むきが記」私注（続編）―長講堂供花と作者の女房経歴について―　国語国文　昭53・10
　→宮廷女流文学読解考　中世編　平11

渡辺静子　「竹むきが記」総索引による一考察　竹むきが記総索引　昭53・10
　→中世日記文学論序説　平元

市井外喜子　「竹むきが記」歌意索引篇による語彙の分析　竹むきが記総索引　昭53・10

渡辺静子　「竹むきが記」総索引による一考察(2)―名詞と形容詞の用法　日本文学研究17　昭54・1
　→中世日記文学論序説　平元

井上美地　『竹むきが記』私論・同(2)　未来　昭54・4・5

井上美地　『竹むきが記』私論・補遺　未来　昭54・10

渡辺静子　「竹むきが記」の無常観　日本文学研究19　昭55・2　→中世日記文学論序説　平元

渡辺静子　「竹むきが記」の旅　日本文学研究21　昭57・1　→中世日記文学論序説　平元

今関敏子　「竹むきが記」にみる家意識―南北朝期の女性の一例　女性と文化Ⅲ　昭59・3　→中世女流日記文学論考　昭62

白水直子　『竹むきが記』の成立について―特に執筆態度を中心として―　甲南国文36　平元・3

岩佐美代子　『竹むきが記』の引歌　女流日記文学講座6　平2・10　→宮廷女流文学読解考中世編　平11

岩佐美代子　御酒すゝむる老女　季刊文学増刊、酒と日本文化　平9・11　→宮廷女流文学読解考中世編　平11

宮川明子　『竹むきが記』の成立について　国語国文　平12・12

五條小枝子　霊鷲寺の長老―『竹むきが記』作者の禅修行―　国語国文　平12・12→竹むきが記研究　平16

宮川明子　我だに人のおもかげを―『竹むきが記』の特質と執筆意図―　国語国文　平13・7

宮川明子　女の日記に見る信仰のかたち―中古・中世の日記から―　中世の文学と学問　平17・11

岩佐美代子　竹むきが記―三大危機の只中に立って―　日本文学　平18・7

五條小枝子　日野資名後室「芝禅尼」の活躍―『竹むきが記』人物考証―　広島女学院大学大学院言語文化論叢10　平19・3

高田信敬　五節の過差―『竹むきが記』箋註―　鶴見日本文学会報67　平22・11

詠歌一覧

上巻

歌番号	段数	作者	
1	三	名子	手に馴るゝ契さへこそかしこけれ神代古りぬる君が守りは
2	五	〃	雪や猶かさねて寒き朝ぼらけ返す雲井の山藍の袖
3	六	〃	ふりにける代々をかさねて大内や幾重つもれるみゆきなるらん
4	七	〃	いとゞ猶雲井の星の声ぞ澄む天の岩戸の明くる光に
5	一四	〃	今日やさは唐国人も君が代を天つ空ゆく雲に知るらん
6	〃	〃	君が代の千世のはじめと高御座雲の帳をかゝげつるかな
7	二〇	〃	秋深き露のうてなに影もりてはつかに澄める軒合の月
8	二三	〃	韓玉の挿頭と見えて少女子が立ち舞ふ袖に降る霰かな
9	二四	〃	更くる夜の雲の通ひ路霜冴えて少女の袖に氷る月影
10	二六	公宗	新玉の年待ちえてもいつしかと君にぞ契る行末の春
11	〃	名子	行く末の契も知らぬながめには改まるらん春も知られず
12	二八	公宗	いかにせむ偽ならぬいつはりを猶いつはりと思ひなされば
13	〃	〃	偽の誰が習はしぞ独寝はさしもよな〳〵されじと思ふに
14	〃	〃	さても猶契りし末の変らずは明日の夕や頼みなるべき

15	〃	名子	定めなき昨日の暮の習ひには明日の契もいかゞ頼まん
16	三一	〃	いかゞせむ面影したふ有明の月さへ曇るきぬ〴〵の空
17	三二	公宗	沼水に生ふる菖蒲の長き根も君が契りのためしにぞ引く
18	〃	〃	掛けなれし袖のうきねは変らねど何のあやめもわかぬ今日かな
19	〃	〃	忘れずは形見とも見よあはれこの今日しも残す水茎のあと
20	〃	名子	浅き江に引くや菖蒲のうきねをも長きためしに我やかくべき
21	〃	〃	残しおく形見と聞けば見るからに音のみなかるゝ水茎のあと
22	三四	〃	かくてだに捨てぬならひの身の憂さは思ひしよりもあられけるかな

下巻

23	四〇	名子	宿とひて誰又今宵草枕仮寝の夢を結び重ねん
24	〃	〃	夜の程も泊りは同じ旅寝とて四方にわかるゝ沖の釣舟
25	四一	実俊	雪降りて寒き朝に文読めと責めらるゝこそ悲しうはあれ
26	〃	永福門院	踏み初むる和歌のこしぢの鳥のあとになほも絶えせぬ末ぞ見えける
27	〃	〃	栄ふべき宿の主の幾年か絶えぬ御幸のあとを見るべき
28	〃	〃	消ぬが上に降り積む雪の情にも宿の主を待つと知らずや
29	四六	資明	栄ふべき行末かけて白雪のふりぬる家に跡ぞかさなる
30	〃	名子	白雪のふりぬる跡も又更に花と見ゆべき末も頼もし
31	五〇	〃	宿もそれ花も見し世の木の下になれし春のみなどかとまらぬ
32	五一	永福門院	鳥の子を十づつ十の数よりも思ふ思ひはまさりこそせめ
33	五二	公宗夢想歌	思ひ置くそれをば置きて言の葉の露の情のなどなかるらん

34	五六	名子	あはれこの眠らぬ床に見る夢を覚ます現の暁もがな
35	五九	名子	頼めてもとはれぬ花の春暮れて誰松山とかゝる藤波
36	〃	〃	とへや君山時鳥おとづれて小田の早苗も取りそむる頃
37	〃	訪はずなりぬる人	頼め来し花の盛りは過ぎぬれど今も心にかゝる藤波
38	〃	〃	時鳥さこそ五月の己が頃鳴くや山路を思ひやりつゝ
39	六四	名子	世を照らす同じ八千世も三笠山同じ光と月ぞさやけき
40	〃	〃	頼みつゝ畏れみ仰ぐ我が方になびかざらめや神の木綿四手
41	六五	〃	柴舟のわたりも見えず霞こめて河音しづむ宇治の山もと
42	六六	老人	待ち見ばや旧りにし世々に立ち帰り昔のあとに絶えぬみゆきを
43	〃	光厳院	呉竹の世々に旧りにし宿なれば待つやみゆきのあとも絶えせじ
44	七〇	名子	神や知る引く注蓮縄の打延へて一筋にのみ頼む心を
45	七四	〃	御幸そふ宿の紅葉の八千入に君ぞ幾代の色を重ねん
46	〃	直義室	幾代見ん君が心の色添へてみゆきふりぬる宿の紅葉々
47	〃	資明	一入の色や染むると見る程に時雨とつれて降る紅葉かな
48	〃	名子	一入を惜しむにあらじ紅葉々を誘ひて見する時雨なりけん
49	〃	資明	鷲の山深く入りぬと聞きしかど鷹の鳥とて見るも珍らし
50	八一	名子	山陰や杉の庵の明け方に心細くも出づる月影
51	〃	〃	あはれなり柴の庵の柴の垣うき世の中の隔てと思へば
52	八二	〃	迷ふらん闇路を照らせ法の水結ぶ蓮の露の光に
53	八四	鷹司の老人	慕ひ見し山路の花の木の本にとめし心の程は知らずや
54	〃	〃	馴れしよりかゝる別れのあらんとは思ひながらも猶ぞおどろく

55	〃	〃	名残思ふ涙の雨のかきくれて我もしほれし帰るさぞ憂き
56	〃	名子	思ひやれ雨も涙もかきくれて名残しほれし花の木の本
57	〃	〃	いとせめてあかぬ名残の悲しさに馴れしさへ憂き恨とぞなる
58	八五	〃	藻塩草かきて集むるいたづらに憂き世を渡る海人のすさみに
59	〃	〃	なき跡にうき名やとめんかき捨つる浦の藻屑の散り残りなば

あとがき

国文学界などには全く無知無縁、とにかく永福門院の事が知りたさに研究を志して一年余、昭和三七年中世文学会春季大会に、塚本康彦氏の「竹向の記」の研究発表があると知り、女院資料として手さぐりで読んでいたこの作品、どんな事が教えていただけるかとわく〳〵しながら出席して、びっくり仰天しました。

戦後の中世文学研究界における、「叙事的なるもの」の発掘と「抒情的なるもの」の擯斥という動向に対する、強力な異議申立てとしての中世女流日記再評価、わけても「太平記」と対置される本作の、時代の証言としての貴重さを鋭く説かれたその論旨は、同氏「竹向の記」(日本文学昭39・12、『叙情の伝統』昭41所収)に見る事ができますが、文学的な作品の解釈鑑賞とは次元を異にする、社会科学的な作品評価一般にかかわる、長老・新進入り乱れての大論戦になってしまい、何が何やらさっぱりわからず、しかし深い印象を抱いて帰りました。

それからまさに五十年。今、ようやくこの作品の全注釈を刊行するに当り、はるけくも来にけるものかなと、まことに感慨深いものがございます。貴重な御蔵書の底本使用と写真版掲載を許可されました国立国会図書館と、塚本氏をはじめ、研究史にお名前をあげました各研究者、書誌調査に協力をわずらわせました石澤一志氏、笠間書院の大久保康雄氏をはじめ皆様に、心からの御礼を申上げます。そして、苛酷きわまるこの時代に、堂々と生きてその記録を残した作者、日野名子に、深い敬愛をこめてこの小著を捧げます。

平成二十二年十二月一日

岩佐美代子

■著者紹介

岩佐美代子（いわさ　みよこ）

略　歴　大正15年３月　東京生まれ
昭和20年３月　女子学習院高等科卒業
鶴見大学名誉教授　文学博士

著　書　『京極派歌人の研究』（笠間書院　昭49年）
『あめつちの心　伏見院御歌評釈』（笠間書院　昭54年）
『京極派和歌の研究』（笠間書院　昭62年）
『木々の心　花の心　玉葉和歌集抄訳』（笠間書院　平６年）
『玉葉和歌集全注釈』全四巻（笠間書院　平８年）
『宮廷に生きる　天皇と　女房と』（笠間書院　平９年）
『宮廷の春秋　歌がたり　女房がたり』岩波書店　平10年
『宮廷女流文学読解考　総論中古編・中世編』（笠間書院　平11年）
『永福門院　飛翔する南北朝女性歌人』（笠間書院　平12年）
『光厳院御集全釈』（風間書房　平12年）
『宮廷文学のひそかな楽しみ』（文芸春秋　平13年）
『源氏物語六講』（岩波書店　平14年）
『永福門院百番自歌合全釈』（風間書房　平15年）
『風雅和歌集全注釈』全三巻（笠間書院　平14・15・16年）
『校訂 中務内侍日記全注釈』（笠間書院　平18年）
『文机談全注釈』（笠間書院　平19年）
『秋思歌　秋夢集新注』（青簡社　平20年）
『藤原為家勅撰集詠　詠歌一躰新注』（青簡社　平22年）
『岩佐美代子の眼　古典はこんなにおもしろい』（笠間書院　平22年）ほか。

現住所　〒243-0432　海老名市中央3-4-3-1101

竹むきが記全注釈

2011年２月10日　初版第１刷発行

著　者　岩佐美代子

発行者　池田つや子

発行所　有限会社笠間書院

東京都千代田区猿楽町2-2-3［〒101-0064］

NDC 分類：914.449　　電話　03-3295-1331　fax 03-3294-0996

ISBN978-4-305-70531-0　© IWASA 2011　モリモト印刷

落丁・乱丁本はお取りかえいたします。

出版目録は上記住所までご請求下さい。

email：Kasama@shohyo.co.jp

索　引

［凡例］

一、人名・殿舎名・地名・社寺名・行事名に分け、現代仮名遣い、五十音順で排列、所掲頁数を示した。

一、人名は可能な限り実名を標目として立て、作中の官名・称号別に所掲頁を示した。

一、人名と殿舎名、地名と社寺名等、相互に関連する場合もあるので適宜参照されたい。

人名索引

[さ]

[し]

[す]

[せ]

[そ]

[た]

［や］

［ゆ］

［よ］

［ろ］

殿舎名索引

地名索引

社寺名索引

行事名索引